KB272213

Mordsfreunde

너무 친한 친구들

Mordsfreunde

너무 친한 친구들

넬레 노이하우스 지음

김진아 옮김

북로드

오전 7시 45분. 호프하임 지방경찰청 수사반장 올리버 폰 보덴슈타인은 휴대전화 진동음에 눈을 떴다. 오늘도 쉬기는 글렀다. 20년간 프랑크푸르트 경찰서에서 근무하던 그가 시골을 찾아 마인타우누스 지역으로 옮기 지도 벌써 3년이 다 되어간다. 그는 잠에 취한 채 휴대전화를 찾아 침대 옆 탁자를 더듬었다. 코지마는 3주 후 개봉하는 다큐멘터리 마무리 작업 때문에 오늘도 하루 종일 편집실에 처박혀 있을 것이다. 로렌츠와 로잘리도 아빠와 함께 놀러 간다고 좋아서 날뛸 나이는 지났다. 그러다 보니 자진해서 대기 근무를 맡는 일도 많아졌다. 휴대전화 화면을 보니 발신자 번호 제한 표시가 떠 있다.

"올리버, 나 잉카 한젠이야. 아침 일찍 전화해서 미안해. 지금 크론베르크 오펠 동물원인데, 사육사가 사람 손으로 보이는 걸 발견했어. 마네킹이나 장난감이 아니라 진짜 사람 손이야."

수의사 잉카 한젠은 보덴슈타인의 오랜 친구다. 작년에 그녀의 동료 의사 케르스트너의 부인이 살해당한 사건을 조사하다가 두 사람은 다시 만났다.

"알았어. 바로 갈게."

보덴슈타인은 전화를 끊고 침대에서 일어났다.

"지금 나가?"

코지마가 베개에 얼굴을 반쯤 묻은 채 고개를 돌렸다. 휴일이든 새벽이든 어떤 시간에 어떤 전화가 걸려 와도 이제는 눈 하나 깜짝하지 않는 아내다. 두 사람은 23년 전 자살한 시체의 발치에서 처음 만났다. 당시 보덴슈타인은 처음 시체를 접한 신참 형사였고 코지마는 증권회사 직원이 사무실에서 목을 맨, 스펙터클한 사건을 취재하러 온 텔레비전 리포터였다.

"응, 사건이야. 오펠 동물원에서 시체 부위가 발견된 모양이야."

"저런."

말만 그렇게 했지 별로 놀란 얼굴은 아니다.

보덴슈타인은 잠에 취한 코지마의 따뜻한 뺨에 입을 맞춘 뒤 하품을 하며 욕실로 향했다. 다시 이불 속으로 파고든 코지마는 10분 후 보덴슈타인이 말끔하게 면도한 얼굴로 옷을 갈아입고 계단을 내려갈 즈음에는 이미 꿈나라에 가 있었다.

*

그로부터 15분 후, 보덴슈타인은 켈크하임 시 철도 건널목을 건너면서 파트너인 피아 키르히호프에게 전화를 걸었다.

아이스크림 가게 '산마르코'에서 대각선으로 마주 보이는 광장에는 월드컵 경기를 관람할 수 있는 대형 스크린이 설치되었다. 어제 수백 명의 관중이 모여 폴란드와 독일의 경기를 지켜본 후 그 주변은 전쟁터와 같이 변했다. 독일이 폴란드에 1 대 0으로 가까스로 이기자 사람들이 광란의 파티를 벌인 흔적이다.

피아는 한참 있다가 숨 가쁜 목소리로 전화를 받았다. "반장님, 저 오늘 비번이에요! 모르셨어요?"

"지금 이 순간부터는 아니야. 오펠 동물원에서 사람 손이 발견됐어. 감식팀에는 내가 연락할 테니까 자넨 의사를 좀 알아봐."

"의사라면 바로 옆에도 한 명 있어요."

"설마 헤닝 키르히호프는 아니겠지?" 보덴슈타인이 능청스럽게 물었다.

"이상한 생각 하지 마세요. 어젯밤에 출산한 산모가 있어서 도우러 온 것뿐이에요."

피아는 1년 전쯤 호프하임 경찰청 강력계에 들어왔다. 그녀는 프랑크푸르트 법의학연구소 부소장인 헤닝 키르히호프와 헤어진 후 운터리더바흐에 작은 목장을 사서 동물들과 함께 이사를 했고 옛 직업인 경찰에도 복귀했다.

"산모?"

보덴슈타인은 교외로 나가는 지점에 설치된 무인 단속 카메라 앞에 이르자 속도를 줄였다.

"우리 집 말이 둘째를 낳았어요. 수놈이에요. 이름은 뉴빌이라고 지었어요."

"아, 축하해. 그런데 이름이 왜 뉴빌이야?"

"반장님은 축구 안 보세요? 어제 경기 후반전에서 올리버 뉴빌이 결정 골을 넣었잖아요."

"아, 그래? 어쨌든 지금 좀 나와야겠어. 아마 금방 끝날 거야."

피시바흐 천을 따라 달리던 보덴슈타인은 신호등에서 우회전해 쾨니히슈타인 방향인 B455 연방도로로 접어들었다. 슈나이트하인 초입에 이르자 숲 사이로 난 도로에 한 무리의 사람이 모여 있는 것이 보였다. 보덴슈타인은 속도를 크게 줄였다. 처음에는 사고가 난 줄 알았는데 자세히 보니 도로 오른쪽 주차장에 열 대 남짓한 자동차가 세워져 있다. 사람들이 돌돌 말아 가지고 온 현수막을 펼치고 여기저기 피켓을 세웠다. 뭐라고 씌어 있는지 보려고 고개를 돌리는데 갑자기 옆에서 유리창 두드리는 소리가 났다. 깜짝 놀라 쳐다보니 여학생 둘이 손으로 창문을 내리라는 시늉을 한다.

"여기 무슨 일 있니?"

"연방자연보호협회, 쾨니히슈타인 행동공동체, 녹색연대의 합동 시위예요. B8 연방도로의 서쪽 우회로가 4차선 규모로 바로 이곳을 지나갈 거라는 사실, 알고 계세요?"

정성 들여 눈 화장을 하고 손톱에 매니큐어를 칠한 긴 갈색 머리 여학생이 그의 눈앞에 전단지를 흔들어대며 말했다. 여자 두 명이 비닐 현수막을 펼치는 모습이 눈에 들어왔다. 'B8가 숲을 파괴한다.' 보덴슈타인이 그 내용을 소리 내 읽었다.

"수천 그루의 나무가 잘려 나갈 거예요. 소중한 생태계와 멀쩡한 숲이 두 동강 나고 쾨니히슈타인 시민들은 엄청난 공해와 소음에 시달리게 될 거예요."

옆에 있던 금발 여학생이 말했다. 그녀는 'B8 결사반대'라고 쓰인 배꼽티와 청바지에 반짝이는 화려한 벨트를 매고 있었다. 보덴슈타인은 선교사처럼 열정적으로 말하는 두 여학생의 말을 한 귀로 듣고 한 귀로 흘렸다. B8 반대자들의 주장은 이미 잘 알고 있다. 그러나 그는 타우누스 고속도로로 불리는 B8 건설에 찬성이나 반대 그 어느 쪽도 아니다. 여학생들은 통계 수치와 조사 결과를 속사포처럼 쏟아내기 시작했다.

"지금 좀 바빠서 빨리 가봐야 하는데."

그가 여학생들의 말을 끊었다.

"당연하시겠죠. 숲이야 어떻게 되든 상관없다 이거죠? 비싼 차로 속력만 낼 수 있으면 장땡이겠지!"

갈색 머리 여학생이 경멸스럽다는 듯 쏘아붙였다.

"바쁜데 어서 가보세요, 아저씨. 이산화탄소로 환경 파괴 잘하시 고요!"

금발 여학생이 공격에 가세했다. 웃음이 절로 났다. 그가 젊었을 때 환경운동가들은 군용 점퍼에 팔레스타인 스카프(정식 이름은 카피에. 팔레스타인 민족주의와 독립 투쟁의 상징이며, 1960~70년대 유럽의 젊은이들에게는 저항의 의미로 통했다_역주)를 두르고 다니고 일부러 며칠씩 머리를 감지 않기도 했다. 그런데 여기 서 있는 배꼽티 차림의 아가씨들은 치장하는 데 적어도 1시간은 걸렸을 것 같다. 그리고 엄마들이 윤이 반지르르 나는 비싼 승용차로 데려다 줬겠지. 아들 로렌츠가 타우누스 인근의 잘사는 집 딸들을 두고 '타우누스 케이크'라고 부르던 말이 떠오르면서 시대가 참 많이 변했다는 생각이 들었다. 시간을 들여 타우누스 케이크들에게 자신의 생각을 설명하고 싶지만 지금은 오펠 동물원에 사람 손을 보러 가야 한다.

그는 숲이 파괴되는 것에 절대 무관심하지 않다. 법대에 진학하고 경찰이 되면서 완전히 집을 떠났지만 루퍼츠하인, 피시바흐, 슈나이트하인에 걸쳐 펼쳐진 영지에서 자란 그는 이 부근 토박이고 고향에 대한 애정도 각별하다. 지금은 동생 쿠엔틴이 가업을 물려받아 수백

년의 역사를 자랑하는 영주 농장을 사람들이 즐겨 찾는 나들이 장소로 만들었다. 쿠엔틴은 다시금 불거진 B8 확장 계획에 마뜩잖은 반응을 보였다. 영지에서 100미터도 떨어지지 않은 곳으로 고속도로가 지나간다는데 좋아할 리 없다.

3분 뒤 보덴슈타인은 쾨니히슈타인 로터리에 도착했다. 큰 공사를 하는 중이었는데 월드컵 기간이라 잠시 중단한 모양이다. 분수 주위를 빙 둘러 게양된 브라질 국기 수십 개가 펄럭인다. 브라질 국가 대표 선수단이 팔켄슈타인 지구의 켐핀스키 호텔에서 숙박할 것이라는 말이 돌자 쾨니히슈타인 전체가 흥분의 도가니에 빠졌다. 그러나 정작 남미 축구의 신들이 한 사람도 모습을 드러내지 않자 이번에는 시 전체가 큰 실망에 빠졌다.

*

오펠 동물원 원장 크리스토프 산더는 40대 중반으로 중키에 몸집이 좋고 단단해 보이는 인상이다. 그는 힘차게 악수하며 보덴슈타인의 눈을 똑바로 쳐다보았다. 짙은 밤색 눈동자에 근심이 가득했다.

"제 착각이면 좋겠습니다만, 진짜 사람 손 같습니다."

그가 손으로 건초 더미를 가리켰다. 헤닝은 주머니에서 얇은 라텍스 장갑을 꺼내 끼고 문제의 물체를 향해 무릎을 굽혔다.

"착각하신 게 아닙니다. 분명 사람의 왼손입니다. 손목 바로 위에서 잘렸는데 전문가의 솜씨는 아닌 것 같군요."

헤닝은 손끝으로 문제의 손을 집고 얼굴 높이로 들어 올려 자세히 살폈다.

"누가 발견했습니까?" 보덴슈타인이 산더에게 물었다.

"코끼리 사육사가 발견했습니다. 언제나처럼 건초를 나르고 나서 우리에 코끼리를 풀어놨는데 코끼리들이 평소와 달리 이상한 소리를 내더랍니다."

"어떤가? 얼마나 된 거 같아?" 보덴슈타인이 이번에는 헤닝에게 물었다.

"지금 제게 정확한 사후 경과 시간을 대라는 건 아니죠?" 헤닝은 건성으로 대답하며 손목의 절단면을 자세히 들여다보았다.

"남자 손이야, 여자 손이야?"

"분명히 남자 손입니다."

보덴슈타인은 킁킁거리며 냄새를 맡고 손으로 만지는 등 손상된 시체 부위를 다루는 헤닝의 모습에 금방이라도 위장이 뒤집힐 것 같았다. 옆에 서 있는 피아를 보니 이상하게도 그녀의 시선은 잘린 손도, 전남편도 아닌 산더를 향해 있었다. 산더는 팔짱을 낀 채 구역질을 참는 듯 잔뜩 찌푸린 표정이다.

"얼마나 걸릴 것 같습니까?" 산더가 난처한 듯 물었다. "9시면 방문객들이 입장합니다. 게다가 오늘은 텔레비전 촬영팀도 오기로 돼 있어서요."

"감식팀이 곧 도착할 겁니다." 보덴슈타인이 대답했다. "그나저나 이게 어쩌다 동물원에 들어오게 됐을까요?"

"모르겠습니다." 산더가 어깨를 으쓱했다. "아마 풀 속에 섞여 있었겠죠. 매일 아침 길 뒤편 들판에서 풀을 베어 오거든요."

"그렇군요." 보덴슈타인이 심각한 표정으로 고개를 끄덕였다. "그렇다면 다른 시체 부위가 더 나올 수도 있다는 얘긴데……. 직원들에게 건초 더미를 빠짐없이 조사하라고 지시하셔야겠습니다."

산더는 찌푸린 얼굴로 고개를 끄덕인 후 헤닝과 함께 사라졌다.

*

9시 정각이 되자 동물원 문이 열리고 방문객들이 들이닥쳤다. 대부분 아이들을 데리고 온 가족 단위 손님이었다. 보덴슈타인과 피아는 동물원 내 레스토랑 '잠베시'로 들어갔다.

잉카 한젠은 보덴슈타인을 동물원장에게 소개해준 후 바로 자리를 떴다. 다행히 지난여름 일에 대한 암시 같은 것은 없었다. 그녀를 마지막으로 본 것이 벌써 아홉 달 전이다. 지금 생각하면 도대체 이해할 수 없지만 그때 만약 잉카 한젠이 거부하지 않았다면 그는 큰 실수를 저질렀을 것이다.

매표소 앞에는 표를 사려는 사람들이 길게 줄 서 있었다. 보덴슈타인도 10년 전에는 아이들을 데리고 동물원으로 소풍을 다녔다. 그가 막 추억 속으로 빠져들고 있을 때 휴대전화가 울렸다.

"순록 우리에서 발이 나왔습니다." 산더가 뚱한 목소리로 알려 왔다. "코끼리 우리에서 오른쪽으로 가다가 왼쪽으로 꺾어서 자연학습장 방향입니다. 얼른 오십시오."

*

"오펠 동물원은 처음 와보는데 정말 넓네요." 헤닝이 또 다른 시체 부위인 발을 들여다보다가 말했다. "끝이 안 보여요!"

"27만 평방미터입니다." 산더는 양손을 허리춤에 짚으며 말했다. "문제는 이 넓은 땅 어디에 시체가 흩어져 있는지 모른다는 거죠. 체험 동물원은 이미 문 닫으라고 일러놨습니다. 어린아이가 시체 머리를 발견했다고 생각해보십시오. 끔찍합니다, 끔찍해."

복사뼈 위에서 잘린 시체의 발에는 '카멜 액티브' 상표의 290밀리미터 갈색 가죽 캐주얼화가 신겨져 있다.

"팔도 그렇고 발도 그렇고 전문가가 깨끗하게 절단한 게 아니라 거의 잡아 뜯어낸 수준입니다. 건초지를 좀 볼 수 있을까요?" 발의 절단면을 살피던 헤닝이 고개를 들고 물었다.

"그럼요." 산더는 방문객들에게 시선을 고정한 채 말했다.

줄지어 쏟아져 들어오는 방문객들은 혈관을 타고 흐르는 피를 연상시켰다. 동물원 곳곳이 곧 방문객들로 가득 찰 것이다. 동물 우리에도, 자연학습장에도, 잔디밭에도, 낙타 시승장에도, 화장실에도! 정말 어디에선가 또다시 시체 부위가 발견된다면 무슨 일이 일어날지 모른다. 그때 유행가 멜로디와 함께 산더의 휴대전화가 울렸다.

"여보세요?" 전화기를 귀에 댄 채 듣고만 있던 산더의 얼굴이 급격히 어두워졌다.

"왜 그러십니까?" 보덴슈타인이 물었다.

"빌어먹을!" 산더는 도저히 참기 힘들다는 듯 내뱉었다. "동물원을 폐장하고 방송사 일정도 취소해야겠습니다. 산양 우리에서도 뭔가 발견됐답니다."

*

그사이 도착한 경찰 탐지견이 B455 연방도로 위쪽 들판에서 시체를 찾아낸 것은 10시 반쯤이었다. 들판 아래쪽 인도에는 사람들이 잔뜩 몰려들어 경찰 소대가 빈틈없이 수색 작업을 벌이는 모습을 구경하고 있었다. 보덴슈타인과 피아는 구경꾼들 틈을 비집고 들어갔다. 아래쪽 주차장 근처에서 수색대장과 탐지견 담당이 그들을 기다리고 있었다.

"남자 시체입니다." 수색대장이 보고했다. "그리고 자전거도 한 대 발견됐습니다. 저기 바로 앞에서요. 주차장으로 내려가는 비탈길에서 3미터도 채 떨어지지 않은 곳입니다."

들판으로 올라가니 크론베르크 성과 멀리 프랑크푸르트 시의 반짝이는 스카이라인이 훤히 내려다보였다. 타우누스의 빽빽한 숲 위로 코발트빛 하늘이 펼쳐지고 풀을 갓 베어낸 듯한 싱그러운 냄새가 진동하는 평화로운 6월의 아침. 토막 난 시체를 대하기에는 너무나 아름다운 날이다.

보덴슈타인은 라텍스 장갑을 끼고 시체 쪽으로 다가갔다. 엎드린 자세로 길게 자란 풀숲에 반쯤 가려져 있는 시체는 카키색 티셔츠에 헐렁한 반바지 차림이다. 예상한 대로 왼쪽 팔꿈치 아래와 왼쪽 무릎 밑에서 손발이 잘려 나갔다. 그러나 피는 보이지 않았다. 사진사는 여러 방향에서 셔터를 눌러댔고 감식팀은 쓸 만한 흔적을 찾아 주변을 샅샅이 뒤졌다.

"이제 시체 조각이 더 나오지 않을까 하는 걱정은 하지 않아도 되겠습니다." 헤닝이 멀찌감치 떨어져 있는 동물원장에게 말했다. "다른 건 다 붙어 있는 거 같아요."

"천만다행이네요." 산더가 딱딱하게 굳은 얼굴로 비꼬듯 대꾸했다.

"뒤집을까요?"

감식팀 직원의 물음에 보덴슈타인은 고개를 끄덕이며 자기도 모르게 숨을 멈췄다. 비위가 약한 사람은 보지 말아야 할 광경이다. 더위 때문에 부패 속도가 빨라져 이미 얼굴 조직의 상당 부분을 개미와 벌레가 차지하고 있었다.

"예수! 마리아! 요셉!"

산더는 이렇게 외치더니 들판과 주차장 사이의 도랑으로 달려가 토했다. 보덴슈타인은 이런 위기 상황에도 당황하지 않고 차분하게 일을 처리하는 동물원장의 모습에 내심 감탄하고 있었다. 그러나 그의 놀라운 위기관리 능력은 여기까지였다.

"신분증은 없군요." 달랑 티셔츠와 반바지뿐인 옷을 뒤져본 헤닝이 말했다. "시반(시체에 나타나는 얼룩_역주)도 아주 적어요."

"그게 무슨 뜻이지?"

보덴슈타인의 콧속에 부패하는 시체의 들큼한 냄새가 훅 끼쳤다.

"죽은 지 36시간이 안 됐다는 뜻입니다. 그보다 더 되지는 않았을 거예요."

보덴슈타인은 속으로 시간을 헤아려보았다. "그럼, 화요일 저녁쯤이겠군."

"괜찮으세요?" 피아가 걱정스럽다는 듯 산더의 얼굴을 들여다보았다.

산더는 허옇게 질린 얼굴로 크게 심호흡을 했다.

"제가 아는 사람입니다."

그는 도망치듯 성큼성큼 들판을 가로질러 갔다. 좌우 살피지도 않고 차가 많이 다니는 도로를 건너려는 그를 피아가 달려가 제지했다. 그의 팔을 거칠게 잡아당기는 그녀 곁으로 은색 BMW 한 대가 거의 스칠 듯이 달려 지나갔다. 운전사는 크게 경적을 울리며 미친 거 아니냐는 듯 손가락으로 제 머리를 가리켰다.

"자, 진정하세요." 피아가 말했다.

산더는 크게 숨을 몰아쉬었다. "원래 이렇게 쉽게 당황하는 편은 아닙니다. 하지만 이번 일은 정말 충격적이군요."

"당연한 반응이에요." 피아는 이해한다는 듯 말했다. "저 사람이 누구죠?"

"한스 우를리히 파울리입니다. 제 사무실로 가시죠. 거기서 자세히 말씀드리겠습니다."

산더는 동물원 공사 때문에 컨테이너를 원장실로 쓰고 있었다. 컨테이너 앞에 거의 다 왔을 때 스무 살 정도로 보이는 청년이 어슬렁거리며 그들에게 다가왔다. 다른 사육사들처럼 녹색 바지, 흰색 티셔츠, 뭉툭한 작업화 차림이었다.

"들판에 무슨 일 있어요? 저 없는 사이에 무슨 큰일이라도 생긴 거예요?"

산더가 그 자리에 멈춰 서서 버럭 화를 냈다.

"지금 대체 어디서 오는 거야? 출근 시간은 7시야. 네가 늦잠 잘 거 다 자고 난 다음이 아니고! 특별 대우 안 한다고 내가 분명히 얘기했지?"

청년은 금세 풀이 죽어 용서를 빌었다. "잘못했습니다, 원장님. 다시는 안 그럴게요."

피아는 청년을 뚫어지게 쳐다보았다. 어깨까지 닿는 짙은 금발에 눈은 풀잎을 연상시키는 밝은 녹색이고 세상 여자들이 모두 부러워할 만한 희고 고운 피부를 가진 그는 눈에 띄는 미남이었다. 산더는 그제야 피아의 존재를 깨달은 듯 두 사람에게 서로를 소개했다.

"이쪽은 루카스 반덴베르크, 우리 실습생입니다. 루카스, 이쪽은 형사님이시고……."

"피아 키르히호프예요."

"안녕하세요, 형사님?" 루카스는 하얀 치아를 드러내며 웃었다.

"들판에서 그 환경운동하는 작자의 시체가 발견됐죠. 파울리 말이야."

산더의 말을 들은 순간 청년의 얼굴에서 웃음기가 사라졌다. 마치 복부를 정통으로 얻어맞은 듯한 표정이었다.

"네? 파울리가 죽었다고요?" 그는 크게 놀라 물었다.

"그래, 그 파울리가 죽어버렸어." 산더는 걸음을 옮기며 말했다. "죽어서도 이 난리구나."

"말도 안 돼요!" 루카스는 얼굴이 하얗게 질려 외쳤다. "그저께도 봤는걸요? 제 말은 그러니까……, 어떻게 이런 일이…….."

산더는 그 자리에서 발걸음을 멈추고 휙 뒤돌아섰다.

"그저께도 봤다니? 그게 무슨 소리냐?"

"그럴 리 없어요." 루카스는 도저히 믿을 수 없다는 듯 손으로 입을 틀어막고 머리를 마구 내저었다.

"루카스!" 산더는 청년의 어깨를 잡고 거칠게 흔들었다. "내가 묻는 말 안 들려? 어디서 봤니? 동물원에서 봤니?"

"그게…… 그러니까…… 원장님께는 말할 수 없었어요. 곧장 우리 아버지에게 달려가셨을 테니까요." 루카스의 목소리가 갑자기 고집스러워졌다. "여기서 일하는 건 좋아요. 하지만 저도 돈이 필요하다고요."

산더는 마치 손이라도 덴 사람처럼 화들짝 놀라며 청년에게서 떨어졌다.

"정말 믿기지 않는구나." 그는 애써 차분한 목소리로 말했다. "그래서 지금 그 친환경 카페인지 뭔지에서 일을 하고 있다는 거냐? 그리고 밤에는 그 미친놈의 선전선동을 위해서 웹사이트를 만들고? 그러니 아침마다 지각하는 게 당연하지."

"아버지는 돈을 한 푼도 안 주신단 말이에요!" 루카스는 억울하다는 듯 목청을 높였다. "여기서 받는 돈으로는 용돈 쓰기도 모자라

요. 그런데 저더러 어떡하라고요? 파울리는 제가 여기서 일하는 것
도 괜찮다고……."

"내가 안 된다고 했잖아!" 산더는 그동안 쌓인 것이 많았는지 감
정을 격하게 폭발시켰다. "난 네가 거기서 일하는 거 반대한다고 분
명히 말했다. 너도 다시는 그놈하고 어울리지 않겠다고 약속했고!
그런데 나를 속여?"

"저도 말하려고 했어요!" 루카스도 지지 않고 목청을 높였다. "하
지만 원장님은 파울리 얘기만 나오면 흥분부터 하시잖아요!"

"그놈이 이제까지 내게 한 짓이 있는데 흥분 안 하게 됐냐?"

옆에 서 있던 피아는 테니스 경기라도 관람하듯 두 사람을 번갈
아 쳐다보았다. 지나가던 사람들도 이쪽을 흘깃거렸다.

"문명인답게 볼륨 좀 낮추시는 게 어때요?" 피아가 끼어들었다.
"동네방네 소문내야 할 일 아니면 사무실에 들어가서 얘기하죠."

"루카스랑 얘기 좀 해도 될까요?"

컨테이너 문이 닫히자마자 피아가 기다렸다는 듯 물었다. 산더는
그녀의 얼굴을 쳐다보더니 한숨을 푹 내쉬며 고개를 끄덕였다. 루카
스는 원장 책상 앞에 놓인 의자에 앉아 양손에 얼굴을 파묻었다. 피
아는 그 옆에 가 앉았다.

"파울리가 아닐지도 몰라요." 루카스의 녹색 눈동자가 불안하게
흔들렸다. "경찰이 잘못 알았을 수도 있잖아요."

"파울리 씨와는 어떻게 아는 사이지?"

루카스는 마른침을 삼키며 애써 산더를 외면했다.

"전 켈크하임에 있는 녹색카페에서 일해요." 그는 귀 뒤로 머리카
락을 넘기며 말했다. "파울리와 에스터가 운영하는 채식주의 식당
겸 카페예요."

"파울리 씨를 본 게 그저께 언제쯤이지?"

"정확한 시간은 모르겠어요." 루카스는 기억을 더듬었다. "아마 늦은 오후였을 거예요. 오늘 있을 캠페인 때문에 녹색카페에서 모임이 있었어요."

"파울리는 B8 도로 서쪽 우회로 건설을 반대하는 데도 열심이었습니다." 뒤쪽에서 산더의 목소리가 들렸다. "쾨니히슈타인과 켈크하임 지역의 환경연합에서 도로 증축에 반대하는 집회를 정기적으로 열고 있어요."

"네, 맞아요." 루카스가 고개를 끄덕이며 말했다. "오늘은 슈나이트하인과 자연의 집에서 예정 노선 걷기 집회가 있는데……. 정말 믿기지 않아요. 알고 지낸 지 얼마나 오래됐는데요. 한때는 제 생물 선생님이었어요."

"어느 학교지?" 피아가 호기심 가득한 목소리로 물었다.

"FSG." 루카스가 바로 설명을 덧붙였다. "프리드리히 실러 김나지움요. 켈크하임에 있어요. 파울리는 정말 괜찮은 사람이에요. 아니, 정말 괜찮은 사람……이었어요."

그는 말끝을 흐리다가 작은 목소리로 중얼거렸다.

"선생님으로서도 정말 괜찮았어요. 제가 고민이 있을 때면 언제든 시간을 내서 들어줬어요. 선생님 댁에 놀러가서 몇 시간씩 얘기를 나누기도 했어요. 정말 존경스러운 분이었는데……."

루카스는 산더 쪽으로 고개를 돌렸다.

"원장님은 생각이 다르시겠지만요."

의자에서 일어난 산더는 팔짱을 낀 채 안됐다는 표정으로 루카스를 바라볼 뿐 그의 가시 돋친 말에는 아무 대구도 하지 않았다.

*

그로부터 10분 후 컨테이너에는 피아와 산더 단둘만 남았다. 아직 오전이지만 컨테이너 안은 숨이 턱턱 막힐 정도로 후텁지근했다.

"직원들에게 관심이 참 많으신 것 같아요. 아까 그 청년을 매우 아끼시는 것 같던데……."

"네, 아끼는 아이입니다. 그래서 더 안타까워요." 산더는 순순히 속마음을 털어놓았다.

"왜요?"

"상황이 별로 좋지 않아요." 산더는 수수께끼 같은 말로 얼버무렸다.

"루카스의 아버지는 아들에게 무척 엄합니다. 큰 은행의 이사인데 아들도 자신과 같은 길을 가길 바라죠." 산더는 창가에 기대며 팔짱을 꼈다. "루카스는 머리가 정말 좋은 아이입니다. 학교 공부가 너무 쉬워서 지루해했죠. 고등학교 1학년 때 유명한 가톨릭계 사립학교에서 쫓겨나 기숙학교에서 반년 정도 있었어요. 그다음 집에 데려왔는데 1년 반 동안 아무것도 안 하고 놀았죠. 그러다 그 파울리라는 사람을 알게 됐는데 어떻게 루카스의 마음을 움직였는지 고등학교라도 마치라고 설득했더라고요."

피아는 알겠다는 듯 고개를 끄덕였다. "루카스는 평범한 실습생이 아니죠?"

"왜 그렇게 생각하십니까?"

"아까 특별 대우 안 한다고 말씀하셨잖아요. 무슨 뜻이죠?"

산더는 그녀의 주의 깊은 관찰력에 놀라는 눈치였다.

"루카스 아버지는 우리 동물원의 재단 이사입니다. 아들을 몇 달

정도 실습생으로 써달라고 부탁하더군요."

산더는 어깨를 으쓱하며 말을 이었다.

"처음에는 파울리가 루카스에게 좋은 영향을 끼친다고 생각한 모양입니다. 루카스가 갑자기 공부에 의욕을 보이며 작년에 좋은 성적으로 고등학교를 졸업했거든요. 모든 게 잘되는 듯했죠."

"그런데요?"

"그 영향이 지나쳤던 겁니다. 루카스는 '프로젝트'를 후원한다는 구실로 아버지가 만들어준 통장에 있던 돈을 몽땅 파울리에게 줘버렸습니다. 루카스의 아버지는 머리끝까지 화가 나서 루카스에게 주던 생활비를 끊어버렸고요. 그러자 루카스는 파울리의 친환경 카페에서 서빙을 하기 시작했습니다. 차츰 집에도 안 들어가더니 1주일 후에는 은행 실습을 그만뒀죠. 그뿐 아닙니다. 작년 가을에는 동물 실험에 반대한다며 다른 젊은이들과 함께 제약회사 사무실에 쳐들어갔다가 경찰에 체포되기도 했습니다. 참다못한 루카스의 아버지는 아들이 파울리와 만나는 것을 금지하고 제게 어떻게 하면 좋겠느냐고 조언을 구했습니다."

"왜 하필이면 원장님께 조언을 구했죠?"

"서로 친합니다. 루카스는 제 둘째 딸과 같은 반이기도 해서 우리 집을 제집처럼 드나들었죠."

"말하자면 집행유예 기간이군요?"

"루카스의 아버지는 그렇게 생각한 것 같습니다." 산더는 고개를 끄덕였다. "누군가 아들을 책임지고 맡아줄 사람이 필요했는데 제가 딱 걸린 거죠."

그는 캐비닛을 열고 한참을 뒤적거리다 난감한 듯 말했다. "마실 게 아무것도 없군요. 레스토랑에 전화해서 커피를 좀 가져오라고 할까요?"

"아뇨, 전 괜찮아요." 피아가 정중히 사양했다. "어젯밤에 커피를 사발로 마셨거든요."

"아니 왜요? 어젯밤에도 시체가 발견됐나요?"

"아뇨." 피아가 활짝 웃으며 말했다. "어제 잠을 못 잔 건 경사스러운 일 때문이었어요. 망아지가 태어났거든요."

"오!"

도로 책상 앞에 앉은 산더는 그녀가 아주 진귀한 동물이라도 되는 양 호기심 가득한 표정으로 쳐다보았다. 그리고 오늘 만난 이후 처음으로 웃는 얼굴을 보였다. 사람 좋아 보이는 자상한 미소와 함께 그의 진지한 표정이 환하게 바뀌었다. 웃으니 완전히 딴사람 같았다.

"시체와 살인자를 대하는 험한 직업에 대한 보상으로 말을 키우는 건가요?" 그는 아직도 어떻게 판단해야 할지 모르겠다는 듯 눈을 가늘게 뜨고 피아를 쳐다보았다.

"네, 맞아요." 피아는 마주 보며 웃었다. "바로 앞마당에 두고 키워요."

"네? 앞마당에요?"

두 사람의 대화는 갑자기 사적인 방향으로 급선회했다. 피아는 산더에게 호감을 느꼈기 때문에 그의 사적인 질문이 기분 나쁘지 않았지만 사실 수다를 떨 시간은 없었다.

"피해자의 신원을 자세히 얘기해주겠다고 하셨죠? 파울리 씨와는 어떻게 아는 사이였나요?"

산더는 순식간에 진지한 표정으로 돌아왔다.

"몇 년 전 파울리는 동물원의 사육 방식에 반대하는 공동체를 만

들어 민원 넣기 캠페인을 벌였습니다. 감정적이고 도발적인 내용의 편지를 보내고 인터넷 포럼을 만들어 동물원을 비난했습니다. 비판의 대상은 동물원 전체였지만 특히 우리 동물원을 겨냥한 것이었죠. 개인적으로 파울리를 처음 만난 건 2년 전입니다. 그때 파울리는 동물원 앞에서 몇몇 학생들과 함께 사람들에게 코끼리 사육에 반대하는 전단을 나눠 주고 있었습니다. 학교 선생들이야 남는 게 시간이잖습니까?"

그는 콧방귀를 뀌었다.

"우리 동물원은 동물들의 사육 환경을 개선하기 위해 꾸준히 노력해왔습니다. 하지만 파울리는 그 어떤 노력도 인정하지 않았죠. 동물원 자체가 없어져야 한다고 생각했으니까요. 그리고 자신의 생각을 표현하는 데 어떤 구애도 받지 않았습니다. 언제나 할 말이 많았고 툭하면 누군가를 비방하며 사람들을 선동했습니다."

"동물원으로선 말썽거리였겠군요?"

"그렇다고 동물들을 풀어놓거나 동물 우리에 선전 문구를 써놓거나 하지는 않았습니다. 그런 종류의 말썽을 의미하신다면요. 하지만 언제나 뭔가에 반대하는 시위를 했고 온라인과 오프라인에서 끊임없이 소란을 피웠습니다. 특히 동물원에 행사가 있을 때는 빠지지 않았죠."

산더는 말도 말라는 듯 손을 내둘렀다.

"파울리와 토론도 많이 했습니다. 심지어 동물원에 초대해서 우리가 무슨 일을 하고 왜 그 일을 하는지 일일이 설명까지 해줬습니다. 하지만 쇠귀에 경 읽기였죠. 저는 이유 있는 비판은 받아들이지만 인신공격이나 빈정거림은 못 참습니다. 파울리가 사람들을 선동하는 꼴은 정말 봐주기 힘들었습니다. 편파적이고 감정적인 데다 자기 생각이 무조건 옳다고 믿는 사람이었어요. 이상하게도 학생들은 그런 비타협적인 사람을 좋아하더군요. '쿨'하다고 생각하는 거죠. 아까 루카스가 하는 말 들으셨죠? 위험천만한 생각입니다. 세상일은 흑백이 분명하게 가려지지 않는 법인데…….”

“파울리 씨를 마지막으로 본 건 언제죠?”

“일요일입니다. 추종자들을 거느리고 나타나서 또 분쟁을 일으키더군요. 그날은 저도 그만 뚜껑이 열려버렸습니다.”

크리스토프 산더 같은 사람이 뚜껑이 열리면 어떻게 될까? 시체가 된 파울리는 언뜻 봐도 상당히 왜소한 체구였다. 그런 파울리가 건장한 체구에 기운이 팔팔한 산더의 적수가 되지 못할 것은 뻔하다.

“그래서 어떻게 됐나요?” 피아가 물었다.

“언쟁을 했습니다. 그러다 파울리가 제가 하는 말마다 말꼬리를 잡고 늘어지기 시작했습니다. 어느 순간 말하기도 지치고 그러고 있는 저 자신이 바보처럼 느껴지더군요. 그래서 다시는 동물원 근처에 얼씬도 하지 말라며 쫓아버렸습니다.”

피아는 고개를 갸우뚱했다. “그런데 동물원에서 50미터도 떨어지지 않은 곳에서 발견됐네요.”

“죽어서도 제 속을 긁어놓는 데 성공한 셈이죠.” 산더는 쓰디쓴 웃음을 지었다. “100퍼센트 성공은 아니지만…….”

*

“동물원장이 파울리의 죽음과 관련이 있을까?”

피아로부터 산더와 나눈 대화, 산더와 루카스의 언쟁을 보고 받은 보덴슈타인이 물었다.

“아뇨, 제 생각엔 아니에요.” 피아가 고개를 저었다.

“그 청년, 시체가 발견된 곳까지 찾아왔던걸. 꽤 충격 받은 표정이었어. 그리고 파울리의 여자친구 걱정을 하더라고. 내가 보기엔 두 사람을 아주 좋아하는 것 같아.”

피아가 동의하듯 고개를 끄덕였다. “그 두 사람이 운영하는 카페에서 일한대요. 그리고 거기서 화요일 저녁에 파울리를 만났고요.”

보덴슈타인은 자동차 열쇠의 리모컨을 눌렀다. BMW 전조등이 두 번 깜박이며 응답했다.

“부군께서는 이미 프랑크푸르트의 연구소로 출발하셨으니 제가 모셔야겠는걸요?” 보덴슈타인이 농담 삼아 말했다.

“뭐 어쩔 수 없죠.” 피아가 씩 웃으며 말했다. “그런데 루카스……, 그 청년에게 시체를 보여주시거나 한 건…….”

“미쳤어? 내가 그런 짓을 하게?” 그는 눈썹을 한 번 치켜세우더니 우아한 동작으로 조수석 문을 열어주었다. “오스터만과 카트린은 사무실로 나오라고 말해뒀어. 벤케만 연락이 안 되는군.”

“도르트문트 경기 표 있다고 했잖아요.”

프랑크 벤케는 FIFA의 복잡한 매표 체계에도 불구하고 도르트문트 경기 표를 사는 데 성공했다. 그는 무슨 일이 있어도 그 경기에 갔을 것이다.

*

피해자 한스 우를리히 파울리의 집은 켈크하임-뮌스터 지역 로어비젠 가의 길모퉁이에서 두 번째 집이다. 그 뒤로 바로 들판과 숲이 이어지고 숲 뒤편에는 골프 잔디밭을 갖춘 ‘해 뜨는 호프하우젠’

농원이 있다.

보덴슈타인은 거대한 호두나무와 세 그루의 키 큰 전나무 사이에 지어진 집 앞에 차를 세웠다. 크라운유리(입으로 불어서 만든 장식 유리_역주)로 장식된 창문 앞에는 덧창이 달려 있고 담쟁이넝쿨에 뒤덮인 집 앞에는 오래된 격자 울타리가 서 있다. 피아는 울타리에 달린 초인종을 눌렀다. 집 뒤편에서 개 짖는 소리가 시끄럽게 났다. 시멘트 타일을 깐 마당에 잡초가 무성한 것을 보니 정문을 잘 사용하지 않는 모양이다.

"아무도 없나 본데?" 보덴슈타인이 말했다. "뒤쪽으로 가보지."

보덴슈타인이 뒷문을 밀었다. 문은 잠겨 있지 않았다. 두 사람은 화초로 가득한 뒷마당으로 들어섰다. 양동이에 키 큰 식물들이 심겨 있고 다양한 크기의 제라늄과 피튜니아 화분이 처마 끝에 대롱대롱 매달려 있다. 벽 쪽에 놓인 긴 간이탁자에도 크고 작은 화분들이 죽 늘어서 있는데, 막 싹이 나기 시작한 것도 있고 어느 정도 자란 것도 있다. 간이탁자 옆자리는 정원 가꾸는 데 쓰는 기구와 흙 포대가 차지하고 있다. 더 안쪽으로 들어가니 온실 몇 개와 연못이 있는 울창한 정원이 나왔다.

순간 보덴슈타인은 집 모퉁이를 돌아 달려오는 개 떼를 보고 깜짝 놀랐다. 연푸른색 눈동자를 가진 맨 앞의 개는 울프하운드, 허스키, 셰퍼드를 섞어놓은 듯한 기묘한 생김새다. 그 뒤를 따르는 것은 로디지안 리지백(아프리카산 사냥개_역주)이고, 앞서 두 마리보다 몸집이 작은 잡종견 두 마리는 동물 보호소에서 가장 못생긴 개들을 데려온 듯하다. 네 마리 모두 사람을 본 지 오래됐는지 끊임없이 꼬리를 흔들어대며 반가워했다.

"사람을 보고 좋아하는 걸 보니 집 지키는 개는 아니네." 피아는 웃으며 개들이 다가와 냄새를 맡게 내버려두었다. "집에 너희들만 있니?"

"조심해." 보덴슈타인이 경계하는 어조로 말했다. "그 회색 개는 사나워 보여."

"에이, 아니에요." 피아는 큰 개의 귀 언저리를 긁어주며 말했다. "아주 순하지, 그렇지? 당장이라도 데려다 키우고 싶을 만큼 귀여운 녀석이네."

"내 차에 태울 생각은 꿈에도 하지 마."

보덴슈타인은 열려 있는 문을 하나 발견하고 집 쪽으로 다가갔다. 두 계단을 올라가니 커다란 부엌이 보였다. 주로 이쪽 문을 사용하는지 계단에 신발 여러 켤레와 빈 화분, 그 밖에 잡동사니들이 쌓여 있다.

"계십니까?"

보덴슈타인이 집 안에 대고 외쳤다. 피아는 그를 제치고 곧장 안으로 들어가 부엌을 둘러보았다. 타일이 깔린 부엌 바닥에는 개 발자국이 난무하고, 싱크대에는 설거지하지 않은 냄비와 그릇이 수북이 쌓여 있고, 식탁에는 마트 봉지 두 개가 풀지도 않은 채 그대로 놓여 있다. 피아는 다른 문을 열어보았다. 거실인 모양인데 온통 아수라장이다. 책장의 책은 쏟아져 아무렇게나 바닥에 흩어져 있고, 소파는 뒤집혔고, 벽에 걸려 있었을 그림도 바닥에 떨어져 나뒹굴고 있다. 정원과 테라스로 나가는 유리문은 살짝 열려 있다.

"감식팀을 불러야겠군."

보덴슈타인은 주머니에서 휴대전화를 꺼냈다. 피아는 계속 걸음을 옮기며 라텍스 장갑을 꼈다. 거실과 연결된 방은 파울리의 서재 같은데 역시 폭풍이 휩쓸고 간 듯 엉망이다. 책이며 서류며 할 것 없이 다 바닥에 떨어져 있고 육중한 목재 책상의 서랍도 모두 빠진 채 내용물과 함께 바닥에 널브러져 있다. 벽에 붙어 있는 포스터들은 집주인의 정치적 성향을 잘 말해준다. 원자력발전소와 프랑크푸르트 공항의 활주로 공사, 핵연료 수송에 반대하는 구호가 박힌 낡은 포스터, 그린피스 홍보 포스터 등 비슷한 성향의 포스터들이 붙어 있는데 반은 찢겨 나가 너덜너덜하다. 방 한구석에 놓인 평면 텔레비전은 부서져 있고, 바닥에 내동댕이쳐진 잉크젯프린터와 노트북도 처참하게 망가진 꼴이다.

"반장님!" 피아는 현장 보존을 위해 최대한 주의하며 문 쪽으로 급히 발길을 옮겼다. "이건 도둑의 소행이 아니에요. 이건……."

그때 갑자기 눈앞에 나타난 보덴슈타인 때문에 피아는 머리끝이 쭈뼛하도록 놀랐다.

"그렇게 소리 안 질러도 돼." 보덴슈타인이 씩 웃으며 말했다. "내 귀 아직 잘 들리거든."

"놀랐잖아요. 그렇게 갑자기 나타나시면……."

더 핀잔을 주려던 피아는 집 안 어디선가 들리는 전화벨 소리에 즉시 입을 다물었다. 두 사람은 전화벨 소리를 따라 2층으로 올라갔다. 2층은 단정한 대신 욕실에 불이 환히 켜져 있다. 욕실로 들어가니 수건, 청바지, 셔츠, 속옷이 바닥에 아무렇게나 널브러져 있다. 피아는 수사를 하면서 타인의 사적 공간을 들여다봐야 한다는 게 영 내키지 않았다. 하지만 피해자의 주변을 더 잘 알기 위해서는 어쩔 수 없다. 파울리의 여자친구는 어디 간 걸까? 전화벨 소리를 따라 침실에 들어서니 활짝 열린 옷장 문과 함께 침대 위에 널린 옷가지 몇 개가 눈에 들어왔다. 순간 전화벨 소리가 멈췄다.

"막 샤워를 마치고 옷을 갈아입는 중이었나 봐요." 피아가 말했다. "그래서 그런 차림으로 발견된 거죠."

보덴슈타인이 고개를 끄덕였다.

"여기 전화기가 있군." 그는 침대 위 청바지와 셔츠 사이에 아무렇게나 놓여 있는 무선전화기를 들고 깜박이는 버튼을 눌렀다.

"서른네 개의 메시지가 저장되어 있습니다." 기계음이 흘러나왔다. "첫 번째 메시지. 6월 13일 화요일 오후 3시 32분."

"파울리, 집에 있는 거 다 알아." 앙칼진 여자 목소리다. "당신 수법 이제 정말 지겨워. 그동안 난 정말 할 만큼 했거든. 당신 같은 고집불통하고는 평화롭게 해결 안 될 것 같아. 이 녹음 가지고 변호사를 찾아가든 말든 난 상관 안 해. 어차피 이번에도 내가 이길 테니까. 마지막으로 한 번 더 협상할 기회를 주겠어. 오늘 저녁 8시 반에 집으로 갈게. 이번에도 문을 안 열어주거나 뻣뻣하게 나오면 그냥 안 넘어갈 테니까 그런 줄 알아."

삐 하는 소리가 난 후 메시지 네 개가 연달아 나왔지만 전화번호도 남기지 않았고 음성 녹음도 되어 있지 않다. 오후 5시 직전의 녹음은 "안녕하세요⋯⋯"에서 멈춘 걸 보니 주인이 바로 전화를 받은 모양이다. 저녁 8시 13분에는 다음과 같은 녹음이 돼 있다.

"나 카르스텐 보크요." 묵직한 남자 목소리다. "듣자 하니 월요일에 사람들 다 있는 데서 또 무슨 헛소리를 한 모양인데 파렴치한 중상모략에 명예훼손이오. 이미 법적 절차를 밟고 있는 중이오. 빠른 시일 내에 서면으로 사과하고 신문에 정정 보도를 내시오."

피아와 보덴슈타인은 재빨리 시선을 주고받았다. 화요일 밤에서 수요일 새벽 사이에 두 통의 전화가 더 왔는데 둘 다 번호가 뜨지 않았다. 그리고 수요일 저녁에 한 남자가 녹음을 남겼다.

"파울리, 저 타렉이에요. 제발 휴대전화 하나 장만해요! 저 집에 돌아왔어요. 프레젠테이션 완성해서 사이트에 올렸거든요. 한번 보세요. 그럼 나중에 봐요."

나머지 전화는 모두 파울리의 여자친구인 에스터에게서 온 것이다. 열 번도 넘게 전화를 했는데, 처음에는 궁금해하던 목소리가 걱정스러운 투로 바뀌고 나중에는 불같이 화내는 고함 소리로 변했다. 그때 밖에 택시가 와서 멈추고 개들이 일제히 짖기 시작했다.

*

에스터 슈미트가 마당에 들어서자 개들이 그녀 주변으로 몰려들어 꼬리를 흔들며 정신없이 짖어댔다. 손에 여행 가방을 들고 어깨에는 노트북 가방을 멘 그녀는 개들을 쓰다듬어준 뒤 부엌문을 열고 집으로 들어갔다. 아담한 체구에 주근깨가 난 창백한 얼굴의 여자로, 금빛이 도는 빨간 머리를 뒤로 땋아 내린 모습이다.

"이게 웬 난리야?" 에스터가 놀라서 외쳤다. "겨우 사흘 집을 비웠는데……."

"놀라지 마십시오."

보덴슈타인이 나서며 말했다. 그러나 깜짝 놀란 에스터는 가방을 털썩 떨어뜨리며 뒷걸음질 쳤다.

"누구세요?" 그녀는 놀라 눈을 크게 뜨며 물었다. "여기서 뭐 하는 거예요?"

"경찰에서 나왔습니다." 보덴슈타인이 신분증을 들어 보였다. "호프하임 강력계 형사 보덴슈타인입니다. 이쪽은 동료인 키르히호프 형사입니다."

"강력계요?" 에스터가 혼란스러운 듯 중얼거렸다.

"에스터 슈미트 씨 맞습니까?" 보덴슈타인이 물었다.

"네, 대체 무슨 일이죠?"

에스터는 두 형사 사이를 비집고 들어가 거실을 들여다보았다. 난 장판이 된 풍경에 그녀는 훅 하고 숨을 들이마셨다. 그리고 메고 있던 가방을 지저분한 식탁에 아무렇게나 내려놓았다. 구겨진 린넨 치마에 튜닉 블라우스를 입고 맨발에 샌들을 신은 차림인데, 가죽 샌들은 편해 보이지만 우아함과는 거리가 멀고 샌들 사이로 보이는 발가락은 지저분하다.

"안 좋은 소식을 전하게 돼서 유감입니다." 보덴슈타인이 말했다. "오늘 아침에 한스 우를리히 파울리 씨의 시체가 발견됐습니다."

에스터는 말뜻을 이해하는 데 한참이 걸렸다.

"파울리가 죽었다고요?" 그녀는 믿기지 않는 표정으로 보덴슈타인을 쳐다보더니 식탁 의자 끝에 앉았다. "어쩌다…… 죽었죠?"

"저희도 아직 잘 모릅니다. 파울리 씨와 마지막으로 얘기를 나눈 게 언제입니까?"

"화요일 밤요." 에스터는 팔짱을 끼며 건조하게 답했다. "채식주의자 회의 때문에 월요일부터 스페인 알리칸테에 있었어요."

"파울리 씨와 전화 통화를 한 게 화요일 몇 시쯤입니까?"

"늦은 시간이었어요. 밤 10시쯤이었을 거예요. 컴퓨터로 집회 전단을 만들어야 한다고 했어요. 그런데 제가 전화하기 얼마 전에 또 전부인이 찾아왔었다고 하더군요."

그녀의 얼굴이 일그러졌다. 그러나 눈물이 흐르지는 않았다.

"누구 아는 분을 불러드릴까요?" 피아가 물었다.

"아니에요. 괜찮아요." 에스터는 의자에서 일어나 주위를 둘러보았다. "집은 언제 치워도 되죠?"

"감식팀이 조사를 마칠 때까지 기다리셔야 합니다." 보덴슈타인이 말했다. "만약 없어진 물건이 있으면 저희에게 바로 알려주시면 감사하겠습니다."

"왜요?"

"여기 이 난장판은 파울리 씨의 죽음과 관련 없을 수도 있으니까요." 보덴슈타인이 다른 가능성을 시사했다. "저희는 사망 시각을 화요일 밤으로 추정하고 있습니다. 그 뒤로 하루 종일 문이 열려 있었을 테니 도둑이 들었을 수도 있죠."

밖에서 개 짖는 소리가 나고 자동차 문 닫히는 소리가 나더니 곧 감식팀이 부엌 문가에 나타났다.

"네, 알겠어요." 그녀는 붉어진 눈으로 보덴슈타인을 쳐다보고는 어깨를 으쓱했다. "없어진 게 있으면 연락을 드리죠. 그 밖에 더 얘기할 게 있나요?"

"요즘 파울리 씨와 사이가 좋지 않았거나 문제가 있었던 사람이 누군지 알려주시면 좋겠습니다."

보덴슈타인은 그녀에게 명함 한 장을 내밀었다. 그녀는 건성으로 명함을 훑어보고는 고개를 들었다.

"사고가 아니었죠, 그렇죠?"

"사고는 아닌 것 같습니다."

*

피아가 작센하우젠에 도착해 법의학연구소로 사용하는 케네디가의 빌라로 들어간 것은 2시 반경이었다. 건물 구조를 제 손바닥 들여다보듯 훤히 아는 그녀는 곧장 부검실이 있는 지하로 향했다.

학자로서의 헤닝은 연구와 일밖에 모르는 일벌레라 피아는 결혼 생활 16년 동안 이 건물 지하에서 수도 없이 많은 밤을 보냈다. 부검실에 들어서니 이미 발레리 뢰블리히 검사가 와 있었다. 파울리의 시체도 밝은 조명을 받으며 철제 부검대에 누워 있었다. 헤닝의 조수인 로니 뵈메는 해부학적 정확성을 기해 절단된 손과 발을 벌거벗은 시체에 맞춰놓았다.

"풀 베는 기계에 잘린 거야?" 가운을 입고 마스크를 쓴 피아가 물었다.

"응, 확실해." 헤닝은 돋보기로 찬찬히 시체를 살피며 말했다. "하지만 죽은 지 한참 뒤에 잘린 거야. 지금까지 조사한 결과 이 시체는 24시간 이내에 적어도 한 번은 옮겨졌어. 사망 원인은 분명히 두부 손상이야. 뢴트겐사진을 보면 알 수 있어."

그는 고갯짓으로 라이트박스를 가리켰다.

"자전거를 타고 가다가 넘어진 걸까요?" 뢰블리히 검사가 물었다. 30대 초반의 예쁘장한 갈색 머리 여자로 더운 날인데도 블레이저 재킷과 초미니스커트에 실크 스타킹 차림이다.

"이제까지 한 말을 콧구멍으로 들었어요? 적어도 한 번은 옮겨졌다니까요." 헤닝의 목소리에서 짜증이 묻어났다. "자전거 사고로 죽은 사람이 혼자 자리를 옮길 수 있습니까?"

피아와 로니는 헤닝 몰래 의미심장한 시선을 주고받았다. 두 사람 다 아무 생각 없이 질문을 했다가 헤닝에게 심한 핀잔을 들은 적이 있기 때문이다. 헤닝 키르히호프는 훌륭한 법의학자긴 하지만 결코 사교성이 뛰어난 인물은 아니다. 그러나 뢰블리히 검사도 그리 호락호락하지 않았다.

"자전거에서 추락해 죽었는지 물은 게 아니라 자전거에서 추락했을 가능성이 있는지 물은 거예요."

헤닝은 고개를 들어 그녀를 한 번 쳐다보더니 이의를 순순히 받아들였다.

"자전거에서 추락했을 가능성은 없습니다. 만약 자전거를 타다가 떨어졌다면 손마디와 무릎에 긁힌 상처가 났을 겁니다. 하지만 이 시체에는 찰과상이 없어요."

"아, 그렇군요. 친절한 답변 감사합니다, 키르히호프 박사님." 그녀가 과장된 정중함으로 대꾸했다.

헤닝은 시체의 가슴을 Y자 모양으로 절개한 뒤 내장을 보기 위해 가위로 갈비뼈를 잘랐다. 피아에게는 익숙한 작업이다. 이 작업에는 부검 과정에 대한 세세한 기록이 따른다. 헤닝은 손놀림 하나, 하찮은 조사 결과 하나도 빠뜨리지 않고 목에 걸린 마이크에 전부 녹음했다. 이 녹음은 나중에 비서가 컴퓨터에 옮겨 검시 보고서로 작성한다. 로니는 헤닝이 꺼낸 장기의 무게를 달고 치수를 잰 후 차트에 꼼꼼히 기재했다.

"스테아토시스 헤파티스. 흠, 채식주의자인 주제에." 헤닝은 이렇게 말하며 장기를 뢰블리히의 코앞에 불쑥 들이밀었다. "이게 뭔지 알겠습니까?"

"지방간이네요." 뢰블리히 검사는 동요하는 기색 없이 미소를 지으며 침착하게 말했다. "그렇게 쉽게 기절하지는 않으니까 헛수고 마세요."

헤닝은 돋보기를 들고 잘 면도된 시체의 머리통을 꼼꼼히 살피다가 작은 핀셋으로 상처의 한 부분을 떼어내 실험용 플라스틱 접시에 담았다. 로니는 즉시 이름을 써서 접시에 붙였다.

"둔기로 머리를 맞아 두개골이 손상됐어. 머리 앞부분 상처에 쇳

가루와 녹의 흔적이 있거든. 뒤통수 상처는 뒤로 넘어지면서 생긴 것 같고."

헤닝은 메스로 뒤통수의 두피를 잘라 얼굴 앞으로 넘긴 후 두개골을 살폈다.

"골절의 전형적인 두 가지 형태가 나타나 있어. 먼저 머리를 맞았고 그다음 추락에 의해 두개골이 부서진 거지."

"그 정도로 사람이 죽어?" 피아가 용기를 내 물었다.

"반드시 죽진 않아." 헤닝은 전기톱으로 두개골을 잘라 양쪽으로 열어 젖혔다. "이런 사고 뒤에는 뇌내출혈이 있는 경우가 종종 있지. 뇌부종으로 발전하기도 해. 뇌압이 상승하면 호흡곤란이 오고 혈액순환이 마비돼. 그러면 심장마비가 오는 거야. 즉사할 수도 있고 몇 시간 정도 뒤에 죽을 수도 있어."

"그럼 바로 안 죽었을 수도 있겠네."

헤닝은 두개골에서 뇌를 꺼내 심각한 표정으로 살피더니 얇게 한 조각 썰었다.

"출혈은 없었어." 그는 뇌를 로니에게 건네고 고개를 숙여 두개골 안을 들여다보았다. 그런 다음 시체의 고개를 옆으로 삐딱하게 놓더니 라이트박스 쪽으로 가 다시 한 번 뢴트겐사진을 들여다보았다.

"이 사람의 경우는 즉사야. 넘어질 때 두개 기저에서 경추가 뽑히면서 부러졌어."

*

감식팀 직원들이 부엌과 서재를 샅샅이 뒤지는 가운데 보덴슈타인은 에스터 슈미트에게 몇 가지 질문에 대답할 수 있는지 물었다.

막 가족의 부고를 듣고 쇼크 상태에 있는 사람을 상대로 심문하는 게 썩 내키지는 않지만 오랜 경험으로 볼 때 이때 가장 많은 정보를 알아낼 수 있다.

"시체는 어디에 있었어요?" 에스터가 물었다.

"크론베르크 오펠 동물원 근처에서 발견됐습니다."

그 말에 에스터는 눈이 동그래졌다.

"크론베르크 오펠 동물원요? 그럼 그 동물원장 짓일지도 몰라요. 파울리를 얼마나 미워했는데요! 파울리는 항상 동물원의 동물들이 얼마나 학대당하는지 대놓고 말했기 때문에 원장에게 눈엣가시였어요. 얼마 전에는 저를 차로 칠 뻔하기도 했어요. 순전히 고의로요!" 그녀는 핏대를 세우며 흥분했다. "동물원 앞 주차장에서 전단지를 나눠 주고 있는데 지프를 타고 달려오더니 당장 꺼지지 않으면 자기 손으로 우리를 갈기갈기 찢어서 늑대 밥으로 주겠다면서 으름장을 놓았어요."

보덴슈타인은 말없이 그녀의 말에 귀를 기울였다.

"파울리에게 동물원 접근 금지명령을 내린 것도 바로 지난주 일요일의 일이에요. 제가 장담하는데 원장은 무슨 짓이든 할 수 있는 사람이에요."

보덴슈타인의 생각은 달랐다. 산더는 성질이 급하고 욱하는 면이 있어 보였지만 살인자로 보기는 힘들었다.

"어떤 여자가 자동 응답기에 아주 무례한 목소리로 메시지를 남겼던데 누군지 혹시 아십니까?"

"마라이케겠죠. 파울리의 전부인 말이에요." 에스터는 경멸스럽다는 듯 내뱉었다. "파울리랑 이혼한 뒤에 바로 재혼했어요. 남편은 바트조덴 사람인데 건축가예요. 둘이서 장난감 같은 더블하우스를 지어서 집 장사를 해요. 이 근처에도 그런 땅콩 주택이 여러 채 생겼어요. 이젠 이 땅을 노리는 거죠."

"제가 듣기엔 협박처럼 들리던데……." 보덴슈타인이 넌지시 말했다. "변호사 얘기도 나오더군요."

"마라이케와 파울리는 이 집과 땅을 둘이서 똑같은 몫으로 물려받았어요. 마라이케는 이혼하면서 집을 파울리에게 양보했는데 바로 마음이 바뀌어서 다시 돌려달라고 하는 거예요. 그래서 몇 년째 법정 싸움을 하고 있어요."

"이번에는 그냥 넘어가지 않겠다고 못을 박아 말하던데요?" 보덴슈타인은 물끄러미 그녀의 표정을 살폈다. "파울리 씨의 전부인이 그런 일을 할 만한 사람이라고 생각……."

"그 여자는 그런 짓을 하고도 남아요." 에스터는 보덴슈타인의 말을 자르며 성급하게 내뱉었다. "여기다 그 장난감 같은 집을 여섯 채만 지으면 엄청난 돈이 떨어지거든요."

"그 밖에 또 적이라고 할 만한 사람이 누가 있을까요?"

"파울리를 탐탁지 않아 하는 사람은 아주 많아요. 그이는 부당한 진실을 드러내는 데 앞장섰고 자신의 의견을 표현하는 데 두려움이 없었어요."

그때 트랙터 한 대가 트레일러 두 개에 압축 건초를 가득 싣고 지나갔다. 지저분한 러닝셔츠 차림에 몸집이 큰 백발 남자가 호기심 가득한 눈빛으로 집 쪽을 돌아보았다.

"저기 가는 저 사람도 파울리와 앙숙이었어요." 에스터가 말했다. "앞집에 사는 에르빈 슈바르츠라는 사람이에요. 시의원이랍시고 뭐든 제 마음대로 해도 되는 줄 알아요."

켈크하임 시민인 보덴슈타인 역시 에르빈 슈바르츠가 B8 확장의 적극적 지지자며 풍케 시장의 막역한 친구라는 사실을 알고 있었다. 보덴슈타인은 나중에 그 집에도 한번 들러야겠다고 생각했다.

"……콘라디도 마찬가지예요." 에스터는 입술을 꽉 다물며 미간에 깊은 주름을 잡았다. "얼마 전에는 우리 개 한 마리를 쏴 죽였어요. 우리 개가 미쳐서 그랬다는데 말도 안 되는 소리예요. 차코는 나이가 열네 살인 데다 눈도 잘 보이지 않았어요. 이 지역 수렵 관리인이 된 후로 호시탐탐 기회를 엿보고 있었던 거예요. 그러다 기회가 오니까 쏴버린 거죠."

"역 앞길에서 정육점을 하는 콘라디를 말씀하시는 건가요?"

"네, 그 콘라디요. 검사도 안 받은 멧돼지로 스테이크를 만들어 팔다가 파울리에게 고발당했거든요."

"이웃인 슈바르츠 씨와 사이가 좋지 않았던 이유는 뭡니까?"

"그 사람은 지독한 환경 파괴범이에요. 자기 밭과 들판에 쓰레기를 버리고 리더바흐 천에 비료를 흘려보냈어요. 파울리가 그 사실을 폭로했지만 연줄을 이용해서 빠져나갔죠. 그 뒤로 계속해서 파울리를 미워했어요."

종이 재질의 흰색 오버올을 입고 부엌으로 통하는 계단을 조사하던 한 감식팀원이 뒤돌아보며 외쳤다. "반장님, 여기 뭐가 있는데요. 와서 좀 보셔야겠습니다."

"알았어."

보덴슈타인은 에스터에게 고맙다고 인사를 한 뒤 걸음을 옮기다 말고 뒤를 돌아보았다.

"타렉이라는 사람을 아십니까?"

"네, 우리 카페 컴퓨터 담당이에요."

"그럼 루카스 반덴베르크는요?"

“물론 알죠. 우리 카페 바에서 일해요. 그런데 그걸 왜 묻죠?”

“아, 그냥요.” 보덴슈타인은 다시 몸을 돌렸다. “협조해주셔서 감사합니다.”

에스터는 어깨를 으쓱할 뿐 인사도 없이 개들을 데리고 정원으로 사라졌다.

“찾아낸 게 뭐야?” 감식팀원에게 다가간 보덴슈타인이 물었다.

“피가 튄 자국입니다.” 감식팀원이 마스크를 벗으며 부엌문 옆 벽을 가리켰다. “다른 벽과 신발, 꽃에서도 혈흔이 발견됐습니다. 사람의 피인 것 같습니다.”

보덴슈타인은 벽 앞에 쭈그리고 앉아 언뜻 보면 꼭 진딧물 같은 핏자국을 살폈다.

“개 발바닥에도 피가 묻어 있습니다. 부엌 바닥에도 피 묻은 개 발자국이 찍혀 있고요. 아마 개들이 계단의 피를 핥아 먹은 것 같습니다. 그리고 정문에 피 묻은 손바닥 자국이 있습니다. 루미놀 검사(법의학에서 사용하는 혈흔검사법_역주)는 어두워진 후에나 가능합니다.”

감식팀원은 바닥에 있던 투명한 봉지를 집어 보덴슈타인에게 내밀었다. 녹슨 말굽 편자가 들어 있었다.

“이게 계단 앞에 떨어져 있었습니다. 원래는 여기 걸려 있었겠죠.” 그가 부엌문 옆의 쇠못을 가리켰다.

“제 생각이 틀리지 않는다면 아마 편자에도 피가 묻어 있을 겁니다. 어쩌면 범행 도구인지도 모르죠. 범행은 바로 이 장소에서 일어났을 수도 있습니다.”

보덴슈타인은 투명 비닐봉지 속의 내용물을 찬찬히 살폈다. 편자는 너무 녹이 슬어서 쓸 만한 지문을 찾아내기는 어려울 것 같다.

뢰블리히 검사는 열린 문 앞에서 헤닝과 한참 수다를 떨었다. 그녀의 몸짓은 부검 내내 피아를 괴롭히던 예감이 적중했음을 확인시켜주었다.

발레리 뢰블리히는 헤닝에게 마음이 있다. 그녀는 부검하는 동안 끊임없이 질문을 했고 앞가슴이 깊이 파인 옷을 입은 채 부검대 위로 열심히 상체를 기울였다. 물론 헤닝은 아무것도 알아채지 못했다. 눈앞에 시체가 있으면 안젤리나 졸리가 옷을 홀딱 벗고 옆에 서 있어도 모를 사람이다. 그런 그도 부검이 끝나자 매력적인 여검사의 관심이 파울리의 껍데기에만 한정된 것이 아니었다는 사실을 눈치챈 것이다. 그녀가 뭐라고 말했는지 그가 웃음을 터뜨리자 그녀도 식상한 웃음소리를 내며 따라 웃었다.

뇌를 비롯한 장기들을 다시 시체 몸속에 집어넣고 꿰매던 로니는 피아와 시선이 부딪치자 눈썹을 치켜세우며 눈꼴사납다는 듯 눈알을 굴렸다. 피아는 그저 어깨만 으쓱했다. 사실 이름난 법의학자인데다 외모 또한 출중한 헤닝에게 왜 아직까지 새 여자가 생기지 않았는지 이상한 일이기도 했다. 헤어지자는 말을 꺼낸 것은 그녀 자신인데 피아는 왠지 모르게 질투심 같은 것을 느꼈다. 이윽고 뢰블리히가 사라지자 피아는 헤닝을 따라 2층 사무실로 갔다.

"뢰블리히랑 사귀는 거야?"

피아의 질문에 헤닝은 걸음을 멈추고 그녀의 얼굴을 찬찬히 뜯어보았다.

"만약 그렇다면 속상해?"

아직 한 번도 생각해본 적이 없는 질문에 피아는 살짝 당황했다.

헤닝과 헤어진 후 그녀는 내내 혼자였고 그도 당연히 그럴 거라 생각해왔다. 만약 그렇지 않다면? 사실은 속이 상했다.

"아니, 내가 속상해야 할 이유가 뭐야?"

"서운한걸."

헤닝이 눈썹을 치켜세우며 말했다. 그때 피아의 휴대전화가 부르르 진동음을 내기 시작했다.

"미안." 피아는 속으로 다행이라 여기며 휴대전화를 꺼냈다. 헤닝은 그녀가 보덴슈타인에게 부검 결과를 간단히 보고하고 전화를 끊을 때까지 옆에서 기다렸다.

"부검 결과는 언제 나와?" 피아가 물었다.

"내일 아침." 헤닝이 대답했다.

두 사람은 서로를 마주 보았다.

"저녁에 뭐 해?" 헤닝이 물었다. "망아지 보러 잠깐 들르고 싶은데. 와인도 한 병 가져갈까?"

"일이 언제 끝날지 모르겠어." 피아는 대답을 회피하며 휴대전화를 주머니에 넣었다. 헤닝이 다시 집에 발을 들여놓아도 괜찮을지 확신이 서지 않았다. 그러나 곧 어깨를 으쓱하며 생각을 바꾸었다. "좋아. 저녁에 집으로 와. 하지만 언제 집에 갈지는 나도 몰라."

"괜찮아. 기다릴 수 있어."

*

파울리의 앞집 마당에서는 일꾼들이 분주히 오가고 있었다. 세상의 모든 농부들이 그렇듯 에르빈 슈바르츠도 달력보다는 절기에 맞춰 살았다. 해가 긴 더운 날씨가 한동안 계속되자 건초를 수확하는

데 최적의 조건이 만들어졌다. 슈바르츠는 켈크하임에 얼마 남지 않은 농부 중 한 사람이지만 농사짓는 면적을 대폭 줄이고 남는 땅을 그냥 놀렸다. 정부 보조금을 받는 것이 유채나 밀을 심는 것보다 더 나았기 때문이다.

보덴슈타인이 열려 있는 문을 두드렸다.

"들어오쇼!"

안에서 대답하는 소리가 들렸다. 안으로 들어가니 어두컴컴한 부엌이었다. 농가의 큰 부엌에는 찌는 듯한 바깥 공기와는 달리 기분 좋은 시원함이 감돈다. 커다란 괘종시계의 초침 소리가 규칙적으로 들리고 시큼한 음식 냄새가 났다.

어둠에 눈이 익은 보덴슈타인은 조금 전 트랙터를 타고 지나간 거구의 남자를 알아보았다. 그는 청색 오버올 작업 바지에 땀에 전 러닝셔츠 차림으로 식탁에 앉아 유리병에 든 오이 피클을 먹고 있었다. 옆에는 물이 한 병 놓여 있었다. 신문에서 보던 모습과는 사뭇 달랐다. 사진 속의 그는 항상 양복에 넥타이를 맨 시의원의 모습이었다.

"호프하임 경찰서의 보덴슈타인입니다."

슈바르츠는 연회색 눈으로 자기소개를 하는 보덴슈타인을 흘긋 쳐다보았다.

"아까 슈미테-쇼르쉬네 집 마당에 서 있던 사람 아니오? 그 집에 무슨 일 있습니까?" 물을 한 모금 들이켠 뒤 그가 물었다.

"오늘 아침에 파울리 씨의 시체가 발견됐습니다."

"뭐요?" 놀란 슈바르츠의 눈이 동그래졌다.

"화요일 저녁 늦게 자택 부엌문 앞에서 둔기로 살해당한 것 같은데 무슨 이상한 소리를 들었거나 본 것이 있으면 말씀해주십시오."

슈바르츠는 햇볕에 그을린 머리통을 긁적였다. 얼마 남지 않은 머리칼이 땀에 젖어 머리통에 달라붙어 있었다.

"화요일 저녁이라……. 그날 저녁엔 집에 없었는데……. '황금사자'에 있다가 11시 45분쯤에나 왔을 거요." 황금사자는 뮌스터에서 유명한 전통 술집으로 구 시청 앞에 있다. 거기서 여기 로어비젠 가까지는 자동차로 5분 정도 걸린다.

"지나가면서 이상한 소리 못 들으셨습니까? 오늘 저희가 가보니 문이 모두 열려 있고 집 안이 난장판이었습니다."

"흥, 폭탄이 터졌어도 이상하게 생각 안 했을걸. 허구한 날 젊은 사람들이 스쿠터니 자동차니 타고 와서는 세상에 저희들밖에 없다는 듯이 소리를 지르고 생난리를 쳐. 거기다 개 새끼들까지 풀어놔 여기저기 싸돌아다니면서 똥을 싸도 내버려두고……, 아주 가관이야. 선생이면 학생들 교육이나 똑바로 시킬 것이지, 정말 말로 할 수 없다니까!"

"파울리 씨와 이웃이었는데 관계는 어땠습니까?"

"이웃은 무슨?" 그는 살진 가슴에 난 털을 벅벅 긁었다. "난 그 사람 싫어했소. 하지만 정치적인 견해가 달라서는 아니야."

"그럼 뭐 때문이었죠?"

"그놈은 아주 뻔뻔해. 파울리의 전부인인 마라이케는 슈미테-쇼르쉬 집안의 손녀딸인데 집을 물려받았어. 그 빌어먹을 놈이 물려받은 게 아냐. 이혼하면서 마라이케가 집을 나갔고 그놈은 남았지. 제 집도 아닌데 말이야. 화요일에도 마라이케가 집에 왔는데 또 죽일 듯이 싸웠다더군. 건넛집에 사는 마테스 말로는 그래."

그때 문가에 젊은 남자가 나타나 보덴슈타인에게는 눈길도 주지 않고 말했다. "아버지, 압축기 다시 돌아가는데요. 숲가의 큰 들부터 할까요, 위에 수도원 쪽부터 할까요?”

슈바르츠는 끙 소리와 함께 의자에서 일어나더니 내려놓았던 멜빵을 다시 어깨에 걸치며 얼굴을 찌푸렸다.

“관절이 또 말썽이야.” 그는 누구에게랄 것도 없이 이유를 설명한 뒤 아들에게 말했다. “넌 수도원 쪽으로 올라가라. 큰 들은 우리가 나눠서 할 테니까.”

청년은 고개를 끄덕인 뒤 말없이 나갔다.

“건초를 수확하는 중이오. 날이 좋을 때 빨리 끝내야 해서…….”

“그럼 더 이상 붙잡지 않겠습니다.” 보덴슈타인은 친절하게 웃으며 명함 한 장을 비닐 식탁보 위에 올려놓았다. “만약 뭔가 더 떠오르시면 연락 주십시오.”

*

엘리자베트 마테스의 집은 앞뜰에 세워진 철거 예정 표지판이 말해주듯이 얼마 있지 않으면 사라질 집이다. 초인종을 누르자마자 안쪽으로 문이 열렸다. 노파는 마치 기다리고 있었다는 듯 손님을 맞은 후 어색할 정도로 깨끗한 부엌으로 안내했다. 마테스 부인은 70대 중반의 노파로 심각한 골다공증 때문에 허리가 굽었지만 푸른 눈은 총기로 빛났고 눈빛이 날카로웠다. 보덴슈타인은 우선 한스 우를리히 파울리의 죽음을 전하며 노파의 호기심을 달랬다.

“결국 이렇게 될 줄 알았지.” 마테스 부인이 떨리는 목소리로 말했다. “아무한테나 겁 없이 덤벼들더니만…….”

마테스 부인은 파울리와 마라이케의 대화 내용을 낱말 하나까지 기억해냈다. 둘이 싸운 시각이 8시 30분이었다는 것도 정확히 알고 있었고, 그로부터 약 30분 뒤에 파울리를 찾아온 남자가 누군지도 알았다.

"정원에서 화분에 물을 주고 있는데 파울리가 자기 집 앞뜰에 나와 있더군." 그녀는 싱크대에 몸을 기대며 말을 이었다. "레머가구 사위하고 울타리 너머로 얘기를 나누고 있었어. 옛날에는 둘 다 한 패거리였지. 그런데……." 그녀는 미간에 주름을 잡으며 기억을 해내려고 애썼다. "사실 이야기했다기보다는 싸우고 있었어. 지벤리스트가 파울리에게 그런 옛일을 가지고 협박해봤자 안 통한다면서 화를 내더라고."

그날 저녁 마테스 부인이 관찰한 것은 그것이 전부가 아니었다. 10시 반경 쓰레기통을 길가에 내놓으려고 밖으로 나온 그녀는 파울리의 집 정문에서 오토바이 한 대가 쏜살같이 달려 나오는 것을 목격했다. 운전자는 여학생이었는데 어찌나 서둘렀는지 균형을 잃고 차체와 함께 길가에 쓰러졌다고 한다.

"평소에도 그렇게 시끄러울 수가 없었어." 마테스 부인은 탐탁지 않은 표정으로 이맛살을 찌푸렸다. "어떤 서커스단도 그렇게 시끄럽지는 않을 거야. 이웃 생각은 눈곱만치도 안 한다니까. 글쎄 한밤중에도……."

"오토바이에 타고 있던 여학생이 누군지 알아보셨나요?" 보덴슈타인은 노파가 중요하지 않은 세부 사항으로 넘어가기 전에 얼른 말을 끊었다.

"몰라. 요새 처녀들은 하나같이 똑같잖아? 청바지에, 배꼽이 훤히 보이는 윗도리에……." 그녀는 잠시 생각하더니 말했다. "음……, 금발이었던 거 같아."

"그럼 오토바이 종류가 뭐였는지 기억나세요?"

한참을 생각하던 노파의 주름진 얼굴이 환해졌다.

"스쿠터!" 그녀가 승리감에 도취된 표정으로 외쳤다. "그렇게들 부르더라고. 병아리처럼 샛노란색이었어."

그러더니 노파는 아주 중요한 생각이 났다는 듯 보덴슈타인 쪽으로 몸을 기울이며 비밀스럽게 말했다.

"형사 양반, 그 처녀가 범인 아닐까?"

*

보덴슈타인이 5시 반쯤 호프하임 경찰서에 도착했을 때 카이 오스터만과 카트린 파싱거는 이미 한스 우를리히 파울리에 관한 자료를 어느 정도 수집해놓은 상태였다. 오전에 산더가 피아에게 말했듯이 파울리는 자신의 의견을 알리는 데 인터넷을 적극 활용했다.

"살해 동기를 가진 사람을 찾으면 수백 명은 나오겠어요." 오스터만이 말했다.

"왜?" 보덴슈타인이 재킷을 벗어 의자 등받이에 걸치며 물었다. 안에 입은 셔츠는 땀에 흠뻑 젖은 채였다.

"파울리의 이름을 구글에 쳐봤는데요. 자연보호단체, 환경연합, 동물보호협회……. 엄청나게 많은 단체에서 활동을 했고요." 오스터만은 의자에 등을 기대며 말을 이었다. "이탈리아의 카나리아 사냥에 반대하는 운동에도 적극적이었고, 미세 먼지 고발 운동을 폈고, 핵연료 수송과 도축용 말 수송에 반대하는 집회도 조직했어요. 개인 홈페이지도 여러 개인데 그중에 하나는 이름이 '동물들에게 철창 없는 세상을'이에요. 줄여서 동철세."

"오펠 동물원 원장하고 원수지간인 게 당연하네." 피아가 시큰둥한 목소리로 대꾸했다.

"지금까지는 새 발의 피야." 오스터만이 말했다. "파울리의 다른 홈페이지 이름은 '켈크하임 선언'인데 여기서 하는 일은 켈크하임에서 일어나는 일 중에서 자기 마음에 안 드는 것에 무조건 반대하는 거예요. 요즘 주력하고 있는 건 B8 도로 확장 사업이고, 그 밖에 북쪽 지구 뉴타운 건설, 바르타 지구 개발 등등 끝도 없습니다. 어떤 사람들은 정말 심하게 욕을 먹었더라고요."

"누군데?" 보덴슈타인이 물었다.

"켈크하임 시장인 디트리히 풍케를 비롯해서 B8 사업 심사를 맡은 노베르트 차샤리아스, 카르스텐 보크란 사람도 있고요……."

"보크? 반장님, 파울리의 자동 응답기에다 녹음을 남긴 사람이에요!" 피아가 외쳤다. "당장 서면으로 사과하라고 했잖아요."

"맞아. 그 사람 누구야?"

"보크컨설트 사장입니다. 켈크하임 시와 쾨니히슈타인 시의 위탁을 받아 환경 및 교통 영향 평가서를 작성한 회사입니다." 오스터만이 대답했다.

"그 평가서 때문에 연방도로 교통 계획에서 B8 사업이 갑자기 긴급판정을 받게 됐습니다. 그 말은 곧 B8 도로 건설 계획에 더 이상의 장애물은 없다는 뜻이죠. 파울리는 풍케 시장, 차샤리아스, 보크와 몇몇 다른 사람들로 이루어진 '포더타우누스 마피아'가 경제적, 재정적 이권을 챙기고 있다고 주장했어요. 그 밖에도 범죄자, 깡패 두목, 부패 정치가라고 부르며 그들을 비난했습니다."

카트린이 벽에 걸린 화이트보드에 오스터만이 거론한 이름들을 줄줄이 써나갔다. 보덴슈타인이 매직을 뺏어 들더니 '슈바르츠, 전 부인 마라이케, 콘라디, 지벤리스트'를 추가했다.

"어디서 나온 이름들이에요?" 피아가 물었다.

"탐문 수사에서 성과가 좀 있었지." 보덴슈타인은 이렇게 말하더니 그 옆에 '동물원장 산더'라고 썼다.

"산더는 왜요?" 피아가 의아한 표정으로 물었다.

"파울리의 여자친구 말로는 산더가 파울리 일행을 협박하고 차로 칠 뻔했대."

"그래요?" 피아가 한숨을 지었다. "일이 엄청나게 많아지겠네."

"아, 그리고 범행 도구로 보이는 물건이 나왔어. 감식팀이 부엌으로 통하는 계단 바로 앞에서 피가 묻은 낡은 말편자를 발견했어."

거의 8시가 되어갈 무렵 피아와 보덴슈타인은 프리드리히 실러 김나지움 건물로 들어섰다. 공식적으로는 징검다리 연휴지만 교사들은 성체축일 다음 날인 금요일을 교사 총회의 날로 정했다. 정문 바로 왼쪽에 있는 반투명 유리문을 열고 들어가니 서무실이 나왔다. 전체 교원의 반은 될 법한 많은 교사들이 모여 열띤 토론을 벌이는 중이었다.

"말도 없이 안 나오면 어쩌자는 거야?" 콧수염 난 남자 교사가 구닥다리 안경을 벗으며 화를 냈다. "나더러 자기 수업을 다 하라는 거야 뭐야?"

"이렇게 연락도 없이 무작정 결근할 사람은 아닌데……."

"집에 전화했는데 아무도 안 받아요. 휴대전화는 꺼져 있고요." 멀찌감치 앉아 있던 서무과 여직원이 알렸다.

"아직 8시 15분 전이잖아요. 곧 나타나겠죠." 다른 교사가 시큰둥하게 말했다.

"파울리 씨 얘기를 하고 계신 거라면 오늘 안 나올 겁니다."

보덴슈타인은 두 번이나 정중하게 인사를 건넸지만 아무도 눈치 채지 못하자 목소리를 높여 말했다. 교사들은 말을 멈추고 소리가 나는 쪽을 돌아보았다. 보덴슈타인은 피아와 자신의 신분을 밝힌 뒤 헛기침을 몇 번 했다.

"파울리 씨는 어제 아침 시체로 발견됐습니다."

순간 뜻밖의 비보에 놀란 교사들은 숨을 멈췄다. 작은 공간에 침묵이 찾아들었다.

"지금까지의 증거로는 폭력 범죄의 희생양이 된 것으로 보입니다."

"세상에!"

한 여교사가 쥐어짜듯 비명을 내지른 뒤 작은 소리로 흐느끼기 시작했다. 다른 교사들은 침묵했다. 사람들의 얼굴에서 당혹감과 충격이 적나라하게 드러났다. 교장은 자기 방으로 가자며 두 형사를 밖으로 안내했다. 교장은 짧은 회색 머리에 둥근 안경을 쓴 대찬 인상의 여자로 50대 중반쯤 되어 보였다. 보덴슈타인이 파울리에게 무슨 일이 일어났는지 이야기하자 교장 또한 충격을 받은 얼굴이었다. 파울리는 16년째 실러 김나지움의 교사였고 생물, 국어, 정치를 가르쳤다.

"교사로서, 그리고 인간으로서 어떤 사람이었나요?" 피아가 교장에게 물었다.

"교사로서의 실력은 탁월했습니다. 학생들에게 존경을 받았죠. 교사의 책무에 진지하게 임했고, 학생들의 고민에도 귀를 기울이는 교사였습니다."

피아는 파울리의 영향으로 루카스 반덴베르크가 학교로 돌아와 졸업을 했다는 말을 떠올렸다.

"최근 다른 교사나 학생들과 문제가 있지는 않았습니까?" 보덴슈타인이 물었다.

"문제야 항상 있었죠." 교장은 머릿속으로 적당한 표현을 찾는 듯했다. "파울리 선생은 사람을 감동시킬 줄 아는 사람이었어요. 하지만 정반대기도 했죠. 사람들이 아주 좋아하거나 아주 싫어하거나 둘 중 하나인 사람이 있잖아요? 파울리 선생은 그런 사람이었어요."

*

보덴슈타인과 피아는 교사들을 만나기 위해 교무실로 갔다. 파울리가 죽었다는 소식이 이미 쫙 퍼졌는지 분위기가 뒤숭숭하다. 조금 전 서무실에서 울음을 터뜨렸던 여교사는 최근 파울리와 한 학생 사이에 문제가 있었다고 진술했다. 파울리가 자기를 미워해 일부러 졸업 시험에서 낙제시켰다고 주장한 졸업반 남학생이 있었다는 것이다.

그녀는 화요일 수업을 끝낸 후 파울리, 그리고 고등부 학생주임과 함께 교무실을 나왔다. 파울리는 자전거가 세워진 곳으로, 나머지 두 사람은 각자의 자동차를 향해 걸어갔다. 그때 자동차 한 대가 파울리를 향해 빠른 속도로 달려왔고, 파울리는 하마터면 차에 치일 뻔했다. 그녀는 잠시 말을 멈추고 입술을 깨물었다.

"분위기가 심상치 않았어요. 그래서 우리는 바로 출발하지 않고 잠시 지켜보기로 했죠."

"무슨 일이었죠? 운전자가 누구였나요?"

"파트릭 바이스하우프트라는 학생이었어요. 파트릭은 다음번엔

깔아뭉개버리겠다느니 없애버리겠다느니 소리소리 지르며 욕을 해 댔어요. 그러다 우리가 다가가니까 미친 사람처럼 거칠게 차를 돌려 가버리더군요. 파울리는 놀라서 제정신이 아니었어요. 파트릭이 졸 업 시험에 떨어진 책임을 자기에게 떠넘기려고 한다고 했어요.”

“그 학생이 뭔가 일을 저지른 걸까요? 그런 짓을 할 만한 학생으 로 보시나요?” 피아의 물음에 여교사는 어깨를 으쓱했다.

“잘 모르겠어요. 하지만 그날은 정말 불같이 화를 냈어요.”

학생주임이 여교사의 진술을 확인해주었다. 파트릭 바이스하우 프트는 졸업 시험을 통과하리라 예상하고 이미 미국 대학에 입학 신 청을 해놓은 상태였다니 그 실망감이 얼마나 컸을지 상상이 되고도 남았다.

*

서무과 직원에게 받은 슐로스보른 주소로 가보니 이탈리아풍 빌 라가 떡 버티고 서 있었다. 두 대짜리 차고 앞에 크라이슬러 크로스 파이어가 주차되어 있다. 현관 양옆에서 굵직한 기둥이 처마를 떠받 치고 있는 궁궐 같은 집이다. 피아는 초인종을 눌렀다. 아무 반응이 없어 다시 좀 길게 누르자 젊은 남자가 나와 문을 열어주었다. 잠이 덜 깬 남자는 햇빛에 눈이 부신 듯 얼굴을 찡그렸다.

“파트릭 바이스하우프트 학생 맞아요?”

피아의 물음에 무례한 질문이 되돌아왔다.

“그러는 아줌마는요?”

이불 속에서 막 나왔는지 회색 티셔츠와 지저분한 트레이닝 바지 차림에 머리가 사방으로 뻗쳐 있었다. 기름이 번드르르한 얼굴에는 여드름 자국이 많고 몸에서는 발효된 술내와 오래된 땀내가 뒤섞여 고약한 냄새가 났다.

"경찰." 피아는 그의 코앞에 신분증을 갖다 대며 말했다.

"네, 제가 파트릭 바이스하우프트예요. 무슨 일이죠?"

"어제 아침에 한스 우를리히 파울리의 시체가 발견됐어." 보덴슈타인이 설명했다. "둔기에 맞아 죽었지."

"저런!" 파트릭은 별로 놀라지도 않은 듯 어깨를 으쓱했다. "안됐네요. 그런데 그게 나랑 무슨 상관이죠?"

"상관없기를 바라야겠지." 보덴슈타인이 대꾸했다. "학생이 화요일 낮에 학교 앞에서 파울리에게 심한 욕설과 함께 협박을 했다는 말이 들려서 말이야."

"파울리는 멍청이였어요." 파트릭은 파울리에 대한 악감정을 숨기지 않았다. "전 환경운동 운운하는 수법에 넘어가지 않았어요. 그래서 절 아주 미워했죠. 어디 맛 좀 보라는 식으로 성적을 망쳐놨는데 제가 화를 안 내는 게 더 이상한 거 아니에요?"

"화내는 거랑 협박하는 건 다르지." 피아가 끼어들었다.

"협박 같은 거 한 적 없어요." 파트릭은 오른손으로 지저분한 머리칼을 쓸어 넘겼다. "전 그날 우리 아버지가 변호사를 선임했다는 말을 하러 갔던 거예요. 정말 기가 막혀서 웃음도 안 나와요. 단 1점 차이로 떨어뜨린 거예요, 1점."

"그러니까 졸업 시험은 당연히 합격할 거라고 생각했고, 미국 대학에 자리도 있었던 거지?" 피아가 물었다.

"예, 맞아요." 파트릭은 곁눈질로 피아를 꼬나보며 대답했다. "미국 대학에 입학하려면 일찍 지원해야 하거든요."

"졸업 시험 합격증이 없으면 죽도 밥도 안 될 텐데 어쩔 생각이지?" 이번에는 보덴슈타인이 물었다.

"변호사 말로는 재시험을 볼 수 있대요. 바로 전 학기 성적과 6점 이상 차이 나면 가능하다고 하더라고요. 파울리와 그 얘기를 하려던 거였어요."

"하지만 증인들의 말에 의하면 그저 선생님과 제자의 대화는 아니었던 것 같은데?"

피아는 답변이고 뭐고 다 집어치우고 어서 샤워부터 좀 하고 오라고 그의 등을 떠밀고 싶은 심정이었다. 그에게서 나는 고약한 땀냄새 때문에 숨 쉬기조차 힘들었다.

"학생주임들 이야기하는 거죠?" 파트릭은 얼굴을 구기며 인상을 썼다. "그 샌님들이야 당연히 같은 샌님인 파울리 편을 들지 않겠어요? 그날 제가 좀 흥분했을 수도 있는데 그 이상은 아니에요."

"아, 그래?" 보덴슈타인이 보일 듯 말 듯 미소를 지었다. "화요일 파울리를 만난 뒤에 뭘 했지?"

"친구 집에 갔어요." 그는 잠시 생각하는 표정을 지었다. "그다음에 산마르코에서 프랑스 대 스위스 경기를 봤어요."

"손은 왜 그래?" 피아가 그의 왼손에 감긴 붕대를 손으로 가리키며 물었다.

"컵이 깨져서 다쳤어요."

"손목에까지 상처가 나 있는 걸 보니 크게 다친 것 같은데?" 피아가 말했다. "그리고 왼쪽 다리도 멀쩡하지 않네. 그 다리로는 바닥을 딛지도 못할 것 같은데……. 그래서 화요일 이후로 샤워를 안 한 거니?"

"뭐라고요?" 파트릭은 놀라서 입을 딱 벌렸다.

"땀내가 지독해." 피아가 코를 찡그렸다. "왼쪽 다리 좀 들어 올려

볼래?"

"뭐요? 나한테 그런 걸 왜 시키는 거예요?" 파트릭은 당혹감을 감추기 위해 일부러 화를 내는 것 같았다. "뭘 어쨌다고 지금 나한테 이래라저래라 하는 거예요?"

보덴슈타인은 재빨리 피아에게 눈치를 주었다. 그 또한 피아가 무슨 목적으로 그러는지 알 수 없었다.

"다리는 어쩌다 다친 거야? 다리도 역시 컵에 벤 거니?" 그가 뭔가 숨기고 있다는 사실을 눈치챈 피아는 끈질기게 물었다. "아니면 개한테 물리기라도 한 건가?"

"헛소리 말아요! 개는 무슨 개?"

"예를 들면 파울리네 개 중 한 마리?"

"아, 정말 미치겠네!" 파트릭은 흥분해서 어쩔 줄 몰랐다. "아줌마, 지금 나한테 죄를 뒤집어씌우려는 거예요?"

"아니, 그럴 리가 있니?" 피아가 싱긋 웃었다. "빨리 나아라. 그리고 혹시 화요일에 있었던 일 중 뭔가 기억나는 게 있으면 나한테 전화해."

그녀는 그의 다치지 않은 손에 명함 한 장을 쥐어 주고 대문 쪽으로 걸음을 옮겼다. 보덴슈타인은 그녀의 뒤를 따랐다. 막 집을 나오는데 은색 포르셰가 들어와 크로스파이어 옆에 멈춰 섰다.

"무슨 일이시죠?" 40대 후반의 짙은 갈색 머리 여자가 창문을 열고 외치더니 조수석에 있던 핸드백을 들고 차에서 내렸다. 생김새로 보아 분명히 파트릭의 가족 같았다.

"파트릭의 어머니 되시나요?" 피아가 걸음을 멈추고 물었다.

"네." 그녀는 의심스러운 표정으로 피아와 보덴슈타인을 번갈아 쳐다보았다. "저희 집에 무슨 일이 있나요? 누구시죠?"

"호프하임 경찰서에서 나왔습니다. 파트릭이 다니는 학교의 교사인 파울리 씨의 사망사건을 조사하던 중에 아드님께 몇 가지 질문이 있어서 왔습니다."

"무슨 질문요? 우리 애가 그 일과 무슨 상관이 있죠?"

"상관없는 거 같아요." 피아가 웃는 얼굴로 그녀를 안심시켰다. "그래서 이렇게 금방 돌아가는 거고요. 그런데…… 한 가지 알고 싶은 게 있는데요."

"뭔데요?"

"아드님이 언제, 어떤 경위로 손과 다리를 다쳤나요?"

그녀는 조금 길다 싶을 정도로 오랫동안 생각했다.

"글쎄요, 잘 모르겠네요." 그녀는 당혹감을 감추기 위해 억지웃음을 지었다. "나이가 벌써 열아홉인데, 어디 그 나이 애들이 엄마한테 자세한 얘기를 하나요?"

"네, 그렇죠." 피아는 그녀가 거짓말한다는 사실을 바로 알아차렸다. "감사합니다."

그녀는 멀어져가는 두 형사의 뒷모습을 지켜보다가 또각또각 소리를 내며 집 쪽으로 빠르게 걸어갔다.

"개에게 물린 상처라는 걸 어떻게 알았어?" 차를 향해 걸어가며 보덴슈타인이 물었다.

"파울리 집 대문에 피 묻은 손자국이 찍혀 있었잖아요." 피아가 그 사실을 상기시켰다. "그냥 우연히 넘겨짚은 건데, 순간 바로 이거구나 싶더라고요. 파트릭 어머니도 다 알고 있어요. 우리한테 거짓말한 거예요."

보덴슈타인은 감탄을 금치 못했다.

"꽤 날카로운걸."

*

경찰서로 가는 도중 피아의 생각은 파트릭과 파울리에게서 헤닝에게로 옮겨 갔다. 알 수 없는 우울한 기분과 함께 어젯밤 일이 불현듯 떠올랐다. 테라스에 앉아 헤닝과 술을 마시며 대화를 나누던 그녀는 그동안 얼마나 사람과 어울리고 싶었는지 깨달았다. 그녀는 그 감정을 자신의 패배로 느꼈고, 평소보다 훨씬 많은 양의 술을 마셨다. 그 결과 다시는 헤닝과 잠자리를 같이하지 않겠다는 결심을 깨고 말았다. 그러나 헤닝과 함께 있으면서도 다른 사람의 얼굴을 떠올렸고 그 사람의 얼굴은 지금도 머릿속에서 사라지지 않았다.

"만약 파울리의 집 주변에서 파트릭의 자동차를 본 사람이 있다면 파트릭을 소환해 지문과 혈액을 채취할 수 있을 텐데, 안 그래?"

"네, 맞아요." 피아가 시큰둥하게 대꾸하며 선글라스를 썼다.

"무슨 일 있어? 어제는 그렇게 기분이 좋더니 오늘은 왜 이렇게 우울해? 망아지한테 무슨 일이라도 생긴 거야?"

"아뇨, 망아지는 건강해요."

"그럼, 뭐 때문에 그래?"

"요새 잠을 잘 못 자서 그래요."

헤닝을 다시 만난 것은 분명 잘못한 일이다. 그러나 이런 이야기를 반장에게 할 수는 없었다.

*

몇 시간 후 수사반 전원은 카트린이 읽어주는 신문 기사에 귀를 기울였다. '와일드웨스트를 연상시키는 켈크하임 시의회'라는 제목으로 〈타우누스 일보〉에 실렸다. 기사를 듣는 보덴슈타인의 이마에 깊은 주름이 졌다.

　지난 월요일 저녁 켈크하임 시의회에서 거친 서부영화를 연상시키는 몸싸움이 벌어졌다. B8 도로 확장을 둘러싸고 한스 우를리히 파울리(녹색연대)와 기민당 소속 의원들 간에 공방이 계속되던 중 파울리가 계속해서 프란츠 요셉 콘라디(기민당)를 '역전 소시지 장사'라고 부르자 콘라디가 갑자기 파울리에게 오른 주먹을 날린 것이다.

　싸움의 진상은 다음과 같다. B8 사업의 적극적 반대자인 파울리는 여느 때와 같이 쉬쉬해온 미공개 자료를 전격 공개할 준비를 하고 회의장에 나타났다. 파울리는 B8 사업 계획 단계의 도로교통 감정평가 과정에서 명백한 실수가 있었다고 주장했는데, 그의 말에 따르면 예측된 교통량과 실제로 측정된 교통량 사이에 그토록 큰 차이가 나는 이유는 켈크하임 시청의 전 도시계획과장 노베르트 차샤리아스 때문이다. 차샤리아스는 최근 B8 도로 확장 사업의 유일한 자문으로 고액의 보수가 걸린 계약을 따냈다. 우연인지 의도한 것인지는 알 수 없지만 이번 사업의 감정평가는 차샤리아스의 사위인 카르스텐 보크가 운영하는 컨설팅회사에서 도맡았다.

　파울리는 그 밖에 시의원 슈바르츠와 콘라디가 최근 들어 가치 없는 목초지를 헐값에 구입한 것도 이상하지 않느냐고 목소리를 높였다. 파울리의 주장에 따르면 그 토지는 B8 도로가 확장될 예정 노선 안에 들어 있으며, 도로 확장이 현실화될 경우 그 가치가 원래의 열 배 이상 뛰어 오른다. 녹색연대 소속 의원 파울리는 몇몇 지역 유지들의 제 잇속 차리기와 족벌 체제를 거론하며 조기 퇴직한 도시계획과장과 임기가 다 되어가는 시장에게 땡볕에 얼음 녹듯 교통 수요가 줄어드는 도로가 무슨 이득이 되겠느냐며 의미심장한 질문을 던졌다.

콘라디가 주먹을 휘두르자 의장은 바로 폐회를 선언했다. 그날 밤 콘라디가 파울리의 무덤에 오줌을 누겠다고 말한 것과 B8로 인해 파울리와 앙숙이 된 풍케 시장이 파울리의 발에 돌을 매달아 강에 던져버리고 싶다고 말한 것이 월요일 저녁 시의회에서의 몸싸움과 관련해 세간의 화제가 되었다. 일의 추이를 지켜볼 일이다.

"적이 많았군." 보덴슈타인이 혼잣말처럼 중얼거렸다. "오펠 동물원 원장부터 시작해서 이웃, 켈크하임 시의원들까지."

"전부인 마라이케도 있어요." 피아가 덧붙였다.

"정육점 주인 콘라디도요." 카트린도 거들었다.

"B8가 도대체 왜 이렇게 문제가 되는 거야?" 벤케가 지루한 듯 볼펜을 돌리며 물었다. 작센하우젠 출신인 그는 프랑크푸르트 시 경계를 벗어나면 무조건 깡촌이라고 생각하고 관심을 두지 않았다.

지난 30년간 켈크하임의 뜨거운 감자였던 B8의 문제점을 오스터만이 짤막하게 정리했다. 1979년 켈크하임과 쾨니히슈타인 출신의 젊은이 몇몇이 로텐밀레 근처 리더바흐탈에서 신도로 건설을 위해 이미 무너뜨린 댐을 점거했다. 그들은 댐 근처에 오두막을 짓고 살며 거의 2년간이나 농성을 벌였다. 파울리는 그 젊은이들 중 하나였다. 나중에 녹색연대의 결성 멤버가 된 그는 적극적으로 반정치 활동을 시작했다. 1981년 5월 댐이 철거되고 문제의 신도로가 지금의 켈크하임-호르나우 지역에서 건설된 뒤 도로 확장 문제는 한참 동안 잠잠했다. 그러다 얼마 전 러시아워만 되면 막히기로 유명한 쾨니히슈타인 원형 교차로를 빌미로 B8 도로 확장 이야기가 다시 고개를 들기 시작했다. 현재 4차선 준고속도로 건설의 필요성을 진단하는 대지 이용 현황 평가가 진행 중이다.

"며칠 전에는 켈크하임과 쾨니히슈타인의 환경연합 대표들이 2,000명의 반대 서명을 받아 국무총리에게 전달했어요." 오스터만은 꽤 상세하게 자료를 수집한 듯했다. "켈크하임과 쾨니히슈타인 시청에서는 시민들이 도로 확장 계획안을 열람할 수 있도록 했는데요. 하필이면 부활절 축제 기간에만 열람할 수 있어서 말이 많았습니다. 쾨니히슈타인에서는 거기다 한술 더 떠서 시청 사무실 내에서만 열람을 허용했던 모양입니다. 사무실에서야 그냥 훑어보는 정도지 어디 제대로 볼 수 있겠어요?"

"그래서 어쨌다는 거야? 도로를 만드는 거야, 안 만드는 거야?" 벤케가 더 참지 못하고 끼어들었다.

"들어봐. 지금부터가 재미있어. 파울리가 너무 깊이 찔러본 거지. 월요일에 파울리가 녹색연대 사이트에 글을 올렸는데, 보크컨설트에서 감정평가를 위한 산출 자료를 만들 때 쾨니히슈타인 공동묘지 근처의 통행량 조사 구간에서 나온 결과를 고의로 누락시켰다고 주장했어. 게다가 쾨니히슈타인 원형 교차로가 이미 공사에 들어갔고 그 공사가 끝나면 교통 체증이 대폭 해소될 거라는 사실도 일부러 언급하지 않았다는 거야."

오스터만은 노트를 뒤적거리며 말을 이었다.

"거기다 파울리는 시청, 헤센 주 교통부, 베를린의 연방 교통부, 보크컨설트 사이에 밀약이 있다는 증거를 확보했다고 주장했어."

보덴슈타인은 오스터만의 설명을 말없이 들었다. 도로 확장을 둘러싼 이야기는 대충 알고 있었지만 의심스러운 감정평가서와 족벌 체제에 대한 이야기는 처음 듣는다. 파울리의 죽음 뒤에 몇몇 권력자들의 사적 동기가 숨어 있는 걸까? 과연 그는 불법 모의와 범죄적 밀약을 밝혀냈기 때문에 죽어야 했을까?

디트리히 풍케 시장은 지역 정치인 특유의 과장된 친절과 환한 미소로 보덴슈타인과 피아를 맞았다.

"앉으시죠. 강력계에서 저를 다 찾아오시고 무슨 일인가요?" 시장은 큰 사무실 한쪽 구석을 차지하고 있는 소파 세트로 형사들을 안내했다.

"어제 아침 한스 우를리히 파울리가 죽은 채로 발견됐습니다." 보덴슈타인이 주저하지 않고 본론부터 말했다. 그는 시장의 얼굴에서 미소가 사라지고 당혹스러운 표정이 나타나는 것을 지켜보았다. "저희는 범행에 의한 피살로 보고 있습니다."

"끔찍한 일이군요." 시장이 머리를 절레절레 흔들며 말했다.

"월요일 저녁에 시의회에서 큰 소동이 있었다고 들었습니다."

"예, 오늘 신문에도 났더군요." 시장은 사건을 은폐하거나 축소하려고 노력하지 않았다. "저는 파울리와 딱히 사이가 좋지 않았습니다. 파울리에게 전 아주 만만한 적이었죠. 파울리와의 악연은 27년 전에 시작됐습니다. 댐 근처에 그 전설적인 오두막촌이 들어섰을 때 전 파울리를 비롯한 젊은이들이 겨울을 나지 못하고 포기할 거라고 생각했습니다."

시장은 안경을 벗고 눈가를 문질렀다.

"지금 생각해보면 그때 제 행동 때문에 그 사람들이 오기가 나서 더 오래 버틴 게 아닌가 싶습니다. 나중에 그 멤버들이 모여 녹색연대를 만들었고 지역 선거에서 단번에 11.8퍼센트의 득표율을 얻었죠. 그 덕분에 파울리는 시의원이 됐고 틈만 나면 저를 못살게 굴곤 했습니다."

시장은 다시 안경을 쓰고는 이웃집 아저씨처럼 사람 좋은 웃음을 지었다.

"월요일 회의는 B8 도로 확장에 관한 것이었습니다." 그가 말을 이었다. "헤센 주에서 대지 이용 현황 평가를 실시했고 저희가, 그러니까 켈크하임 시와 쾨니히슈타인 시에서 통계 자료를 만들었습니다. 소음 및 환경 공해 감소와 시내 교통 체증 완화 정도에 대한 감정은 정부 기관에 속하지 않은 독립적인 컨설팅회사가 맡아서 했는데 새 도로가 교통 상황을 많이 호전시킬 거라고 합니다."

"녹색연대 사이트를 보면 아주 다른 이야기가 씌어 있던데요?" 피아가 이의를 제기했다.

"경치 좋은 산책로와 나무들이 사라지는 것은 부인할 수 없는 사실입니다만, 힌터타우누스와 주변 마을에서 통근하는 지역 주민 수만 명의 불편과 자연 훼손을 비교하는 것이 타당한지는 생각해봐야 할 문제입니다. 파울리는 감정에 치우친 면이 있었어요."

"파울리는 부정부패를 일삼고 자기 밥그릇 챙기기에 급급하다며 몇몇 시의원을 비난했어요. 그리고 시장님과 몇몇 다른 사람을 '포더타우누스 마피아'라고 표현했던데요?" 피아가 상냥한 미소를 지으며 시장을 떠보았다.

"네, 월요일 회의에서도 그와 비슷한 표현을 썼습니다." 시장은 한숨을 푹 내쉬었다. "파울리는 객관성을 잃고 감정에 치우치기 일쑤였습니다. 끄떡하면 '부정부패'니 '마피아'니 하는 말을 들먹였죠. 뭐, 저희도 그동안 그런 표현에 익숙해지긴 했지만요."

"하지만 아무 근거도 없이 그런 의심을 하지는 않았을 텐데요?" 피아는 쉽사리 물러서지 않았다.

"파울리가 자신 없는 모습을 보였다면 당원들이 싫어했겠죠." 시장도 만만치 않았다. "파울리한테 근거 같은 건 없습니다. 항상 그랬어요. 저야 이렇게 사람 좋게 받아들이지만 다른 사람들도 다 저 같지는 않습니다. 만약 파울리가 살아 있다면 명예훼손에 비방으로 고소장이 엄청나게 날아들었을 겁니다."

"예를 들면 카르스텐 보크한테서요?"

"네, 예를 들자면."

"사실 환경단체들에서 그런 의심을 품게 된 건 보크의 감정평가서 때문이잖아요. 그리고 하필이면 보크의 장인이 그 사업의 자문을 맡았다는 게 좀 과한 우연 아닌가요?"

풍케 시장은 잠시 생각한 뒤 대답했다.

"물론 그렇게 볼 수도 있습니다. 하지만 차샤리아스는 켈크하임 시 도시계획과장으로 오랫동안 일한 경력자입니다. 그래서 여기 일을 누구보다 잘 알죠. 그 방면의 전문가라고나 할까요?"

"하지만 그 사람의 사위가 비싼 감정평가서를 만들었고 결국 그게 잘못됐다는 사실이 밝혀졌다는 건 좀 이상하지 않나요?"

"그건 실수였습니다. 인간이니까 실수를 할 수도 있죠. 거기에 나쁜 의도가 있을 거라고 비꼬아서 생각하는 건 파울리 같은 사람이나 하는 짓입니다."

그는 손목시계에 눈길을 주었다.

"한 가지만 더 질문할게요." 피아가 메모장에서 눈을 떼지 않은 채 말했다. "차샤리아스 씨를 자문으로 추천한 게 누구죠?"

시장은 당황하는 기색이 역력했다.

"보크가 자문으로 적당한 사람을 추천해달라고 했습니다." 그는 잠시 머뭇거리다가 대답했다. "차샤리아스는 규정에도 훤하고 이런 사업에 뭐가 필요한지도 잘 아는 사람입니다. 돌이켜보면 제가 차샤리아스를 추천하도록 만든 사람은 보크인 것 같습니다. 하지만 저도 차샤리아스가 적임자라는 생각이 들었습니다. 전문가인 데다 편파적이지 않으니까요."

"정말 그렇게 생각하시나요?"

"물론이죠. 그렇지 않다면 제가 왜 이 일을 후원했겠습니까?" 그가 불편한 심기를 드러내며 말했다. "왜요, 경찰은 생각이 다릅니까?"

"네, 그렇습니다." 피아가 천천히 고개를 끄덕였다.

*

황금사자 주인은 피해자의 이웃이자 시의원인 에르빈 슈바르츠가 지난 화요일 저녁에도 여느 화요일과 다름없이 술친구들과 함께 술을 마시러 왔다고 증언했다.

"슈바르츠 씨가 집에 돌아간 게 몇 시였나요?" 피아가 물었다.

"정확히는 모르죠." 주인이 어깨를 으쓱했다. "늦게까지 있었어요. 가장 늦게까지 남아 있던 손님 중 하나였습니다. 술을 꽤 많이 마셔서 친구들이 집에 태워다 주겠다고 했어요."

"혹시 무슨 얘기를 하는지 들으셨습니까?" 보덴슈타인이 물었다.

"아뇨, 혹시 우리 종업원이 들었는지도 모르겠네요."

그는 빈 쟁반을 들고 걸어가는 50대 중반의 뚱뚱한 여자를 손짓으로 불렀다. 금발로 염색한 그녀는 그날 저녁 일을 자세히 기억하고 있었다.

"그 양반 또 엄청 취했죠. 무슨 회의가 어쩌고저쩌고 하면서 이웃인 파울리 얘기를 하더라고요. 파울리 얘기는 안 빠지고 항상 나오지만요."

“그 모임에 또 누가 나옵니까?”

보덴슈타인의 질문에 그녀는 잠시 생각한 뒤 여러 명의 이름을 댔다. 그중에는 정육점 주인 콘라디와 노베르트 차샤리아스도 끼어 있었다.

“콘라디와 차샤리아스도 그 자리에 있었나요?”

“콘라디는 없었어요. 뭐 때문이라고 하더라? 어쨌든 콘라디는 안 왔고 차샤리아스는 10시까지 있다가 갔어요. 그 양반은 그날따라 조용하더라고요. 차샤리아스가 가고 나서 슈바르츠는 본격적으로 마시기 시작했어요.”

가게 문이 열리더니 남자 둘이 들어와 바 근처 탁자에 앉았다.

“저 사람, 서점 주인 플뢰트만 아닌가요?”

보덴슈타인의 말에 종업원은 뒤를 돌아보았다.

“네, 맞아요. 플뢰트만하고 지벤리스트. 둘 다 파울리의 친구들이에요.”

“레머가구의 지벤리스트요?”

“네, 맞아요.” 그녀가 소곤소곤 비밀스럽게 말했다. “플뢰트만은 마누라가 여행사 사장이랑 도망간 뒤에는 거의 매일 우리 식당으로 점심 먹으러 와요. 가끔은 지벤리스트도 오고, 파울리까지 셋이 모일 때도 있어요.”

단골손님들의 숨겨진 사생활과 복잡한 관계에 훤한 그녀는 묻지도 않았는데 이야기보따리를 풀어놓았다.

“파울리도 1주일에 한 번은 홍두깨살 스테이크나 슈니첼(얇게 썬 돼지고기나 소고기 요리_역주)을 시켜요. 하긴 사람이 채소랑 두부만 먹고 어떻게 살아요? 지난번엔 차샤리아스도 저 자리에 같이 앉아 있더라고요. 하지만 슈바르츠한테는 절대 말하면 안 돼요.”

*

소리를 낮춰 격하게 토론을 벌이던 두 남자는 피아와 보덴슈타인이 탁자 바로 앞까지 간 다음에야 알아차리고 고개를 들었다. 그들은 이미 파울리의 죽음에 대해 알고 있었다. 어제 파울리의 여자친구인 에스터 슈미트가 전화를 해 소식을 알렸고 플뢰트만은 그녀를 찾아가 위로까지 했다. 플뢰트만은 키가 크고 마른 남자로 무테안경을 썼다. 수염을 정성 들여 길렀고 이마 부근의 머리카락이 희끗희끗했다.

"파울리와는 어릴 때부터 친구였습니다." 플뢰트만은 담배를 빨아들였다. "정말 뭐라고 표현할 수 없을 정도로 충격이 큽니다."

레머가구 사장인 슈테판 지벤리스트는 안경을 쓴 뚱뚱한 대머리로 왼쪽 관자놀이에 눈에 띄는 큰 점이 있었다. 외모로 봐서는 전설적인 댐 농성에 참여한 사람 같지 않았다. 그는 눈 색깔이 흐릿하고, 손이 땀으로 축축했다. 피아는 그와 악수를 한 뒤 눈치채이지 않게 바지에 손을 문질렀다.

두 사람은 파울리와 함께 학교를 다녔다. 고등학교 때 보수적인 부모 세대에게 반항하느라 극좌 세력, 원자력발전소 반대자들, RAF('붉은 군대'라는 이름의 독일 좌파 테러 집단_역주) 쪽 사람들과 어울리다가 1970년대 말에 설립된 녹색당에서 이념적 둥지를 찾은 세대다. 1979년 5월 댐 농성 때는 셋 다 불타는 신념으로 똘똘 뭉쳐 있었지만 대학에 가서도 좌파적 이념과 반항적 태도를 고집한 사람은 파울리뿐이었다. 나머지 두 사람은 사회에 적응하는 길을 택했다.

볼프강 플뢰트만은 부모가 하던 서점을 물려받았고, 슈테판 지벤리스트는 배르벨 레머와 결혼해 10년째 유명 가구점 사장 노릇을 하고 있다. 두 사람 모두 켈크하임에서는 유지급으로, 녹색연대가 자리 잡는 데 큰 공헌을 했다. 몇 년 전 지벤리스트는 파울리에게 의장직을 물려받았다. 파울리를 너무 급진적으로 보는 당원들이 많아 지난 선거에서 지벤리스트가 뽑힌 것이다.

"전 파울리에 대해 좋게 말하고 싶습니다." 플뢰트만이 검지로 안경을 밀어 올리며 말했다. "다혈질에 고집불통이기는 했지만 마음이 넓고 관대했어요. 서로 의견이 달라 싸운 적도 많지만 좋은 친구였습니다. 그 친구와는 다퉜다가도 금세 마음을 터놓고 얘기할 수 있었습니다."

그는 서글픈 미소를 지으며 한숨을 내쉬었다.

"무엇보다도 마지막으로 만났을 때 싸운 게 정말 후회됩니다. 이제 화해할 기회마저 없으니까요."

"무슨 일로 싸우셨습니까?" 보덴슈타인이 물었다.

"파울리의 대외적인 비방은 저희 활동에 도움보다는 방해가 됐습니다."

플뢰트만은 재떨이에 담배를 비벼 껐다.

"대다수의 켈크하임 시민들이 B8에 반대하고 있습니다. 저희도 당원들뿐 아니라 일반 시민들에게 많은 동의를 얻고 있고요. 하지만 아무리 활동이 중요하고 열정이 넘치더라도 객관성을 잃어서는 안 됩니다. 그런데 파울리는 그런 건 알려고도 하지 않았습니다. 월요일 회의 때 제가 파울리의 행동에 제동을 걸었는데 저를 심하게 욕하더군요. 전 파울리를 잘 알기 때문에 기분 나쁘게 받아들이지는 않았습니다."

"월요일 회의에서 대체 무슨 일이 있었던 겁니까?"

"B8 확장에 관한 회의였습니다. 국무총리의 답장이 낭독됐는데,

대지 이용 현황 평가가 끝났다며 시민 2,000명의 반대 서명은 국정에 반영할 만큼 중요하지 않다는 내용이었습니다. 기민당 쪽에서 박수가 터져 나오자 파울리가 흥분해서 외치기 시작했습니다. 보크컨설트에서 전체 감정평가의 토대로 삼은 수치가 가짜임을 증명할 자료를 확보하고 있다고 말입니다. 그리고 그건 괜히 하는 말이 아닙니다. 저희는 이미 연방자연보호협회와 쾨니히슈타인 행동공동체 의장들과 회의를 마쳤습니다. 그 자료를 가지고 새로 감정평가를 요청하자는 쪽으로 의견이 모아졌는데 파울리는 이미 베를린의 윗선까지 매수됐기 때문에 소용없다는 식으로 나왔습니다. 주 단위는 물론이고 국무총리실, 교통부까지 손이 뻗어 있다는 거였습니다."

피아는 열심히 메모를 했다.

"파울리에게는 그것 말고도 비장의 무기가 하나 더 있었습니다. 파울리가 필지 번호까지 대가며 콘라디와 슈바르츠가 예정 노선 부근에 땅을 사들였다고 폭로하자 그 사람들 얼굴이 정말 볼만해지더군요."

"슈바르츠는 리더바흐탈, 콘라디는 슈나이트하인 근처, 차샤리아스는 여기저기 흩어져 있고, 시의회 의장 니켈은 저 위쪽 라이스에 땅을 샀어요." 지벤리스트가 거들었다. "땅을 산 건 죄가 아니지만 최근에 샀다는 것 때문에 범죄가 되는 겁니다. 모두 예정 노선이 발표되기 직전에 산 땅들이거든요."

"왜 그게 범죄가 된다는 거죠?" 피아는 선뜻 이해가 가지 않았다.

"내부 정보를 이용해 개인적 이익을 챙겼기 때문입니다." 지벤리스트는 손수건을 꺼내 이마에 난 땀을 닦았다. "그 사람들은 목초지나 경작지 용도로 2유로에 땅을 샀지만 도로가 지나갈 경우 헤센 주는 그 땅을 10유로 이상에 사들일 겁니다. 옛 땅 주인들은 지금 엄청나게 화가 나 있죠. 고소하겠다는 움직임도 있고요."

"그럴 만하군요." 보덴슈타인이 헛기침을 하며 끼어들었다. "그런데 정부 기관들까지 매수당했다는 주장을 뒷받침할 만한 증거가 파울리에게 있었나요?"

"보크컨설트와 정부 기관들 사이에 오간 문서가 있다는데 저도 직접 눈으로 보지는 못했습니다."

"도로 건설이 왜 보크컨설트에 이득이 되죠? 그 회사는 그냥 감정평가서만 작성하는 거잖아요." 피아가 물었다.

"보크컨설트는 보크홀딩의 일부분일 뿐입니다." 지벤리스트가 설명했다. "파울리가 아주 상세히 조사했더군요. 보크홀딩 산하에 도로 건설, 지상 및 지하 공사, 도로표지판, 도로안전시설물을 제작하는 회사가 다 따로 있어요. 그리고 켈크하임과 쾨니히슈타인의 공사는 이미 몇 년째 보크홀딩이 독식하고 있는 상황입니다. 입찰 공고가 날 때마다 이상하게도 그 회사가 가장 싸게 오퍼를 내놓거든요."

"그건 정말 이상하군요." 보덴슈타인이 말했다.

"그걸 증명할 수만 있다면 크게 한 방 터뜨리는 건데……. 하지만 이제 글렀습니다. 파울리가 시끄럽게 비방을 해대는 바람에 관계자들이 모두 경계 태세에 들어갔거든요. 아마 지금쯤 사무실마다 종이 파쇄기가 뜨끈뜨끈해질 정도로 돌아가고 있을 겁니다."

"파울리가 의심한 사람은 누구누구입니까?" 보덴슈타인이 물었다.

"일단 차샤리아스가 1순위고, 호프하임 도시계획과장 게오르크 셰퍼, 보크컨설트 사장 카르스텐 보크 정도입니다."

"화요일 저녁에 집으로 파울리를 찾아가셨죠? 왜 그랬죠?"

보덴슈타인이 묻자 지벤리스트는 잠시 머뭇거렸다.

"조용히 얘기를 좀 하려고요."

"무슨 얘기요?"

"월요일 회의에 대한 거죠, 뭐."

"다 지나간 일로 협박할 생각이냐며 언성을 높였다던데요?"

순간 지벤리스트의 얼굴에 경악의 표정이 스쳤다.

"무슨 일 때문이었는지 말씀해주시죠."

"아, 뭐 옛날 일입니다." 그는 태연한 척했지만 사과주 잔을 쥔 손에 힘이 잔뜩 들어가 손가락 마디뼈가 하얗게 드러났다. "파울리도 그런 의도는 아니었고 저도 처음에만 조금 화가 났을 뿐입니다."

"얼마나 화가 나셨죠?" 피아가 물었다.

"네?" 그의 얼굴에 당혹스러운 표정이 떠올랐다.

"사람을 죽일 만큼 화가 나셨나요?"

"아니, 그게 무슨 얼토당토않은 말입니까? 전 평생 육체적 폭력을 증오해온 사람입니다. 폭력은 절대 해결책이 아닙니다."

피아의 눈은 그의 손가락이 떨리는 것을 놓치지 않았다.

"대부분의 사람들도 그렇게 생각하죠." 피아가 미소 띤 얼굴로 대꾸했다. "하지만 궁지에 몰린 사람에게는 유일한 해결책으로 보일 수도 있어요. 예를 들면 과거의 죄 때문에 인생을 망치겠다 싶을 때는요."

지벤리스트의 통통한 얼굴로 땀이 비 오듯 흘렀다.

"화요일 저녁에 파울리와 나눈 대화 내용을 말씀해주시죠."

보덴슈타인이 다시 한 번 말했다. 지벤리스트는 처음부터 아무 말도 하지 말걸, 하고 후회하는 듯한 표정을 지었다.

"파울리가 뭘 가지고 협박을 했기에 그렇게 화가 났던 겁니까?"

"사고가 있었습니다." 지벤리스트는 내키지 않는 얼굴로 입을 열었다. "1982년의 일입니다. 파울리는 제가 녹색연대 의장 선거에서 승리한 것을 오래도록 마음에 두었습니다. 왜 그런 생각을 했는지는 모르겠지만 제가 모략을 꾸몄다고 했습니다. 파울리는 항상 자신을 음모의 희생양으로 봤습니다. 스스로를 희생시키는 순교자라고 생각했지만 실제로는 아무것도 이루지 못했습니다.”

“하지만 본인은 많은 걸 이루셨죠?” 피아가 끼어들었다. “켈크하임에서는 모르는 사람이 없는 유지급이고 상인연합회장에 유명 가구점 사장님이죠. 하지만 24년 전 일이든 뭐든 소문 하나 잘못 나면 그 평판도 끝이죠. 그렇지 않나요?”

지벤리스트는 눈알이 튀어나올 듯 눈을 크게 떴다.

“전 파울리한테 아무 짓도 안 했습니다. 그냥 얘기만 했습니다. 다른 건 없었어요. 제가 차를 타고 그 집을 떠날 때 파울리는 아주 멀쩡하게 살아 있었어요.”

“차를 타고 어디로 갔죠?”

“제 사무실로 갔습니다. 매물 정리도 해야 했고 월드컵 분위기에 휩쓸리기도 싫었습니다.”

“증인이 있나요?”

“청소부가 10시까지 있었습니다. 10시 이후론 저 혼자였습니다.”

보덴슈타인과 피아는 서로 얼굴을 마주 보았다. 그것을 본 지벤리스트의 이마에 다시 땀이 송골송골 맺혔다.

“저희가 조사한 바에 따르면 파울리는 10시 30분경에 죽었어요.” 피아가 말했다. “그런데 지벤리스트 씨는 파울리에게 화가 나 있었고 사망 당일에 집까지 찾아갔었고 사망 시각에 알리바이가 없으시네요.”

“말도 안 됩니다.” 플뢰트만이 끼어들었다. “우린 친구였습니다. 그저 의견 충돌이 있었던 것뿐이에요. 파울리를 죽이고 싶어 할 사람은 얼마든지 있습니다."

"예를 들면요?"

플뢰트만은 주저하며 선뜻 대답을 하지 않았다.

"괜히 죄 없는 사람을 의심받게 하고 싶진 않습니다." 그는 재빨리 지벤리스트 쪽을 쳐다보았다. "그날은 모두 감정이 격해진 상태였습니다. 마음에 없는 말도 하게 되는 그런 분위기였어요."

"파울리의 무덤에 오줌을 누겠다고 한 콘라디처럼 말입니까?"

"네." 플뢰트만이 안경을 고쳐 쓰며 말했다. "물론 별 뜻 없이 한 말이죠."

"그럴 수도 있겠죠." 보덴슈타인이 말하는 사이 종업원이 두 사람의 식사를 가져왔다. "하지만 바로 그다음 날 파울리가 죽었다는 걸 생각하면 의미가 좀 다르게 들리죠."

플뢰트만은 맛있게 식사를 했지만 지벤리스트는 입맛이 떨어졌는지 음식을 건드리지도 않았다.

＊

그동안 벤케와 카트린은 집집마다 찾아다니며 로어비젠 가의 주민들을 만났다. 대부분의 사람들이 그 시간에 축구 경기를 보거나 정원에 나와 있었는데 특별히 이상한 것은 눈치채지 못했다고 했다. 그리고 항상 오토바이와 자동차의 모터 소리가 시끄럽게 나고 개들이 짖어대고 주차된 차들로 길이 복잡하고 밤낮으로 시끄럽게 웃고 떠드는 소리가 났다며 에르빈 슈바르츠와 마테스 부인의 말을 확인시켜주는 증언도 있었다. 그래서 화요일 저녁 정말 무슨 일이 일어났더라도 이상하게 생각하는 사람이 없었을 거라는 의견이었다.

〈타우누스 일보〉의 기사를 쓴 헨드릭 켈러는 오스터만이 맡았다. 그는 '농장집'이라는 교외 레스토랑의 테라스에서 식사를 했는데 우연히 풍케 시장의 옆 테이블에 앉았고, 시장과 그 패거리가 전혀 거리낌 없이 큰 소리로 대화를 나누는 덕분에 대화 내용을 다 들었다고 말했다.

처음에 그들은 차샤리아스를 기다렸지만 그가 오지 않자 자기네들끼리 식사를 시작했다. 풍케 시장은 차샤리아스가 환경보호단체를 상대로 고전을 면치 못하고 있다고 추측했다. 그러자 다른 사람이 차샤리아스의 마음이 바뀐 것인지도 모른다고 말했다. 그러자 또 다른 사람이 지금 문제는 차샤리아스가 아니다, 당분간이라도 파울리를 찍소리 못 하게 만들어야 한다고 했다.

"차샤리아스는 사건 당일 알리바이가 없어요." 피아가 확신하듯 말했다. "황금사자의 종업원도 10시에 나갔다고 했잖아요."

"그리고 현재로서는 잃을 것이 가장 많은 사람이기도 합니다." 오스터만이 맞장구를 쳤다.

"내가 보기에도 그래." 보덴슈타인이 손목시계를 보며 말했다. "내가 한번 만나봐야겠군."

"그럼 전 뭘 하죠?" 피아가 물었다.

"벤케랑 같이 파울리의 카페에 가봐. 지금쯤 열었을 거야."

그는 피아의 못마땅한 표정을 바로 읽어냈다. 벤케는 피아가 가장 싫어하는 동료다. 벤케도 피아를 싫어하기는 마찬가지다. 처음에 피아는 그것이 보덴슈타인의 총애 때문이라고 생각했지만 시간이 지나면서 보니 그냥 무작정 싫어하는 것이었다. 피아가 보기에 벤케의 건방진 태도며 여성 비하적인 농담은 꼴사납고 유치하기 짝이 없었다. 거기다 튜닝한 자동차를 애지중지하는 모습을 보면 그를 안다는

것 자체가 창피할 지경이었다. 자기가 차샤리아스에게 가겠다고 반
장을 설득하려는 찰나 그녀의 휴대전화가 울렸다. 그녀는 발신자를
확인한 후 전화를 받았다.

"응, 헤닝. 무슨 일이야?"

"오펠 동물원 시체를 다시 한 번 살펴봤는데 들판에 버려지기 전
에 어딘가에 눕혀져 있었던 것 같아. 희미하긴 하지만 어깨와 엉덩
이에 분명히 흔적이 있는데, 나무로 된 화물 적재용 받침대가 아닐
까 싶어."

"화물 적재용 받침대?"

"응, 종아리와 팔의 피부 조직에서 발견된 나무 부스러기도 아마
거기서 나온 거겠지. 기억나? 내가 왜 그런 게 나왔는지 모르겠다고
했잖아."

"하지만 그런 받침대는 어디에나 있는 거잖아. 뭐 다른 건 없어?"

"있어. 팔다리 바깥쪽하고 머리카락에서 나트륨클로리드가 검출
됐어."

"나트륨클로리드?" 피아가 뚱한 말투로 물었다.

"아, 참. 화학 잘 못 하지?" 헤닝이 웃으며 말했다. "식용 소금."

＊

"여기서 누구랑 얘기를 하라는 거야?"

벤케가 시큰둥한 얼굴로 주위를 둘러보았다. 젊은 여자 셋이 뒤쪽
테이블에 앉아 커피를 마시고 있을 뿐 카페는 아직 한산하다.

"곧 사람들이 나타나겠지." 피아가 말했다.

수염이 덥수룩한 중년 남자들이 모여 앉아 어두컴컴한 조명 밑에

서 토론을 벌이는 풍경을 상상했던 그녀는 큰길가의 운치 있는 건물 1층에 위치한 현대적인 인테리어의 카페에 들어서며 내심 놀랐다. 앞쪽에는 반짝이는 크롬 재질의 바 스툴과 높은 탁자가 여러 개 있고 뒤쪽에는 거울이 붙은 바를 따라 원목 테이블과 가죽 의자 세트가 죽 늘어서 있어 편안하면서도 세련된 분위기가 느껴졌다. 주방 옆에는 뒤뜰로 통하는 문이 있는데, 긴 테이블과 등받이 없는 긴 의자가 나란히 늘어서 있는 것이 보였다.

주방과 바 사이의 벽에는 크게 현상된 파울리의 흑백사진이 걸려 있고, 액자에 비스듬하게 검은 띠가 붙어 있었다. 피아는 걸음을 멈추고 사진 속 얼굴을 들여다보았다. 회색 곱슬머리에 뾰족한 얼굴, 둥근 안경을 쓴 모습에서 딱히 카리스마가 느껴지지는 않았다. 왜 저런 남자가 그토록 극단적인 평가를 받으며 사람들의 관심을 모았던 것일까? 피아는 이렇게 생각하며 테이블 쪽으로 걸음을 옮겼다. 의자에 앉자마자 앳된 얼굴의 여학생이 인기척도 없이 다가왔다.

"전 아이딘이에요." 그녀가 메뉴판과 타코 칩을 내려놓으며 말했다.

벤케는 타코 칩을 한 주먹 집어 입에 털어 넣더니 여학생에게 능글맞은 웃음을 지어 보였다. 여학생이 가고 가죽 소파에 털썩 주저앉은 벤케는 아니나 다를까 마초 행세를 하기 시작했다.

"난 여기서 아무것도 안 먹어." 그가 큰 소리로 말했다. "두부나 채소를 먹으면 꼭 뭐가 나더라고."

"아, 그럼 어제 채소 먹었나 보네?" 피아가 비꼬았다.

벤케는 표정을 일그러뜨리며 피아를 노려보았다. 여름철마다 알레르기 때문에 고생을 하는 그는 그 사실을 언급하는 것 자체를 싫어했다. 그때 아이딘이 돌아와 그는 아무 말도 할 수 없었다. 피아는 망고 주스와 크림치즈를 바른 허브 베이글을 주문했다. 곧 여학생 네 명이 떼를 지어 들어와 바에 앉았다. 바 뒤에서 젊은 남자가 오디오를 만지작거리자 잔잔한 배경음악이 흐르기 시작했다. 하와이 샌드위치를 주문한 벤케는 못마땅한 표정으로 한 입 베어 물었다.

피아는 하나둘씩 문을 열고 들어오는 젊은이들을 관찰했다. 대부분은 앞쪽의 높은 테이블이나 바에 자리를 잡고 앉았다. 그들은 슬픔과 충격이 역력한 얼굴로 소리 낮춰 대화를 나누거나 포옹하며 서로를 위로했다. 그런가 하면 느릿느릿 카페를 가로질러 '관계자 외 출입 금지'라고 쓰인 문 뒤로 사라지는 젊은이들도 있었다.

6시 반이 막 지나자 루카스 반덴베르크가 문을 열고 들어왔고 한 떼의 여학생이 곧장 그에게 달려들었다. 그는 흐느끼는 여학생들과 포옹하며 슬픔을 나누었다. 잠시 후 그는 바 뒤로 가서 일을 하기 시작했다. 또다시 문이 열리며 오토바이 헬멧을 든 젊은 남자 둘이 들어왔다. 그들은 슬퍼하는 여학생들에게 별 관심을 보이지 않은 채 곧장 뒤쪽 문을 향해 성큼성큼 걸어갔다. 이 카페에 드나드는 젊은이들 중에 파울리의 죽음에 별로 동요하지 않는 부류가 있는 것이 분명했다.

*

내외가 둘 다 건축가인 그라프 부부는 바트조덴 구시가지에 있는 전통 가옥을 리모델링해서 사무실로 쓰고 있었는데 보덴슈타인은 독특한 설계에 놀라지 않을 수 없었다.

이 집도 주인들이 직접 설계한 거라면 실력이 상당하군. 보덴슈타인은 그라프건축사무소 1층 상담실에 앉아 시원한 에어컨 바람을 맞으며 생각했다.

차샤리아스의 집에서는 아무도 만나지 못했다. 정말 집에 없는 것인지 양심의 가책을 느껴 별장 같은 호화로운 집에 납작 엎드려 있는 것인지는 알 길이 없었다. 보덴슈타인은 집 앞 우체통에 명함을 잘 보이게 끼워놓고 나중에 다시 방문하기로 했다.

마라이케 그라프가 공사장에서 돌아와 곧장 상담실로 들어온 것은 5시 반이 다 되어갈 무렵이었다. 파울리는 계속해서 비슷한 유형의 여자를 선택한 것 같다. 전부인 마라이케도 지금 여자친구 에스터처럼 체구가 작고 얼굴이 예쁘장했다. 그러나 에스터와는 정반대로 정성껏 꾸미고 가꾼 티가 났다. 몸매가 드러나는 린넨 원피스와 허리가 잘록한 재킷을 입어 가냘픈 몸매가 돋보였는데, 에스터의 말과 달리 폭력적인 인상은 전혀 들지 않았다.

"오래 기다리게 해서 죄송해요." 그녀는 가쁘게 숨을 몰아쉬며 보조개가 옴폭 파이는 예쁜 미소를 지었다.

"뭐 마실 거라도 대접했나요?" 그녀가 악수를 청하며 물었다.

"네, 잘 마셨습니다." 보덴슈타인도 웃으며 대답했다.

"제 전남편이 죽었다는 얘기는 들었어요. 그런 소문은 빨리 퍼지게 마련이죠. 어제 슈바르츠 씨한테 전화가 왔더라고요."

그렇게 꼴 보기 싫던 이웃이 죽었으니 슈바르츠가 동네방네 소문을 안 냈을 리 없다.

"파울리 씨와 몇 년간 결혼 생활을 하셨죠?" 보덴슈타인이 물었다.

"14년요." 그녀는 예쁜 얼굴을 찌푸렸다.

"원래는 제 선생님이었어요. 전 열여섯 살 때부터 저 사람이 내 인생의 남자구나, 하고 생각했죠." 그녀는 자조적인 웃음을 지었다. "사람이 눈에 콩깍지가 씌면 그렇게 착각을 할 수도 있더라고요."

"뭐가 그렇게 좋아 보였습니까?"

"비전이 있는 사람 같았어요. 자기가 하는 일에 대한 신념이 있었죠." 그녀의 목소리에서는 어떤 감정도 느껴지지 않았다.

"그럼 헤어진 이유는 뭐죠?"

"그 사람의 본색을 알아본 거죠." 그녀는 우아하게 어깨를 으쓱해 보였다. "더 좋은 세상을 만들기 위해 자기를 희생하는 전사처럼 행동했지만 사실은 그게 아니었어요. 자기 확신이 없어서 끊임없이 밖에서 확신을 찾는 나약한 인간이었어요. 자기 말을 믿고 떠받드는 어린 학생들과 어울리기를 좋아했죠. 그 사람한테는 자기를 떠받들어주는 사람이 꼭 필요했어요. 떠받드는 사람이 많을수록 신이 나서 떠들어댔죠. 하지만 그가 하는 말은 모조리 거짓이었어요. 채식주의자는 무슨!"

그녀는 실소를 지으며 콧방귀를 뀌었다.

"실제 행동은 전혀 안 그러면서 학생들한테는 그럴듯하게 꾸며댔죠. 처음에는 학생들이 우리 집에 밤낮으로 찾아와 죽치고 앉아 있는 게 그리 이상하지 않았어요. 하지만 나이가 들수록 이상하다는 생각이 들더군요. 전 저 나름대로 계속 성장했어요. 하지만 그 사람은 그대로였죠. 특히 자기를 신처럼 떠받드는 열여덟 살짜리를 좋아하는 버릇은 바뀌지 않았어요."

"전남편이 바람이라도 피웠나요?"

"그랬을 수도 있죠. 제가 알 게 뭐예요? 이혼하기 전 8년간은 밥도 따로 먹고 잠도 따로 잤어요."

"하지만 파울리 씨의 여자친구는 열여덟 살은 훨씬 넘어 보이던데요?" 보덴슈타인이 반론을 제기했다.

"열여덟 살짜리는 돈이 없으니까요." 마라이케는 가소롭다는 듯 웃었다.

"카페 건물도 에스터 소유고 빚도 군소리 없이 갚아줬죠, 아마?"

"파울리 씨에게 빚이 있었습니까?"

"주체할 수 없을 정도로 많았어요." 그녀는 비웃는 표정으로 말했다. "고소하는 걸 좋아했거든요. 사실 여자 변호사를 낚았어야 하는 건데……."

"이혼할 때 왜 집을 파울리 씨에게 양보했죠?"

"양보요? 전 그 거지 같은 인간한테 집을 양보한 적 없어요." 그녀가 허리를 곧추세우며 말했다. 그녀의 푸른 눈이 날카롭게 반짝였다. "그렇게 믿고 싶었겠죠. 하지만 전 이사 나오는 날 분명히 말했어요. 다른 데 집을 구할 때까지만 살라고요. 그다음에 집을 팔아서 그 사람 몫을 주려고 했어요."

"파울리 씨의 자동 응답기를 들어봤는데 부인의 목소리가 녹음돼 있더군요. 사건 당일 그 집에 가셨죠?"

"네, 맞아요." 마라이케가 고개를 끄덕였다. "제 인내심이 한계에 달했었거든요. 우린 지금까지 건축이 예정된 더블하우스 여섯 개 중에서 세 개를 팔았어요. 빨리 공사를 시작해야 하는데 세 번이나 기공 시점을 미뤘어요. 그동안 고객 한 명이 계약을 취소했고 다른 한 사람은 고소하겠다고 으름장을 놓고 있는 상황이에요."

"사건 당일에 무슨 목적으로 그 집에 가신 겁니까?"

"협상을 하러 갔어요. 한 달 안에 집에서 나간다는 조건으로 돈을 주겠다고 했어요. 5만 유로요."

"그건 아주 큰돈인데요."

"공사가 계속 미뤄져서 생기는 손해에 비하면 감수할 수 있는 금액이에요."

"그날 돈을 가지고 가셨습니까?"

“네.”

“파울리 씨가 돈을 받았습니까?”

“돈 앞에는 장사가 없더군요. 돈을 세어보더니 7월 31일까지 집을 비운다는 동의서에 얌전히 서명을 하더라고요.”

아직 최종 감식 보고서가 올라오진 않았지만 그렇게 많은 현금이 발견됐다면 당연히 보고가 들어왔을 것이다. 파울리는 범인이 나타나기 전에 돈을 숨길 시간이 있었던 걸까? 아니면 그 돈 때문에 살해당한 걸까? 5만 유로보다 훨씬 적은 돈 때문에 살해당하는 사람도 얼마든지 있다. 그렇다면 그날 저녁 파울리가 돈을 받았다는 사실을 누군가 알았다는 얘긴데 그게 과연 누굴까?

“화요일 저녁에 파울리 씨와 심하게 다투는 것을 봤다는 증인이 있는데 맞습니까?” 보덴슈타인이 다시 질문을 던졌다.

“길 건너에 사는 마테스 부인이 그러던가요?” 그녀는 흘러내린 머리칼 한 줌을 귀 뒤로 넘겼다. “네, 그 할머니 말이 맞아요. 처음엔 소리소리 지르면서 싸웠어요. 하지만 돈을 준 다음엔 아주 조용하더라고요.”

그녀는 뭐가 재밌는지 혼자 눈을 뒤집으며 웃어댔다.

“파울리 씨가 서명한 동의서 좀 볼 수 있겠습니까?”

“물론이죠.” 그녀는 서류 가방을 탁자 위에 올려놓더니 잠금장치를 열고 비닐 파일에 든 서류를 건넸다.

“이거 제가 가져가도 되겠습니까?”

“괜찮으시다면 복사를 해드리죠.”

“원본을 가져가고 싶습니다만.” 그가 미소를 지으며 말했다. “제가 잘 챙겼다가 반드시 돌려드리겠습니다.”

“좋아요.” 그녀는 자리에서 일어나 복사기가 있는 옆방으로 갔다.

"비닐에서 꺼내지 말아주십시오."

그가 뒤따라가며 말했다. 그녀는 이상하다는 표정을 지으며 그를 돌아보았다.

"지문 때문에 그러시는군요." 그녀가 날카롭게 짚어냈다. "제 말을 안 믿으세요?"

"저는 일단 다 믿습니다." 보텐슈타인은 상대로 하여금 경계심을 허물게 하는 사람 좋은 미소를 지으며 말했다. "정반대임을 증명할 수 있는 증거가 나올 때까지는요."

*

"아무 일도 안 일어나고, 뭐야 이게? 오늘 할 일도 있는데……."

벤케가 구시렁거렸다. 도대체 사람들이 왜 벤케를 좋아하는지 피아는 도저히 이해할 수 없었다. 그녀가 보기에 그는 그냥 '진상' 그 자체다.

"잠깐 화장실 좀 다녀올게."

그녀는 이렇게 말하며 일어섰다. 사실은 '관계자 외 출입 금지'라고 씌어 있는 문 뒤에 뭐가 있는지 궁금해 견딜 수 없었다. 이제까지 그 문으로 들어간 남학생이 대여섯 명은 족히 되는데 다시 나온 사람은 한 명도 없었다.

그녀는 얼른 주위를 살핀 다음 문을 열고 들어갔다. 복도를 따라 걸어가니 손잡이가 없는 육중한 철문이 나타났다. 문 옆에 카드 넣는 홈이 파여 있고 '회원만 입장 가능합니다. 카드를 넣으세요'라는 문구가 붙어 있었다.

"이건 또 뭐야?"

피아는 혼잣말을 하며 문에 귀를 대봤다. 카페에서 울리는 낮은 음악 소리 말고는 아무 소리도 들리지 않았다. 그때 그녀가 들어온 문이 갑자기 열리더니 남학생 둘이 복도로 들어섰다.

"타렉 그 새끼 말이야. 완전히 돌았어." 둘 중 하나가 말했다. "어떻게 그런 짓을 할 수 있느냐고. 나쁜 새끼, 우리 아버지가 알면 난 죽은 목숨이야!"

그는 피아를 발견하고 말을 멈추었다. 옆에 있던 여드름투성이 얼굴의 삐쩍 마른 남학생이 피아를 머리끝에서 발끝까지 훑어보며 징그럽게 웃었다.

"예쁜 아줌마가 이런 데서 뭐 하시나? 어디 가시려고요?"

피아는 화장실을 찾고 있다고 말하려다가 생각을 고쳐먹었다.

"이 안에 있는 게 뭐니?"

"클럽 카드 있어요?" 여드름 얼굴이 묻더니 대답도 자기가 직접 했다. "있을 턱이 있나? 여기서 한 번도 본 적 없는 얼굴인데."

"그러는 넌 누구니? 여기 매니저니?" 피아도 지지 않고 물었다.

"난 딘 코르소, 이쪽은 내 친구 보리스 발칸." 여드름투성이 사춘기 소년이 거만한 태도로 대답했다.

"그 얼굴이 조니 뎁으로는 보이지 않는데?"

영화 〈나인스 게이트〉(스페인 소설《뒤마 클럽》을 바탕으로 한 로만 폴란스키 감독의 영화. 조니 뎁이 주인공 딘 코르소 역을, 프랭크 란젤라가 보리스 발칸 역을 맡았다_역주)를 본 피아는 그의 말을 받아치며 신분증을 꺼내 들었다.

"호프하임 경찰서에서 나왔습니다."

"오, 법의 수호자!" 여드름 얼굴은 피아의 신분증과 영화 지식에 전혀 주눅 들지 않았다. "아무리 경찰이어도 클럽 회원이 아니면 들어갈 수 없어요."

피아는 다른 남학생에게로 시선을 돌렸다. 열여덟 살이나 열아홉 살쯤 되어 보이는데 잿빛 곱슬머리를 어깨까지 길렀고 손에 플라스틱 카드를 들고 있다. 그때 문이 열리고 세 번째 남학생이 다가왔다. 그도 여드름 얼굴처럼 지나치게 큰 힙합 바지에 너무나 헐렁한 티셔츠, 끈이 없는 운동화 차림이다. 저렇게 단정치 못한 남자들과 사랑에 빠질 수 있다니 요즘 아이들도 참 대단하다는 생각이 들었다.

"저 안에서 뭐 하는 거지?" 피아가 물었다. "불법적인 일이 아니라면 나한테 숨길 이유가 없잖아?"

"불법 아니에요." 여드름 얼굴이 말했다. "그냥 관계자들만 사용하는 거예요. 그러니까 아줌마하곤 상관없어요. 오케이?"

"아니, 오케이 아니야." 그녀는 벤케의 번호를 눌렀다.

"화장실에 빠졌어?" 벤케는 전화를 받자마자 평소와 같이 고상한 멘트를 날렸다.

"지금 바로 이쪽으로 좀 와. '관계자 외 출입 금지'라고 씌어 있는 문으로 들어와."

"지원 요청해도 소용없어요, 아줌마."

여드름 얼굴이 히죽거리며 양팔을 벌려 그녀 앞을 가로막았다. 그러자 곱슬머리가 재빨리 카드를 그었고 문이 열리자 세 남학생은 순식간에 방으로 들어가 문을 닫아버렸다. 그때 벤케가 도착했다. 피아는 방금 있었던 일을 설명했다. 그러나 그는 별 관심 없다는 듯 어깨를 으쓱하며 성의 없이 말했다.

"안에서 들여보내주지 않으면 별수 없어."

"내가 그렇게 쉽게 물러설 줄 알고?" 피아는 주먹으로 철문을 쾅쾅 쳤다. "저런 코흘리개들한테 당할 수는 없어!"

"수색영장을 받아 오든가 해야지. 아, 나 퇴근 시간이 벌써 몇 분이나 지났는데……." 벤케가 손목시계를 보며 말했다.

"그럼 집에 가든가!" 피아가 화난 목소리로 소리쳤다.

"안 그래도 그럴 생각이야."

벤케는 이렇게 말하더니 그대로 뒤돌아 가버렸다. 벤케가 문을 열고 나간 순간 철문이 열리며 곱슬머리 남학생의 얼굴이 나타났다.

"들어오세요." 그는 귀찮다는 표정으로 말했다. "안 그러면 계속 시끄럽게 할 거잖아요."

"맞아. 바로 맞혔어." 피아가 안으로 들어서며 말했다. "여긴 뭐 하는 곳이니?"

"인터넷 카페예요." 곱슬머리가 앞장서 걸었다. "아무나 들어오지 못하게 하려고 카드 장치를 만든 것뿐이에요."

두 사람은 계단을 내려가 복도를 따라 걸었다. 한 방에서 쿵쿵거리는 음악 소리가 새어 나왔다. 곱슬머리가 그 문을 열자 고막이 떨어져 나갈 듯한 엄청난 소음이 그들을 덮쳤다. 창문도 없는 넓은 지하 방이었다. 벽이 휑하고 천장에는 형광등이 죽 매달려 있다. 시멘트 바닥에는 사람 팔뚝만 한 전선 다발이 죽 늘어져 있다가 땅속으로 사라지고, 방 한가운데 놓인 책상에는 모니터가 열 개 정도 늘어서 있다. 아까 사라진 남학생들이 컴퓨터를 하나씩 차지하고 앉아, 손으로는 정신없이 키보드를 두드리고 눈으로는 화면을 뚫어져라 쳐다보고 있었다.

"쟤네들 뭐 하는 거니?" 피아가 곱슬머리의 귀에 대고 소리쳤다.

"뭐긴 뭐예요? 인터넷하는 거지." 곱슬머리 역시 악을 썼다. 그리고 괴물 보듯 피아를 빤히 쳐다보았다.

＊

피아는 벤케와 2시간을 함께 보내고 나니 컨디션이 바닥을 쳤다. 게다가 머리가 깨질 듯 아팠다. 아침에 먹은 아스피린의 약효는 사라진 지 오래였다. 피아는 헤닝과의 하룻밤도 하룻밤이지만 내키는 대로 마신 와인 다섯 잔이 후회되어 견딜 수 없었다. 카페 안은 이제 제법 북적거렸다. 피아는 바에 앉은 여학생들이 눈에 띄게 그녀 쪽을 힐끔거리는 것을 눈치챘다. 루카스가 그녀에게 손을 흔들며 환하게 웃고 있었다. 피아는 바 가장자리로 다가갔다.

"안녕하세요, 키르히호프 형사님." 루카스가 유리잔 닦던 행주를 한쪽 어깨에 두르며 인사했다. "뭐 마실 것 좀 드릴까요?"

피아는 질투심에 찬 여학생들의 시선이 화살처럼 등에 꽂히는 느낌이었다. "아니야, 고마워. 계산하려고."

"아이딘한테 얘기할게요. 그런데 파울리 일은 어떻게 된 건지 좀 알아냈나요?" 그는 그녀 쪽으로 몸을 굽히며 진지하게 물어 왔다.

"아니, 아직." 그녀는 그의 녹색 눈을 응시했다. 이런 신비한 색깔은 처음 본다는 생각이 절로 들었다. "오늘 저녁에 에스터가 여기 오니?"

"아뇨." 그는 고개를 저었다. "아직 충격이 큰가 봐요. 곧 좋아지겠죠."

"화요일 저녁에 파울리가 카페를 나간 다음 뭘 했는지 아니?"

"아뇨." 그는 어깨를 으쓱했다. "회의 끝나고 나서 자전거 타고 집에 갔어요. 아마 8시 15분쯤이었을 거예요."

피아는 그녀 등 뒤에서 벌어지는 일에 루카스가 갑자기 시선을 빼앗기는 것을 눈치챘다. 여학생들이 떼 지어 들어오고 있었다. 골반까지 오는 딱 붙는 청바지에 배꼽이 보이는 짧은 티셔츠를 입고 하나같이 긴 머리에 예쁘게 화장한 여학생들은 쌍둥이처럼 똑같아 보였다. 자기가 학교 다닐 때에는 여학생들이 그렇게 예쁘게 꾸미지도 않았고 똑같은 차림으로 다닐 만큼 유행에 민감하지도 않았다는 생각이 들었다.

"일하는데 너무 방해했나 보다. 질문에 대답해줘서 고마워."

"당연히 해야 할 일이데요, 뭘. 물어볼 거 있으면 언제라도 찾아오세요."

*

녹색카페로 피아를 데리러 온 보덴슈타인은 벤케에 대해서는 한 마디도 언급하지 않았다. 지나다 보니 파울리의 집 앞에 순찰차 두 대가 경광등을 켠 채 서 있었다. 이웃 연립주택 주민들이 발코니에 나와 있고 길 건너편의 인도에도 구경꾼이 모여 있었다.

"무슨 일이지?" 보덴슈타인은 순찰차 뒤에 차를 세웠다. "설마 또 시체가 나온 건 아니겠지?"

두 사람은 차에서 내려 마당으로 들어섰다. 집 뒤편에서 히스테릭한 비명 소리와 함께 쿵쾅거리는 소리가 났다. 젊은 여경이 부엌 계단에 앉아 피가 나는 머리의 상처를 수건으로 누르고 있었다. 다른 경찰관이 나오는데 자세히 보니 입술이 터진 채였다.

"도대체 무슨 일이야?" 보덴슈타인이 물었다.

"이웃들이 사람 잡는 것 같다고 신고를 했습니다. 그래서 와보니 저 모양입니다. 정말 살다 살다 저런 꼴은 처음 봅니다." 그는 질렸다는 듯 치를 떨었다. "지원 요청은 이미 했습니다."

문을 열고 거실을 들여다본 보덴슈타인과 피아는 눈앞에 펼쳐진 기괴한 광경에 차마 안으로 들어가지 못하고 문가에서 얼어붙어버렸다. 경찰관 한 명이 반쯤 벗은 채 발버둥치는 에스터 슈미트의 목에 팔을 둘러 제압하는 중이고 다른 사람은 코피를 흘리는 금발의 자그마한 여자와 싸우고 있다. 보덴슈타인은 그 여자가 우아하고 청순하게만 생각했던 마라이케 그라프임을 알아보고 깜짝 놀랐다.

"조용히들 해!" 경찰관 한 명이 더 이상 못 참겠다는 듯 소리쳤다. "이제 그만!"

그러나 두 여자는 아랑곳하지 않았다. 그들이 새된 소리를 지르며 싸우는 통에 주위 사람들은 귀가 아플 지경이었다.

"내 집에서 하루라도 더 잘 수 있다고 생각했다면 큰 오산인 줄 알아, 이 나쁜 년아!" 마라이케가 표독스럽게 내뱉었다.

"네 집? 흥, 지나가던 개가 웃겠다!" 에스터도 지지 않고 받아쳤다. 상을 당한 유족의 슬픔은 어디에서도 느껴지지 않았다.

"이게 무슨 짓입니까!"

보덴슈타인이 버럭 소리를 쳤다. 두 여자는 씩씩거리며 소리 나는 쪽으로 고개를 돌렸다. 마라이케가 먼저 정신을 차렸다.

"전 돈을 다시 찾으려는 것뿐이에요." 그녀가 경찰관에게 저항하는 것을 멈추고 말했다. "저기 저 여자는 내 집에 살 권한이 없어요. 제가 그 사실을 알려주는데 다짜고짜 달려들었어요."

"거짓말이에요!" 에스터가 고래고래 소리를 질렀다. "네가 먼저 달려들었잖아, 이 여우 같은 년아!"

"제가 전남편에게 준 돈을 저 여자가 훔쳤어요." 마라이케는 코에서 코피가 뿜어 나오는 와중에도 최대한 우아하게 말하려고 노력했다. "그런데 파렴치하게도 그 돈을 본 적 없다고 하잖아요!"

"난 돈 같은 거 본 적 없어!" 에스터가 벌게진 얼굴로 소리쳤다.

"거짓말!" 마라이케는 다시 주먹을 쥐었다. "이 천하에 둘도 없는 도둑년!"

"누가 도둑년인지 모르겠네!" 에스터가 독살스럽게 받아쳤다. "넌 어차피 감옥행이야!"

"그거 좋은 생각이네! 여기 있는 숙녀분들 유치장으로 모셔. 적어도 2시간 동안은 열 좀 식히게 가둬놨다가 진정 좀 되면 풀어줘." 보덴슈타인이 켈크하임 경찰관에게 지시했다.

마라이케는 고개를 빳빳이 들고 경찰관의 호위를 받으며 나갔고 에스터는 잡혀가는 고양이마냥 난리를 치며 질질 끌려 나갔다. 다른 경찰관들이 혀를 내두르며 두 여자의 싸움에 대해 이야기하는 동안 보덴슈타인은 돈의 행방을 생각했다. 한 여자는 돈을 찾아 헤매고 다른 여자는 돈을 본 적도 없다?

"마라이케가 8시 반에 여기 와서 파울리에게 돈을 줬고 파울리가 10시 반에 죽었다면 파울리에게는 돈을 숨길 수 있는 시간이 2시간이나 있었던 셈이에요." 피아가 정리했다.

"어쩌면 돈을 찾느라고 이 집을 그렇게 엉망으로 만들었는지도 모를 일이지."

"그럼 강도사건일 수도 있겠네요." 피아가 중얼거렸다. "그보다 훨씬 적은 돈 때문에 사람을 죽이는 일도 허다하니까요."

"강도는 힘들게 시체를 숨기지 않아." 보덴슈타인이 반론을 제기했다.

경찰들은, 부상당한 두 사람까지 포함해서 모두들 보덴슈타인의 지시에 따라 지하 창고부터 다락방까지 온 집 안을 샅샅이 뒤졌다. 그러나 지폐 쪼가리 한 장 나오지 않았다.

*

가택수색은 아무 성과 없이 끝났다. 경찰들은 9시가 넘어서야 파울리 집의 문을 잠그고 호프하임으로 출발했다. 사무실에 도착하니 오스터만이 혼자 남아 컴퓨터를 들여다보고 있었다. 보덴슈타인이 전화로 요청한 마라이케 그라프의 신상 정보가 이미 나와 있었다.

"1988년에 전과 기록이 있는데 청소년법이 적용된 거라서 지워졌어요. 1991년과 1992년에 폭행으로 벌금형과 사회봉사명령을 받았고요. 1998년에는 폭행으로 집행유예, 2002년에는 주거침입과 기물 파손, 2003년에는 공갈협박과 상해로 집행유예를 받았어요. 지금도 집행유예 상태입니다."

"사람은 정말 겉만 보고 판단할 일이 아니군." 보덴슈타인은 에스터 슈미트에게 미안한 마음이 들었다.

오스터만은 지금 에스터 슈미트에 대해 알아보고 있었다며 내용을 불러주었다. 그녀 또한 보험사기, 공갈협박, 모욕, 상해 전과가 있었다.

"무서운 아줌마들이네." 피아가 기가 막힌 듯 말했다.

"실험실에서 온 조사 결과도 있습니다. 대문에 찍혀 있던 손자국에서는 별 단서가 나오지 않았지만 서재와 거실에서 발견된 핏자국과는 일치하는 것으로 나타났습니다."

보덴슈타인과 피아는 서로 얼굴을 마주 보았다.

"파트릭 바이스하우프트가 틀림없어요." 피아가 말했다. "그 상처를 한번 조사해봐야겠어요."

그때 보덴슈타인의 휴대전화가 진동음을 냈다. 코지마다.

"오늘 너무 끔찍했어. 하루 종일 편집실에서 숨 막혀죽는 줄 알았어. 집에 올 때 중국집에 들러서 먹을 것 좀 사 올 수 있어?"

보덴슈타인은 사무실을 나와 자기 방으로 걸음을 옮겼다. "당신 목소리가 왜 그래? 피곤한 것 같은데, 괜찮아?"

"응, 지금 테라스에 누워서 밤하늘을 보고 있어." 코지마는 일부러 명랑하게 말했다.

하지만 보덴슈타인은 뭔가 이상한 낌새를 눈치채고 의심쩍은 목소리로 되물었다. "당신 좀 이상한데? 무슨 일 있는 거 아냐?"

코지마는 잠시 망설였지만 곧 털어놓았다. "사고가 있었어. 큰 사고는 아니고 그냥 접촉 사고."

"사고? 어디서? 어쩌다가?"

"아무것도 아냐." 코지마는 웬 호들갑이냐는 듯 핀잔 섞인 목소리로 말했다. "정말이야. 걱정할 거 없어."

보덴슈타인은 전혀 안심되지 않았다. 코지마가 아무것도 아니라고 하는 것은 보통 사람들에게는 적어도 중간 정도의 재난을 의미한다. 작년에도 안데스 탐험을 갔다가 발목이 부러진 일이 있었다. 지프가 미끄러져 수백 미터 계곡 아래로 굴렀는데 마지막 순간 차에서 뛰어내렸다는 것이다. 그때도 코지마는 아무것도 아니라고 했다.

"15분만 기다려. 저녁 사 가지고 집에 갈게. 알았지?"

새벽 4시, 보덴슈타인은 휴대전화가 요동치는 소리에 잠에서 깼다. 피해자의 이웃인 마테스 부인이었다. 그녀는 흥분한 목소리로 파울리의 집에 불이 났다고 알려주었다.

"이런 제길!" 그는 옆에 놓인 스탠드 스위치를 켰다.

"무슨 일이야?" 코지마가 잠에 취한 목소리로 물었다.

"오펠 동물원에서 시체로 발견된 피해자의 집에 불이 났대." 그는 서둘러 바지를 입으며 말했다. "더 자. 금방 올게."

걱정했던 대로 어제의 사고는 그냥 단순한 접촉 사고가 아니었다. A66 고속도로를 달리던 코지마는 발라우 고도에서 운전대를 놓쳤다. 에어백과 안전벨트 덕분에 크게 다치지는 않았지만 많이 놀랐고 휘플래시 증후군(자동차 사고 등으로 인해 목뼈가 늘어나거나 경추, 뇌의 손상 없이 두통, 어지럼증 등을 보이는 현상_역주)이 남았다. 그리고 가드레일로 밀려난 차도 크게 손상됐다.

보덴슈타인은 문 옆 옷걸이에서 재킷을 내려 걸치고 애완견의 머리를 한 번 쓰다듬어주었다. 차고 문을 열고 불을 켠 순간 그는 아들의 자동차 트렁크 위에서 꼭 부둥켜안은 채 앉아 있는 남녀를 보고 깜짝 놀랐다. 두 사람도 얼른 서로에게서 떨어졌다.

"로렌츠, 새벽 4시에 차고에서 뭐 하는 거니?"

그제야 그는 아들 옆에 있는 여자가 잉카 한젠의 딸 토르디스임을 알아보았다.

"안녕하세요?"

토르디스는 짧은 티셔츠를 끌어내리며 얼굴을 붉혔다. 둘이 아는 사이인 줄 몰랐던 보덴슈타인은 어안이 벙벙해 두 사람을 번갈아가며 쳐다보았다. 지난여름 잉카의 동료가 살해 혐의로 의심받은 사건이 있었다. 그때 토르디스를 처음 알게 됐고 그녀 덕분에 사건을 빨리 해결할 수 있었다.

"저, 그게…… 토르디스한테 내 올드타이머 자동차 보여주려고요."

로렌츠는 적잖이 당황했는지 말을 더듬었다. 토르디스는 창피해하면서도 참지 못하고 쿡쿡 소리 내어 웃었다. 그제야 보덴슈타인은 2분만 늦게 나왔어도 서로 못 볼 꼴 봤으리라는 것을 깨달았다.

지난여름 그녀는 나이 차이나 기혼 여부와 상관없이 보덴슈타인과 가까워지고 싶다는 뜻을 명백하게 내비쳤었다. 토르디스 한젠은 로렌츠가 데리고 다니는 다른 여자아이들과는 차원이 달랐다. 두 사람은 대체 어디서 알게 된 것일까? 심각한 관계일까? 보덴슈타인은 앞으로 토르디스가 자기 집에 들락날락거리게 될 것을 생각하니 마음이 편하지만은 않았다.

"그럼, 하던 거 계속하렴." 보덴슈타인은 차고 셔터 버튼을 누르며 말했다.

*

　대규모로 투입된 켈크하임 소방대원들은 이웃 연립주택으로 불길이 번지지 않도록 안간힘을 쓰는 중이었다. 보덴슈타인은 멀찌감치 차를 세운 다음 걸어서 화재 현장으로 향했다. 집과 창고, 집 앞의 나무를 집어삼킨 불이 벌겋게 너울거리는 가운데 소방대원들의 검은 실루엣이 부지런히 움직이고 있었다. 소방차의 모터와 그 밖의 기계들이 시끄러운 소리를 내며 돌아가고 소방 호스가 이리저리 뻗어 있었다. 여러 개의 호스에서 뿜어 나오는 물이 벌건 불길을 잡으면 치익 하는 소리와 함께 검은 연기가 피어올랐다. 검은 연기 구름을 배경으로 소리 없이 깜박이는 파란 경광등 불빛을 멀리에서 보고 있으니 모든 것이 미쳐 돌아가는 것만 같았다. 화재 현장을 보고 보덴슈타인의 머릿속을 가장 먼저 스친 생각은 이번 화재가 마라이케 그라프에게는 아주 잘된 일이라는 것이었다.

　"반장님, 여기서 뭐 하십니까?"

　한 남자가 길을 건너 그에게 다가와 물었다. 화재반의 유르겐 베히드였다.

　"여기 살던 사람이 그저께 오펠 동물원에서 시체로 발견됐어. 어제만 해도 여기서 가택수색을 했는데……."

　화재 현장에서 150미터나 떨어져 있는데도 뜨거운 불길이 느껴졌다.

　"방화라는 것 같아요."

　베히트는 담배를 꺼내며 못마땅한 표정으로 불길을 바라보았다.

　"그래? 근거는?"

　"3시 50분에 이웃 할머니가 신고를 했어요. 그런데 그 할머니가

3시 40분에 자동차 시동 소리를 들었대요. 그리고 쨍 하는 소리가 났고 몇 분 후에 보니 집이 활활 타고 있더래요. 어때요, 이상하지 않아요?”

“방화가 분명하군. 그 할머니가 나한테도 전화를 했더라고.”

이렇게 말하던 보덴슈타인은 순간 어제 두 여자를 2시간 후에 풀어주라고 했던 말이 생각났다.

“불이 났을 때 집에 사람이 있었나?” 그가 걱정스러운 표정으로 물었다.

“네.” 베히트가 고개를 끄덕였다. “두 사람 다 운이 좋았죠. 여자는 경미한 매연 중독과 가벼운 화상만 입었습니다.”

“두 사람?” 보덴슈타인이 의아해하며 물었다.

“네, 여주인하고 남자인데 남자는 소방대원들이 오니까 도망쳤어요. 여자는 경과를 지켜보기 위해 바트조덴의 병원에 있고요.”

실내 가운 차림의 마테스 부인이 불을 끄느라 난장판이 된 도로를 건너 두 사람에게 다가왔다. 보덴슈타인은 전화를 해줘서 고맙다고 정중히 인사했다.

“잠이 안 와서 부엌에 앉아 있었거든.” 마테스 부인은 중요한 사건의 중심에 서 있다는 사실에 흥분한 표정이었다. 자기 말에 귀 기울이는 사람을 만나 반가운 기색이 역력했다. “그런데 차 소리가 나더라고. 저기 막다른 골목까지 아주 천천히 갔어.”

그녀는 긴장을 고조시키려는 듯 결정적인 순간에 입을 다물었다.

“차종이 뭔지 아세요?” 보덴슈타인이 물었다.

“그럼.” 그녀는 실내 가운 주머니를 뒤져 찾아낸 종이쪽지를 보덴슈타인에게 내밀었다. “흰색 트럭이었어. 차 번호가 이상하더라고. ERA-82 TL.”

보덴슈타인은 쪽지를 들여다보았다. 폴란드 차 번호다. 마테스 부인은 트럭에서 남자 한 명이 내려 파울리의 집으로 들어갔고 잠시 후 쨍 하는 소리가 났으며 곧 뭔가 타는 냄새가 났다고 목격 당시의 상황을 설명했다.

"그 남자가 대문으로 나와서 도망을 치더라고. 그때 벌써 불길이 보였어."

마테스 부인은 뭔가 빠뜨리고 안 한 말이 있는지 생각하는 듯 이마에 깊은 주름이 잡혔다. 보덴슈타인은 베히트에게 쪽지를 건네며 차 번호를 조회해보라고 말했다. 그때 집 쪽에서 대들보가 무너져 내리며 연기로 가득 찬 밤하늘로 불꽃이 튀었다.

"개들이 짖지 않은 게 이상해." 마테스 부인이 말했다. "평소에는 그 난리를 치며 짖어대던 개들이 아무 소리가 없더라니까."

"또 다른 거 보신 건 없어요? 그 남자가 흰색 트럭에 다시 타던 가요?"

마테스 부인은 쭈뼛거리며 대답을 망설였다. 소방차 옆에서 소방대원들과 이야기를 나누던 덩치 큰 대머리 남자가 다가오고 있었다. 이웃집의 에르빈 슈바르츠였다.

"아니, 몰라."

그렇게 수다스럽던 할머니가 그를 보더니 갑자기 겁먹은 표정이 되어 급히 길을 건너 자기 집으로 쏙 들어가버렸다.

*

화마가 휩쓸고 간 폐허가 오전의 햇빛 아래 적나라한 모습을 드러냈다. 에스터 슈미트는 무표정한 얼굴로 아직도 타고 있는 잔해를 바라보았다. 그녀는 집을 빠져나올 때 입고 있던 헐렁한 면바지와 얼룩진 티셔츠에 샌들 차림이었다. 팔과 얼굴 여기저기에 수포가 보이고 오른손에는 붕대가 감겨 있었다. 소방대원들은 아직도 불씨가 남아 있는지 지켜볼 두 사람만 빼고 모두 철수했다. 경찰은 화재 현장 근처에 넓게 통제선을 쳤다.

"몸은 어떠십니까?"

"괜찮아요." 보덴슈타인의 질문에 에스터는 폐허에 시선을 고정시킨 채 대답했다.

"불이 났을 때 어디 계셨습니까?"

"자고 있었어요. 연기 때문에 기침이 나서 일어났는데 그때는 이미 온 집 안에 불이 번진 상태였어요."

"어디를 통해서 밖으로 나오셨죠?"

"창문으로요. 담쟁이덩굴을 타고 내려왔어요." 그녀가 주먹을 꽉 쥐고 입을 앙다물었다. "내 개들도 모두 불에 타 고통스럽게 죽었어요. 나쁜 년!"

"누가 불을 질렀는지 의심할 만한 사람이 있습니까?"

에스터는 충혈된 눈으로 보덴슈타인을 쳐다봤다.

"당연히 마라이케죠." 그녀는 원망에 가득 찬 목소리로 말했다. "이 집이 불타서 좋을 사람이 또 누가 있겠어요?"

"소방대원들의 말로는 남자 손님이 있었다고 하던데 누구입니까? 왜 도망쳤죠?"

"손님은 없었어요. 남자는 더더욱 없었고요." 에스터는 짤막하게 대답했다. "아마 방화범이겠죠."

"슈미트 부인." 보덴슈타인은 파울리가 서명한 동의서를 꺼내며 말했다. "그라프 부인이 파울리 씨에게 줬다는 그 돈 말입니다. 정말 그 돈에 대해 모르셨습니까?"

"몰라요." 에스터는 관심 없다는 듯 동의서를 힐끗 봤다. "제가 왜 거짓말을 하겠어요? 전 그 돈에 관심 없어요."

녹색카페 광고를 붙인 초록색 트럭이 다가와 몇 미터 앞에서 멈췄다. 검은 머리의 젊은 남자가 차에서 내렸다. 20대 중반으로 보이는 남자의 얼굴에서는 약간 동양적인 느낌이 풍겼다.

"에스터, 괜찮아요?" 그가 걱정스러운 목소리로 물었다.

"응, 타렉. 난 괜찮아. 데리러 와줘서 고마워." 에스터는 애써 미소를 지어 보였다.

"고맙긴요." 그는 보덴슈타인과 피아에게 목례한 뒤 다시 에스터를 바라보며 말했다. "난 차 안에서 기다릴게요."

"아냐, 잠깐."

에스터가 그를 붙잡더니 울음을 터뜨렸다. 그는 팔로 그녀의 어깨를 감쌌다.

"하나만 더 질문할게요." 피아가 말했다.

"꼭 지금 물어봐야 합니까?" 타렉이라 불린 젊은 남자는 어이없다는 듯 피아를 쳐다보았다. "보세요. 쇼크 상태인 거 안 보여요?"

피아는 왠지 모르게 지난 48시간 동안 이중 삼중의 불행을 겪은 에스터에게 동정심이 생기지 않았다. 겉으로는 깊은 충격과 실의에 빠진 것처럼 보이지만 왠지 연기를 한다는 생각만 들었다. 어제저녁 마라이케와 싸울 때만 해도 그랬다. 그녀에게서는 죽은 남자친구에 대한 애도나 슬픔이 전혀 느껴지지 않았다.

"어제 녹색카페에 갔는데요. 젊은 학생들이 '관계자 외 출입 금지'라고 씌어 있는 문으로 들어가서는 다시 안 나오더라고요. 그 문 뒤에 뭐가 있는 거죠?"

울어서 벌게진 에스터의 눈이 순간 반짝하고 빛났다. 그녀는 오늘 들어 처음으로 피아를 똑바로 쳐다보았다.

"아무것도 없어요. 그냥 창고로 가는 문이에요."

에스터는 그녀에게 전혀 어울리지 않는 가냘프고 불안정한 목소리로 말했다. 아주 잠시 동안이지만 그녀의 시선이 불안하게 움직이는 것을 본 피아는 인터넷 카페라는 허울 뒤에 뭔가 다른 것이 숨겨져 있음을 알아챘다. 그녀가 뭔가 더 말을 하기 전에 청년이 끼어들었다.

"이제 그만 보내주십시오." 그가 힘주어 말했다. "물어볼 게 있으면 다음에 다시 오세요."

다시 울음을 터뜨린 에스터는 청년의 부축을 받으며 사라졌다.

"파울리만 열여덟 살짜리를 좋아하는 게 아니었어요. 채식주의자라더니 저 여자도 역시 새파란 것들을 좋아하는 거 같아요." 피아가 재미있다는 듯 말했다.

보덴슈타인은 멀어져가는 두 사람의 뒷모습을 보며 히죽 웃었다. 그때 슈바르츠의 집 대문이 열리며 트랙터가 한 대 나왔다. 동시에 피아의 휴대전화가 울렸다.

보덴슈타인은 트랙터 운전사와 이야기를 하겠다는 뜻으로 피아에게 눈짓을 보낸 뒤 트랙터를 향해 걸어갔다. 피아는 전화를 받았다. 헤닝이 파트릭 바이스하우프트의 손과 종아리에 난 상처는 개에게 물린 것이 확실하다고 알려 왔다. 피아는 파트릭의 혈액 샘플을 하나 더 만들고 지문 채취를 해달라고 부탁한 다음 길을 건넜다. 보덴슈타인은 스물다섯 살쯤 되어 보이는 청년과 이야기를 나누고 있었다.

"무슨 말씀인지 모르겠는데요." 시끄러운 모터 소리를 뚫고 청년이 말했다. 그는 붉은 기가 도는 금발에 몸집이 좋고 둥근 얼굴에는 여드름 자국이 가득했다.

"얼굴과 팔에 난 상처, 이거 화상 아냐?" 보덴슈타인이 여기저기 수포가 생긴 그의 팔을 가리키며 말했다. "왜 이렇게 된 거야?"

"어제 보일러가 고장 난 줄 모르고 샤워하다 데었어요. 이제 가도 됩니까? 일하러 가야 합니다."

보덴슈타인은 한 걸음 뒤로 물러서며 트랙터가 지나가도록 길을 터주었다.

"누구예요?" 피아가 물었다.

"에르빈 슈바르츠의 아들이야. 내 생각엔 아까 새벽에 이웃집 할머니가 그 가족에 대해 뭔가 얘기하려다가 슈바르츠가 나타나니까 겁을 집어먹은 것 같아."

보덴슈타인은 잠시 생각에 잠겼다.

"베히트 말로는 폴란드 번호판을 단 흰색 트럭은 좋은 단서가 되지 못할 거라더군. 월요일은 대형 폐기물 버리는 날이기 때문에 폴란드와 리투아니아에서 쓸 만한 걸 건으러 오잖아. 그냥 우연인 것 같아."

곧 감식팀이 지역범죄수사국 특수요원들과 함께 도착했다. 그들은 방화복과 방독면을 착용한 채 남은 것이라고는 시커먼 담벼락과 불꽃뿐인 뜨거운 잿더미 속으로 걸어 들어갔다.

"헤닝이 전화했는데 파트릭의 상처는 개에게 물린 게 분명하대요." 피아는 파란 눈동자에 털이 북실북실하던 개를 떠올리며 얼굴을 찌푸렸다. "혹시 잿더미 속에서 개 이빨이라도 발견된다면 파트릭이 여기 왔었단 증거가 되겠죠."

*

역 앞은 켈크하임 주민들에게는 프랑켄 가에 새로 생긴 현대적인 쇼핑가보다 훨씬 평판이 좋았다. 역 앞 대로변에 툭 튀어나와 있는 콘라디정육점은 주말이라 발 들여놓을 자리가 없을 정도로 사람이 넘쳤다. 보덴슈타인과 피아는 다른 사람들처럼 줄을 서서 인내심 있게 기다렸다. 콘라디 부인은 기분이 썩 좋아 보이지 않았다. 코지마에게 들은 바로는 다이어트를 할 때면 항상 기분이 안 좋다고 했다. 사람들은 콘라디의 소시지가 맛있어서 이 정육점을 찾기도 하지만 콘라디 부인의 거침없는 입담과 가끔씩 부부 사이에 오가는 말다툼을 구경하는 재미로 오기도 한다. 콘라디정육점은 오늘도 손님들을 실망시키지 않았다.

"비계 안 붙은 커틀릿 좋은 것으로 하나 주세요."

"먹을 거요, 액자에 걸어놓을 거요?"

콘라디 부인이 퉁명스럽게 물었다. 주문을 한 여자는 단골손님인지 그저 웃기만 했다.

"다른 거 더 필요하신 건 없나요?"

필요 없다고 했다가는 혼날 것 같은 말투다.

"햄 세 장요. 맨 위 껍데기 말고요."

콘라디 부인은 큰 포크를 들고 유리 진열장 속에서 햄 세 조각을 꺼내 찰싹 소리가 나게 비닐종이에 내려놓았다. 얼굴이 예쁘장한 종업원이 고기를 계산대에 올려놓고 기계를 두드렸다.

"뭐 드릴까요?"

콘라디 부인이 뚱한 표정으로 보덴슈타인을 쳐다보았다. 그녀의 얼굴에 잡힌 깊은 주름 속에는 세상에 대한 불만이 가득했다.

"저는 보덴슈타인이라고 합니다. 이쪽은 동료인 키르히호프……."
보덴슈타인은 평소처럼 자기소개부터 시작했다.

"그래서요?" 콘라디 부인이 그의 말을 자르며 말했다. "뭐 사실 건데요?"

"남편분을 좀 뵙고 싶습니다만."

"왜요? 고기가 이상했어요? 나한테 말해도 돼요."

"호프하임 경찰서에서 나왔습니다." 피아가 신분증을 보여주며 말했다. "남편분 좀 나오라고 하시죠."

콘라디 부인은 눈을 가늘게 뜨더니 탁 소리 나게 포크를 내려놓고 안으로 사라졌다. 가게 안은 다시 손님으로 가득 찼다. 금발의 종업원이 주인을 대신해 주문을 받았다. 잠시 후 어두운 금발에 흰색 가운, 빨강과 흰색 체크무늬 앞치마를 입은 키 큰 남자가 나타났다. 윤곽이 뚜렷한 얼굴에 파란 눈이 반짝거렸다. 콘라디가 손님들의 이름을 차례대로 부르며 인사를 하자 여자들이 선망의 눈빛으로 그를 쳐다보았다.

"절 찾으셨다고요?" 콘라디가 미소 띤 얼굴로 말했다. "밖으로 나가서 돌아오십시오. 뒷마당에서 얘기하죠."

보덴슈타인과 피아는 가게를 나가 집 뒷마당으로 들어갔다. 트럭 한 대가 짐칸이 열린 채 서 있었다.

"아줌마가 걱정할 만하네요."

"뭘?" 보덴슈타인이 영문을 모르겠다는 표정으로 물었다.

"반장님은 역시 남자라 모르시는구나."

"뭘 몰라?"

"아저씨가 정말 잘생겼잖아요."

콘라디가 가게 뒷문으로 나오더니 따라오라는 시늉을 했다. 두 사람은 콘라디의 뒤를 따라 흰색 타일이 깔린 부엌을 지나 작은 사무실로 갔다.

"파울리 때문에 오셨죠?" 콘라디는 보덴슈타인과 피아에게 의자를 권한 뒤 말했다. "슈바르츠한테 들었습니다. 언젠가는 찾아오실 줄 알았습니다."

"왜요?" 피아가 물었다. 콘라디는 가까이서 봐도 여전히 잘생겼다. 희끗희끗한 귀밑머리와 웃을 때 생기는 눈가 주름도 전체적인 인상에는 큰 영향을 주지 않았다.

"내가 풀이나 뜯어 먹는 그 독선주의자를 싫어한다는 건 누구나 다 아는 사실입니다." 그는 파울리에 대한 혐오감을 숨기지 않았다.

"최근에 파울리네 개를 쏴 죽인 일이 있다고 들었습니다만." 보덴슈타인이 말했다.

"네, 맞습니다." 콘라디가 고개를 끄덕였다. "그놈의 개새끼들을 항상 풀어놨어요. 동물들에게 철창 없는 세상을? 흥! 저는 이 근방의 수렵 관리인이기 때문에 야생동물에 대한 책임이 있습니다. 수렵 금지 기간만이라도 돌아다니지 못하게 하라고 몇 번이나 말했지만 들은 척도 하지 않았어요. 그리고 그 개가 파울리네 개인 줄도 몰랐습니다. 개목걸이도 안 하고 있었어요. 나중에 알고 보니 개 네 마리 전부 세금을 안 내고 있더라고요. 그러니까 조용히 넘어갔지 안 그랬으면 또 난리 법석을 떨었을 겁니다."

"언제 일어난 일입니까?"

"몇 주 됐습니다. 그다음 날 찾아와서는 손님들 다 있는 데서 절 보고 백정이네, 살인자네 합디다. 당장 나가라고 쫓아냈죠." 그는 얼굴을 잔뜩 찌푸렸다. "이튿날 아침에 보니까 가게 창문에 욕설로 온통 낙서를 해놨더라고요."

"그냥 당하고만 있었나요?"

피아의 물음에 콘라디는 어깨를 으쓱했다.

"그다음은 우리 마누라가 알아서 했습니다. 우리 마누라도 파울리한테 원한이 많아요. 아들이 하나 있는데 나중에 가게를 물려받으려면 실업계 학교로 진학해야 합니다. 그런데 파울리가 인문계 학교로 진학해서 대학을 가라고 꼬드겼어요. 그랬더니 갑자기 부모가 창피해졌는지 애가 가게에는 얼씬도 안 하고 컴퓨터 앞에만 앉아 있는 거예요. 몇 주 전에는 아예 짐 싸서 집을 나갔답니다."

"화요일 저녁에 어디 계셨습니까?" 보덴슈타인이 물었다.

"왜요?" 콘라디가 의심쩍은 말투로 되물었다. "지금 저를 의심하는 겁니까?"

"아주 의심이 안 가는 건 아닙니다." 보덴슈타인이 응수했다. "파울리에게 원한이 있었고 월요일 회의에서 파울리를 때려눕혔다는 말을 들었습니다."

콘라디의 입가에 희미한 미소가 떠올랐다.

"그날 파울리는 정말 도가 지나치게 깐족거렸어요. 역 앞 소시지 장사라고 비아냥거리는 말을 세 번째 들었을 때는 더 이상 참을 수 없었습니다."

"월요일에 파울리의 무덤에 오줌을 누겠다고 하셨다던데 곧 그럴 수 있겠네요." 피아가 말했다.

콘라디가 얼굴을 붉혔다.

"화요일 황금사자에서 있었던 모임에는 왜 불참하셨죠?"

콘라디는 경찰이 그런 것까지 알고 있다는 사실에 놀랐지만 그러한 기색을 내보이진 않았다.

"화요일 저녁엔……." 그는 대답하려다가 문가에 팔짱을 끼고 서 있는 아내를 발견하고는 입을 다물었다. 콘라디 부인은 죄인을 데리러 온 저승사자 같은 표정을 짓고 있었다.

"어디 계셨죠?" 보덴슈타인이 대답을 재촉했다.

"골프 클럽에 돼지 통구이감을 두 마리 배달하러 갔어요."

콘라디 부인이 대신 대답하자 콘라디는 갑자기 안절부절못했다.

"아, 그래요? 집에 돌아온 건 몇 시였나요?" 피아가 메모를 하며 물었다.

콘라디가 대답을 하려고 했지만 콘라디 부인이 다시 한발 앞섰다. 그리고 이번에는 남편을 도우려는 생각이 전혀 없음을 여실히 드러냈다.

"새벽 2시 반요." 그녀가 차가운 목소리로 대답했다. "술이 떡이 돼서 돌아왔어요."

"헛소리 하지 말고 가게에나 들어가봐. 할 일 없어?"

"새벽 2시 반까지 어디 계셨죠?" 피아가 질문을 계속했다.

"골프 클럽에 있었습니다. 식사가 끝나고 나서……."

"그래, 어디 갔었어요? 나도 이제야 들어보겠네." 콘라디 부인이 끼어들었다.

"나가!"

콘라디는 자리에서 일어나 성큼성큼 문 쪽으로 걸음을 옮겼다. 콘라디 부인은 문에서 한 발 물러서며 날카롭게 소리쳤다.

"또 어느 년한테 간 거야? 어디 여자가 한둘이어야지!"

콘라디는 문을 쾅 닫은 뒤 형사들 쪽으로 몸을 돌렸다.

"취한 건 아니었습니다. 하지만 그날 친구 집에 간 건 사실입니다." 그의 얼굴에는 난감한 표정이 역력했다.

"그 친구분 이름이 뭐죠? 주소는요? 그 집에 도착한 게 몇 시쯤이었죠?" 피아가 질문 공세를 퍼부었다.

"그 사람이 난처해지는 건 싫습니다." 콘라디는 불편한 표정으로 고개를 돌렸다.

"화요일 밤에 어디 있었는지 증명할 수 있는 알리바이가 없으면 본인이 난처해질 텐데요?" 피아가 말했다.

콘라디는 다시 제자리에 앉았다. 피아와 보덴슈타인은 그가 대답할 준비가 될 때까지 기다렸다.

"좋습니다." 이윽고 그가 입을 열었다. "어차피 알아내실 테니 말하죠. 마라이케를 만났습니다. 마라이케 그라프."

그의 대답에 보덴슈타인과 피아는 잠시 할 말을 찾지 못했다.

"마라이케 그라프요? 파울리의 전부인 말인가요?"

"안 지 오래됐습니다." 콘라디는 어깨를 으쓱했다. "마라이케는 파울리와 헤어진 후 잠깐 황금사자에서 종업원으로 일했습니다. 하루는 이야기를 하게 됐고 그때부터……."

"재혼한 지 얼마 안 됐을 때 아닙니까?" 보덴슈타인이 이해할 수 없다는 듯 물었다.

"재혼한 남편이 어떤 사람인 줄 아십니까?" 콘라디는 말도 말라는 듯 손사래를 쳤다. "일밖에 모르는 사람입니다. 그 사람 머릿속엔 일, 골프, 자동차경주밖에 없어요. 마라이케와의 결혼은 정략결혼이나 마찬가집니다."

그는 문 쪽으로 시선을 돌리더니 쓸쓸하게 말했다. "저랑 똑같은 신세죠."

피아와 보덴슈타인은 서로의 얼굴을 쳐다보았다. 콘라디도 마라이케도 범행 시간에 변변한 알리바이가 없고 반면 살해 동기는 넘쳐난다. 수렵 관리인인 콘라디에게는 숲 도로 차단막의 열쇠가 있으니

트럭을 타고 골프장에서 파울리의 집까지 숲을 가로질러 갈 수 있다. 그리고 파울리의 시체를 트럭에 실을 만큼 건장하기도 하다. 동기, 수단, 기회. 모든 것이 완벽하다.

*

그라프 부부는 유리를 좋아하는지 사무실뿐 아니라 바트조덴 시다흐베르크에 위치한 저택에도 벽이 거의 유리라 할 만큼 창문이 많았다. 집 앞에는 사람 키만 한 너도밤나무 울타리가 쳐져 있고 높은 철문 사이로 재규어 컨버터블 한 대가 차고 앞에 서 있는 것이 보였다. 차고 안에는 차가 두 대 더 주차되어 있었다.

"내 아들이 저 차를 보면 질투가 나서 눈물을 흘리겠군." 보덴슈타인이 초인종을 누르며 말했다. "내가 알기론 1950년대에 만들어진 재규어 XK120이야."

마른 체구의 회색 머리 남자가 문 앞에 나타났다. 쉰 살 정도 되어 보였다. 콧수염을 기르고 안경을 쓴 그는 폴로셔츠에 다리미로 잘 다려 주름을 잡은 밝은색 청바지 차림이었다. 등에 멘 골프 가방 위쪽으로 골프채가 삐죽이 나와 있었다.

보덴슈타인이 신분증을 들어 보였다. "호프하임 경찰입니다. 그라프 부인을 뵙고 싶습니다만."

그는 문을 열고 두 사람을 쓱 훑어보았다. "아내의 전남편 때문에 오신 모양이군요."

"네, 그렇습니다. 골프장에 가시나요?" 보덴슈타인이 물었다.

"네, 오늘 투어가 있는 날입니다. 클럽 대항입니다."

"어느 클럽이죠?"

"호프하우젠 태양 클럽입니다." 그라프는 슬쩍 손목시계를 내려다보았다.

"좋은 차 타시네요. 저거 XK120 아닙니까?" 보덴슈타인이 눈짓으로 재규어를 가리키며 말했다.

"맞습니다. 1953년형이죠." 그라프가 자랑스럽게 말했다. "10년 전에 다 망가져가는 걸 사서 싹 손을 봤죠. 올드타이머 랠리를 광적으로 좋아하거든요."

또각또각 하이힐 소리를 내며 마라이케가 다가왔다. 토요일 오전인데도 성장한 차림새다. 목에 걸린 세 줄짜리 진주 목걸이는 꽤나 값어치 있어 보였다.

"자기야, 늦지 않았어요? 벌써 11시 15분이에요." 그녀는 남편의 팔을 어루만지며 말했다. 형사들이 뭔가 말을 꺼내기 전에 남편을 내보려는 의도가 분명했다.

'자기야'라는 애칭으로 불린 만프레드 그라프가 아름다운 아내를 바라보는 눈빛은 정략결혼이라는 말을 무색게 했다. 마라이케는 남편의 뺨에 키스했다. 그리고 그가 재규어를 몰고 후진해서 문을 빠져나가는 모습을 지켜보았다. 손을 흔드는 남편에게 미소를 보내는 그녀의 얼굴은 완벽하게 화장이 되어 있었다. 만약 에스터와 머리끄덩이를 잡고 싸우는 모습을 직접 보지 않았다면 이 가냘픈 몸매의 인형 같은 여자가 그런 짓을 하리라고는 상상도 하지 못할 것이다.

"무슨 일로 오셨죠?" 그녀가 노래하듯 높은 톤으로 말했다.

"남편한테는 어제 어디 있었다고 하셨어요?" 피아가 물었다.

마라이케는 어제 일로 부끄러워하는 기색이 전혀 없었다. "당연히 사실대로 말했죠. 우리 사이에 비밀 같은 건 없어요."

"아, 그래요?" 피아가 마라이케를 삐딱하게 바라보며 말했다. "그럼 프란츠 요셉 콘라디와의 관계도 알고 계시겠네요?"

마라이케는 순간 당황했지만 이내 평정을 되찾았다. "어디서 그런 말을 들으셨어요?"

"콘라디에게 직접 들었어요." 피아가 응수했다.

"네, 사실이에요." 마라이케는 부인해봐야 소용없다는 것을 알고 바로 실토했다. "남의 남편과 자는 게 이상하게 보이시겠죠. 하지만 그렇지 않아요. 전 대학 때부터 만프레드를 알고 지냈어요. 다름슈타트 대학에 다녔는데 그이가 우리 학교 강사였죠."

그녀는 한껏 우아한 동작으로 어깨를 으쓱해 보였다.

"만프레드는 젊었을 때 고환암 선고를 받았어요. 병은 이겨냈지만……, 그다음은 말 안 해도 아시겠죠?"

"아뇨, 모르겠는데요."

마라이케는 매정하게 대답하는 피아를 매섭게 쏘아보았다.

"더 이상 못 한다고요." 마라이케가 또박또박 말했다. "결혼하기 전에 만프레드와 약속을 했어요. 제가……."

"제가, 뭐요?" 피아가 끈질기게 물었다.

"콘라디와 제 관계는 아주 개인적이에요." 마라이케가 차갑게 말했다. "우리 결혼 생활에 대해 제삼자가 알아야 할 이유는 없어요. 경찰도 마찬가지예요."

"이유가 있다고 보는데요." 보덴슈타인이 끼어들었다. "전남편이 살해된 시각에 콘라디는 당신과 함께 있었다는 것 말고 다른 알리바이가 없어요."

"왜 알리바이가 있어야 하는데요?"

"의심스럽기 때문이죠. 당신도 마찬가집니다. 화요일 저녁에 어디 계셨죠?"

"8시 반에 전남편을 만났어요." 그녀는 질문을 예상하고 있었다는 듯 아무 망설임 없이 대답했다. "동의서에 서명을 받은 다음 골프 클럽으로 갔어요. 회장님의 예순 번째 생일잔치가 있었거든요."

"거기에 언제까지 있었죠?"

"콘라디가 정리를 마칠 때까지 기다렸다가 줄츠바흐에 있는 아파트로 갔어요. 슈타르케라트 가 52번지 5층이에요."

"그때가 정확히 몇 시입니까?"

"그걸 제가 어떻게 알아요, 계속 시계를 들여다보는 것도 아닌데. 11시쯤이나 됐겠죠." 마라이케는 기가 막힌 듯 언성을 높였다.

"그 전에 다시 전남편에게 가지 않았나요?"

"아뇨! 내가 왜요?"

"콘라디의 도움을 받아 돈을 다시 찾으러요."

"말도 안 돼요!" 마라이케는 머리를 절레절레 흔들었다.

"들으셨겠지만 어젯밤에 로어비젠 가의 집이 불탔어요." 피아가 말했다. "소방서 사람들은 방화라고 하던데……. 돈이 집 안에 있었다면 다 타버렸겠네요."

한동안 피아를 쳐다보던 마라이케의 얼굴에 재미있어하는 표정이 떠올랐다. "세상에! 주문이라도 한 것처럼 집이 타버렸네요."

"그러게 말이에요." 피아가 고개를 끄덕였다. "방화범이 누군지 모르겠지만 그 덕분에 손 안 대고 코 푼 사람이 있겠다 싶었죠."

"지금 제가 불을 질렀다고 의심하는 거예요?" 마라이케는 양손을 허리에 짚으며 화난 표정을 지었다. "말도 안 돼요! 남편이 11시 반에 켈크하임 경찰서로 데리러 왔고 그다음엔 계속 집에 있었어요. 전 완전히 녹초가 돼 있었다고요."

"누군가에게 시켰을 수도 있죠." 피아가 마라이케를 노려보며 말했다.

"그럴 거면 제가 왜 전남편에게 돈을 줬겠어요? 그럴 필요가 없잖아요!"

"정말 돈을 준 게 맞나요? 통장 기록을 보여줄 수 있어요?" 피아가 물고 늘어졌다.

마라이케는 쉽게 기가 죽지 않았다.

"물론이죠." 마라이케가 쌀쌀맞게 대꾸했다. "됐으면 이제 그만 가주세요. 나가봐야 해요."

"우선은 이걸로 됐습니다. 좋은 주말 보내십시오, 그라프 부인."

보덴슈타인은 정중하게 마무리를 지었다.

＊

"실험실에서 최종 조사 결과가 나왔습니다."

30분 후 회의실에 들어서는 피아와 보덴슈타인을 보고 오스터만이 말했다.

"잘됐네." 피아가 의자 등받이에 가방을 걸며 말했다. "이제 현장에서는 더 이상 새로운 단서가 안 나올 테니까. 어젯밤에 파울리 집이 불탔어."

그때 카트린이 들어왔다. 그 뒤를 따라 들어온 벤케는 피아를 보고도 일부러 못 본 척했다. 모두 자리에 앉자 오스터만이 지역범죄수사국 실험실에서 보내온 조사 결과를 보고하기 시작했다. 편자가 범행 도구인 데는 의심의 여지가 없었다. 편자에서 피해자의 피와 머리칼이 발견됐기 때문이다. 그러나 범인의 지문은 나오지 않았다. 파울리의 집 앞 도로에서 발견된 깨진 거울과 노란 플라스틱 조각은 혼다 상표의 미니 오토바이에서 나온 것으로 밝혀졌다.

"제자 파트릭 바이스하우프트는 손과 다리에 개에게 물린 상처가 있고 알리바이가 없어요." 피아가 정리했다. "수렵 관리인 콘라디, 전처 마라이케 그라프, 그리고 친구 지벤리스트는 강력한 동기가 있고 알리바이가 변변치 않아요. 노란 미니 오토바이를 타고 다니는 묘령의 여학생도 용의자고요. 대문에 찍힌 피 묻은 손자국에서 채취한 것과 같은 피가 온 집 안에 널려 있어요. 이 피의 주인이 누군지만 알면 범인은 잡은 거나 마찬가지예요."

"여학생은 빼야지." 오스터만이 반론을 제기했다. "혼자 시체를 치울 수 없잖아."

"그 여학생이 공범일 수도 있죠." 카트린이 말했다.

"파울리의 시체를 보고 놀라서 도망쳤는지도 몰라." 보덴슈타인이 다른 가능성을 제시했다. "아니면 범인을 봤기 때문일 수도 있고. 어쨌든 그 여학생을 찾는 일이 급선무야."

책상 위에 있던 전화기가 울렸다. 가장 가까운 곳에 앉아 있던 보덴슈타인이 전화를 받았다. 그는 상대의 말에 귀를 기울이더니 고맙다며 끊었다. 그리고 일동을 둘러보며 말했다.

"파울리의 집 대문에 난 손자국과 다른 핏자국들이 파트릭 바이스하우프트의 것이라는군."

"내 그럴 줄 알았어요!" 피아가 손바닥으로 책상을 탁 치며 말했다. "어디 그 지저분한 녀석이 이번에는 뭐라고 둘러대는지 한번 봐야겠군."

"파트릭 바이스하우프트 앞으로 구속영장 신청하겠습니다." 오스터만이 말했다.

"좋아." 보덴슈타인이 자리에서 일어나며 말했다. "카트린과 벤케는 호프하우젠 태양 골프 클럽과 슈타르케라트 가 주변을 탐문해. 콘라디와 마라이케가 몇 시에 골프 클럽을 나와 몇 시에 아파트에 도착했는지 알아내도록.”

“전 파트릭이 도착하기 전에 루카스와 한 번 더 얘기해보고 올게요.” 피아가 가방을 집으며 말했다. “루카스는 녹색카페에 드나드는 사람들을 잘 알 테니까 노란 미니 오토바이를 타고 다니는 여학생도 알지 몰라요.”

*

오펠 동물원 주차장은 만원이었다. 날씨가 좋아 많은 사람들이 야외로 나왔기 때문이다. 피아는 인파에 묻혀 매표소를 향해 걸었다. 이 많은 사람들 속에서 어떻게 루카스를 찾아내야 할지 암담하기만 했다. 그녀는 표를 사고 안내 전단을 한 장 집은 다음 주변을 둘러보았다. 그리고 일단 동물원 안내도 앞에 가서 섰다.

“도와드릴까요?”

뒤에서 갑자기 말소리가 났다. 동물원장 산더의 짙은 밤색 눈을 발견한 피아의 심장이 거칠게 뛰었다.

“안녕하세요, 키르히호프 형사님.” 산더는 피아에게 악수를 청하며 그녀의 얼굴을 살폈다. “일 때문에 오신 겁니까, 아니면 놀러 오신 겁니까?”

“놀러 온 거면 좋겠는데 일 때문이에요. 물어볼 게 있어서 루카스를 찾고 있어요.”

“그럼 헛걸음하셨네요. 루카스는 오늘 쉽니다. 도와드릴 다른 일은 없나요?”

"없는 거 같아요. 괜찮아요. 다음에 오죠, 뭐." 피아가 미소를 지으며 말했다.

산더도 마주 보며 미소를 짓다 불현듯 물었다. "커피나 아이스크림 어때요?"

피아는 잠시 파트릭 바이스하우프트에게 생각이 미쳤으나 잠깐이면 괜찮다는 생각이 들었다. "좋아요."

두 사람은 동물원 내 레스토랑 잠베시로 향했다. 테라스에 아직 빈자리가 몇 개 남아 있었다. 두 사람은 커피와 초콜릿 아이스바를 들고 자리에 앉았다.

"잘 먹을게요." 피아가 아이스바 포장을 벗기며 말했다. "오랜만에 기분 전환되는데요."

"저도 그렇습니다." 산더가 웃으며 말했다. 그리고 잠시 자신의 왼손을 내려다보았다. 깊게 긁히고 피 난 상처가 보였다.

"아프겠네요. 무슨 일이에요? 혹시 또 풀 베는 기계가 동원된 건가요?"

산더가 얼굴을 찡그리며 웃었다. "미어캣(몽구스과에 속하는 포유동물로 앞발에 구부러진 강한 발톱이 있다_역주) 몇 마리가 제 우리를 밖에서 보고 싶었나 봐요. 우리에 안 들어가려고 심하게 반항하더라고요."

"동물들이 그럴 때가 있죠."

피아는 아이스바를 먹으며 산더의 얼굴을 찬찬히 뜯어보았다. 요즘 들어 그녀의 머릿속에 자유자재로 출몰하는 그의 얼굴을 들여다보며 처음 본 순간부터 그가 마음에 든 이유를 찾아내려고 했다.

"단서는 좀 찾으셨습니까?" 산더는 지나가는 말처럼 들리게 하려고 노력했지만 얼굴에는 긴장한 기색이 내비쳤다.

"넘치는 게 단서예요. 파울리의 여자친구는 원장님이 관계됐을 거라고 확신하더라고요. 파울리한테 늑대 밥으로 만들어버리겠다고 협박했다면서요?"

산더는 애써 미소를 지었다. 그러나 눈은 웃고 있지 않았다.

"그냥 화가 나서 한 말입니다."

"파울리의 손발이 실제로 동물 먹이 속에서 발견된 걸 생각하면 아주 위험한 표현이죠."

피아는 고개를 갸우뚱하며 속으로 다짐했다. 산더에게 호감이 있다고 해서 본연의 임무를 잊어서는 안 된다.

"단서들이 하나같이 충동적 살인임을 증명하고 있어요. 파울리를 살해한 사람은 아주 화가 나고 흥분한 상태였어요."

"제가 사람을 죽일 수 있는 사람으로 보입니까?" 산더의 이마에 주름이 잡혔다.

"그걸 판단할 수 있을 정도로 원장님을 잘 알지 못합니다." 피아는 아이스바의 막대를 재떨이에 버리며 말했다. "하지만 그건 알아요. 분노에 사로잡히면 평소에는 상상도 하지 못할 행동을 하는 게 사람이죠."

산더는 손의 상처를 내려다보다가 고개를 들어 피아를 쳐다봤다. 겉으로는 태연한 척했지만 그 태연함이 눈빛에까지 이르진 못했다.

"네, 저는 다혈질적인 사람입니다." 산더가 인정한다는 듯 말했다. "하지만 사람을 죽여서 내 대문 앞이나 다름없는 곳에 놓아두는 그런 냉혈한은 아닙니다."

피아는 탁자에 턱을 괴고 생각에 빠졌다. 이 남자는 왜 나에게 커피를 사주겠다고 했을까? 나에게 호감을 가졌기 때문에? 아니면 수사 상황을 알아내기 위해서? 피아는 직업병인 의심을 잠시라도 접을 수 있다면 얼마나 좋을까 생각하며 한숨을 내쉬었다.

“루카스한테는 뭘 물어보려고 하신 겁니까?” 피아가 말이 없자 산더는 화제를 돌렸다.

“사건 당일 이웃집 노인이 파울리의 집 앞에서 금발 여학생이 노란 미니 오토바이를 타고 나오는 걸 봤대요. 파울리와 잘 알고 지내던 사이가 아닌가 해서 찾고 있어요.”

피아는 순간 산더의 눈이 반짝 빛난 것 같다고 생각했다. 그러나 착각일 수도 있다.

“그 여학생이 파울리의 시체나 범인을 봤을 가능성이 있어요. 많이 허둥댔는지 오토바이가 길에서 넘어져 차체의 페인트 자국과 깨진 거울 조각이 발견됐어요.”

느닷없이 피아의 휴대전화가 울렸다. 오스터만이 파트릭 바이스하우프트가 도착했다는 소식을 전했다. 파트릭의 성난 아버지와 요란스러운 변호사도 함께 들이닥친 듯했다.

“일하러 가봐야겠어요.” 피아가 자리에서 일어났다. “아이스크림이랑 커피 고마워요. 대화도 즐거웠어요. 참, 혹시 루카스 전화번호 아세요?”

“예, 압니다.” 산더도 자리에서 일어났다.

“문자로 좀 보내주시겠어요?”

“네, 그러죠.” 산더는 눈을 찡긋하며 웃었다. “딸한테 배워서 이제 문자 보내는 거 아주 잘합니다.”

✳

파트릭 바이스하우프트는 고집스러운 얼굴로 조사실에 앉아 있었다. 용의자나 증인을 심문할 때 피아는 보통 자기 사무실을 사용하지만 파트릭의 경우는 조사실이 낫다고 판단했다. 거울이 있는 심문실의 썰렁한 분위기에 사람들은 일단 기가 죽는다. 문제는 파트릭의 상처가 파울리의 개에게 물린 상처라는 증거가 없다는 것이다. 감식팀이 연기 나는 잿더미 속을 샅샅이 뒤졌지만 이제까지는 이렇다 할 증거를 발견하지 못했다.

"변호사랑 얘기하게 해줘요." 조사실에 들어서는 피아와 오스터만을 보고 파트릭이 말했다.

"이따가." 피아가 말했다. 두 형사는 파트릭의 맞은편에 앉았다.

"먼저 왜 네 피 묻은 손자국이 파울리의 집 대문에 찍혀 있고 집 안 곳곳에 네 피가 뿌려져 있는지 우리한테 말해줘야겠어."

"난 안 죽였어요." 파트릭이 소리쳤다.

"지금까지 나온 증거들은 네가 죽였다고 말하고 있어. 그리고 지금 네가 거짓말까지 한다면 상황이 아주 불리해져. 사건 당일 저녁에 네가 파울리의 집에 갔다는 분명한 증거가 있어. 네가 거기서 뭘 했는지 우리가 납득하게끔 설명할 수 있다면 상황이 훨씬 나아지겠지. 우리는 네가 파울리의 죽음과 관련이 있다고 생각하거든."

파트릭은 여전히 무표정한 얼굴을 유지했지만 눈빛에는 두려움과 불안이 그대로 드러났다. 이제까지 쿨한 척하던 모습은 사라지고 없었다.

"좋아요." 파트릭이 어깨를 으쓱했다. "파울리의 집에 갔어요. 얘기를 하려고요. 하지만 파울리는 집에 없었어요."

"언제쯤이었지?"

"몰라요. 경기 끝난 다음에요. 친구 몇 명이랑 산마르코 앞에서 축구 보면서 술을 좀 마셨어요."

"친구들 이름이 뭐야? 전화번호도 대고." 오스터만이 말했다.

“왜요?”

“네 말이 사실인지 알아봐야 할 것 아냐? 자, 어서 대.”

파트릭은 세 개의 이름과 전화번호를 말했고 오스터만은 메모한 쪽지를 들고 조사실을 나갔다.

“파울리의 집에 가서 뭘 봤니?” 피아는 파트릭의 표정을 하나도 놓치지 않았다.

“파울리는 못 봤어요. 이름을 불렀는데 소리가 없어서 집 안으로 들어갔어요. 문이 다 조금씩 열려 있었어요.”

“계속 말해봐.” 피아가 손가락으로 책상을 두드리며 말했다. 파울리에게 원한이 있는 파트릭은 살해 동기가 충분할 뿐 아니라 술에 취한 상태였다.

“아, 정말 내가 안 죽였다니까요!” 파트릭은 다시금 화를 내며 언성을 높였다. “파울리는 보지도 못했다고요! 서재에 들어갔는데 노트북이 켜져 있었어요. 그 겁쟁이가 어디 숨어 있는 건 아닌가 싶더라고요. 갑자기 화가 나서 손에 잡히는 대로 다 부쉈어요.”

“집 안 구석구석 다 찾아봤어? 2층 욕실이나 이런 데 있었을 수도 있잖아?”

“거기까지는 생각할 새가 없었어요.” 파트릭은 여드름이 잔뜩 난 이마를 긁적거렸다.

“왜?”

“갑자기 개새끼들이 나타났거든요. 막 2층으로 올라가려는데 부엌 쪽에서 떼로 달려들더라고요. 그중 한 놈한테 다리랑 손을 물린 거예요. 전 도망치면서 개들이 못 나오게 손으로 부엌문을 세게 닫았어요.”

“파울리 집에 도착했을 때가 몇 시였는지 한번 잘 생각해봐.” 피아가 설득조로 말했다.

"축구 끝나고 출발했으니까 아마 11시 15분이나 30분쯤이었을 거예요."

"확실해?"

"네, 경기는 분명히 끝까지 다 봤어요."

마테스 부인이 파울리의 집 대문 앞에서 노란 미니 오토바이를 탄 여학생을 본 것이 밤 10시 반쯤이다. 축구 경기는 9시에 시작했으니 빨라도 11시나 돼서야 끝났을 것이다. 그리고 잠정적인 부검 결과에 의하면 파울리의 사망 시각은 밤 10시에서 11시 사이다. 피아는 파트릭이 결백하다는 생각이 들기 시작했다. 그의 진술은 일목요연했다.

"왜 처음부터 그렇게 얘기하지 않았지?"

"참 내, 주거침입이잖아요!" 파트릭이 자신의 죄를 인정했다. "거기다 다 깨부쉈으니 기물파손이고……. 그러니까 일단 오리발부터 내밀고 보자는 거였죠, 뭐. 그리고 다른 사람이 또 있었어요."

"누구?"

"어떤 늙다리요. 정신없이 차로 달려가서 우선 손에 난 상처부터 묶었어요. 그런데 시동을 걸려고 보니까 열쇠가 없는 거예요."

"그래서? 어떻게 했어?" 피아는 궁금증에 애가 탔다.

"바로 다시 대문 앞으로 갔죠. 그런데 집 앞에 차가 한 대 멈춰 섰어요. 개들이 다시 몰려나왔지만 그 할아버지가 발로 한 놈 엉덩이를 뻥 차니까 다들 내뺐어요. 그 할아버지도 파울리한테 엄청 화가 난 것 같더라고요."

"그 사람이 파울리 이름을 불렀니?"

"예, 서너 번 불렀어요." 파트릭이 고개를 주억거렸다. "불러도 안 나오니까 집 안으로 들어가더라고요. 그런데 제가 막 도망치려고 하는데 다시 집에서 성큼성큼 걸어 나왔어요.”

“넌 어떻게 했니?”

“그 사람이 갈 때까지 기다렸죠. 집 안으로 다시 들어갈 엄두가 안 나더라고요. 그런데 차 문을 열고 들어갔으니까 분명히 나한테 열쇠가 있었을 거라는 생각이 든 거예요. 그래서 차에 가봤더니 정말 문에 꽂혀 있었어요.”

피아는 거울 뒤에 서 있는 경찰관에게 녹음을 그만하라는 손짓을 한 뒤 복도로 나왔다. 보덴슈타인, 오스터만, 벤케가 그녀를 기다리고 있었다.

“재는 아니에요.” 피아가 말했다. “파울리의 집에 갔고 홧김에 다 깨부수긴 했지만 파울리는 이미 그 자리에 없었어요.”

“친구 한 명과 연락이 됐어.” 오스터만이 말했다. “파울리를 손 좀 보러 간다면서 11시 10분에 갔다는데.”

“정말 작정하고 갔던 모양이네.” 벤케가 말했다.

“작정하고 간 거 맞아.” 피아가 그의 말에 동의했다. “그런데 누군가 선수를 친 거지. 그리고 파트릭 다음에도 누군가 왔대. 내 생각엔 슈바르츠인 것 같아.”

“파트릭은 보내줘.” 보덴슈타인이 결정을 내렸다.

피아는 심문할 동안 매너 모드로 설정해놓았던 휴대전화를 확인했다. 산더는 약속대로 루카스의 전화번호를 보냈다. 그 밑의 내용을 읽으며 피아는 미소를 지었다.

정말 저를 살인자라고 생각하는 건 아니었으면 좋겠습니다. 살인 용의자가 식사에 초대한다면 응하지 않을 테죠?

"군대 간 애인한테 연애편지라도 왔나?" 벤케가 피아의 눈치를 보며 비아냥거렸다.

"아니." 피아가 쌀쌀맞게 대꾸했다. "루카스의 연락처야. 동물원에 갔는데 못 만났거든. 하지만 오늘 안으로 만나볼 생각이야. 어서 오토바이 소녀를 찾아야지."

"맞아." 보덴슈타인이 말했다. "아마 그 여학생이 뭔가 봤을 거야. 나랑 같이 갈까?"

"오늘은 그냥 혼자 가는 게 좋을 거 같아요. 형식적인 분위기에서는 터놓고 말을 안 하더라고요."

"그렇지." 벤케가 히죽거리며 말했다. "저물어가는 노을을 바라보며 은밀하게 데이트도 즐기고 말이야."

피아는 속으로 열까지 세면서 한 마디 톡 쏘주고 싶은 것을 꾹 참았다.

"그 학생한테 전화해봐." 보덴슈타인은 벤케의 말을 무시하고 말했다. "무슨 말이 나오는지 한번 보자고. 난 오늘 저녁 집에 있을 테니까 필요하면 연락하고."

피아는 자기 사무실로 가서 루카스에게 전화를 걸었다. 루카스는 바로 전화를 받았다. 피아는 만나서 물어볼 것이 있다고 말한 뒤 약속 장소로 녹색카페를 제안했다.

"오늘 저녁엔 쾨니히슈타인 성에서 열리는 콘서트에 갈 건데요." 루카스가 말했다.

"그럼, 어쩔 수 없지. 내일 봐야겠네."

"오늘 저녁에 뭐 하세요?"

피아는 뜻밖의 질문에 놀라지 않을 수 없었다. "다른 약속은 없는데. 왜?"

"그럼 성으로 오세요." 루카스가 제안했다. "중세와 로큰롤의 만남! 괜찮을 거예요."

피아는 쾨니히슈타인 성에서 콘서트를 본다는 말에 귀가 솔깃해졌다. 7년인가 8년 전에 프랑크푸르트 숲 경기장에서 열린 티나 터너 콘서트를 마지막으로 오랫동안 그런 자리에 가보지 못했다.

"생각해보세요." 루카스가 말했다. "8시쯤 매표소 앞에서 기다릴게요. 알았죠?"

그래, 안 될 것도 없지!

"좋아, 그럼 성에서 8시에 봐."

*

피아는 윌밀 가 근처에 차를 세우고 쾨니히슈타인 구시가지 골목을 따라 성으로 이어지는 오르막길을 걸었다. 부드러운 공기에서 초록의 향기가 물씬 풍기는 온화한 여름날 저녁으로, 골목은 콘서트를 보러 가는 젊은이들로 가득했다.

그녀는 매일같이 이 길을 걸어 학교에 다녔다. 학교와 버스 정류장 사이를 오가며 걷던 돌이 깔린 거리, 굽이진 골목, 올망졸망 늘어선 가게들, 수업을 땡땡이 칠 때 애용하던 친구네 집 뒷마당……. 거기 숨어 있으면 지나가는 선생님들의 눈을 피할 수 있어서 좋았다. 방과 후나 쉬는 날에는 법원으로 쓰이는 룩셈부르크 성 안 공원으로 놀러 가곤 했다. 그리고 벤치에 앉아 친구들과 함께 몰래 담배를 피우거나 남자친구 이야기를 하며 키득거렸다.

세월이 많이 흘렀는데도 도시는 변한 것이 없었다. 이상한 기분이 들었다. 쾨니히슈타인에는 김나지움이 세 개 있는데, 학생들은 여름

마다 사흘간 열리는 성 축제를 눈 빠지게 기다렸다. 이 빅 이벤트 기간에 숱한 커플이 맺어졌다가 깨지곤 했다.

피아는 눈을 들어 성을 바라보았다. 황금빛 노을을 배경으로 웅장하고 뚜렷한 실루엣이 빛나고 있었다. 김나지움을 졸업한 후 삶의 무대가 바뀌면서 피아는 쾨니히슈타인을 잊고 살았다. 학창 시절을 떠올리는 것도 너무 오랜만이었다.

성문 바로 옆에 설치된 매표소 앞으로 길게 늘어선 줄이 보였다. 루카스는 팔짱을 낀 채 성벽에 등을 기대고 주위를 둘러보고 있었다. 검정색 티셔츠에 머리카락을 풀어헤친 채였고, 물 빠진 청바지는 요즘 젊은 아이들이 입는 허접한 힙합 바지가 아니라 몸에 달라붙는 스타일이었다. 피아는 속으로 생각했다. 25년 전에 저런 남자랑 데이트할 수 있었다면 무슨 짓인들 못 했을까. 루카스가 피아를 발견하고 반갑게 손을 흔들었다. 가파른 오르막길을 올라온 피아는 가쁜 숨을 몰아쉬며 루카스 앞에 섰다.

"오셨네요!" 루카스는 그녀의 옷차림을 위아래로 훑어보더니 만족스러운 듯 웃으며 칭찬했다. "스타일 좋은데요."

"고마워." 피아는 그의 반응에 놀라면서도 한편으로는 기분이 좋았다. 둘은 티켓을 보여주고 안으로 들어갔다.

"티셔츠에 뭐라고 써 있는 거야?" 피아는 티셔츠의 문구를 읽고 피식 웃었다. "유혹자? 이게 뭐야?"

"헤르만 헤세의 시예요." 루카스는 진지한 표정으로 대답했다. "오늘 연주하는 그룹 중에 '살타치오 모르티스'라는 밴드가 있는데 이 시로 노래를 만들었어요. 등에 시구절도 있어요."

루카스는 티셔츠 뒷면을 보여주기 위해 뒤로 돌았다. 앞모습만큼이나 뒷모습도 멋졌다.

마음 깊이 기다렸던 입맞춤도, 오랫동안 뜨겁게 갈구했던 밤도 내 것이
되었네. 그러나 이미 떨어진 꽃잎일 뿐.

"너무 슬픈걸." 피아가 시를 소리 내어 읽은 후 말했다.

"실제로 그럴 때가 많잖아요." 루카스가 대꾸했다. "오랫동안 마
음속으로 원하며 기다렸던 일도 정작 현실이 되면 상상했던 것과 많
이 다르죠."

"그래, 맞아. 현실은 대부분 실망스럽지."

"그것뿐만이 아니에요." 루카스의 목소리가 갑자기 진지해지며 얼
굴에도 고뇌하는 표정이 나타났다. "뭔가 끊임없이 원하고 머릿속에
서 상상하며 마음 설레는 게 실제 그것을 갖는 것보다 훨씬 좋아요.
목표를 이루고 나면 그 모든 노력이 헛된 것임을 알게 되죠. 남는
건…… 공허뿐이에요."

"철학자 같은 말을 하네." 피아가 미소를 지으며 말했다.

루카스는 피아에게 바짝 다가서서 심각한 표정을 지었다.

"나는 모든 유혹을 멀리하려 했네." 그는 말하는 내내 피아의 눈
을 뚫어져라 쳐다보았다. "꿈과 그리움, 그리고 외로움만이 나의 벗.
오, 저주! 소유로 인해 불행하리니. 실재하는 모든 것이 나의 꿈을
짓밟는구나."

"어떤 종류의 소유를 말하는 거야? 물질적 소유? 아니면 사랑?"

루카스는 한쪽 눈썹을 치켜세우더니 희미하게 웃었다.

"물질적 소유는 행복을 주지 못해요. 이건 어렸을 때 이미 깨달았
어요. 우리 부모님이나 친구들의 부모님을 보면 알 수 있죠. 돈으로
뭐든 살 수 있는 사람들이지만 전혀 행복해 보이지 않더라고요."

"항상 행복할 수 있는 건 아니니까. 만약 그렇다면 견디지 못할걸."

피아와 루카스는 빠르게 지나치는 사람들 속에서 성벽을 따라 천천히 걸었다. 사람들은 그들을 스쳐 지나갔다. 피아는 오래된 성벽을 손으로 짚고 붉은 저녁노을에 잠긴 쾨니히슈타인 시를 내려다보았다. 한 쌍의 제비가 공중으로 솟구치더니 먹이를 쫓아 날다가 날카로운 선을 그리며 하강했다. 무대에서는 첫 번째 그룹이 악기를 조율하기 시작했다. 관중이 열광적으로 환호하는 소리가 두꺼운 성벽에 부딪쳐 둔탁하게 울렸다.

"내 생각에 사람이 저지르는 가장 큰 실수는 너무 많이 바라는 거야." 피아가 말했다. "많이 바랄수록 실망이 큰 법이지."

"그건 고리타분해요." 루카스가 반박했다. "전 많이 바라고 많이 얻고 싶어요. 뭐든 다 해보고 싶어요! 그리고…… 내가 원하는 삶을 살고 싶어요."

몇몇 젊은이가 지나가면서 루카스에게 알은 체했다.

"내가 방해하는 것 같네." 피아는 불현듯 원래 목적을 잊고 있었다는 것을 깨달았다.

"아니에요. 괜찮아요." 루카스가 재빨리 말했다.

"이렇게 얘기할 수 있는 사람이 있다는 게 좋아요. 이렇게 함께 얘기할 수 있었던 사람이 바로 파울리였는데……." 그는 슬픈 얼굴로 깊은 한숨을 내쉬었다. "파울리가 떠난 뒤로 모든 게 달라졌어요. 파울리가 없으면 녹색카페도 그저 평범한 카페일 뿐이에요."

그는 고개를 들더니 어깨를 쫙 폈다. "참, 물어볼 게 있다고 하셨잖아요."

"노란색 미니 오토바이를 타고 다니는 여학생을 찾고 있어."

"노란색 미니 오토바이요?" 그가 진지한 표정으로 피아를 쳐다보았다. "제가 아는 여학생은 꽤 많은데……."

자랑이 아니라 있는 그대로 사실을 말한 것이었다.

"친구들에게 한번 물어봐줘. 오토바이가 약간 부서졌을 거야."

"알았어요."

"그리고 혹시 파트릭이라는 애 아니? 파트릭 바이스하우프트. 파울리가 자기를 미워해서 일부러 졸업 시험에 낙제시켰다고 주장하고 있는데……."

"아니에요! 파트릭이 공부를 하지 않아서 떨어진 거예요." 루카스는 한층 어두워진 얼굴로 말했다. "파울리는 언제나 공평했어요. 파트릭네 아버지 앞에서도 당당했고, 프란조나 요나스 아버지한테 꿀릴 것도 없었어요."

"그게 무슨 소리니?"

"파울리한테는 학생들의 미래가 가장 중요했다고요. 정말 거짓말 하나 안 보태고 하는 말이에요. 아무리 파트릭이라고 해도 일부러 시험에 떨어뜨리는 짓 따위는 안 한다고요."

＊

성 안마당에 마련된 무대에는 대형 스피커가 설치되었고 조명 세트가 화려한 빛을 깜박이며 고성을 환상적인 색채로 물들였다. 두 사람 곁을 지나가던 관중의 물결이 줄어들었다. 늦게 온 사람들이 무대를 향해 바삐 걸어가고 있었다.

"우리도 앞으로 가요."

루카스는 피아의 손을 잡고서 사람들 사이를 뚫고 무대 바로 앞으로 다가갔다. 잠시 뒤 피아는 음악에 맞춰 몸을 흔들어대는 젊은 이들 한가운데 서 있었다. 젊은이들은 티셔츠가 땀에 젖는 줄도 모르고 허공에 대고 손을 흔들며 박자를 맞췄다. 비트가 강한 록 음악에 가사는 멜랑콜릭하고 철학적이다. 루카스는 가사를 다 아는지 몸을 흔들고 손뼉을 치며 노래를 따라 불렀다. 군중이 무대 쪽으로 쏠리기 시작했다. 서로 몸이 부딪쳤지만 아무도 신경 쓰지 않았다. 피아도 개의치 않았다. 록 콘서트에서는 으레 그런 법이다.

두 번째 그룹의 연주가 끝나고 무대 전환을 위해 잠시 휴식 시간이 있었다. 루카스는 당연하다는 듯 피아의 손을 잡고 이리저리 길을 뚫고 나갔다. 피아는 그냥 그가 하는 대로 내버려두었다. 루카스의 친구들이 모여들었다. 잿더미가 된 집 앞으로 에스터를 데리러 왔던 청년도 있고 녹색카페에서 본 여드름 난 금발 청년도 있었다. 모두 웃고 떠들며 흥겨워하는 분위기였다.

"미스터 딘 코르소, 오랜만이네." 피아가 말했다. "보리스 발칸은 안 데리고 왔니?"

음악 이야기를 하면서 떠들던 젊은이들이 순식간에 조용해졌다. 어색한 긴장감이 감돌았다. 모두들 서로 눈치를 살폈다.

"진짜 이름을 몰라서." 피아가 얼른 덧붙였다.

"라르스예요." 여드름 얼굴이 난처한 표정으로 말했다. 그때 맥주잔이 가득 담긴 쟁반을 들고 청년 둘이 다가왔다. 젊은이들은 어색한 분위기에서 벗어나려는 듯 맥주를 반겼다. 피아는 권하는 맥주를 사양했다.

"친구들 좀 소개시켜줄래?" 피아가 루카스에게 부탁했다.

"그럼요." 루카스는 손등으로 윗입술에 묻은 맥주 거품을 닦은 후 한 사람 한 사람 가리키며 말했다. "라르스, 카티, 타렉, 옌스 우베, 앤디, 쇠렌, 프란조, 안토니아, 마르쿠스."

"저기 있는 두 사람은 요나스랑 스베냐예요." 루카스가 멀찌감치

서 있는 남녀를 가리키며 말했다.

커플인 듯한 두 사람은 말다툼을 하는 중이었다. 피아는 어제 녹색카페에서 컴퓨터 방의 문을 열어준 곱슬머리 청년을 알아보았다. 보리스 발칸이었다. 무대에서는 다음에 연주할 밴드가 나와 악기를 설치하고 있었다. 관중은 밴드 멤버들의 이름을 부르며 환호했다.

"난 이제 가봐야겠어." 피아가 루카스에게 말했다. "말들을 농장 울타리 안에 풀어놓고 왔거든. 어서 가서 들여놔야 해. 오늘 정말 즐거웠어."

루카스는 약간 땀에 젖은 얼굴로 그녀를 보았다. 얼굴에 웃음기가 없었다.

"아, 저도 그만 갈래요." 그가 아무렇지도 않은 목소리로 내뱉었다. "이다음에 나오는 밴드들은 별로 좋아하지 않아요."

피아의 머릿속에서 경고음이 울리기 시작했다. 이렇게 젊고 매력적인 남자가 신경 써주는 것은 당연히 좋아해야 할 일이지만 피아는 왠지 마음 한구석이 불편했다. 두 사람은 성에서 내려와 숲길을 걸었다. 말없이 나란히 걷는 그들의 발밑에서 자갈 부딪치는 소리가 났다. 피아는 저도 모르게 낮에 벤케가 비꼬듯 했던 말을 떠올렸다.

"전 이 성이 좋아요." 한참을 말없이 걷던 루카스가 입을 열었다. "성에 들어가는 건 금지돼 있지만 가끔 저기서 파티도 하고 그냥 돌아다니기도 해요. 아마 문화재보호협회 사람들보다 우리가 성 안길은 더 잘 알걸요."

"나도 학교 다닐 때 그랬어. 금지된 일을 하니까 더 재미있었지."

"맞아요." 피아의 말에 맞장구치며 미소 짓던 루카스는 교회 앞을 지날 때 갑자기 걸음을 멈췄다. 그러고는 나지막하게 속삭였다. "제가 스물한 살이 아니고 서른다섯 살이었다면 이렇게 도망가지는 않았을 거예요. 그렇죠?"

"그게 무슨 말이야?" 피아가 깜짝 놀라 물었다. "내가 도망가는 것 같아?"

"네." 그가 고개를 끄덕였다. "제게서 도망치는 거 같아요. 왜죠?"

피아는 자신이 루카스가 그렇게 오해할 만한 말이나 행동을 했는지, 왜 갑자기 이런 상황에 놓이게 됐는지 생각해봤지만 선뜻 이해되지 않았다.

"루카스, 어서 친구들에게 돌아가." 피아가 상냥하게 말했다. "난 네 엄마뻘이야."

"그렇지 않아요."

희미한 가로등 불빛에 비친 그의 눈동자에서 피아는 뜻밖에도 남자의 욕망이 어른거리는 것을 보았다.

"좋아해요." 그의 목소리는 쉰 듯 거칠게 들렸다. "많이 좋아해요. 눈도 좋고 입도 좋아요. 미소 짓는 모습도 좋아요."

피아는 자신의 귀를 의심했다. 이게 어찌 된 일인가? 지금 날 유혹하는 건가? 루카스는 그녀의 어깨를 잡고 자기 쪽으로 끌어당겼다. 그의 얼굴이 가까워졌다. 갑자기 그의 육체가 위협적으로 느껴졌다. 예전에도 그녀에게 그런 칭찬을 한 사람이 있었다. 그때는 그 사람을 제때 밀어내지 못했고, 그래서 끔찍한 경험을 해야만 했다.

"나도 널 좋아해." 그녀는 그의 손을 부드럽게 밀어내며 말했다. "하지만 이렇게는 아니야."

"왜요?" 그는 바지 주머니에 양손을 찌르고 발끝을 올렸다 내렸다 하며 물었다. "내가 너무 어려서요?"

"응." 피아는 결국 그렇게 대답하고 말았다. "게다가 난 결혼도 했어. 입장권이 얼마니? 돈 줘야지."

“아니에요. 됐어요. 제가 초대한 거잖아요.” 그가 머리를 쓸어 올리며 말했다. “조금이라도 마음에 들었다면 좋겠네요.”

그는 얼굴에 실망한 기색이 역력했지만 그녀의 거절을 담담하게 받아들이는 듯했다.

“아주 마음에 들었어.” 그녀가 말했다.

그는 한참 동안 그녀의 눈을 들여다보다가 미소를 지었다. “그럼, 조심히 들어가세요.” 그러고는 인사 대신 팔을 들어 보인 후 뒤돌아 사라졌다.

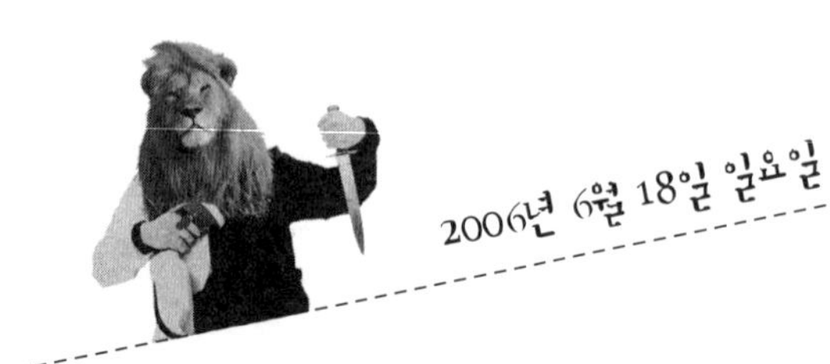

"성에 간 일은 어떻게 됐어?"

피아는 화들짝 놀라며 뒤를 돌아보았다. 보덴슈타인이 커피 머신 앞에 서 있었다.

"왜 이렇게 일찍 나오셨어요?" 피아가 물었다. 시계를 보니 막 8시가 되어가고 있었다.

"오늘은 내가 1등 하려고." 보덴슈타인이 씩 웃었다. "커피 한잔 할래? 어제는 성에 늦게까지 있었던 모양이지?"

"아뇨." 피아는 보덴슈타인이 내미는 커피를 고맙게 받았다. "집에 도착하니까 12시쯤 됐더라고요."

"루카스가 그런 여학생을 안다고 하던가?"

"알아보겠대요."

"그게 다야?"

"구체적인 대답은 없었어요. 파울리가 얼마나 좋은 선생님이었는지 거듭 강조하더라고요. 파울리는 정말 그런 사람이었나 봐요. 교장이 말했잖아요, 아주 싫어하거나 아주 좋아하거나 둘 중에 하나라고, 그 중간은 없다고요."

"그 인터넷 카페에 대해서는 뭐래?"

"물어볼 시간이 없었어요."

"하긴 콘서트에서 그런 얘기를 하기는 쉽지 않지." 보덴슈타인은 커피를 한 잔 더 따랐다.

질문이 거기서 그치자 피아는 내심 안도했다. 어젯밤 그녀는 루카스의 행동에 대해 생각하느라 제대로 잠을 이루지 못했다. 루카스는 새벽 1시 반에 문자를 보냈다.

제 행동을 나쁘게 생각하지 말아주세요. 제가 한 말은 모두 진심이에요.

피아 쪽의 답장은 없었다.

"어제 동생 집에 가서 저녁을 먹었는데 재미있는 얘기를 들었어."

피아는 반장의 동생이 농지, 말 목장, 레스토랑이 딸린 보덴슈타인 농장의 운영자며 B8 확장에 절대적으로 반대한다는 사실을 알고 있었다.

"열흘 전에 연방자연보호협회 쾨니히슈타인 지역연합 간부회의가 동생네 레스토랑에서 열렸는데 그 전날 파울리가 회장한테 그랬다는군. 보크컨설트와 헤센 주 교통부, 연방 교통부 직원 사이에 오간 이메일을 입수했는데, 교통부 직원들이 B8를 포함한 여러 건의 도로 공사를 수주하게 해주는 대가로 보크에게 고액의 돈을 받았다는 내용이 들어 있다는 거야."

피아는 커피 잔을 책상에 내려놓고 의자에 앉았다. "그 이메일이 어디 있는데요? 누구한테 받은 거래요?" 그녀는 컴퓨터를 켠 후 키보드를 똑바로 놓고 패스워드를 쳤다.

"파트릭이 부순 노트북 안에 들어 있었겠지. 정보 제공자는 밝히지 않았다는군. 하지만 보크를 아주 잘 아는 사람이라고 했대."

"모든 걸 까발리는 파울리가 왜 정보원을 숨겼을까요?"

"그 사람을 보호하려고 했거나 불법적인 통로로 이메일을 입수했기 때문에 정보의 진위를 확신하지 못했거나 둘 중 하나겠지."

"문제는 그걸로 증명할 수 있는 게 하나도 없다는 거죠." 피아는 이메일 편지함을 열어 리스트를 죽 훑어보았다. "실험실에서 연락이 왔어요. 어머나, 마라이케 그라프와 파울리 간의 동의서에 찍힌 지문을 분석했는데 아주 재미있는 결과가 나왔네요."

＊

녹색카페는 문이 닫혀 있었지만 마당으로 들어가는 옆문은 열려 있었다. 보덴슈타인과 피아는 카페 뒤뜰로 들어섰다. 뒤뜰은 큰 화분들로 가득해 식물원을 연상케 했다. 에스터 슈미트는 아침 햇살 속에서 커피를 마시며 신문을 읽고 있었다.

"안녕하십니까?" 보덴슈타인이 정중하게 인사를 건넸다.

"안녕하세요." 에스터가 뜻밖이라는 표정으로 말했다. "일요일인데 이렇게 이른 시간에 웬일이세요?"

"슈미트 씨의 지문이 발견되지 말아야 할 곳에서 발견돼서 말입니다."

"어디서요?"

보덴슈타인은 고개를 갸웃하며 마치 공범이라도 되는 양 에스터에게 은밀한 미소를 보냈다.

"그게 참 이상하다는 거죠."

그가 목소리를 낮춰 거의 속삭이듯이 말했기 때문에 에스터는 그를 향해 얼굴을 내밀어야 했다.

"파울리가 죽기 몇 시간 전에 서명했다는 동의서에서 슈미트 씨의 지문이 발견됐는데, 그 동의서에 서명하는 대가로 마라이케는 파울리에게 5만 유로를 주었고 그 돈은 지금 행방이 묘연합니다."

피아는 눈을 위로 치켜뜨며 난감한 표정을 지었다. 보덴슈타인이 이런 회유 작전을 쓸 때면 항상 자신이 불필요한 존재처럼 느껴진다. 우악스러운 에스터에게 보덴슈타인의 미소 전략은 생각보다 잘 먹혔다. 그녀는 이제까지 보인 적 없는 고분고분한 태도로 대답했다.

"그건 제가 설명할 수 있어요. 목요일에 마라이케가 저를 찾아왔어요. 슈바르츠한테 파울리 소식을 듣자마자 와서는 동의서를 보여주며 48시간을 줄 테니 집을 비우라고 했어요."

피아는 가만히 듣고만 있으려니 좀이 쑤셔 견딜 수 없었다.

"그럼 그 돈에 대해 알고 있었던 거네요." 피아가 끼어들었다. "우리한테는 왜 거짓말을 했죠?"

에스터는 피아에게 잠시 눈길을 주었으나 다시 보덴슈타인의 시선 속으로 빨려 들어갔다. 그러고는 담담하게 고백했다.

"그 돈이 없다고 마라이케가 망하진 않아요. 위자료 차원에서 제가 가질 생각이었어요."

"돈이 어디에 있었죠? 그리고 지금은 어디에 있습니까?" 보덴슈타인이 물었다.

"냉장고에 있는 개밥 깡통 속에 있었어요. 우리가 돈을 숨겨놓는 장소죠. 지금은 없어요. 불났을 때 냉장고랑 같이 타버렸겠죠. 어쨌든 제 차지가 될 돈은 아니었나 봐요." 그녀는 한숨을 푹 내쉬었다.

"어머, 내 정신 좀 봐. 계속 서 계시게 했네요. 거기 앉으세요. 커피 좀 드릴까요?"

피아는 바로 거절하려고 했다. 그러나 보덴슈타인이 사람 좋은 미소를 지으며 선수를 쳤다.

"폐 끼칠 생각은 없습니다만 커피 한 잔 정도라면 고맙게 마시겠습니다."

"금방 가져올게요." 에스터는 자리에서 벌떡 일어나더니 보덴슈타인에게 설탕과 우유를 넣을 건지 물은 후 빠른 걸음으로 카페 뒷문으로 사라졌다.

"정기적으로 거울이라도 보면서 암호랑이 길들이는 연습을 하시는 거예요?" 피아가 비아냥거렸다.

"암호랑이 길들이는 연습이라니?" 보덴슈타인이 놀란 투로 물었다. "직선적인 방식보다 이런 부드러운 방식이 잘 먹힐 때도 있어."

"오해하지 않게 조심하세요. 저 빨간 호랑이가 반장님을 아침 식사 삼아 통째로 삼켜버릴지도 몰라요."

"빨간 머리 여자는 내가 좀 다룰 줄 알지." 보덴슈타인은 자신 있다는 듯 피아의 경고를 무시했다.

"그럼 잘해보세요." 피아는 마당을 한 바퀴 둘러보았다. 지난번에 왔을 때 카페 뒷문으로 본 풍경과 뭔가 많이 달랐다. 그때는 화분이 몇 개 없어 휑했는데 지금은 마치 식물원에 들어온 것 같다.

"파울리 집에 화초가 많았던 거 기억하세요?" 피아가 보덴슈타인에게 물었다.

"그래, 왜?" 보덴슈타인이 놀란 표정으로 물었다.

"여기 좀 보세요. 거의 정글 같잖아요. 그저께는 이렇지 않았다고

요. 어쩌면 파울리의 집은 그렇게 갑작스럽게 불타버린 게 아닐 수
도 있어요."

"그게 무슨 말이야?"

"이 수국은 분명히 파울리의 집 마당에 있었던 거예요. 그리고 화
재 현장에서 개들의 흔적이 전혀 나오지 않은 것도 이상해요. 이빨,
뼈다귀, 개목걸이……, 아무것도 안 나왔잖아요."

"에스터 슈미트가 화초랑 개를 다른 곳으로 옮긴 다음 집에 불을
냈다는 거야?"

"네, 바로 그거예요." 그때 에스터가 문가에 모습을 드러냈기 때문
에 피아는 순간 입을 다물었다가 재빨리 속삭였다. "인터넷 카페에
대해 물어보는 거 잊지 마세요."

에스터는 우유 거품을 잔뜩 올린 라테 마키아토를 보덴슈타인 앞
에 놓으며 환하게 웃었다. 그러나 피아에게 줄 때는 얼굴도 쳐다보
지 않았다. 보덴슈타인의 전략이 본격적으로 힘을 발휘하기 시작했
다. 에스터는 친구인 지벤리스트와 플뢰트만이 파울리와 어떻게 의
견을 달리했는지, 파울리가 '포더타우누스 마피아'의 비밀을 어떻게
알아냈는지, 그리고 풍케 시장, 슈바르츠 시의원, 정육점 주인 콘라
디와의 오래된 앙숙 관계에 대해 상세히 늘어놓기 시작했다. 이야기
하는 내내 에스터는 상당히 담담했다. 죽고 못 사는 사이는 아니었
던 것 같은데 파울리와 그녀가 짝이 된 계기는 과연 뭘까?

"보크와 차샤리아스에 대한 증거는 어떻게 손에 넣은 겁니까?"

"그건 저한테도 말 안 했어요. 항상 엄청난 비밀이라도 있는 것처
럼 쉬쉬하고 온종일 루카스랑 타렉을 데리고 컴퓨터 앞에 앉아 있
었어요. 구체적인 증거를 손에 넣은 후에 다 얘기해주겠다고 했는데
결국 그러지 못했죠."

피아는 그녀의 말을 믿지 않았다.

"루카스라면 루카스 반덴베르크 말인가요?" 피아가 끼어들었다.

"네."

"루카스가 컴퓨터를 잘하나요?" 보덴슈타인이 물었다.

"그럼요." 에스터가 고개를 끄덕였다. "루카스랑 타렉은 컴퓨터 천재예요! 웹사이트만 만든 게 아니라 그거 하면서 카페 가계부까지 프로그램으로 만들었어요. 장 보러 갈 때 목록 적듯이 그렇게 금방 만들더라니까요."

"그럼 인터넷 카페를 만든 것도 그 두 사람이겠군요?"

보덴슈타인이 지나가는 말처럼 화제를 돌렸다. 주로 이야기를 듣기만 하던 피아는 순간 에스터의 얼굴이 일그러지는 것을 놓치지 않았다.

"아, 그거요. 커피 한 잔 더 하시겠어요?" 에스터가 재빨리 커피로 화제를 돌렸다.

"혈압 때문에 조심해야 해서요." 혈압 문제가 전혀 없는 보덴슈타인이 정중하게 거짓말을 했다. "하지만 정말 간만에 마시는 맛있는 커피였습니다."

피아는 보덴슈타인의 너스레에 기가 막힌다는 표정을 지었지만 에스터는 이미 그에게 홀딱 넘어갔는지 작은 가슴을 내밀며 사춘기 여학생처럼 까르르 웃었다. 남자친구가 죽은 지 나흘밖에 안 됐는데 벌써 다른 남자를 찾고 있다니!

"아, 참. 카페 지하 좀 잠깐 보여주시겠습니까?" 보덴슈타인이 다시 생각났다는 듯 물었다.

피아였다면 달랐겠지만 보덴슈타인의 부탁이라 그녀는 딱 잘라 거절하지 못했다. 그녀는 두 사람을 지하로 안내했고 '관계자 외 출입 금지'라는 문을 지나 큰 철문 앞에 섰다. 열쇠 다발을 이리저리 들춰보던 그녀는 그중 하나를 열쇠 구멍에 꽂았다. 그리고 난처한 표정으로 보덴슈타인을 올려다보며 약한 척했다.

"안 되는데요. 저도 왜 그런지 모르겠어요."

"카드가 있어야죠." 뒤에 서 있던 피아가 말했다.

"참, 그렇지. 깜박했네." 에스터가 난처한 듯 웃었다. "카드로 바꾼 지 얼마 안 돼서요. 미안하지만 저도 도와드릴 방법이 없네요."

잠시 후 두 형사는 역 앞길을 걷고 있었다.

"그 여자 연기 하나 끝내주더군." 보덴슈타인이 히죽 웃으며 중얼거렸다.

"반장님 연기가 더 끝내줬어요. 그 인터넷 카페는 분명 구린 데가 있어요. 수색영장 신청하라고 해서 오스터만을 한번 보내야 할 것 같아요."

"좋은 생각이야." 이렇게 말한 뒤 보덴슈타인은 손목시계를 들여다보았다. "음, 벌써 10시 40분이군. 교회에 갈 시간이야."

*

켈크하임의 상징인 수도원 종탑은 그 위용을 자랑하며 하늘 높이 솟아 있다. 사람들은 막 울리기 시작한 종소리에 맞춰 교회로 밀려들었다. 나이 든 사람이 대부분이지만 어린 자녀를 대동한 가족도 심심치 않게 보였다.

"여긴 왜 온 거예요?" 주차장에 차를 세운 보덴슈타인에게 피아가 물었다.

"차샤리아스를 데려가려고. 먼저 연락을 해달라는 뜻이었는데 못 알아들은 모양이야."

"그 사람이 여기 있는 건 어떻게 알았어요?" 피아가 신기하다는 표정을 지으며 물었다.

"차샤리아스는 이 교회 장로야. 매주 예배를 보러 오지."

"그건 또 어떻게 알았어요?"

"나도 여기 다니거든. 요즘은 잘 안 나가지만. 어, 저기 있군."

보덴슈타인이 차에서 내리자 피아도 따라 내렸다. 노베르트 차샤리아스는 은발의 점잖은 노신사로 훤칠한 키에 마른 체구였고, 작은 얼굴은 햇볕에 잘 그을린 구릿빛이었다. 그는 보덴슈타인을 보고 바로 얼굴을 찌푸렸다.

"내일 연락을 할 생각이었습니다만." 차샤리아스가 말했다. 보덴슈타인이 우편함에 끼워둔 명함을 발견했다는 뜻이다.

"그렇게 오래 기다릴 시간이 없습니다. 지금 경찰서로 함께 가주셔야겠습니다." 보덴슈타인이 말했다.

"1시간도 안 되겠습니까?"

그는 민망한 표정으로 주위를 돌아보았다. 은발의 곱슬머리를 동그랗게 만 그의 아내는 쥐구멍이라도 있으면 숨고 싶다는 듯한 표정이다. 보덴슈타인이 고개를 젓자 그는 자동차 열쇠를 아내에게 주고 얌전히 따라왔다.

*

"아주 난처하게 되셨습니다." 경찰서에 도착한 보덴슈타인은 차샤리아스를 자기 책상 앞에 앉힌 후 말했다. "그 자문 역을 대체 왜 맡으신 겁니까?"

"누구보다 규정을 잘 알고 처리 과정도 잘 아는 사람이 해야 하지 않겠느냐면서 시장이 끈질기게 권합디다. 보수도 많다면서."

"하지만 뇌물수수 혐의 때문에 도시계획과장 자리에서 물러나야 했던 걸 생각하면 거절하셨어야죠."

이 말에 차샤리아스는 가볍게 얼굴을 붉혔다.

"자의로 퇴직한 거지 타의로 물러난 게 아닙니다. 그때나 지금이나 뇌물 같은 거 받은 적 없습니다." 차샤리아스가 미약하게나마 항변했다.

"파울리의 주장은 좀 다르던데요? 보크컨설트가 사위가 운영하는 회사 맞죠? 그 회사 전문가들이 견적을 낼 때 사용한 수치가 잘못됐다는 걸 차샤리아스 씨가 처음부터 다 알고 계셨다고 말했다던데요? 그리고 쾨니히슈타인 통행량 조사 구간 일부에서 나온 결과는 전체 수치를 떨어뜨리기 때문에 일부러 누락시켰다는데 그건 어떻게 설명하시겠습니까?"

"겉으로는 그렇게 보일 수도 있습니다." 차샤리아스는 연방자연보호협회와 B8 반대자들을 상대로 한 설명회 때문에 이미 대답이 준비돼 있는 듯했다.

"도로 공사를 위한 측량과 계산은 고려해야 할 것도 많고 지극히 복잡합니다. 보크컨설트 직원도 나도 일부러 그 수치를 누락시킨 게 아닙니다. 그냥 실수였습니다."

"파급 효과가 아주 큰 실수죠. B8 도로 확장의 목적은 교통 체증을 해소하기 위한 것 아닙니까? 그런데 감정평가서를 만들 때 사용한 수치와 달리 실제 교통량이 적으면 확장 공사를 할 이유 자체가 없어지는 거죠. 안 그렇습니까?"

"교통량에 관계된 것만은 아닙니다. 매연과 소음에 의한 환경 파괴도 큰 역할을 합니다." 차샤리아스가 변명조로 말했다.

"어쨌든 교통량 해소가 주목적이잖아요." 보덴슈타인은 그의 말을 자르며 서류를 뒤적였다. "파울리의 주장에 따르면 켈크하임과 쾨니히슈타인 시, 헤센 주, 그리고 연방정부 교통부 직원들 사이에 눈감아주기와 대가성 뒷거래가 횡행했다고 하는데, 이게 다 보크컨설트와 예정 노선에 땅을 산 몇몇 개인들의 잇속을 차리기 위한 거였다 이겁니다."

"말도 안 돼요." 차샤리아스는 손사래를 치며 부인했다. "그런 근거 없는 억측과 과장은 파울리의 특기였어요. 왜 경찰이 거기에 관심을 갖는 겁니까?"

"파울리를 죽인 범인을 찾아야 하니까요." 피아가 끼어들었다. "파울리는 슈바르츠, 콘라디, 그리고 당신이 최근 값어치 없는 땅을 사들인 사실을 알아냈어요. 정확하게 예정 노선에 위치한 땅들이죠. 파울리가 그 사실을 만천하에 밝히는 게 달갑지 않았을 텐데요?"

피아의 추궁에 차샤리아스는 아무 말도 하지 못했다.

"차샤리아스 씨는 화요일 밤 10시경 황금사자를 나왔습니다." 보덴슈타인이 가장 중요한 질문을 꺼냈다. "그다음에 어디서 뭘 하셨습니까?"

"차를 타고 좀 돌아다니다가 혼자 있고 싶어서 슈미바흐탈에 있는 내 별장으로 갔습니다."

"혼자서 어디를 그렇게 돌아다니셨나요? 구체적으로 말씀해보시죠." 의자에서 일어난 피아는 책상을 돌아 보덴슈타인 뒤쪽에 있는 창문에 기대고 섰다. "혹시 로어비젠 가에도 가셨나요?"

차샤리아스는 얼굴을 더욱 붉히며 손으로 턱을 쓰다듬었다.

"거짓말할 필요가 뭐 있겠습니까?" 잠시 후 그는 피곤한 목소리로 답했다. "예, 로어비젠 가에 갔습니다. 파울리네 집 마당에 갔어요. 남자 대 남자로 파울리와 이성적으로 대화를 나누려고요."

"목적은 이루셨나요?" 피아가 물었다.

"무슨 목적 말입니까?" 차샤리아스가 의심쩍은 눈으로 피아를 쳐다보았다.

"대화요."

"아, 아니요. 대화는 못 했습니다." 그는 고개를 저었다. "막 마당에 들어서는데 노란 오토바이를 탄 여학생이 나타났어요. 날 보더니 오토바이를 세우더군요. 난 갑자기 용기가 없어져서 도로 나왔습니다."

보덴슈타인이 피아를 돌아보더니 자리에서 일어났다. "지금 우리더러 그 이야기를 믿으라는 겁니까? 사실은 파울리와 싸움이 붙었고 화가 나서 파울리를 편자로 쳐서 죽였죠? 그런데 바로 그 순간에 오토바이를 탄 여학생이 나타나서 두 사람을 목격한 거 아닙니까?"

"아, 아닙니다. 사실이 아니에요!" 그는 자리에서 팅기듯 벌떡 일어나 강하게 부인했다. "파울리는 보지도 못했어요. 난……."

"자리에 앉으십시오." 보덴슈타인이 날카롭게 말했다. "그 말을 어떻게 믿습니까? 차샤리아스 씨에게는 강력한 살해 동기가 있고, 사망 추정 시각에 살해 현장에 있었을 뿐만 아니라 시체를 옮길 수단도 가지고 있었어요. 한스 우를리히 파울리의 살해 혐의로 당분간 체포하겠습니다."

"하지만 내가 그런 게 아닙니다." 차샤리아스는 속삭이듯 애원했다. "정말입니다. 제발 믿어주시오."

"노란 오토바이를 탄 여학생이 나타나길 비십시오." 보덴슈타인은 이렇게 말한 뒤 차샤리아스를 데려갈 경찰관을 부르기 위해 수화기를 들었다.

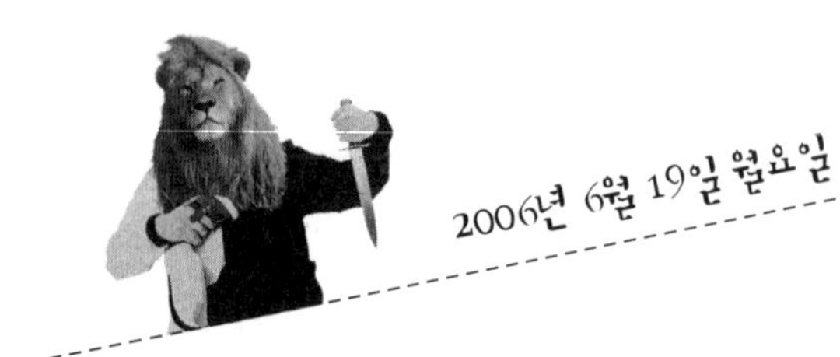

경찰이 차샤리아스의 메르세데스 콤비에 대한 과학수사를 마치자 차샤리아스의 운명은 짙은 먹구름에 가려진 듯 더욱 어두워졌다. 최근에 깨끗하게 세차를 했고 트렁크 안의 양탄자는 화학 세제까지 사용해 드라이클리닝을 했지만 분명한 핏자국이 발견되었다. 이에 판사는 월요일 낮 차샤리아스에 대해 보석금에 의한 석방을 거부하고 정식 체포를 승인했다.

바이터슈타트에 있는 구치소로 옮겨지기 전 보덴슈타인은 다시 한 번 차샤리아스와 대면했다. 그는 고개를 푹 숙인 채 간이침대에 앉아 있었는데 혁대, 넥타이, 구두끈을 뺏긴 모습이 한없이 처량해 보였다. 그는 그날 파울리를 보지 못했으며 차 트렁크에서 발견된 피는 사람의 것이 아니라 멧돼지의 것이라고 호소했다. 사냥꾼 친구에게 멧돼지를 사서 콘라디의 정육점으로 옮기다가 피가 묻었다는 주장이었다.

“그러니까 알리바이를 증명할 수 있는 사람을 대든가 무죄를 증명할 수 있는 증거를 대세요. 이렇게 계속 가다가는 범인으로 몰릴 수밖에 없습니다.”

차샤리아스는 손으로 얼굴을 가리고 계속 고개를 흔들었다. 그리고 파울리 집에 갔다가 바로 별장으로 갔으며, 거기서 다음 날 아침까지 머물렀다는 말만 되풀이했다. 왜냐는 질문에는 혼자 있고 싶어서라고 대답했다. 사위에게 이용당했다는 사실을 깨닫고 견딜 수 없는 심정이었는데 아내의 잔소리 때문에 집에는 도저히 있을 수 없었다는 것이다. 이야기를 마치고 보덴슈타인이 돌아설 때쯤에야 그는 새로운 사실을 털어놓았다.

“그 오토바이에 타고 있던 여학생이 누군지 압니다.” 차샤리아스가 멍한 표정으로 말했다. “내 손자 요나스의 여자친구요.”

*

보덴슈타인과 부하 직원들은 검사와 판사를 무척 못살게 굴었다. 줄츠바흐 슈타르케라트 가 52번지 3층에 사는 부부가 화요일 밤 12시 반에 계단에서 콘라디와 마라이케 그라프를 봤다고 진술했고, 골프 클럽 사람들은 두 사람이 10시쯤 클럽을 나갔다고 증언했다.

그러나 마라이케도 콘라디도 그 2시간이 넘는 동안 어디서 뭘 했는지 말하려고 하지 않았다. 거기다 파울리의 시체에서 발견된 시반 모양이 콘라디의 정육점이 소유한 트럭 두 대 중 한 대에 있던 목재 받침대와 일치한다는 조사 결과가 나왔다. 마라이케와 콘라디 둘 다 살해 동기가 충분하기 때문에 체포영장은 신청만 하면 바로 나올 것이 분명했다.

피해자 앞집에 사는 슈바르츠 부자를 법의학연구소로 소환하는데도 큰 문제가 없었다. 아버지 슈바르츠가 화요일 저녁에 한 번 더 파울리의 집에 갔었고, 그로부터 사흘 뒤 아들과 함께 그 집에 불을 지른 혐의만으로도 충분했다. 또한 녹색카페에 대한 수색영장이 나와서 오스터만이 몇몇 직원들을 이끌고 출동했다.

＊

피아는 슈바르츠의 농장으로 차를 몰았다. 파울리의 집터를 지나면서 보니 지역범죄수사국 사람들이 그동안 차갑게 식은 잔해를 다시 한 번 뒤지고 있었다.

보덴슈타인은 무표정한 얼굴로 슈바르츠 부인의 원성을 들었다. 그녀는 부드러운 구석이라고는 한 군데도 없는 시골 아낙으로 단단하고 대찬 성격의 소유자였다. 햇볕에 그을린 그녀의 얼굴에는 농사일뿐 아니라 걱정 근심으로 깊은 주름이 파여 있었다.

"우리 집 양반하고 우리 아들이 파울리 집에 불을 냈다고요?" 그녀는 허리춤에 손을 얹으며 언성을 높였다. "아니, 이 양반들이 다 미쳤나? 그럴 이유가 없는데 왜 그런 짓을 하겠어요?"

보덴슈타인은 그녀의 원망을 한 귀로 듣고 한 귀로 흘렸다.

"금요일 밤에서 토요일 새벽 사이에 남편분이 집에 안 계신 걸 눈치 못 채셨습니까?" 보덴슈타인이 물었다.

"당연히 눈치챘죠. 우리 농장으로 불이 넘어올까 봐 걱정돼서 소방대에 나가 있었으니 당연히 집에 없었죠." 그녀의 목소리는 너무나 커서 옆에 있으면 귀가 다 아플 정도였다.

"진정하십시오, 슈바르츠 부인."

"진정?" 그녀는 콧김을 내뿜으며 언성을 높였다. "아니, 지금 남편하고 자식이 체포됐는데 내가 진정하게 생겼어요?"

"체포된 게 아닙니다. 몇 시간 있다가 풀려날 겁니다."

"살인자를 찾으려거든 딴 데 가서 알아봐요." 레나테 슈바르츠가 한심하다는 듯 말했다. "이 근처에 사는 사람들 중 절반은 파울리한테 원한이 있었을걸요. 우린 피해자예요. 우리가 그 극악무도한 놈 때문에 얼마나 큰 피해를 입었는지 알아요?"

"어떤 면에서요?"

"자동차니 오토바이니 하는 것으로 길을 몽땅 막아놓으니까 트랙터도 못 지나가고 다른 농기계들도 못 지나간 게 한두 번이 아니에요. 게다가 여름이면 아침까지 잠도 자지 않고 마당에 나와서 시끄럽게 떠들고 노래 부르고 말도 못 해요. 그 집 개새끼들은 또 어땠는지 알아요? 건초를 해다 놓으면 그 위에 똥 싸고, 한번은 우리 고양이까지 물어뜯어 죽였다고요!"

그녀는 잠정적 살해 동기들을 술술 불고 있다는 것을 눈치채지 못한 채 점점 흥분하며 원망을 쏟아냈다. 보덴슈타인과 피아는 말을 끊지 않도록 조심하면서 그녀의 말에 귀를 기울였다.

"……그리고 그 요망한 년이 우리 마티아스한테 한 걸 생각하면 정말 내가 속이 터져죽겠어! 파울리가 외출하기만 하면 우리 애를 불러다가 무슨 하인 부리듯이 했다니까요! 내가 우리 아들한테 입이 아프게 얘기했어요. 그년이 널 이용해먹는 거다, 정신 차려라. 그런데 어디 내 말을 들어야 말이죠. 어쩌다 그런 년한테 빠져가지고 정신을 못 차리는지 정말 내가 속이 썩어요, 썩어! 그년은 그냥 우리 애한테 관심 있는 척하면서 공짜로 머슴 하나 부리는 거예요! 아주

고얀 년이라고!"

피아의 휴대전화가 울렸다. 오스터만이 나쁜 소식을 전했다.

*

그로부터 10분 후 카페 지하에 도착한 피아는 텅 빈 지하 방을 둘러보며 실망한 듯 욕을 내뱉었다. "제길! 한발 늦었군."

"눈치채고 도망쳤어. 이제 어쩌지?" 오스터만이 물었다.

피아는 잠시 생각을 집중했다. 원한다면 카페 문을 닫게 하고 수색을 할 수도 있지만 그래봐야 시간 낭비일 것 같았다. 그 많은 컴퓨터와 전선들, 입구에 설치된 감시 카메라, 벽에 설치된 카드 인식기까지 짧은 시간 내에 이렇게 깨끗이 치운 걸 보면 의심이 갈 만한 다른 것들도 이미 다른 곳으로 옮겼을 게 뻔했다. 게다가 경찰은 지금 뭘 찾고 있는지도 모르는 상태다.

"이웃 사람들한테라도 물어봐야지." 피아는 경찰관들에게 지시를 내린 후 오스터만과 함께 카페로 올라갔다. 바 뒤에 서 있던 에스터는 승리감에 도취한 표정을 숨기지 않았다.

"뭐 발견했어요?" 그녀가 심술궂게 물었다.

"세입자를 잘 두셨네요. 방을 아주 깨끗하게 치워놓고 나갔어요." 피아가 대꾸했다.

"어머나!" 그녀는 놀란 척 눈을 둥그렇게 떴다. "정말요?"

"임대계약서하고 임대료 들어온 통장 내역 좀 보여주시죠."

그 말을 들은 에스터의 얼굴에서 웃음기가 사라졌다.

"계약은 하지 않았어요. 임대료도 없었고요." 퉁명스러운 대답이 되돌아왔다. "그냥 공짜로 쓰라고 했어요."

"그중에 반은 거짓말일 테죠. 5만 유로에 대한 것도 한참 지나서야 생각났잖아요, 안 그래요?" 피아가 애써 미소를 지으며 말했다. "그래도 누구한테 지하실을 공짜로 쓰라고 했는지, 뭐 하느라고 그 공간이 필요했는지는 기억나시겠죠?"

에스터는 얼굴이 붉으락푸르락했다.

"임대 수입을 신고 안 하려고 월세를 몰래 받으셨나? 그러진 않으셨겠죠? 게다가 그 많은 컴퓨터를 종일 돌렸으면 전기세도 꽤 나왔을 텐데. 실컷 수색하러 왔는데 우리 동료들이 할 일이 없네요. 통장 찾는 것 좀 도와드리라고 할까요?"

"알았어요!" 에스터가 개수대에 행주를 던지며 말했다. "남학생 몇 명이 인터넷 카페를 만들 계획이라고 했어요. 돈은 별로 없는데 생판 모르는 사람이 끼는 건 싫다고 하기에 우리가 공간을 쓰라고 했어요. 공짜로 쓰는 대신에 카페 일을 해주고요."

"남학생 몇 명이라고 하니까 너무 추상적이네요. 그 남학생들도 이름이 있겠죠?"

"루카스, 타렉. 그 밖에는 별명만 알아요."

"그래요? 그럼, 여학생들 이름은 좀 아시려나? 백미러 깨진 노란 미니 오토바이를 타고 다니는 여학생을 찾고 있어요. 사건 당일 저녁 로어비젠 가 집 앞에서 목격됐는데 아주 중요한 증인일지도 몰라요. 요나스 보크라는 학생의 여자친구라는데, 그 학생 알아요?"

에스터의 얼굴이 어두워졌다. 자신이 없는 사이에 여학생이 집에 드나들었다는 말이 듣기 좋을 리 없었다.

"몰라요." 에스터가 퉁명스럽게 내뱉었다.

"그래요?" 피아는 어깨를 으쓱했다. "혹시 거울 깨진 노란 미니 오토바이 탄 여학생을 보면 연락 주세요. 여기 자주 드나드는 것 같으니까."

"네, 물어볼게요." 에스터는 마지못해 고개를 끄덕였다. "하지만 여긴 스쿠터 타고 다니는 여학생이 득시글해요."

"애인의 살인사건이 빨리 해결되기를 바라실 거라 믿겠어요." 피아가 냉정하게 대꾸했다. "제 연락처는 아시죠?"

이웃에 탐문 나갔던 경찰관들이 돌아와 결과를 보고했다. 어제 젊은 남자 서넛이 '비둘기렌트'라는 이삿짐센터 차로 컴퓨터를 실어 날랐는데, 세 번을 오갔고 매번 1시간 후에 다시 돌아온 것을 보면 이사하는 곳이 멀지는 않은 것 같다고 했다. 누군가 차를 빌린 사람이 있을 테니 확인해보면 될 일이다.

*

휴대전화가 울렸다. 샤워기 아래서 막 머리를 감던 피아는 급히 물을 잠그고 구시렁거리며 부엌으로 달려갔다.

"여보세요?" 급히 전화기를 집어 든 피아는 발밑으로 흐르는 물줄기를 보며 얼굴을 찡그렸다.

"네, 크리스토프 산더입니다. 이런 시간에 전화해서 죄송합니다."

산더의 목소리에 피아는 심장이 두근거렸다.

"아뇨, 괜찮아요." 피아가 얼른 말했다. "손은 어떠세요?"

"손요?" 산더는 잠시 당황한 듯했다. "아, 예. 거의 다 나았습니다."

피아는 자신의 질문이 그를 혼란스럽게 했음을 깨달았다.

"저, 토요일에 말씀하신 거 생각해봤는데요. 그 여학생 말입니다."

사건 때문에 한 전화라니 조금 실망스러웠다.

"제 딸아이의 친한 친구가 노란 스쿠터를 타고 다닙니다. 방금 전에 둘이 같이 나갔는데 그 아이 오토바이 백미러가 깨져 있더라고 요. 그걸 보고 토요일에 하신 말씀이 생각나서 전화 드렸습니다.”

“그 여학생 이름이 뭐죠?”

“스베냐예요. 스베냐 지버스.”

최근에 어디선가 들은 적이 있는 이름이다. 그러나 어디서 들었는 지, 어떤 이야기를 하던 중이었는지는 생각나지 않았다.

“제 딸이랑 아주 친합니다. 그런데 이 아이가 요즘 들어서 영 이 상해요. 토요일에 남자친구랑 싸웠다는데 그 뒤로 계속 울기만 한답 니다.”

피아는 자세를 바로 하며 생각을 집중했다. “따님과 스베냐가 파 울리와 아는 사이였나요?”

“네, 스베냐의 남자친구를 통해서 알게 된 모양입니다. 제 딸아이 는 파울리의 인간성을 꿰뚫어보고 바로 정신을 차렸지만 스베냐는 깊이 빠졌죠.”

피아는 마치 산더에게 보이기라도 할 것 같은 생각에 욕실로 돌 아가 수건을 몸에 둘렀다.

“따님이 어디 간다고 하면서 나갔나요?”

“말 안 하고 나갔습니다.”

“스베냐가 사는 곳이 어디죠? 딸이 어디 갔는지 스베냐의 부모님 이 혹시 알고 있지 않을까요?”

“그 집 부모는 아마 저보다 더 모를 겁니다. 스베냐는 어머니와 사 이가 좋지 않아요. 새아버지는 공항에서 밤 근무를 하고요.”

“무작정 찾아다닐 수도 없고 난감하네요. 그런데 목격자는 그 여 학생이 보크 씨의 아들인 요나스의 여자친구라고 했거든요. 그럼 따 님 친구가 아닐 수도 있겠네요.” 피아는 욕조 가장자리에 앉아 잠시 생각을 정리한 다음 말했다.

산더는 잠시 말이 없다.

"아뇨, 맞습니다. 스베냐가 요나스의 여자친구예요."

스베냐. 요나스. 그렇지! 그제 저녁 루카스가 멀찌감치 서 있는 커플을 가리키며 말했었다. 그리고 그 전날 녹색카페 지하에서도 요나스를 만났다. 피아의 머릿속에 천천히 관련 인물들의 관계도가 그려졌다. 그러니까 보리스 발칸이 요나스 보크고, 요나스 보크는 파울리의 자동 응답기에 변호사를 풀겠다고 녹음을 남긴 카르스텐 보크의 아들이다. 그리고 살해 혐의로 구치소에 갇혀 있는 노베르트 차샤리아스는 요나스의 외할아버지다. 그런데 요나스는 파울리와 친했고 녹색카페의 단골이다. 과연 요나스는 누구의 편일까?

＊

코지마가 영화 제작에 참여했던 사람들을 저녁 식사에 초대했다. 몇 가지 의논할 것이 있지만 무엇보다 작업이 끝난 것을 축하하기 위한 자리다. 보덴슈타인은 코지마가 테라스에 상 차리는 것을 도왔다. 발포 와인을 냉장고에 넣어 식히고 지하 창고에서 좋은 와인을 꺼내 왔다. 막 코르크 마개를 따고 있는데 헬멧을 든 로잘리가 차고에서 부엌으로 들어왔다. 로잘리는 코지마의 복사판이라 할 만큼 꼭 닮았다. 붉은 머리색까지 물려받은 것이 항상 불만으로, 요즘은 거의 은색에 가까운 금색으로 염색을 하고 다녔다.

"일찍 오셨네요." 로잘리는 시큰둥한 얼굴로 인사를 하는 둥 마는 둥 하고 냉장고 문을 열었다.

"인사 참 반갑게도 한다." 보덴슈타인은 딸이 저녁마다 목에 매달리며 기쁘게 아버지를 맞던 때가 그리웠다. 그는 딸의 옷차림에 눈살을 찌푸렸다. "그런 차림으로 모터 자전거 타고 돌아다니는 거냐?"

청바지는 겨우 골반에 걸쳐서 팬티 끈이 다 보이고 짧은 티셔츠 때문에 배꼽이 훤히 드러났다. 역 주변에서 몸 파는 여자들이 그러고 돌아다니지 않는가.

"다른 방법이 없잖아요." 로잘리가 삐딱한 태도로 대꾸했다. "내 차도 없고 엄마 차는 엄마가 다 부숴먹었고."

보덴슈타인은 머리를 절레절레 흔들었다. 로렌츠는 이제 막 정신을 차려가고 있는데 로잘리는 아직도 사춘기의 마지막 반항기를 심하게 겪는 중이었다.

"아, 참. 나 여름방학 때 완전 멋진 아르바이트 구했어요."

"대형 로펌에 실습 자리라도 구한 거니?"

"아뇨." 로잘리가 손가락으로 그릴 소스를 찍어 먹으며 말했다. "마요르카 섬에서 제일 잘나가는 호텔에 일자리를 얻었어요."

"뭐? 무슨 일인데?"

"별로 안 좋아하실 수도 있어요." 로잘리는 가지와 호박 피클을 담아놓은 접시와 샐러드 보울 사이에 교묘하게 올라앉았다. "주방 보조 겸 웨이트리스요. 숙식을 제공하는 데다 보수도 800유로나 돼요. 그리고 클라우디오 벨크레디라는 스타 요리사 밑에서 일해요. 멋지죠!"

보덴슈타인은 손에 들고 있던 와인병을 내려놓았다. "마요르카에서 주방 보조로 일하겠다고? 너 더위 먹은 거 아니냐? 법대에 가겠다면서? 여름방학 때는 프랑크푸르트의 변호사 사무실에서 실습을 하겠다고 한 게 언젠데?"

"법학은 너무 지루해요." 로잘리는 머리를 절레절레 흔들었다.

"난 요리사가 될 거예요. 그런데 이 마요르카 아르바이트 누가 소개
시켜줬는지 알아요?"

"뻔하지. 이브생클레어가 꼬드겼겠지." 보덴슈타인이 한숨을 내
쉬며 말했다.

장 이브생클레어는 얼마 전 보덴슈타인 고성 레스토랑에 고용된
스타 요리사다. 로잘리가 이 남프랑스 출신의 이국적인 요리사에게
반한 것 같다는 말을 코지마에게 들은 적이 있다.

"꼬드기지 않았어요."

로잘리가 다리를 흔들며 말했다. 그러나 보덴슈타인은 딸의 뺨이
빨개진 것을 눈치챘다.

"요리사가 되겠다고 결정하기 전에 주방 경험을 해보라고 조언한
것뿐이에요."

코지마가 부엌으로 들어왔다. "로잘리, 조리대에 앉지 마."

로잘리는 순순히 조리대에서 내려와 어슬렁거리며 냉장고 쪽으
로 가서 다시 냉장고 안을 들여다보았다.

"자꾸 문 열지 마." 코지마가 로잘리를 밀어내며 냉장고 문을 닫
았다.

"물도 못 마셔?" 로잘리가 억울한 듯 불퉁거렸다.

"차고에 있는 거 마셔."

"그건 미지근하단 말이야. 거의 오줌 수준……."

"여기 있지 말고 나가!" 코지마가 신경질적으로 소리를 질렀다.

"소리 지르는 사람은 할 말이 없어서 그러는 거야." 로잘리도 신경
질을 내며 나가버렸다.

"아, 정신없어." 코지마가 싱크대에 기대며 한숨을 푹 내쉬었다.
"모든 게 신경에 거슬려."

보덴슈타인은 아내를 바라보았다. 코지마는 원래 날씬했지만 요즘 들어 병적으로 말라가고 있었다. 전에 없던 다크서클도 짙게 드리워 있고 얼굴도 창백했다.

"좀 쉬어. 그동안 너무 힘들었나 봐." 보덴슈타인이 아내를 위로했다. "영화 작업이 잘 끝나서 정말 다행이야."

"작업이 다 마무리돼서 홀가분하겠지." 코지마가 비꼬는 투로 말했다. "그런데 오늘 저녁에 또 영화 얘기만 해야 하니 어떡해? 당신 머릿속엔 온통 살인사건뿐일 텐데."

보덴슈타인은 아내의 말에 어리둥절했다.

"여기 나 없으면 되는 게 뭐 있어?" 코지마의 목소리가 날카롭게 갈라졌다. "하루 종일 밥하고 청소하고 빨래하고 내가 가정부인 줄 알아?"

보덴슈타인은 아내가 왜 갑자기 감정을 폭발시키는지 이해할 수 없었다. 황당하고 억울했다. 그는 한참 동안 말없이 아내의 넋두리를 들었다.

"당신은 아침마다 출근해버리면 그만이지. 나랑 애들이 뭘 하는지 눈곱만큼이라도 관심이 있어?"

"잠깐." 보덴슈타인은 아내의 비난에 기가 막혔다. "내가 왜 당신이랑 애들 하는 일에 관심이 없어? 나도 관심 많아……."

"거짓말 마!" 코지마가 버럭 소리를 질렀다. "그냥 차 타고 나가서 살인사건이나 해결하셔. 내 친구들이랑 얘기하기 싫은데 억지로 앉아 있을 필요 없어. 당신 없어도 나 혼자 충분히 준비할 수 있어."

"아니, 갑자기 왜 이러는 거야?" 보덴슈타인이 언성을 높였다.

그때 부엌 문가에 로잘리가 나타났다.

"오, 부부 싸움이야?" 로잘리가 비꼬듯 말했다.

다음 순간 웬만한 일에는 눈 하나 깜짝하지 않는 코지마가 울음을 터뜨리며 로잘리를 밀치고 부엌을 뛰쳐나갔다. 부녀는 뜨악한 표정으로 서로를 쳐다보았다.

"왜 저래? 갱년기야, 뭐야?"

"엄마한테 그렇게 말하는 거 아냐."

보덴슈타인은 화가 났던 것도 금세 잊고 코지마를 따라 2층으로 올라갔다. 욕실에서 흐느끼는 소리가 들렸다. 코지마는 욕조에 걸터앉아 마스카라가 번지도록 울고 있었다. 보덴슈타인은 그 옆에 쭈그리고 앉아 조심스럽게 아내의 무릎을 쓰다듬었다. 코지마는 히스테릭하게 흐느끼더니 곧 마구 웃어댔다. 그러다 힘없이 바닥에 주저앉았다. 보덴슈타인은 바닥에 머리를 찧을 뻔한 코지마를 안아 침실로 데려다 눕혔다. 로잘리는 걱정스러운 표정으로 문가에서 그 모습을 지켜보았다.

"파티는 취소해야겠다." 보덴슈타인이 말했다.

✳

녹색카페 앞에 자전거, 모터 자전거, 미니 오토바이 여러 대가 세워져 있지만 노란색 스쿠터는 보이지 않았다. 피아는 카페 안으로 들어갔다. 바 뒤에 서 있는 루카스의 모습을 보자 기분이 이상했다. 단골들이 모두 다른 곳으로 몰려갔는지 카페는 한산했다. 루카스는 반갑게 피아를 맞았다. 토요일 저녁에 거절당한 일은 마음에 두지 않는 듯했다.

"잘 지냈어? 오늘은 손님이 없네." 피아가 텅 빈 바에 앉으며 말했다.

“축구하잖아요.” 루카스는 엄지손가락으로 뒤뜰 쪽을 가리켰다. “뭐 마실 것 좀 드려요?”

“좋아. 잘 만드는 게 뭔데?”

“제 스페셜은 역시 섹스 온 더 비치죠.” 루카스는 말할 수 없이 매력적인 미소와 함께 한쪽 눈을 찡긋했다. 피아는 녹색카페의 여자 손님 중 적어도 반은 루카스 때문에 오는 게 아닐까 생각해보았다.

“피나콜라다 한 잔 마시고 싶어. 럼은 조금만 넣어줘.”

“알겠습니다!”

그녀는 루카스가 능숙하게 칵테일 만드는 모습을 지켜보았다.

“그런데 말이지.” 그녀가 손으로 턱을 받치며 말을 꺼냈다. “지하방에 있던 그 비밀 인터넷 카페 있잖아. 오늘 보니까 없어졌던데 어떻게 된 거야?”

“비밀스러울 거 하나도 없어요.” 루카스가 뜻밖이라는 표정으로 말했다. “처음엔 작게 시작했다가 점점 커졌는데, 나중엔 소문이 나서 파울리랑 에스터가 들이기 싫어하는 사람들까지도 드나들었어요. 그래서 클럽식으로 만든 거예요. 오프리미츠, 비공개 클럽이죠.”

“그런데 왜 갑자기 없어진 거야?”

“에스터가 갑자기 임대계약서 작성하고 임대료도 내라고 해서요. 그걸 못마땅해하는 멤버들이 있었거든요.”

그는 열대 과일을 꽂아 예쁘게 꾸민 칵테일 잔을 내밀었다. 피아는 그의 이야기에 믿음이 갔다. 돈 밝히는 에스터라면 그럴 만도 했다.

“맛있게 드세요.” 루카스가 바에 기대며 말했다.

“에스터랑은 사이가 좋은 편이니?” 피아는 칵테일을 맛보고 감탄했다. “음, 맛있어…….”

“에스터요? 네, 그럼요.” 루카스는 대답을 해놓고 잠시 망설였다.

“파울리 같지는 않지만 뭐 괜찮아요.”

그는 바에 팔을 걸치고 턱을 괴었다.

“파울리 같지 않다니 그게 무슨 말이야?” 피아가 호기심 가득한 눈으로 물었다.

“에스터는 여기 운영자니까 돈 관리를 해야 하잖아요. 파울리는 카페 수입, 월급 나가는 거, 장 보는 거, 세금 같은 거에는 전혀 신경을 안 썼거든요. 파울리는 항상 새로운 아이디어를 내놨고 그걸 실현하고 싶어 했지만 에스터가 매번 옆에서 말렸어요.”

그는 슬픈 미소를 지었다.

“파울리는 에스터를 가리켜 소수점 뒷자리까지 세는 구두쇠라고 했어요. 이루고 싶은 비전이 있는데 자꾸 현실적인 문제로 발목을 잡으니까요.”

“컴퓨터는 어디로 가져간 거니?”

“뮌스터 공단에 있는 물류 창고요. 친구 아버지네 창고인데 거기서 계속할 생각이에요.”

“뭘 계속해?”

“클럽제 인터넷 카페요.”

루카스가 씩 웃었다. 피아는 순간 그의 눈동자에 어려 있던 욕망의 빛이 떠올랐다. 그에게는 어떤 여자라도 넘어갈 것이다. 칭찬 몇 마디와 깊은 눈빛, 약간의 우수, 시…….

“여자친구는 없니?” 피아는 조금 남은 칵테일을 빨대로 깨끗이 빨아 먹었다.

“없어요.” 루카스는 빈 잔을 치우며 물었다. “한 잔 더 하실래요?”

“아, 그럼 무알코올로 부탁해.” 피아가 고개를 끄덕였다. “그런데 왜 여자친구가 없어? 외모로 봐선 여학생들이 줄줄 따르겠는데.”

짧은 순간이지만 루카스의 얼굴에 그늘이 졌다.

"저 좋다고 무조건 따라다니는 여자는 싫어요. 너무 지루해요. 쉬운 여자는 딱 질색이거든요."

피아는 생각에 잠긴 채 루카스를 응시했다. 못생기고 뚱뚱하고 여드름 난 사람들만 외모 때문에 고민하는 게 아닌 건가? 아름다운 외모도 짐이 되는 걸까?

"실망한 적이 많았나 보지?" 피아는 개인적인 일에 너무 깊이 파고든다는 생각이 들었지만 궁금함을 참지 못했다. 루카스는 칵테일 셰이커를 내려놓으며 미간에 주름을 잡았다.

"제가 바라는 게 너무 많은가 보죠, 뭐."

"여자친구 될 사람한테 바라는 거?"

"아뇨, 인생에 바라는 거요." 그는 다시 칵테일 만들기에 열중했다. "칵테일과 비슷해요. 뭐가 들어가야 하는지, 어떤 맛이 나야 하는지도 알아요. 그래서 그 맛을 기대하고 막상 마셔보면 맹물 맛인 거예요. 아무 맛도 없는 김빠진 맛요. 그런 적이 많았어요."

그는 무알코올 피나콜라다를 피아 앞에 내놓았다.

"너무 우울한 얘기네." 피아가 말했다.

"절 우울하게 할 만큼 중요한 일은 많지 않아요." 그는 팔짱을 끼고 고개를 갸웃한 채 그녀를 응시했다. "그래서 전 도전할 만한 걸 찾아요. 첫눈에는 불가능해 보이는 그런 거요."

피아는 그의 말에 대꾸하지 않고 칵테일을 한 모금 마셨다. 이제 여기 온 진짜 목적을 말해야 할 때가 됐다.

"그 요나스라는 친구 말이야, 성이 보크 맞지?"

"네."

"요나스의 여자친구가 스베냐고."

“네, 맞아요. 그런데 왜요?”

“스베냐가 노란 스쿠터를 타고 다닌다고 해서.”

루카스는 놀란 표정으로 눈썹을 치켜세웠다. 그가 무슨 말을 하려는 순간, 녹색카페에서 일하는 아이딘이 다가와 주문을 전달했다. 그녀는 피아를 못마땅한 눈으로 흘깃 쳐다보더니 바에 팔을 걸치고 기다리면서 사모하는 눈빛으로 루카스의 일하는 모습을 지켜보았다. 보아하니 그녀도 루카스에게는 너무 쉬운 여자임에 틀림없었다.

“경찰이 찾는 여학생이 스베냐였군요.” 아이딘이 쟁반을 들고 사라지자 루카스가 말했다. “그 생각은 못 했네요.”

“화요일에 스베냐가 거기 간 이유가 뭘까?” 피아가 혼잣말처럼 물었다.

“글쎄요.” 루카스는 아이딘이 놓고 간 빈 잔들을 씻으며 말했다. “안토니아한테 물어보면 알지도 몰라요. 안토니아 산더요.”

“안토니아가 누군지는 알아. 걔네들 지금 어디 있을까? 혹시 짚이는 데 있어?”

루카스의 손에서 잔 하나가 미끄러져 깨졌다.

“젠장.” 그가 중얼거리며 유리 조각을 주워냈다. “나중에 여기 들를지도 모르죠.”

“요나스랑 스베냐가 최근에 자주 싸웠니?”

“참 궁금한 게 많으시네요.”

루카스는 웃으며 말했지만 피아는 그가 갑자기 그녀를 경계한다는 느낌이 들었다.

“제가 그걸 어떻게 알겠어요?”

“토요일에 그 두 사람이 심하게 싸웠다고 해서 물어보는 거야.”

“그런 말은 듣지 못했어요. 전 그날 다시 성으로 돌아가지 않았잖아요."

"일요일엔? 컴퓨터 나를 때 요나스가 그런 말 안 했어?"

"아뇨, 기분이 안 좋아 보이긴 했지만 전 에스터가 나가라고 한 것 때문이라고 생각했어요."

한 떼의 젊은이들이 들어와 요란한 소리를 내며 출입구 쪽 탁자에 자리를 잡았다. 이제 루카스는 더 이상 노닥거릴 시간이 없었다. 그가 돈을 안 받으려 했기 때문에 피아는 10유로짜리 지폐를 바에 놓고 자리에서 일어났다.

"스베냐는 사건과 상관없을 거예요." 루카스가 말했다. "스베냐도 파울리를 좋아했어요. 우리 모두 그랬어요."

"어쩌면 범인의 얼굴을 봤을 수도 있어. 만약 그렇다면 스베냐가 위험해. 오늘 여기 오거든 바로 나한테 연락하라고 해. 알았지?"

"네, 알았어요." 그는 고개를 끄덕이더니 그녀에게로 깊숙이 상체를 굽혔다. "그런데요……."

"응?"

"문자에 쓴 말은 진심이었어요."

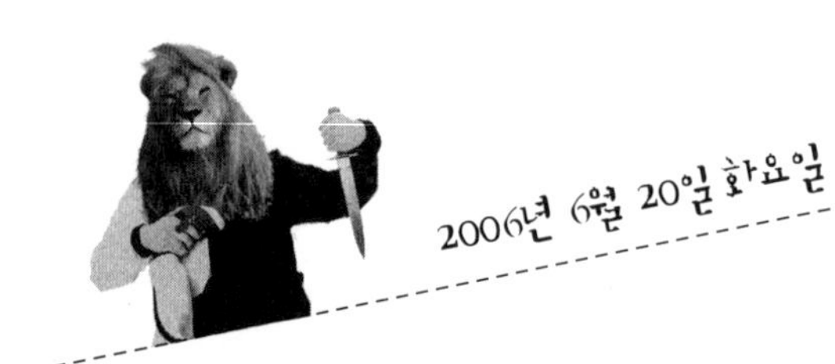

보덴슈타인은 아내가 왜 그렇게 폭발했는지 그 이유를 생각하느라 밤새 잠을 이룰 수 없었다. 일하다 쌓인 스트레스 때문이라면 괜찮지만 혹시나 큰 병에 걸렸을까 봐 무척 걱정이 됐다. 아침 6시쯤 일어난 그는 아래층으로 내려가 피아에게 전화를 걸었다. 이런 시점에 부하들에게 내맡기는 것이 마음에 걸렸지만 오늘만큼은 코지마를 혼자 있게 하고 싶지 않았다.

조회에 모인 동료들에게 피아는 보덴슈타인이 오늘 집안일로 휴가를 냈기 때문에 자신이 수사를 지휘하게 될 것이라고 알렸다. 그 말을 들은 프랑크 벤케는 불만을 감추지 않았을 뿐 아니라 근무 연수가 가장 많은 자신이 반장 대리를 맡아야 하는 게 아니냐는 필요 없는 말까지 했다.

"반장님이 그렇게 생각하셨다면 나한테 전화를 안 하셨겠지." 피아가 말했다. "할 일도 많은데 그런 걸로 싸우지 말자고."

벤케는 못마땅한 표정으로 의자 깊숙이 등을 기대고 앉으며 팔짱을 꼈다. "그래서 어떻게 업무 분배를 하실 건가요, 반장 대리님?" 벤케가 간족거렸다.

피아는 그의 말을 무시하고 책상 중앙에 있는 수사일지를 향해 손을 뻗었다. 그러나 벤케가 한 박자 빨랐다. 그는 일지에 손을 얹으며 기분 나쁘게 히죽거렸다.

"응, 좀 읽어봐." 피아가 차갑게 웃으며 말했다. "그동안 혼자서 칼퇴근했으니까 모르는 게 많을 거야. 난 거기 있는 내용 다 알거든."

그 말에 벤케는 표정을 일그러트리더니 피아 쪽으로 일지를 세게 밀었다. 일지는 피아 옆으로 날아가 탁 하는 소리와 함께 바닥으로 떨어졌다.

"그만들 해. 어린애들처럼 왜 이래?" 오스터만이 일지를 주워 올리며 말했다. "반장님 안 계시다고 하루도 못 견디고 콩가루 날려서야 되겠어?"

피아와 벤케는 책상을 사이에 두고 서로를 노려보았다.

"좋아, 이렇게 하는 게 어때? 벤케랑 카트린은 남아서 마라이케, 콘라디, 차샤리아스를 심문하고 피아는 오토바이 여학생을 찾으러 가고……."

"그래! 요새 새로 생긴 단골집 있잖아. 그 친환경 카페에 가봐." 벤케가 끼어들었다. "그 기생오라비 같은 친구도 있겠네. 그 친구랑 얘기하는 거 좋아하잖아?"

피아는 머리끝까지 화가 치밀어 올랐지만 초인적인 자제심을 발휘했다. "오토바이 여학생 이름은 스베냐 지버스야. 어제 알아냈어."

"어, 그래? 우리한테는 언제 말하려고 했어?" 벤케가 이죽거렸다.

"내 말을 안 끊었으면 지금쯤 했을 거야." 피아가 차갑게 대꾸했다. "오스터만이 제안한 업무 분배에 이의 있는 사람 있어?"

피아는 좌중을 둘러보았다. 카트린은 볼펜만 내려다보고 있고 오스터만은 나무라는 표정으로 벤케를 쳐다보고 벤케는 어깨를 으쓱할 뿐이다. 멋진 팀이로군!

"좋아." 피아가 자리에서 일어서며 말했다. "그럼, 저녁에 보자고."

오스터만이 뭔가 이야기하고 싶은 표정으로 피아에게 다가왔다.

"난 벤케랑 안 지 벌써 15년도 넘었어." 그가 쭈뼛쭈뼛 말을 꺼냈다. "경찰학교 동기에 순찰도 같이 돌았지. 원래는 좋은 점이 많은 친구야."

"아, 그래?" 피아가 가방을 집어 들며 말했다. "이제까지 나한테 그 좋은 점을 잘도 숨겼네. 난 벤케가 싫어. 시건방지고 잘난 척하는 게 아주 지긋지긋해."

오스터만이 망설이다가 다시 입을 열었다. "사실 벤케도 피아를 그렇게 생각하고 있어."

피아는 오스터만이 뒤에서 칼로 찌르려 하기라도 했다는 듯이 그를 노려보았다. "아, 등 뒤에서 내 얘기 하는 거야? 당신이 그럴 줄은 몰랐는걸."

"그게 아니라 내가 벤케한테 자네하고 문제 있느냐고 물어봤어." 오스터만이 실토했다. "난 자네가 훌륭한 동료라고 생각해. 벤케랑 서로 잘 못 지내는 게 안타까워서 이러는 거야."

"내 잘못 아냐."

피아는 그의 곁을 지나쳐 사무실로 들어갔다. 오스터만도 따라 들어왔다.

"여기 일하는 사람들은 대부분 자네가 재미로 직장 다닌다고 생각해." 오스터만이 피아 앞자리인 자기 책상에 앉으며 말했다. "목장도 있고, 말도 있고……. 사실 공무원 월급으로는 꿈도 못 꾸잖아. 안 그래?"

피아는 눈을 가늘게 뜨고 오스터만을 쳐다보았다.

"아, 이제 어떻게 된 건지 알겠네." 그녀가 차갑게 내뱉었다. "이런 말 잘 안 하는데 특별히 얘기해주는 거니까 잘 들어. 우리 도련님이 주식 전문가라 벤처 붐 일었을 때 이런저런 투자 조언을 해줬어. 그리고 다른 사람들이 더 오를 거라 기대하고 팔지 않고 있을 때 난 도련님 말을 듣고 팔았어. 내 목장은 그렇게 해서 생긴 거야. 지금은 망해버려서 이름도 모르는 벤처기업들 덕분이지."

오스터만은 입이 딱 벌어져서 아무 말도 못 했다. 그때 피아의 휴대전화가 울렸다. 동물원장 산더의 목소리에 피아는 금세 화가 누그러졌다. 그는 늦게 전화해서 미안하다면서 어젯밤 분만한 기린이 있어서 동물원에서 밤을 새고 집에 와 보니 딸이 이미 학교에 가고 없었다고 말했다.

"어디 가면 스베냐를 만날 수 있을까요?"

"스베냐는 켈크하임으로 간호조무사 실습을 나갑니다." 산더가 말했다. "콜마이어라는 의사가 운영하는 병원입니다. 그런데 제가 전화한 건 다른 이유 때문입니다."

"아, 그래요?"

"이메일을 확인하다가 이상한 걸 발견했어요. 발신자가 요나스 보크인데 스베냐의 홈페이지 링크가 첨부돼 있습니다."

"그런데요?"

"직접 보십시오. 제가 지금 이메일로 전달해드리겠습니다."

피아는 감사의 말과 함께 전화를 끊은 뒤 컴퓨터를 켰다. 산더가 보낸 이메일을 열고 'www.svenja-sievers.de'라는 홈페이지 링크를 클릭하니 시작 페이지에 '섹시한 스베냐의 벌거벗은 진실'이라는 문구가 적힌 창이 떴다. 피아는 놀라서 아마추어가 찍은 듯한 민망한 사진들을 차례로 열어보았다. 나체, 반나체, 만취한 모습, 심지어 성교하는 모습을 찍은 사진도 있다. 상대 남자의 얼굴은 보이지 않았다. 피아는 혼란스러웠다. 발신자는 요나스 보크로 되어 있는데, 남자친구인 그가 왜 사람들에게 이런 링크를 보낸단 말인가. 스베냐와 약혼한 사이라는 말까지 있던데! 이런 사진이 어떻게 스베냐의 개인 홈페이지에 뜨게 된 걸까? 피아는 오스터만에게 링크를 전달한 뒤 진짜 발신자를 알아내달라고 부탁했다.

"스베냐의 남자친구일 리가 없어." 피아가 단언했다.

"그럼, 누구?"

"스베냐를 해치려는 사람." 피아는 문제의 사진들만 빼면 지극히 평범한 홈페이지를 살피며 말했다. "요나스와 스베냐를 질투하는 사람이겠지. 누구누구한테 이 링크가 전달됐는지도 알아봐줘."

"뭔가 나오면 전화로 알려줄게."

"알았어." 피아는 가방을 들고 일어섰다. "아, 그리고 오스터만."

"응?" 오스터만이 무슨 일이냐는 표정으로 그녀를 올려다보았다.

"중재하려고 노력하는 거 알아. 신경 써줘서 고마워."

＊

30분 후 피아는 스베냐의 상사인 콜마이어 원장과 이야기를 나누었다. 병원은 켈크하임 프랑켄 가에 새로 생긴 보건센터에 세 들어 있다. 콜마이어는 스베냐가 1주일째 병원에 나오지 않았다며 화를 냈다. 자기 병원 실습생의 포르노그래피가 인터넷에 돌아다닌다는 사실에 분개한 것은 말할 필요도 없다.

피아는 보건센터를 나오면서 산더에게 전화를 걸었다.

"스베냐가 다니는 병원 원장도 그 이메일을 받았대요. 지난주 수요일부터는 병원에도 나오지 않았대요. 원장은 그 사진들 때문에 실습 계약을 철회할 생각인가 봐요. 지금 어디 가면 요나스를 만날 수 있을까요?"

"나쁜 놈."

산더가 중얼거렸다. 피아는 그 말이 요나스 보크를 두고 하는 말인지 콜마이어에게 하는 말인지 알 수 없었다.

"아마 지금쯤 학교에 있을 겁니다. 요즘 졸업 시험 보고 있다고 들은 것 같아요."

*

요나스는 학교에 없었다. 9시 45분에 구두시험이 있었지만 불참했고, 늦게라도 나타날 줄 알았지만 끝내 나타나지 않았다. 서무과 직원이 집에 전화를 걸었지만 집에는 일하는 아주머니밖에 없고 그녀도 요나스의 행방을 몰랐다. 보크의 회사에도 전화를 해봤지만 사장님은 안 계신다는 대답만 들었다. 학교 행정처도 교육청에서 파견 나온 시험 감독관도 마냥 인내심을 발휘할 수는 없었다. 12시까지 기다리던 그들은 요나스 보크의 구두시험 점수를 0점 처리했다. 이로써 요나스는 인생의 중요한 관문인 졸업 시험에서 떨어졌다. 다른 수험생들은 교실과 교문 앞에서 왜 요나스 보크가 나타나지 않았는지를 놓고 수군거렸다.

학교 건물을 빠져나온 피아는 합격한 것을 축하하며 발포 와인의 코르크 마개를 따고 있는 젊은이들에게 다가갔다.

"어제 너무 파티를 격하게 한 거 아냐?" 한 남학생이 종이컵을 입으로 가져가며 말했다. "곯아떨어져 있을지도 몰라."

"파티?" 피아가 놀란 목소리로 끼어들었다. "무슨 파티였는데?"

"생일 파티요." 남학생이 짤막하게 대답했다. "어제 요나스 생일이었거든요."

피아가 막 차에 탔을 때 카트린에게서 전화가 왔다. 카트린은 벤케와 함께 지난 2시간 동안 마라이케와 콘라디를 차례로 심문했다. 하룻밤 새 사태의 심각성을 깨달았는지 둘 다 골프 클럽을 나와 아파트에 도착할 때까지 한 일을 털어놓았다.

"골프 클럽을 나와서 숲으로 갔대요. 처음엔 관망대에서 즐기고 그다음엔 콘라디의 배달차 위에서 했대요." 카트린이 보고했다.

피아는 잠시 보덴슈타인에게 전화를 걸어 어떻게 할지 물어볼까 하고 생각했으나 반장 대리로서 결정권 또한 위임 받았으니 스스로 결정해야 할 것 같았다.

"둘 다 풀어줘." 피아가 말했다. 마라이케 그라프와 프란츠 요셉 콘라디는 일정한 주소지가 있고 도주 및 증거인멸의 위험이 없다.

"차샤리아스하고는 얘기해봤어?"

"변호사 없이는 말 안 하겠대요."

"좋아." 피아는 차의 시동을 걸었다. "이따 사무실에서 봐."

∗

지버스 가족은 바트조덴 역 건너편 쾨니히슈타인 가에 있는 허름한 1960년대식 아파트에 살고 있었다. 낮 시간이라 주차장이 텅 비어 있었다.

피아는 차를 타고 오는 동안 계속 루카스에 대해 생각했다. 왜 어제 요나스의 생일 파티가 있다고 이야기하지 않았을까? 스베냐와 산더의 딸은 분명히 그 파티에 갔을 것이다. 왜 루카스는 파티에 가지 않았을까? 둘은 친한 친구가 아니었나? 생각할수록 이상했다.

피아는 마흔 개도 넘는 명패 중에서 지버스의 이름을 찾느라 한참을 문 앞에 서 있었다. 대부분이 외국인 이름이라 찾기가 힘들었다. 막 초인종을 누르려는데 오스터만에게서 전화가 왔다. 스베냐의 홈페이지 링크가 달린 이메일은 요나스 보크의 이름으로 된 메일 계정에서 백마흔일곱 개의 주소로 보내졌다.

"누군지 몰라도 스베냐를 사회적으로 완전히 생매장시키려고 했군." 피아가 착잡한 듯 말했다. "메일을 보낸 장본인을 알아낼 수 있겠어?"

"힘들어."

오스터만의 대답에 피아는 한숨이 절로 났다.

"그건 그렇고 혹시 더블 라이프라고 들어봤어?"

"아니. 그게 뭔데?"

"인터넷 게임인데 캐릭터를 하나 사서 더블 라이프의 세계에서 사는 거야. 장도 보고 집도 꾸미고……."

"세컨드 라이프의 아류 같은 거구나." 피아가 아는 체했다.

"그 정도가 아냐. 더블 라이프에서는 사람을 죽이거나 사기를 칠 수도 있고 도둑질, 주거침입도 할 수 있어. 그게 게임의 목적이기도 해. 범죄를 저지를 때마다 대부한테 돈을 받는데, 대부는 정체불명이고 캐릭터들도 누가 킬러인지 몰라."

"그런데? 그게 어쨌다는 거야?"

"계속 들어봐. 더블 라이프는 폭력을 미화한다는 이유로 몇 달 전에 금지됐어. 커뮤니티 자체가 인터넷이라는 바다 밑으로 가라앉은 거지. 그런데 그 이후로 그 게임에 미친 사람이 더 많아졌어. 공식 웹 사이트도 폐쇄됐고 전혀 접근 가능성이 없는데도 사용자는 급격하게 늘어났다고. 몇 주 전부터 연방범죄수사국과 인터폴 컴퓨터 전문가들이 그 게임이 운영되고 있는 서버를 찾으려고 혈안이 돼 있는데 아무 성과가 없어."

"그런데 그게 우리랑 무슨 상관이야?" 피아는 무슨 소린지 통 알 수가 없었다.

"스베냐 지버스의 홈페이지에 더블 라이프 링크가 있었어." 오스터만이 흥분해서 말했다. "죽이지 않아?"

✳

5층에서 문을 열어준 사람은 스베냐가 아니라 안토니아였다. 피아는 동물원장 산더의 딸을 찬찬히 살펴보았다. 색이 짙은 곱슬머리에 예쁘장하고 앳된 얼굴인데 눈이 아버지를 꼭 닮았다.

"학교에 있어야 할 시간 아니니?" 피아가 물었다.

안토니아는 한쪽 눈썹을 치켜세우더니 어깨를 으쓱했다. "스베냐 상태가 안 좋아요. 혼자 둘 수 없었어요. 들어오세요."

피아는 안토니아를 따라 집 안으로 들어갔다. "너희 둘 어제 어디 있었니? 그리고 요나스는 왜 오늘 졸업 시험 보러 안 온 거야?"

안토니아는 빠끔히 열려 있는 문 쪽을 살폈다. "어제 스베냐가 요나스한테 헤어지자고 했어요. 걔가 한 짓을 생각하면 당연히 그럴 수밖에 없죠. 그런데 그 이후로 식음을 전폐하고 울기만 해요."

"무슨 일이 있었는데?"

"토요일 저녁에 둘이 싸웠어요." 안토니아는 말하면서 계속 문 쪽을 살폈다. "쾨니히슈타인 성에서요. 처음엔 괜찮아지나 했어요. 그런데 그다음에……, 그다음에……."

안토니아는 망설이며 말을 잇지 못했다.

"요나스는 스베냐를 두고 그냥 가버렸어요. 그리고 일요일에도 전화 한 통 없었어요. 그리고…… 그 일이 터진 거예요. 그게…….."

"이메일이랑 스베냐의 홈페이지에 있는 사진 얘기하는 거지?"

"그걸 어떻게 아세요?" 안토니아가 의심쩍은 얼굴로 물었다.

"너희 아버지한테 들었어. 너희 아버지뿐 아니라 스베냐가 다니던 병원 원장도 오늘 아침에 그 이메일을 받았어. 그리고 다른 백마흔 다섯 명도."

"말도 안 돼!" 안토니아가 기겁을 했다. "어제저녁만 해도 전혀 모르는 일이라고 맹세를 하더니……, 나쁜 자식!"

"그 사진 얘기 언제부터 알고 있었니?"

"어제 오후부터요. 타렉이 전화해서 4시쯤 이메일을 받았다고 했어요. 전화 받고 바로 이메일을 확인했는데 우리한테도 와 있었어요. 그걸 보고 스베냐는 바로 기절했고요."

"그럴 만도 하지." 피아가 고개를 끄덕였다. "그 사진들은 어디서 난 거지? 누가 찍은 거야?"

"누구긴 누구겠어요?" 안토니아가 콧김을 내뿜으며 말했다. "당연히 요나스죠. 휴대전화로 찍은 거예요. 걔가 그럴 줄은 정말 몰랐어요."

"왜 그냥 지워버리지 않은 거지?"

"지우려고 해봤는데 안 돼요. 스베냐는 자기 홈페이지인데도 수정 권한이 없어졌더라고요. 요나스는 그런 데 아주 도사예요. 무슨 차단 장치를 했겠죠."

"하지만 요나스가 자기 여자친구한테 왜 그런 짓을 하겠어. 그럴 이유가 없잖아!"

안토니아는 어깨를 으쓱했다. 피아는 그녀에게서 친구 커플이 싸운 이유를 들을 수 없겠다는 생각에 질문을 돌렸다.

"한스 우를리히 파울리를 알았니?"

"그럼요." 안토니아는 얼굴을 찌푸렸다. "매일 녹색카페에서 살다시피 했는걸요. 전 그 사람 정말 별로였어요. 그런데 스베냐는 파울리한테 푹 빠져서 거의 신처럼 떠받들었어요."

"왜?"

"몰라요. 저도 처음엔 그것 때문에 놀리기도 했는데 스베냐는 정말 진지하더라고요. 전단지 돌리고 안내 데스크에 몇 시간씩 서 있고 한번은 우리 아빠 동물원에까지 따라갔었어요. 우리 아빠……, 누군지 아시죠?"

"응, 알아."

안토니아는 심각한 표정으로 아랫입술을 지그시 깨물었다.

"전 파울리를 별로 안 좋아했어요. 모든 걸 다 안다는 듯 나서는 것도 그렇고, 좀 능글맞아 보였어요. 에스터도 너무 싫어요. 다른 애들이 그 두 사람을 왜 좋아하는지 전 전혀 이해가 안 돼요."

"혹시 파울리가 살해된 날 파울리의 집에 갔었다고 스베냐가 이야기하든?"

"네?" 안토니아는 정말 놀란 표정이다. "아뇨, 그런 말 안 했어요. 그날 오후에 잠깐 저희 집에 들렀는데 나중에 전화해서 엄청나게 울었어요. 전 그때 다른 일 때문에 나갈 수가 없어서……."

그때 안토니아가 계속 쳐다보던 방문이 열리고 스베냐가 나타났다. 친구의 상태가 안 좋다고 한 안토니아의 말은 사실이었다. 스베냐의 몰골은 끔찍했다. 눈은 울어서 퉁퉁 부었고 예쁜 얼굴은 형편없이 상했고 머리카락은 마구 헝클어져 있었다.

"누구세요?" 스베냐가 모기만 한 목소리로 말했다.

"왜 나왔어? 어서 들어가 누워 있어." 안토니아는 얼른 친구를 부축하더니 나무라듯이 말했다.

피아는 그들을 따라 방으로 들어갔다. 안토니아는 친구를 조심스레 침대에 눕혔다. 작은 방에 오디오, 텔레비전, 컴퓨터가 있고 벽에는 포스터가 여러 장 붙어 있었다. 로비 윌리엄스, 저스틴 팀버레이크, 헤르베르트 그뢰네마이어……. 의자와 바닥에 옷가지가 널려 있고 롤커튼은 내려져 있었다. 창문과 롤커튼 사이의 좁은 틈으로 햇볕이 새어 들어왔다. 방에서는 퀴퀴한 냄새가 났다.

"전 나가 있을까요?" 안토니아가 예의 바르게 물었다.

"아냐, 그냥 여기 있어." 피아가 얼른 대답했다.

스베냐는 이불을 턱까지 잡아당겼다. 안토니아는 침대 가장자리에 앉았다.

"스베냐." 피아는 최대한 부드러운 목소리로 말했다. "화요일 저녁 일로 급히 얘기를 해야 해. 지금 넌 큰 위험에 처했을 수도 있어."

스베냐는 아무 말도 않고 벽 쪽으로 고개를 돌렸다. 긴 머리카락이 커튼처럼 얼굴을 가렸다.

"왜 파울리 집에 갔었니?" 피아는 질문을 한 뒤 인내심을 가지고 기다렸다. 그러나 아무 대답이 없었다.

"우리가 어떤 사람을 체포했는데, 그 사람이 네가 파울리 집 마당으로 들어가는 걸 봤다고 했거든. 그리고 이웃 사람이 네가 오토바이와 함께 넘어지는 걸 봤대. 그날 무슨 일이 있었던 거니? 네가 범인의 얼굴을 봤니?"

스베냐가 고개를 들었다. 피아는 무표정한 가면 뒤에 숨겨진 절망을 감지하고 모골이 송연해졌다. 뭔가 큰 고민이 있는 것이 분명하지만 본인이 이야기를 안 하려고 하니 강요할 수 없었다.

"화요일에 파울리를 봤니? 같이 얘기했어?" 피아는 다시 한 번 대화를 시도했다. "스베냐, 네 대답이 정말 중요하거든. 제발 대답 좀 해줄래?"

대답도 없고 반응도 없었다.

"요나스의 생일 파티에서 무슨 일이 있었니? 요나스랑 싸웠니?"

스베냐의 뺨 위로 눈물이 한 줄기 흐르더니 또 한 줄기가 흘렀다.

"어떻게 그럴 수 있어요?" 그녀가 속삭이듯이 말했다. "너무 창피해요! 이제 난 아무 데도 못 나가요!"

그녀는 흐느껴 울며 손등으로 눈물을 닦았다. 그러나 눈물이 걷잡을 수 없이 쏟아졌다. 안토니아가 일어나 휴지를 가져왔고 스베냐는 코를 풀었다.

"저도 왜 그랬는지 모르겠어요." 그녀가 중얼거렸다. "우린 다시 화해했어요. 그런데 자기가 한 짓이 아니라고 또 거짓말을 하는 거예요. 전 너무 화가 나서 적어도 솔직하기라도 하라고 소리쳤어요. 그리고 막 뛰어서 와버렸어요……."

피아가 쳐다보자 안토니아가 그렇다는 표시로 고개를 끄덕였다.

"그다음에 어디로 갔니? 혹시 녹색카페에 갔니?"

스베냐는 머리를 세차며 흔들며 소리쳤다. "거긴 다시는 안 가요. 아니, 아무 데도 안 가요!"

"요나스가 지금 어디 있는지 아니? 오늘 시험장에 안 나왔어."

스베냐는 고개를 떨어뜨리더니 베개 옆에 있던 휴대전화로 손을 뻗었다. "요나스가 어젯밤에 문자를 보냈어요. 전 답장 안 했어요. 용서 못 해요. 그런 짓 한 거, 거짓말한 거 절대 용서 못 해요! 다신 안 볼 거예요!"

스베냐는 두 손으로 얼굴을 가리고 엉엉 울기 시작했다. 피아는 우는 그녀를 보며 애처로운 생각이 들었다.

"그 메시지 좀 봐도 되겠니?" 피아가 부드럽게 물었다.

스베냐는 고개를 숙인 채 휴대전화를 내밀었다.

그넌 짓 해서 미안해 너한테 너무 하가 나써. 내가 잘모해써 용서해 주ㅓ 돌리길 수 업다는 거 아라. 다 내 잘못이야 미안 사랑하느 JB로부터

틀린 글자가 많은 걸 보니 급한 상황이나 술에 취한 상태에서 메시지를 쓴 것 같았다. 문자를 보낸 시간이 11시쯤이니 스베냐가 이별 선언을 하고 얼마 지나지 않았을 때다. 갑자기 피아는 불길한 예감에 사로잡혔다. 문자 내용은 절망적이다 못해 유서 같은 느낌을 주었다. 피아는 안토니아에게 밖으로 나오라는 눈짓을 했다. 안토니아가 피아의 신호를 알아듣고 따라 나왔다.

"생일 파티한 곳이 어디니?"

"요나스 할아버지네 별장요. 왜요?"

"위치가 정확히 어디야?"

안토니아는 아는 대로 대답해주었다.

"안토니아, 잘 들어." 피아가 급박한 목소리로 말했다. "지금 너희 아빠한테 전화해서 네가 어디 있는지 알려드리고 스베냐 옆에 계속 있어. 아빠가 너희 둘 걱정 많이 하시니까 꼭 전화 드려. 알았지?"

"아빠가 저 땡땡이친 거 알면 바로 죽음이에요." 안토니아가 눈을 굴리며 어림없다는 표정을 지었다.

"그럼 엄마한테 전화해."

"그건 안 돼요." 주근깨가 난 그녀의 귀여운 얼굴이 찌푸려졌다. "돌아가셨어요."

"뭐?" 막 오스터만의 번호를 누르려던 피아는 동작을 멈추고 놀란 표정으로 안토니아를 응시했다.

"뇌졸중이었대요. 제가 두 살 때 돌아가셨어요."

"미안하다. 난 그런 줄도 모르고……." 피아가 정말 미안한 마음으로 말했다.

"괜찮아요. 몰랐잖아요." 안토니아는 아무렇지도 않은 듯 대답했다. "아빠한테 전화할게요. 그리고 여기서 스베냐랑 같이 있을게요."

*

피아는 시나이 방향으로 달려 저수탑 있는 데까지 올라가다가 들판 쪽으로 운전대를 꺾었다. 들판 사이로 난 시멘트 길을 달리다 보니 안토니아가 말한 큰 음식점이 나왔다. 거기서 B8 연방도로의 지선을 따라가면 슈미바흐탈이다. 켈크하임-호르나우, 바트조덴, 리더바흐 사이로 과수원과 밭, 작은 숲이 어우러진 그림 같은 곳이다.

안토니아는 숲 바로 밑에 있는 울타리 쳐진 나무 대문 집이라고 했다. 피아는 거대한 상수리나무 앞에서 오른쪽으로 꺾어 숲 쪽으로 난 자갈길 위를 덜컹거리며 달렸다. 길이 갈라지는 곳에서 500미터쯤 계속 앞으로 가니 왼쪽에 나무 대문이 보였다. 저거다!

피아는 타이어 밑에서 자갈이 튈 정도로 급정거를 한 후 차에서 내렸다. 대문이 열려 있었다. 피아는 언덕바지에 살짝 걸쳐 있는 마당을 걸어 올라갔다. 잘 정돈된 잔디밭 안쪽에 커다란 전나무 몇 그루가 서 있고, 그 밑에 깔끔하게 가지치기된 생나무 울타리에 둘러싸인 오두막이 보였다. 오두막 앞에는 파티의 흔적이 그대로 남아 있었다. 피아는 음료수 캔, 깨진 맥주병, 보드카병, 종이컵, 플라스틱 컵, 음식 찌꺼기가 담긴 접시, 그 외 잡다한 쓰레기를 둘러보다가 문득 위를 쳐다보았다. 순간 그녀는 숨을 멈추었다. 불길한 예감이 적중한 것이다.

"이런 젠장맞을!" 피아는 오두막 서까래에 매달려 있는 요나스의 시체를 보며 중얼거렸다. "요나스, 꼭 그래야만 했니?"

*

그로부터 20분 후 한적하던 오두막 주변은 속속 몰려오는 차와 사람으로 붐비기 시작했다. 맨 먼저 구급차가 도착했고 바로 뒤따라 순찰차가 들어왔다. 감식팀과 벤케는 거의 동시에 도착했다.

피아는 혼자서도 충분한데 벤케를 부르지 말까 하는 생각이 들었지만 보덴슈타인이 없는 틈을 타 실적을 독식한다는 뒷말이 나올까 봐 마음을 고쳐먹었다.

"피해자가 왜 요나스 보크라고 생각하는 거지?" 벤케가 차에서 내리자마자 피아에게 물었다. 마치 피아가 아랫사람이라도 된다는 듯한 태도다.

"살아 있을 때 본 적 있어." 피아가 오두막 쪽으로 걸음을 옮기며 대답했다. "그리고 여자친구 홈페이지에도 사진이 있었고."

"엄청나게 마셔댄 모양이군. 혼자 치우기 싫어서 목매단 거 아냐?" 벤케가 선글라스도 벗지 않은 채 주변을 둘러보며 말했다.

피아는 벤케를 부른 것을 바로 후회했다. 감식팀 직원들이 여러 각도에서 시체를 향해 셔터를 눌러댔고 촬영이 끝나자 곧 의사가 검시를 시작했다.

"목이 졸려 죽은 겁니다." 의사가 피아에게 말했다. "사후경직이 완전히 진행됐고 발, 손끝, 종아리에 혈액 유출을 동반한 시반도 넓게 나타나 있어요."

"자살이네." 벤케가 바지 주머니에 손을 넣은 채 삐딱하니 서 있다가 말했다. 그러고는 근처에 있는 순경에게 외쳤다. "어이, 시체 내려."

"잠깐만요." 피아는 많은 사람들 앞에서 벤케에게 면박당할 것을 각오하고 말했다.

시체 앞으로 다가간 피아는 경직된 요나스의 앳된 얼굴을 올려다보았다. 고개는 앞으로 폭 숙여져 있고 얼굴에는 푸르스름한 빛이 돌았다. 청록색 쇠파리가 윙윙거리며 시체 주변을 맴돌았다. 그의 왼쪽 신발은 1미터쯤 떨어진 베란다 앞 계단에 놓여 있고 오두막 문 앞에는 빈 맥주 박스가 뒤집혀 있었다. 요나스는 스베냐와 헤어진 것이 정말 그렇게까지 절망스러웠던 걸까? 열아홉 살 생일에 목을 매 죽을 만큼? 아니면 그 배후에 뭔가 다른 게 있는 걸까?

"의사 선생님, 시체 감정 끝나셨어요?" 벤케가 뒤에서 비아냥거렸다. "이제 진짜 검시관이 좀 보셔도 될까요?"

순간 피아는 벤케의 정강이를, 아니 그 위로 30센티미터 올라간 곳을 발로 뻥 걷어차고 싶은 충동을 느꼈지만 참았다. 그러고는 "됐어요"라고 말하며 뒤로 물러섰다.

순경 둘이 시체를 끌어내려 의사의 지시대로 잔디 위에 눕혔다. 피아는 지난 16년간 프랑크푸르트 법의학연구소에 드나들며 많은 시체를 봐왔고, 사소한 점도 놓치지 않고 관찰하는 법을 배웠다. 아무리 하찮아 보이는 단서라도 자세히 들여다보면 처음 생각과 달리 많은 내용을 담고 있는 법이다. 사실 피아 자신도 요나스의 자살이 왜 석연치 않은지 알 수 없었다. 언뜻 보면 어느 모로 보나 분명한 자살이다.

"왜 입술에 피가 묻어 있죠? 혀를 깨문 걸까요?" 피아가 의사에게 물었다.

"아뇨, 그런 것 같지는 않아요." 의사는 고개를 저었다. "경직 때문에 입을 벌릴 수 없긴 한데 입안에 뭔가 있어요."

의사는 시체의 얼굴 왼쪽에 나타난 붉은 기를 가리켰다.

"여기 보세요. 심하게 부딪치거나 맞아서 생긴 자국이에요. 그런 뒤에 바로 심장이 멈췄고, 또 공중에 계속 매달려 있었기 때문에 피가 사지로 몰려서 피멍이 들지 않은 겁니다."

"아, 살인으로 추정되는 단서가 나왔군요." 벤케가 시계를 보며 빈정거렸다.

"그리고 티셔츠에 혈흔이 있습니다." 의사는 벤케의 말에 흔들리지 않고 차분하게 말을 이었다. "제 생각엔 다른 사람의 피인 것 같습니다. 시체에서는 피 난 상처를 발견하지 못했거든요."

피아는 진지한 표정으로 고개를 끄덕였다. 현장을 조사하던 경찰관이 이리 와보라고 손짓하며 큰 소리로 형사들을 불렀다. 피아와 벤케는 경사진 잔디밭을 걸어 올라갔다. 누르스름한 잔디는 깎은 지 얼마 안 돼 너무 짧고 내리쬐는 햇볕에 땅이 단단하게 말라서 발자국이나 타이어 자국은 찾기 힘들 것 같았다.

"저기 보세요." 감식팀 직원이 바닥을 가리켰다. "휴대전화예요."

피아는 장갑 낀 오른손으로 휴대전화를 주워 올렸다. 은색 모토로

라로 젊은 층에게 인기 있는 모델이다. 뒷면 케이스와 배터리, 심카드는 보이지 않았다. 전화기가 깨끗한 것으로 보아 여기 버려진 지 오래된 것 같지 않았다. 피아는 감식팀 직원에게 없어진 휴대전화 부속품을 찾아보라고 말하고 주변을 둘러보았다. 몇몇 산책 나온 사람들이 경찰차 뒤에서 현장을 구경하며 수군거렸다. 피아는 보덴슈타인에게 전화를 걸어 요나스의 시체를 발견했다고 보고했다.

"아직 자살인지 아닌지 확실히 모르겠어요. 몇 가지 석연치 않은 점이 있어요."

벤케는 피아가 하는 말을 듣고서는 기가 막히다는 듯 픽 웃더니 혼자 오두막 쪽으로 내려가버렸다.

"직감을 믿는 게 중요해." 보덴슈타인이 말했다. "내가 필요하게 되면 얘기하고."

"요나스 집에 사망 소식을 전하러 가야 하는데요." 피아가 목소리를 낮춰 말했다. "혼자 가기도 싫지만 벤케랑 가는 건 정말 싫어요."

"준비하고 있을 테니 집으로 데리러 와."

피아는 전화를 끊고 오두막으로 걸음을 옮겼다.

"어때요?" 피아가 의사에게 물었다.

"자살인 것 같긴 합니다만 장담은 못 하겠습니다." 의사가 신중하게 대답했다.

"그럼, 검사한테 연락하겠어요. 부검을 해야 할 것 같아요. 어떻게 생각해, 벤케?"

"제가 감히 어느 안전이라고 이의를 제기하겠습니까?" 벤케가 심하게 과장된 말투로 빈정거렸다. "법의학 분야에서 다년간 연륜을 쌓으신 분이니 잘 알아서 하시겠지요."

피아는 그의 얼굴을 똑바로 쏘아보았다. 인내심이 한계에 다다른 것이다.

"특별히 이유가 있어서 이러는 거야?" 피아가 물었다.

"무슨 이유?" 벤케가 반문했다.

"나한테 이렇게 대하는 이유가 뭔지 묻는 거야. 내가 언제 감정 상하게 하거나 모욕감을 주거나 화나게 한 일이 있어? 난 다른 사람들하고는 아무 문제 없이 잘 지내. 유독 당신하고만 이런다고."

"혼자 무슨 소리 하는 거야?" 벤케는 여전히 선글라스를 낀 채 딴청을 피웠다.

"우린 팀이야. 서로 방해하는 게 아니라 도와야 한다고. 그래서 나한텐 우리가 사이좋게 지내는 게 중요해."

"아, 그래?" 벤케는 그 말 한마디만 던지고 아무 대답도 없이 차 쪽으로 가버렸다.

피아는 화가 부글부글 끓었다. 이렇게 대놓고 바보 취급 당하다니!

"진상! 재수 없어, 정말."

그녀는 벤케에게 들릴 만큼 큰 소리로 말했다. 차라리 그가 뒤돌아보고 뭐라고 대꾸라도 하면 나을 것 같았지만 그는 끝까지 못 들은 척했다.

＊

요하니스발트는 쾨니히슈타인의 오래된 부자 동네로, 제2의 개발이 한창 진행되고 있었다. 처음에 이곳에 터를 잡았던 사람들은 1960~70년대에 지어진 별장과 빌라를 팔고 하나둘씩 이사를 나갔고 변호사나 금융 투자 쪽에서 일하는 젊은 사람들이 들어와 집을 헐고 다시 짓거나 대대적인 리모델링을 해서 새로운 부촌을 형성해

가고 있었다.

피아와 보덴슈타인은 차를 타고 로트켈헨 가까지 오는 동안 공사장을 세 곳이나 지났다. 아스팔트 길도 구멍이 숭숭 나고 짜깁기해 놓은 데가 많아서 차가 끊임없이 덜컹거렸다. 하지만 길을 따라 늘어선 높은 담과 생나무 울타리 뒤에 사는 사람들이 최상급 휘발유가 1리터에 얼마 하는지 따위는 걱정 안 하고 산다는 것은 길가에 세워진 차를 보면 바로 알 수 있었다. 이 동네에는 엔진이 200마력 이하인 차는 없는 것 같았다.

카르스텐 보크의 빌라는 그런 동네에서도 눈에 띄게 화려했다. 피아의 낡은 일제 자동차가 육중한 철문을 지나 경사진 진입로로 들어섰다. 길 좌우로 여러 대의 승용차가 주차돼 있었고, 그 너머로 녹지가 공원처럼 꾸며져 있었다.

"집 좋은데요."

피아가 저만치 앞에 나타난 건물을 보고 말했다. 사실 집이라는 표현은 어울리지 않았다. 동화책에나 나올 법한 뾰족지붕과 탑, 좁고 긴 창문이 있어 성이라는 표현이 훨씬 잘 어울렸다. 계단 몇 개를 올라가니 처마를 받치고 서 있는 굵은 기둥 사이에 자리한 3미터 높이의 짙은 녹색 문이 보였다.

피아는 보크의 회사 규모에 대해 오스터만에게 들은 말을 정리해보았다. 보크홀딩은 문어발식으로 사업을 확장해온 국제적 대기업이다. 이 기업의 주춧돌을 놓은 사람은 카르스텐 보크의 아버지로, 건설 분야에서 특허를 내 엄청난 돈을 긁어모았다. 그리고 6월 초 하인리히 반덴베르크라는 자문 위원이 느닷없이 회사를 그만두었다는 말도 기억났다.

정원에서 사람들 웃음소리와 스포츠 중계 해설자의 목소리가 들려왔다. 고기 굽는 냄새도 났다.

"파티하나 봐요." 피아가 한숨을 내쉬었다. "갑자기 이 집에 안 들어가고 싶어졌어요."

"나도 마찬가지야." 보덴슈타인도 가볍게 한숨을 내쉬며 묵직한 놋쇠 문고리를 두드렸다. 그러나 아무 기척이 없었다.

"축구 보느라고 소리를 못 듣나 봐요." 오늘 4시에 독일 대 에콰도르의 경기가 있다. 피아는 아까 오두막에서 그 말을 열 번도 넘게 들었다. "저기 초인종이 있어요."

보덴슈타인이 초인종을 눌렀다. 잠시 후 발소리가 나더니 문이 열리고 피아 또래의 여자가 나타났다.

"무슨 일이시죠?" 그녀가 두 사람을 훑어보더니 물었다.

이 성에 살 만한 여자라고 피아는 속으로 생각했다. 호리호리한 몸매에 가슴이 작고, 부잣집 여자들이 즐겨 하는 단정한 커트에 짧게 손질한 손톱까지 어디를 보나 부잣집 사모님이다. 한여름의 더운 날씨인데도 그녀는 캐시미어 트윈 세트에 디자이너 청바지를 입고 목에는 상류층 여자들에게는 의무적이라 할 수 있는 진주 목걸이를 했다. 물론 진짜 진주일 것이다.

"호프하임 경찰서 강력계에서 나왔습니다. 보크 부인이신가요?" 보덴슈타인이 신분증을 들어 보였다.

"네, 무슨 일이시죠?"

"부인과 부군에게 전할 말이 있습니다."

보크 부인은 두 사람이 들어오도록 한 발짝 뒤로 물러섰다.

거대한 현관에 들어서니 문 바로 옆쪽으로 테두리에 금장식을 한 거울이 눈에 들어왔다. 피아는 사람 키보다 큰 거울을 들여다보며 왜 자신이 죽었다 깨어나도 이런 부류의 사람들과는 어울리지 못하는지 깨달았다. 낡은 청바지에 가슴께가 불룩하게 나온 티셔츠, 하나로 질끈 동여맨 머리칼, 주근깨 난 얼굴은 우아하고 고상한 보크 부인과는 전혀 달랐다.

성의 안주인은 두 사람을 살롱으로 안내했다. 활짝 열린 유리문 밖이 바로 테라스였다. 그 아래는 정원인데 정원 너머로 멀리 라인 강과 마인 강이 만나는 프랑크푸르트의 경치가 한눈에 내려다보였다. 테라스 반대편에는 풀장이 있는데 물이 햇빛에 반사돼 파랗게 빛났다.

손님들은 거기서 멀지 않은 곳에 모여 있었다. 서른 명쯤 되는 사람들이 편안해 보이는 등나무 의자에 앉아 거대한 스크린으로 축구 경기를 보는 중이었다. 간이침대에 반쯤 누워 있던 남자가 세 사람을 보더니 자리에서 일어나 테라스를 가로질러 왔다. 회색 머리에 키가 크고 각진 얼굴은 피아가 자동 응답기에 녹음된 소리를 듣고 상상한 그대로였다.

"경찰 강력계에서 나오셨대요." 보크 부인이 남편에게 말했다.

"그래?" 보크는 전혀 놀라는 기색 없이 가볍게 목례를 했다. "무슨 일이십니까? 지금 손님들이 계신데……."

"나쁜 소식을 전하러 왔습니다."

보덴슈타인의 말에 보크 부인은 눈을 동그랗게 뜨고 긴장했다. 팔짱을 낀 상태에서 그녀는 손톱으로 자신의 팔을 꽉 눌렀다.

"요나스, 요나스한테 무슨 일이 있는 거죠?" 그녀가 두려움에 떨며 속삭였다.

"우리 아들에 관한 겁니까?" 보크가 다시 물었다. "요나스에 관한 겁니까?"

"네." 보덴슈타인이 심각한 표정으로 고개를 끄덕였다. "이런 말을 전하게 돼서 유감입니다만 아드님의 시체가 발견됐습니다.”

잠시 침묵이 흘렀다. 충격에 말을 잃은 요나스의 부모는 믿을 수 없다는 듯 멍하니 보덴슈타인을 바라봤다. 그에게는 너무도 익숙한 반응이다.

“거짓말.” 보크 부인이 중얼거렸다. “거짓말. 그럴 리 없어요.”

얼굴이 돌처럼 굳은 보크는 손을 들어 아내의 어깨를 감싸려 했지만 보크 부인은 격한 몸짓으로 뿌리쳤다.

“아냐!” 그녀가 절망적으로 소리쳤다. “아냐! 아냐!”

목이 멘 그녀는 눈물을 콸콸 쏟으며 무언의 절규라도 하듯 보덴슈타인에게 달려들어 그의 가슴을 마구 쳤다. 피아가 손목을 잡아 제지하자 그녀는 흐느끼며 그 자리에 푹 고꾸라졌다. 열여섯 살쯤 되어 보이는 소년이 문가에 나타났다가 그녀를 보고 놀라 달려왔다.

“엄마! 엄마, 왜 그래요? 무슨 일이에요?”

“네 형이 죽었다.” 보크가 무미건조하게 말했다.

밖에서 축구장의 함성이 들렸다. 경기 해설자가 흥분한 목소리로 독일 축구팀의 선전을 보도했다. 그러다 갑자기 소리가 뚝 그쳤다. 손님 중 누군가 눈치를 챈 모양이다. 갑자기 찾아든 침묵 속에 보크 부인의 격렬한 흐느낌 소리만이 집 안에 울려 퍼졌다. 보크는 몸을 굽혀 바닥에 웅크린 아내의 어깨를 만지려고 했다.

“손대지 마!” 그녀가 날카롭게 소리치더니 발로 차고 주먹으로 때리며 그를 가까지 오지 못하게 했다. 그러고는 죽은 듯이 바닥에 뻗었다. 입에서는 신음 같은 울음소리가 끊임없이 새어 나왔다. 소년은 어쩔 줄 몰라 하며 옆에 멍하니 서 있다.

“의사를 부를까요?” 피아가 보크에게 나지막한 소리로 물었다.

“아뇨, 손님 중에 의사가 있습니다.”

그가 아내를 안아 올렸다. 그녀는 이번엔 저항하지 않았다.

"이쪽으로 오십시오. 벤야민 너도."

그는 조용해진 아내를 안고 살롱을 가로질러 계단 쪽으로 걸어갔다. 그가 걸을 때마다 그녀의 고개가 이리저리 흔들렸다.

피아와 보덴슈타인은 서로의 얼굴을 쳐다보았다. 이렇게 심한 경우는 드물다. 피아가 테라스로 나가자 손님들이 자리에서 일어나 그녀를 쳐다보았다. 그들의 어두운 표정 뒤로는 축구 경기가 소리 없이 진행 중이었다.

"자, 파티 끝났습니다."

*

보덴슈타인과 피아는 책장이 천장까지 닿는 서재에서 보크를 기다렸다. 책장에는 유리문이 달려 있고 천장 가장자리에는 조형물 장식이 되어 있는 고급스러운 방이다. 곧 보크가 들어와 등 뒤로 문을 닫았다.

"어떻게 된 겁니까?" 비록 낯빛은 창백했지만 차분하고 안정돼 보였다. 그는 안락의자 뒤로 가 의자 등받이에 손을 얹었다.

"오늘 아침, 슈미바흐탈에 있는 차샤리아스 씨 별장에서 시체를 발견했어요." 피아가 대답했다. "졸업 시험이 있는데도 결석한 데다 여자친구한테 유서 느낌의 문자메시지를 보냈더군요. 그래서 저희가 별장에 가봤습니다. 아드님이 어제 거기서 생일 파티를 했거든요."

"저희가 왜 요나스를……, 찾지 않았는지 설명해야 할 것 같군요." 보크가 헛기침을 하더니 적당한 표현을 찾느라 잠시 뜸을 들였다. "요나스는 얼마 전에 집을 나갔습니다. 그리고…… 친구 집에서 지냈습니다."

"왜 그랬죠?" 보덴슈타인이 물었다.

"의견 충돌이 있었습니다." 보크는 의자 끄트머리에 앉아 두 손으로 얼굴을 가렸다. 잠시 후 그가 희미한 목소리로 물어 왔다. "어떻게…… 어떤 모습으로……?"

"목맨 채 숨겨 있는 것을 발견했습니다. 자살인지 타살인지 아직 단정하기 힘듭니다."

보덴슈타인이 착잡한 심정으로 말했다. 보크는 아들이 집을 나간 이유를 사실대로 말하지 않았다. 보덴슈타인도 그것을 알았지만 그에게 동정이 갔다. 부모에게 자식을 잃는 것만큼 끔찍한 일은 없다. 거기다 아들을 마지막으로 봤을 때 둘이 싸웠다면 얼마나 마음이 아프겠는가.

"무슨 뜻입니까?" 보크가 물었다.

"타살 가능성도 배제할 수 없다는 뜻입니다. 그래서 부검 지시가 내려졌습니다."

보크가 손바닥으로 얼굴을 문질렀다. "이제 어떻게 해야 되는 겁니까? 제가 경찰서에 가서……, 그러니까…….." 그는 더 이상 말을 잇지 못했다.

"아닙니다. 신원은 확실하게 확인됐습니다." 보덴슈타인이 그의 말을 알아듣고 얼른 대답했다.

"다만 저희에게 아드님에 대한 얘기를 해주셨으면 합니다." 피아가 얼른 말했다.

"왜요?" 보크는 충혈된 눈으로 피아를 빤히 쳐다보았다. "요나스가 죽었는데 무슨 얘길 더 하라는 겁니까?"

"아드님이 정말 범죄의 희생양이 됐다면 범인을 잡는 것은 저희의 임무예요." 피아가 설명했다. "그러려면 아드님에 대해서도, 아드님의 친구들과 주변 사람들에 대해서도 알아야 합니다."

"그것 말고도 협조해주셔야 할 일이 더 있습니다." 보덴슈타인이 덧붙였다. "지난주 화요일에 한스 우를리히 파울리라는 사람이 살해당했는데 그 사람 자동 응답기에 보크 씨의 음성이 녹음돼 있더군요. 요나스의 외할아버지가 구속된 건 알고 계시죠?"

"뭐라고요?"

보크는 정신 나간 표정으로 힘없이 손을 늘어뜨렸다. 순간 피아는 그의 눈에 공포의 빛이 스치는 것을 보았다.

"아직 모르셨습니까?" 보덴슈타인이 뜻밖이라는 듯 물었다. "일요일에 있었던 일입니다. 차샤리아스 씨는 사건 발생 시각에 알리바이가 없고, 사건 현장에 있는 걸 목격한 사람이 있습니다. 본인도 그걸 부인하지 않았고요."

보크는 벌떡 일어나 창가로 갔다.

"이제 그만 가주십시오." 그는 밖을 내다보며 말했다. "한꺼번에 너무 많은 일이 일어나서 머리가 혼란스럽군요. 혼자서 정리를 좀 해야겠습니다."

＊

"장인이 체포된 걸 몰랐다는 말이 사실일까요?" 켈크하임으로 가는 차 안에서 피아가 물었다.

"차샤리아스 부인이 창피해서 딸한테 말을 안 했을 수도 있지."

"아니면 보크 부인이 남편한테 말을 안 했든가요. 부부 사이가 좋은 것 같지는 않았어요. 보크 부인이 남편 밀어내는 거 봤죠?"

"응, 봤어."

"반장님이 차샤리아스 얘기할 때 보니까 보크 반응이 아주 이상했어요."

"아들이 죽었다는 말을 들은 직후잖아. 그런 충격적인 소식을 접하면 누구나 이상하게 반응하게 돼 있어."

"그런 말이 아니에요." 피아가 반박했다. "그건 정신 나간 표정이 아니었어요. 장인이 구속됐다는 말을 듣더니 뭔가 두려워하는 것 같았어요. 그런데……."

그때 피아의 휴대전화가 울렸다.

"여보세요." 피아가 전화를 받았다.

"운전 중 통화. 벌금 30유로."

보덴슈타인의 말에 피아는 얼굴을 찌푸렸다.

"마티아스 슈바르츠라는 청년이 기다리고 있는데." 휴대전화에서 오스터만의 목소리가 흘러나왔다.

피아는 시의원인 슈바르츠의 아들을 불러놓고 깜박했다는 것을 깨닫고 바로 경찰서로 가겠다고 말하고 끊었다. 그러나 전화를 끊고 나니 깜박한 것이 또 있었다.

"아차! 반장님, 집에 태워다 드려야 하는데."

"괜찮아. 그냥 같이 가지, 뭐. 우리 용의자는 어떻게 하고 있는지 모르겠군."

로텐밀레로 빠지는 곳에서 피아는 속도를 시속 60킬로미터로 낮췄다가 호르나우와 B8가 시작되는 구간을 지난 후 다시 액셀을 밟았다. 피아는 벤케와 카트린의 심문 결과를 보고하고 어제 녹색카페에 갔던 일을 이야기했다. 그러나 벤케와의 불화에 대해서는 한 마디도 꺼내지 않았다.

*

마티아스 슈바르츠는 키가 작고 건장한 체격이다. 둥그렇고 벌건 얼굴 한가운데에 자리한 눈동자가 불안하게 끊임없이 움직였다. 피아는 그에게 의자를 권하고 녹음기를 틀어놨다고 말한 후 신상 정보를 말하게 했다. 마티아스 슈바르츠, 26세, 배관공 자격증이 있으나 현재 실직 중, 주소지는 로어비젠 가의 부모님 댁. 그는 불편한 기색을 숨기지 못하고 안절부절못했다. 피아는 그의 얼굴을 뚫어지게 쳐다보았다.

"에스터 슈미트 씨와 무슨 관계죠?"

피아가 거두절미하고 직설적으로 물었다. 슈바르츠의 아들은 마른침을 꼴깍 삼켰다. 그의 목젖이 경련하듯 바삐 움직였다.

"무슨…… 말입니까?"

"어머니 말씀으로는 이웃인 슈미트 씨가 틈만 나면 불러다가 일을 시켰다고 하던데, 사실이에요?"

그는 목에서 이마까지 벌겋게 달아올랐다.

"아뇨." 그는 머리를 좌우로 흔들었다. "그냥 정원 일을 몇 번 도와준 것뿐입니다. 그 이상은 아닙니다."

"흠." 피아는 앞에 놓인 서류를 들춰 보며 뭔가 찾는 시늉을 했다. "연방범죄기록부에 올라온 게 몇 개 있네요. 상해, 협박, 상해……. 어머나, 두 번째 상해는 중증 상해네."

슈바르츠는 민망해하면서도 자신의 범죄 기록이 자랑스러운 듯 멍청하게 히죽거렸다.

"슈미트 씨와 마지막으로 만난 게 언제죠?"

"토요일요." 그가 머리를 긁적거리며 대답했다. 피아가 무슨 이야기를 하려는지 전혀 눈치 못 챈 표정이다.

"토요일 정확히 몇 시에 어디서요?"

그는 생각하는 표정을 지으며 난감해했다.

"슈미트 씨가 어떻게 말하라고 다 일러줬죠?"

피아의 시선을 외면했지만 그의 얼굴에는 그렇다고 씌어 있었다.

"슈미트 부인이 그랬어요. 파울리가 죽은 지 얼마 안 됐는데 나랑 같이 있었다고 하면 사람들이 이상하게 생각할 거라고요."

그렇다. 약삭빠른 에스터의 말대로 그건 좀 이상하다. 그러나 동거남이 죽은 지 얼마 안 된 사람이 그런 행동이 외부에 어떻게 비칠지까지 신경 쓴다는 게 더 이상하다.

순간 피아의 머릿속에 한 가지 생각이 번뜩하고 스쳤다. 경찰은 이제까지 애먼 데서 파울리의 살인자를 찾고 있었던 건 아닐까? 에스터 슈미트가 면밀한 계획을 세운 후 자신에게 맹목적으로 복종하는 이웃집 아들을 이용해 동거남을 제거한 건 아닐까? 그러고 보니 에스터 슈미트에 대해 아는 것이 하나도 없다는 생각이 들었다. 녹색카페와 그 땅이 그녀 소유라는 것은 알고 있지만 그녀가 어떤 경위로 재산을 손에 넣었는지, 현재 재정 상태는 어떤지 전혀 모른다. 혹시 파울리가 그녀가 수혜자인 생명보험을 들어놓은 것은 아닐까? 어쨌든 상을 당한 사람치고는 너무 슬픈 기색이 없었다.

"슈미트 씨가 뭔가 해달라고 하면 군말 없이 다 해줬죠?"

피아의 물음에 마티아스 슈바르츠는 고개를 끄덕였다. 그리고 잠시 후 녹음기의 존재를 떠올리고 소리 내 말했다. "네, 한 번도 빠짐없이 다 해줬습니다."

"무슨 보상을 받았죠?"

그는 이해가 안 된다는 표정을 지었다. "보상요? 뭘 위해서 했느냐고요?” 그가 반문했다.

“일을 하고 나면 슈미트 씨가 돈을 주던가요?”

“아…… 아니요.”

“그럼 왜 했어요? 이웃을 위해서 봉사 활동이라도 한 거예요?”

마티아스같이 둔한 사람들은 상대에게 속았거나 이용당했다는 것을 알게 되면 극히 민감하게 반응한다. 그것을 아는 피아는 일부러 무시하듯 말했다. 그러나 마티아스의 머릿속에서 기대하는 효과가 일어나려면 좀 시간이 걸릴 것 같았다.

“조사 결과가 나왔는데 슈바르츠 씨가 얼굴과 팔 그리고 손에 입은 화상은 뜨거운 물 때문이 아니에요. 토요일 새벽에 슈미트 씨 집에 갔었죠?”

그의 얼굴 위로 망설임이 떠올랐다. 피아는 그의 표정에서 사모하는 이웃집 여자에 대한 첫 번째 의심이 고개를 들기 시작하는 것을 보았다.

“슈미트 부인은 저한테 항상 친절했어요.” 그는 아까 한 질문에 대답했다. “전 그 집에서 막일을 한 게 아니라 그냥 가끔 도와준 겁니다. 그런 걸로 돈을 받진 않아요.”

“아하.” 피아가 입가에 미소를 띠며 말했다. “슈바르츠 씨는 아주 착한 사람인가 봐요?”

자신의 폭력 전과에 으스대는 남자가 이런 표현을 좋아할 리 없다.

“아니에요!” 그가 소리쳤다. 그는 잠시 희부연 눈동자를 들어 피아를 쏘아봤지만 이내 시선을 떨어뜨렸다.

“전 그냥…… 단순히…….” 그가 말끝을 흐렸다.

“슈미트 씨가 언젠가는 당신의 불타는 마음을 알아주기 바랐던 거죠? 그렇죠?”

그의 목에서부터 시작된 홍조가 얼굴로 퍼져 올라갔다.

"하지만 사실은 그렇지 않아요." 피아가 말을 이었다. "슈바르츠 씨는 그냥 돈 안 줘도 되는 하인에 불과했던 거예요."

피아는 마침내 그의 민감한 곳을 건드렸다는 확신이 들었다.

"말해봐요. 토요일 새벽에 에스터 슈미트의 집에 갔죠? 뭘 했죠? 같이 잤나요?"

그는 금방이라도 분노를 터트릴 것 같은 표정이 되어 바지에 손바닥을 문질렀다. "아뇨, 슈미트 부인이 안 된다고 했어요. 파울리가 죽은 지 얼마 안 됐기 때문에 시간을 좀 두자고 했어요."

"그러니까 살살 달랬다는 말이군요." 피아가 한쪽 눈썹을 치켜세웠다. "그래서 얌전하게 그렇게 하자고 했나요?"

대답이 없다. 그의 내면에서는 이해할 수 없는 감정과 의심, 분노가 한데 뒤섞여 끓고 있을 것이다. 사모하는 이웃집 여인에 대한 맹목적 충성심이 사라지고 있으리라.

"슈미트 부인이 금요일 밤에 전화를 했습니다. 11시쯤이었을 거예요. 막 울면서 카페로 데리러 와달라고 했습니다. 차로 집에 데려다 줬는데 절 끌어안더니 무서우니까 가지 말고 함께 있어달라고 했어요. 부인은 침대에서 자고 전 소파에서 자라고 했습니다."

그는 잠시 말을 끊고 자신과 내면의 싸움을 하는 듯했다.

"전 잠이 안 왔습니다. 혹시 부인의 마음이 바뀌지 않을까 하는 생각에……. 하여튼 그러고 있는데 부인이 방에서 나왔어요. 제가 자는지 확인하더니 아래층으로 내려갔습니다. 조금 있다가 타는 냄새가 났고 부인이 들어와 제 어깨를 흔들면서 불이 났다고 했습니다."

피아는 그가 다시 말을 할 때까지 인내심을 가지고 기다렸다.

"마당으로 나왔는데 슈미트 부인이 갑자기 난리를 치는 거예요."

에스터는 냉장고에 개밥 깡통이 있는데 그 속에 아주 중요한 것
이 들어 있다면서 마티아스를 다시 집 안으로 들여보냈다. 마티아스
의 화상은 그때 생긴 것이다. 에스터는 절대 아무한테도 말하지 말
라고 단단히 입단속을 한 후 그를 집으로 돌려보냈다.

"개들은 어디 있죠?"

마티아스는 그동안 자신이 얼마나 멍청했는지 깨달았는지 묻지
도 않은 말을 줄줄이 토해냈다. 그는 전날 옷이며 책이 든 박스와 수
많은 화분을 녹색카페로 실어 날랐고, 그다음에는 개들을 싣고 에스
터의 친구가 운영한다는 타우누스슈타인의 애견 농장에 갔다 왔다.
이것으로 에스터 슈미트가 자기 집에 계획적으로 방화를 한 사실이
분명해졌다.

"마지막으로 질문 하나만 더 할게요." 말을 마친 마티아스에게 피
아가 말했다. "파울리가 살해된 화요일 밤에 어디 있었죠?"

사모하는 여인에 대한 진실을 알아버린 청년은 멍하니 허공만 바
라보다가 질문을 두 번이나 반복한 뒤에야 고개를 들었다.

"축구 봤어요."

피아가 집에 도착한 것은 새벽 3시가 지나서였다. 오스터만과 함께 파울리의 노트북 하드 드라이브에 있는 파일을 일일이 살펴봤지만 파울리가 확보했다는 증거는 어디에서도 찾을 수 없었다. 빈 수레가 요란했던 걸까?

피아는 목장 문을 열기 위해 시동을 끄지 않은 채 차에서 내렸다. 대문이 살짝 닫혀 있기만 하고 잠기지 않은 것을 본 피아는 문득 불안한 마음이 들었다.

"어떻게 된 거지?"

그녀는 문단속을 잊는 법이 없다. 특히 요즘 같은 여름철에는 늦은 오후가 되면 조깅하는 사람, 자전거나 인라인스케이트를 타는 사람, 근처 동물 보호소를 찾아온 손님 등 주변에 오가는 사람이 많다. 피아는 자동차 전조등 불빛에 자물쇠를 비춰봤다. 자물쇠가 부서진 흔적은 없었다. 그러면 아까 잠깐 와서 말들을 들여놓고 나갈 때 서

두르다가 문 잠그는 걸 깜박했나? 피아는 불길한 예감을 떨치지 못한 채 마당 안으로 차를 몰았다. 차에서 내려 대문을 잠그고 마당 불을 켠 피아는 마구간으로 들어가 말들을 살폈다. 암말 두 마리는 졸린 눈으로 그녀를 내려다보았고 망아지는 지푸라기 위에서 곤히 잠들어 있었다. 그래, 아무 일도 없겠지.

피아는 어느 정도 안심이 됐다. 마구간 위로 덩굴을 뻗어 올린 장미 향기가 라일락 향기에 섞여 온화한 밤공기 속으로 퍼져 나갔다. 현관문 앞에 도착한 피아는 또 한 번 소스라치게 놀랐다. 현관문이 살짝 열려 있는 게 아닌가! 헤닝이 왔다면 분명히 전화를 했을 것이다. 그리고 헤닝은 문단속에 있어서는 강박에 가까울 정도로 철저하다. 마침 근처 고속도로에는 지나가는 차가 없어서 피아는 거칠게 뛰는 자신의 심장 소리까지 들을 수 있었다. 바로 발길을 돌린 그녀는 차로 돌아가 시동을 걸고 전조등을 켰다. 그리고 휴대전화를 꺼내 112번을 눌렀다. 잠시 후 사람 목소리가 들렸다.

"우리 집으로 순찰차 한 대 보내줘요." 피아가 상황을 설명한 뒤 말했다.

"금방 보낼 테니까 혼자 집 안에 들어가지 마세요."

"당연하죠. 영웅놀이 할 생각은 없어요."

피아는 전화를 끊고 경찰관들에게 문을 열어주기 위해 목장 입구로 차를 몰고 간 뒤 차 안에서 초조하게 순찰차를 기다렸다. 순찰차는 얼마 지나지 않아 도착했지만 피아는 기다리는 내내 심장이 벌렁거리고 권총을 쥔 손에서는 계속해서 땀이 났다.

집 안에 불이 하나둘씩 켜지는 것을 보고 있노라니 피아의 맥박은 정상으로 돌아왔다. 집 안으로 들어갔던 제복 차림의 경찰관이 문가에 나와 손짓을 했다.

"아무도 없어요." 그는 권총을 권총집에 도로 집어넣으며 말했다. "직접 들어가서 없어진 물건 없나 한번 살펴보십시오."

피아는 방마다 다니며 살펴봤지만 집을 나갈 때와 달라진 것은 없었다.

"여자 혼자 이렇게 외딴곳에 살면 위험해요." 다른 경찰관이 말했다.

"그럼, 어떻게 해야 할까요?" 피아가 부엌 의자에 앉으며 대꾸했다. 여전히 온몸이 덜덜 떨렸다. "아무 남자나 하나 낚을까요?"

"꼭 남자여야 할 필요는 없죠." 그가 히죽 웃으며 말했다. "집도 넓은데 개 한 마리 키우세요. 그러면 훨씬 안전할 겁니다. 자, 이제 가서 주무십시오. 우린 밖에서 지키겠습니다. 6시까지 근무니까 다른 일 안 터지면 그때까지 보초 서드릴게요."

피아는 진심으로 고마워하며 두 사람이 밖으로 나갈 때까지 기다렸다. 그리고 집 안의 불을 모두 끈 후 옷을 벗고 침대에 누웠다. 절대로 잠이 안 올 것 같았는데 어느새 그녀는 깊은 잠 속으로 빠져들었다.

*

정오 무렵 법의학연구소에서 요나스의 1차 부검 결과가 도착했다. 손과 팔에 저항한 흔적이 있고 입과 치아 사이에서 인간의 세포 조직이 발견된 것으로 보아 죽기 전에 몸싸움을 한 것 같다는 소견이었다. 요나스 보크는 목 동맥이 닫혀 뇌로 피를 보내지 못해 죽었다. 즉 목이 졸려 사망한 것이다. 그러나 스스로 목을 맸는지 타인의 강제에 의한 것인지는 부검을 맡은 크론라게 교수도 확실하게 말하지 못했다. 이상한 것은 요나스의 입과 티셔츠에서 발견된 피의 유전자가 요나스 자신의 것과 거의 일치한다는 사실이다.

"실험실에서 밧줄이랑 못의 분석 결과가 왔나?"

보덴슈타인이 질문을 던진 후 고개를 들어 좌중을 둘러보았다. 하나같이 잠을 못 자 부스스한 얼굴이다. 오스터만과 피아는 밤새 파울리의 하드 드라이브를 뒤졌고, 벤케는 독일팀이 축구에서 이긴 것을 축하하느라 밤새 퍼마셨다. 막내인 카트린만 쌩쌩했다.

"네." 오스터만이 아침에 지역범죄수사국 실험실에서 온 팩스를 뒤적이며 말했다. "잠깐만요……. 여기 있네요……. 시체가 걸려 있던 녹슨 못에 뚜렷한 마찰 흔적이 있고 나일론 밧줄에서는 닳은 흔적이 발견됐습니다."

"누군가 줄을 끌어 올렸다는 말이군." 보덴슈타인이 추측했다. "사인은 목 졸림이니까 끌어 올려질 때는 아직 살아 있었겠군."

"아니면 스스로 목을 맸는데 무게 때문에 밧줄이 미끄러졌을 수도 있죠." 벤케가 말했다.

피아는 하품을 억누르며 현장 사진을 한 장씩 들춰 보다가 순간 멈칫했다.

"이 사진 좀 봐요!" 피아가 사진 한 장을 들어 보이며 말했다. 뒤에서 비스듬하게 시체를 찍은 사진이다. "이거 이상하지 않아요?"

모두 그 사진을 자세히 들여다보았다.

"뭐가 이상한데요?" 카트린이 물었다.

"목을 매려고 밧줄을 목에 건다고 생각해봐." 피아는 갑자기 초롱초롱해진 눈으로 말했다. "자기 같으면 어떻게 하겠어?"

카트린은 상상의 밧줄을 목에 걸기 위해 먼저 어깨까지 오는 긴 머리카락을 옆으로 넘겼다.

“잠깐!”

피아가 외쳤다. 사람들이 놀란 눈으로 일제히 피아를 쳐다보았다.

“이 사진을 봐요.” 피아가 흥분된 목소리로 말했다. “여기 보면 머리카락이 밧줄 사이에 끼어 들어가 있잖아요! 스스로 목을 맨 거라면 방금 카트린이 했듯이 머리카락을 밧줄 밖으로 뺐을 거예요.”

보덴슈타인이 과연 그렇다는 표정을 지었다. “타살의 단서가 될 수 있겠군.”

“혈중 알코올 농도가 얼마나 높게 나왔는데요. 그렇게 취한 상태에서 머리칼에 신경을 썼겠어요?” 벤케가 반박했다.

“아니, 그렇지 않아요.” 피아가 고개를 저었다. “그건 머리가 긴 사람이 반사적으로 하는 행동이에요.”

“요나스가 살해당했다는 뜻이군요.” 카트린이 실눈을 뜨고 말했다.

“맞아.” 피아가 고개를 끄덕였다.

“그리고 요나스가 죽기 전에 범인을 문 거지.” 보덴슈타인이 단정했다.

“그럼 범인은 물린 상처가 있는 사람이군요. 파티에 왔던 사람들을 전부 불러서 족치고 타액 검사를 실시해야겠네요.” 벤케가 말했다. 보덴슈타인의 의견이 타살 쪽으로 확실하게 기울자 바로 노선을 바꾼 것이다.

“그렇지.” 보덴슈타인이 고개를 끄덕였다. “파티 참석자들을 바로 소환해.”

“차샤리아스의 별장에서 발견된 심카드 분석 결과가 도착했습니다.” 오스터만이 보고했다. “휴대전화의 주인은 요나스 보크입니다.”

심카드 속에는 수십 개의 벨 소리, 배경 화면, 전화번호 외에 사진이 저장되어 있었다. 주로 여자친구 스베냐를 찍은 것인데 얼굴 사진만 마흔 개에 달했다.

"이런 쓰레기 같은 걸 도대체 왜 찍은 거야?" 벤케가 불퉁거렸다.

자동차, 한 줄로 늘어선 빈 병들, 찡그리거나 웃고 있는 청소년들, 흐릿하게 찍힌 서류들…….

"이거 확대할 수 있어?" 피아가 오스터만에게 물었다. "이게 대체 뭘까?"

오스터만이 마우스를 클릭하자 그림이 커졌지만 화질은 더욱 나빠졌다.

"시간을 좀 들이면 볼 만하게 만들 수 있어." 오스터만이 말했다.

"어, 파울리야." 피아가 사진 한 장을 가리키며 말했다. "스베냐가 파울리를 쳐다보는 게 예사롭지 않은데. 어…… 루카스도 있네!"

피아는 사진을 자세히 들여다보았다. 스베냐가 루카스의 어깨에 머리를 기대고 요나스의 휴대전화를 향해 웃고 있다.

"젖비린내는 좀 나지만 얼굴은 반반하네." 벤케가 히죽 웃으며 말했다. "둘이서만 만나려고 한 데에는 다 이유가 있었군."

피아는 벤케의 말에 아무 대꾸도 하지 않았다.

"이게 마지막 사진이야." 오스터만이 사진 각도를 이리저리 틀며 말했다. "이게 뭐지?"

"인쇄해봐."

잠시 후 프린터가 사진을 토해냈다.

"이거 보세요, 반장님." 피아가 보덴슈타인에게 사진을 건넸다. "이게 뭐 같아요?"

"흠." 보덴슈타인이 진지한 표정으로 사진을 들여다보았다. "내가 보기엔 신생아의 초음파 사진 같은데……."

"제가 보기에도 그래요. 왜 이런 사진이 요나스의 휴대전화에 들어 있을까요?”

“왜긴 왜겠어?” 보덴슈타인이 말했다. “여자친구가 임신한 거 아냐?”

“아, 맞아요!” 피아가 감탄하며 머리를 절레절레 흔들었다. 이것으로 스베냐의 초췌한 모습이 설명된다. 개중에는 하루 종일 입덧하는 사람도 있다지 않은가.

“휴대전화에 저장된 문자 메시지가 백 개 정도인데 마지막 메시지는 밤 10시 56분에 여자친구에게 보낸 거예요.” 피아가 말했다. “아마 그 문자를 보낸 뒤에 바로 죽었을 거예요. 크론라게 교수 말에 의하면 사망 시각이 밤 10시 30분부터 11시 사이거든요.”

피아가 인쇄된 종이를 뒤적이며 말을 이었다.

“요나스는 밤 10시 19분과 23분에 마지막 전화 통화를 했어요. 둘 다 스베냐한테 한 거고요. 마지막으로 전화를 받은 건 밤 10시 11분인데 발신자 제한 번호예요. 그 뒤로도 네 통의 전화가 더 왔지만 더 이상 받을 수 없었고요. 0시 22분에 전원이 나갔어요.”

피아는 서류를 뒤적이며 다시 뭔가를 찾았다. 보덴슈타인은 그녀가 서류를 찾을 때까지 진득하게 기다렸다.

“전화기에서는 요나스의 지문만 발견됐고 딱히 살해 동기로 볼 만한 것은 발견되지 않았어요. 그런데 왜 요나스가 죽은 뒤에 전화기가 1시간도 넘게 켜져 있었을까요?”

＊

카르스텐 보크는 검정 셔츠와 검정 바지 차림으로 문을 열어주었다. 안 그래도 마른 얼굴이 꺼칠하니 더 홀쭉해졌다.

"부인은 좀 어떠십니까?" 서재로 가는 길에 보덴슈타인이 물었다.

"진정제 맞고 누워 있습니다. 장모님이 와 계시고요."

보크는 서재 문을 열고 두 형사를 안으로 안내했다.

"그동안 뭐 발견된 거 있습니까?"

"아드님의 죽음은 타살입니다." 보덴슈타인이 말했다. "범인이 범행을 은폐하기 위해 목을 매단 겁니다."

"그래서 이제 어떻게 하실 생각입니까?" 보크가 가라앉은 목소리로 물었다.

"요나스를 살해할 만한 동기가 있는 사람을 찾고 있어요." 피아가 대답했다. "현장에서 요나스의 휴대전화를 발견했는데, 그 안에 있는 주소록과 사진만으로는 감이 안 잡히네요. 아버님의 협조가 필요합니다."

"노력하겠습니다."

피아는 보크의 얼굴에서 한시도 눈을 떼지 않았다. 이유는 모르지만 왠지 그가 의심스러웠다. 그는 참담하게 자식을 잃은 부모들이 보이는 행동을 하지 않았다. 충격을 받기는커녕 말과 행동에서 느껴지는 냉기에 오히려 소름이 끼칠 지경이었다. 그녀는 요나스의 휴대전화에서 뽑은 사진들을 꺼내 보크에게 내밀었다. 그는 사진을 빠르게 훑어보았다.

"사진에 찍힌 장소나 사람을 알아보시겠어요?" 피아가 물었다. "여기 요나스의 여자친구는 아시죠?"

"네, 스베냐는 압니다. 여기 루카스 반덴베르크도 있군요. 그 외에는 얼굴만 본 적이 있고 이름은 모르는 아이들입니다."

"요나스가 집을 나가서 친구 집에 있었다고 하셨는데 그 친구 이름이 뭔가요?"

보크는 사진을 뒤적이다가 손가락으로 한 인물을 가리키며 얼굴을 찌푸렸다. "타렉 피들러. 여기 있네요."

피아는 어깨까지 오는 검은 머리에 동양적인 얼굴의 청년을 알아보았다. 토요일 아침에 화재 현장으로 에스터를 데리러 왔던 청년이다. 토요일 저녁 콘서트에서도 그를 본 기억이 있다.

"아드님과 사이가 좋지 않으셨죠?"

보텐슈타인의 말에 보크는 선뜻 대답하지 못했다.

"요나스는 많이 변했습니다." 그는 손바닥으로 꺼칠한 얼굴을 문질렀다.

"예전에는 운동을 좋아했습니다. 테니스를 아주 잘했고 요트 타는 것도 좋아했습니다. 전 주말이면 요나스와 함께 마운틴바이크 투어를 가기도 했죠. 그런데 타렉이라는 애를 만난 후로는 완전히 변했습니다. 그렇게 좋아하던 운동을 거들떠도 안 보고 컴퓨터 앞에만 앉아 있었죠. 갑자기 돈 버는 데 관심이 많아졌고요."

"타렉이라는 친구를 싫어하셨나요?"

피아의 질문에 보크는 사뭇 긴장하는 표정을 지었다.

"처음부터 마음에 안 들었습니다. 요나스 주변에는 항상 친구가 많았습니다. 그런데 타렉을 만나고부터는 모든 게 그 아이 중심으로 돌아갔죠. 그러다 타렉이 우리 회사에 IT 매니저로 지원했다는 사실을 알고는 본격적으로 의심을 품게 됐습니다."

"왜요?" 피아가 물었다.

"요나스에게 관심이 있다기보다는 다른 목적을 위해 요나스를 이용한다는 느낌이 들었거든요." 보크는 잠시 쉬었다가 다시 말을 이었다. "우리는 다른 지원자를 채용했습니다. 그런데 어느 날 요나스가 타렉을 집으로 데려왔더군요. 아이들은 제가 신입 사원 채용에

관여하지 않는다는 사실을 믿으려 하지 않았어요. 요나스는 타렉을
채용하라고 졸랐죠.”

“그런데 그렇게 안 하셨군요.”

피아의 말에 보크는 그녀를 물끄러미 쳐다보았다.

“우리 회사에는 인사과장이 있고 신입 사원 채용은 인사과장의
권한입니다. 그 사람이 타렉을 원하지 않았다면 나름의 이유가 있겠
죠. 우리 회사는 사장 아들의 친구라고 해서 무조건 채용하는 그런
회사가 아닙니다. 요나스와 타렉한테도 그렇게 얘기했습니다.”

“그 후로 사이가 나빠진 건가요?”

“아뇨, 그때까지는 괜찮았습니다. 전 타렉의 지원서를 가져오라
고 해서 읽어봤습니다. 그런데 그 자리에 요구되는 자격 요건을 하
나도 갖추지 못했더군요. 대학 졸업장도 없고 경력도 전무했습니다.
그래서 일자리가 꼭 필요하면 콜센터나 공사장에서 일을 하라고 했
죠. 그건 싫다고 하더군요. 나중에는 제 분수도 모르고 협박까지 했
습니다.”

“정말요? 뭐라고 하던가요?”

“자세한 건 생각 안 납니다. 아무튼 전 앞으로 우리 집에 발 들여
놓을 생각 말라고 따끔하게 야단쳤습니다.”

“그 후 요나스의 반응은 어땠죠?”

“어떻긴요. 제 친구가 한 대로 똑같이 했죠.” 보크는 표정이 어두
워졌다. “무슨 말을 해도 감정적으로 받아들이고 툭하면 소리를 질
렀습니다. 자기는 경영자나 엔지니어가 될 생각도 없고 생물학자가
될 거니까 저랑 이제 상관하기 싫다고 했습니다.”

“그래서 아드님을 쫓아내신 거군요.” 피아가 말했다.

보크는 대답 대신 그녀를 빤히 쳐다보았다. 그의 얼음 같은 눈동

자에서는 어떤 온기도 느껴지지 않았다.

"아뇨, 전 쫓아낸 적 없습니다. 제 발로 나간 겁니다."

*

빌라 3층에 위치한 요나스의 방은 피아네 집 전체만큼이나 컸다. 네 면 중 가장 넓은 벽에 가로 6미터, 세로 3미터는 될 법한 거대한 사진이 붙어 있었다. 켈크하임과 쾨니히슈타인 시의 전망을 파노라마로 만든 것인데 붉은 선 하나가 숲과 들판을 가로질러 사진 전체를 관통하고 있었다.

"이게 뭐예요?" 피아가 전체 그림을 관망하기 위해 몇 걸음 뒤로 물러서며 물었다.

"B8 예정 노선의 컴퓨터 시뮬레이션입니다." 보크가 문가에 서서 말했다.

"회사 직원들이 설계한 건가요?"

피아는 그 규모와 정확성에 감탄사가 절로 났다. 주택가, 켈크하임 수도원, 쾨니히슈타인 성, 보덴슈타인 성, 드레스덴 은행 연수원 등 세부적인 것까지 자세히 묘사된 것이 마치 사진을 보는 듯했다.

"아뇨, 요나스가 한 겁니다." 보크의 목소리에서 씁쓸함이 묻어 나왔다. "저를 위한 게 아니라 새 친구들인 B8 반대자들을 위해 만든 겁니다."

그는 이마에 손을 짚었다. 순간 피아는 감정이 복받친 그가 드디어 울음을 터뜨리려는 것이라고 생각했다. 그러나 잠시 후 손을 내린 그는 여전히 차갑고 이성적인 표정을 하고 있었다.

"컴퓨터 본체는 어디 있죠?" 보덴슈타인이 책상을 가리키며 물었다. 본체에 연결되었을 모니터 케이블은 뽑힌 채였다.

보덴슈타인은 책상 서랍을 열었다. 교과서, DVD 등 이것저것 잡동사니가 들어 있는 모양새가 지극히 평범했다. 책을 꺼내 한 권씩 책장을 넘겨보았다. 어디선가 손때 묻은 사진이 여러 장 떨어졌다. 모두 긴 머리 여학생과 한 남자가 포옹하고 있는 사진인데 남자의 얼굴은 매직펜으로 지워져 알아볼 수 없었다.

"이 사진 가져가도 되죠?"

보덴슈타인이 보크에게 물었다. 보크는 한쪽 눈썹을 치켜세우며 어깨를 으쓱할 뿐 사진을 볼 생각도 하지 않았다.

"요나스가 스베냐와 사귀는 건 반대하지 않으셨나요?" 피아가 물었다.

"진지한 관계는 아니었습니다."

"아뇨, 둘은 진지한 관계였어요." 피아가 초음파 사진을 내밀었다. "요나스의 휴대전화에 저장돼 있었어요. 아마 스베냐는 임신 중일 거예요."

보크는 무표정한 얼굴로 사진을 내려다보았다. 그러나 피아는 그의 얼굴 근육이 실룩거리는 것을 놓치지 않았다.

"자, 그럼 이만 가보겠습니다." 보덴슈타인이 두 사람 사이의 침묵을 깨고 끼어들었다. "협조해주셔서 감사합니다, 보크 씨."

*

"반장님, 갑자기 왜 그렇게 서두르셨어요?" 보크의 빌라에서 나와 차에 탄 피아가 말했다. "그 얼음덩어리 같은 인간 눈에 눈물 나는 거 한번 보려고 했는데……"

204

보덴슈타인은 주머니에서 사진을 꺼내 피아에게 내밀었다.

"요나스 교과서에 끼워져 있던 거야. 얼마나 자주 꺼내 봤는지 귀퉁이가 다 닳았어."

"여자는 스베냐인 거 같은데 남자는 전혀 알아볼 수 없네요. 실험실에서 덧칠된 것만 지울 수 있으려나?"

"가능하길 바라야지."

"저 보크라는 인간 정말 끔찍하지 않아요? 찔러도 피 한 방울 안 나오겠어요!"

"아들이 반대자들 편에 섰으니 화가 많이 났겠지. 보크한테 덤비다니 파울리가 너무 겁 없는 짓을 했어."

"그러고 보니 보크와 콘라디는 같은 이유로 파울리를 미워했어요." 피아가 혼잣말처럼 중얼거렸다. "둘 다 파울리에게 아들을 뺏겼다고 생각했어요. 게다가 요나스는 대놓고 아버지의 반대자들 편을 들었잖아요."

"하지만 보크는 편자로 사람을 때려 죽일 유형이 아니야."

"화가 아주 많이 난 상태에서는 가능해요." 피아는 혼자서 상상의 나래를 펼치기 시작했다. "그런데 스베냐가 그걸 목격하고 요나스에게 알린 거죠. 요나스가 신고하려고 하니까 아들까지 죽인 거예요. 그러니까 요나스 시체에서 발견된 유전자가 요나스 것과 그렇게 비슷할 수밖에 없는 거죠. 친아버지니까요."

보덴슈타인은 피아를 곁눈질로 보며 재미있다는 표정을 지었다.

"그럼 두 사건 모두 금방 해결되겠네. 보크를 연쇄살인범으로 체포하고 우리는 명예훼손으로 고소를 당하고 엄청난 배상금을 물게 된다?"

"농담 아니에요!" 피아가 거세게 반박했다.

"내 생각엔 그렇게 간단한 사건이 아냐."

"어쨌든 두 사건 사이에 연관이 있는 건 분명해요."

"일단 파울리와 요나스의 주변 인물이 중첩되는 건 확실하지. 하지만 두 사람이 살해된 방식은 완전히 달라. 파울리의 경우는 충동적 살해일 가능성이 많지만 요나스의 경우는 전혀 아니거든. 목을 매달았잖아? 사전에 치밀하게 계획된 살인이야."

＊

파울리의 유언장 개봉에 참석하러 비스바덴에 갔던 카트린은 엄청난 소식을 가지고 돌아왔다. 파울리는 전부인 마라이케가 추측했던 것처럼 빈털터리가 아니었다. 그는 녹색카페 지분과 불타 없어진 개인 물건들을 여자친구인 에스터에게 물려주었고, 자신이 가지고 있던 주식은 공동 컴퓨터회사 설립을 위한 자금으로 루카스와 요나스에게 반반씩 상속했다. 이 주식의 가치는 유언장이 작성된 날을 기준으로 8만 3,000유로에 육박한다. 생명보험도 두 개나 들었는데 둘 다 수혜자가 에스터로 되어 있었다. 동거남은 죽었지만 30만 유로라면 에스터에게는 충분히 위로가 될 것이다.

그중에서도 하이라이트는 화재보험이다. 화재가 발생할 경우 집의 공동 소유주인 파울리, 에스터, 마라이케는 15만 유로를 받을 수 있다. 이 사실은 마티아스 슈바르츠의 증언 이후 에스터 슈미트를 방화죄로 체포하려던 수사 10반의 유르겐 베히트에게 결정적인 증거가 되었다. 그는 이미 에스터를 체포하러 켈크하임으로 이동하는 중이다.

＊

좀머조경은 에슈본의 옛 미군 부대 지역에 새로 생긴 공단에 위치해 있었다. 보덴슈타인은 피아와 벤케에게 타렉 피들러를 찾아가보라고 한 뒤 차샤리아스가 있는 구치소로 떠났다. 타렉은 온실 뒤에서 비닐로 꽁꽁 싼 묘목을 트럭에 싣고 있었다.

"타렉 피들러 씨."

피아가 부르는 소리에 휘파람을 불며 일을 하던 그가 일손을 멈추고 돌아보았다. 호기심과 적대감이 뒤섞인 눈초리가 피아와 벤케를 향했다.

"제가 뭐 잘못했나요?"

형사들을 많이 접해본 말투다. 타렉 피들러는 20대 초반으로 눈에 띄게 섬세한 입술과 검은 눈동자를 가졌다. 그러나 곱상한 얼굴에 어울리지 않게 근육질 팔에는 커다란 문신이 새겨져 있고 귀에는 피어싱을 했다.

"아니, 잘못한 거 없어요." 피아는 벤케와 자신을 소개한 뒤 말했다. "친구인 요나스 보크의 일로 왔어요."

타렉은 손에 끼고 있던 장갑을 벗었다. "목매달아 죽었단 얘기 들었어요."

"아, 그래요? 누구한테 들었어요?"

"나쁜 소식은 항상 빨리 퍼지잖아요."

"경찰에서는 한스 우를리히 파울리와 마찬가지로 요나스도 살해당한 것으로 추정하고 있어요."

그 말에 타렉은 적잖이 놀랐다. "네? 요나스가 살해당했다고요?"

"정황에 따르면 그래요. 최근 요나스와 싸운 사람이 있나요?"

"여자친구랑 문제가 있었어요." 그는 정말 충격 받은 표정이었다. "왜 그랬는지는 저도 몰라요. 요나스는 에스터 때문에도 화가 나 있었어요. 일요일에는 말도 통 없었고 월요일에도 기분이 안 좋아 보이더라고요."

"요나스와 루카스가 만들려고 했던 컴퓨터회사에 대해서 알고 있나요?"

"요나스, 루카스, 그리고 저도 포함돼요." 그가 피아의 말을 정정했다. "오프리미츠 인터넷 서비스 주식회사."

"아, 주식회사라……. 뭘 하는 회사죠?"

"인터넷 액세스 서비스를 제공하는 겁니다. 현재는 우리 서버에서 고객들이 개인 인터넷 사이트를 온라인으로 관리할 수 있도록 하는 시스템을 개발 중입니다."

"우리라는 건 무슨 뜻이죠? 피들러 씨도 운영자 중 한 사람이라는 뜻인가요?"

타렉 피들러는 눈썹을 치켜세웠다.

"왜요? 나 같은 멍청한 정원사는 그런 건 몰라야 합니까?" 그의 말투가 갑자기 공격적으로 변했다. "네, 그렇죠. 부자들을 위해서 허드렛일이나 하는, 문신에 피어싱까지 한 중국인 튀기가 그런 걸 한다고 하니까 이상하겠죠."

"난 그런 말 안 했어요." 피아가 차갑게 대꾸했다. "하지만 보크컨설트의 IT 매니저가 되기에는 자격이 많이 모자랐다죠?"

피아의 말은 그의 아픈 곳을 찔렀다. 그는 피아를 똑바로 노려보다가 건조하게 웃었다.

"전 불행하게도 부자 아버지가 없어서요. 독일에서는 졸업장이나 증명서가 없으면 아무것도 못 하잖아요."

"대학 가는 데 꼭 부자 아버지가 있어야 하는 건 아니죠. 학자금 대출은 왜 있겠어요?"

피아는 보크가 마음에 들지 않았지만 그가 왜 타렉을 싫어하는지는 이해할 것 같았다. 타렉의 건방진 눈빛은 어느새 적개심으로 변했다. 자존심을 건드려 그의 속마음을 드러내게 하려는 전략이 맞아떨어지고 있었다. 피아는 속으로 회심의 미소를 지었다. 그때 잠자코 있던 벤케가 갑자기 입을 열었다.

"요나스는 어떻게 알게 됐나?"

"녹색카페에서요." 타렉이 대답했다. "줄츠하임에 있는 동물 보호소에서 일할 때 에스터를 알게 됐습니다. 에스터는 동물보호협회 회장이거든요."

"아, 동물 보호소에서도 일했어요?" 피아가 일부러 놀란 척하며 끼어들었다. "한군데서 진득하게 못 버티는 모양이네?"

타렉은 잠시 피아에게 눈길을 주더니 벤케를 향해 말했다.

"왜 이러는 겁니까? 저 아줌마 나한테 작업 거는 거예요, 뭐예요?"

벤케는 주어진 기회를 놓치지 않았다. "키르히호프 형사, 이제 그만하지? 본론으로 들어가자고."

마치 잘났다고 나서는 여학생을 타이르는 선생님 같은 말투다. 피아는 화난 표정으로 벤케에게 눈짓을 보냈고 그것을 눈치챈 타렉의 얼굴에 조소가 퍼졌다.

"일요일에 왜 컴퓨터를 딴 데로 옮겼지?" 벤케가 물었다.

"에스터가 갑자기 임대료를 내라고 했어요. 우리 중 거기에 반대하는 사람이 있었습니다."

"임대료를 안 내도록 주인의 마음을 돌릴 수는 없었나?"

"전 에스터와 꽤 친합니다." 타렉이 인정한다는 듯이 말했다. "하지만 에스터는 돈 문제에 있어서만은 가차 없습니다."

"내가 보기엔 그냥 친한 정도가 아니라 아주 많이 친한 거 같던
데……?" 피아가 벤케에게 다시 끼어들지 말라는 경고의 눈빛을 보
내며 말했다. "파울리가 죽은 다음에 그렇게 친해진 거예요?"

"파울리와 전 좋은 친구였습니다." 타렉은 피아에게 눈길도 주지
않고 대답했다. "그래서 혼자된 에스터를 돌봐준 겁니다."

"아, 그래요?" 피아가 비꼬는 투로 대꾸했다.

"저 아줌마 나한테 뭔가 뒤집어씌우려는 건가요?" 타렉이 다시 벤
케에게 말했다. "전 친구가 불쌍해서 도와준 것뿐인데 마치 내가 무
슨 나쁜 짓이라도 한 것 같잖아요."

"뭐, 개인적으로 나쁜 뜻이 있어서 그러는 건 아니니까 너무 화내
지 마."

피아는 정말 화가 났다. 벤케가 지금 뭐하자는 건지 도저히 이해
되지 않았다. 타렉 앞에서 망신을 주기로 작정한 건지, 아니면 타렉
이 착한 경찰 나쁜 경찰 전략에 넘어갈 정도로 멍청하다고 생각하는
건지 도대체 알 수가 없었다.

"월요일 저녁에 왜 루카스가 요나스의 생일 파티에 안 가고 녹색
카페에 있었던 거지?" 벤케가 물었다. "둘이 친한 사이 아닌가?"

타렉은 잠시 망설였다.

"사실은 둘이 한바탕했어요. 이유는 저도 몰라요."

벤케는 타렉의 말을 믿는 듯했지만 피아는 전혀 믿지 않았다. 타
렉 피들러는 두 친구가 왜 싸웠는지 아는 게 분명하다.

타렉은 요나스의 생일 파티에서 있었던 일을 이야기했고 그 내용
은 스베냐의 진술과 동일했다. 요나스는 스베냐가 가버린 후 엄청나
게 취했으며 자기는 밤 10시에 파티를 떠났다고 했다.

“요나스가 집을 나와서 자네 집에 있었지?” 벤케가 물었다. “요나스가 왜 집을 나왔지?”

“꼰대가 완전 개자식이거든요.” 타렉이 콧방귀를 뀌었다. “더 이상 자기 인생에 끼어드는 게 싫었겠죠.”

“친구가 집 나오는 데 큰 영향을 끼친 거 같던데요?” 피아가 다시 끼어들었다.

타렉은 마치 아무도 없다는 듯 그녀 쪽은 쳐다보지도 않고 벤케에게 대답했다. “요나스한테는 가족보다 친구들이 중요했어요. 가족은 원래부터 거기 있는 거지만 친구는 선택하는 거잖아요.”

“그렇지. 맞는 말이야.”

벤케가 맞장구를 쳤다. 피아는 한심하다는 표정으로 눈알을 굴렸다. 아주 죽이 척척 맞는군.

“요나스와 그렇게 친했다면 요나스가 왜 그런 이메일을 보냈고 스베냐의 홈페이지에 뜬 사진은 어떻게 된 건지도 알겠네요?” 그렇다고 쉽게 물러날 피아가 아니다.

타렉은 뭔가 대답하려고 입을 열었지만 생각이 바뀌었는지 곧 입을 다물고 어깨를 으쓱했다.

“요나스는 자기가 한 짓이 아니라고 했지만 요나스가 아니면 누가 그랬겠어요?”

“요나스와 스베냐를 떼어놓고 싶어 하는 사람이겠죠. 그럴 만한 사람이 누가 있을까요?”

“모르겠는데요.” 타렉이 천진난만한 척 대답했다.

피아는 그가 만만치 않은 상대임을 인정해야만 했다. 친구가 살해당했다는데도 전혀 당황하지 않고 강력계 형사들 앞에서 수준급 거짓말을 늘어놓는 것은 아무나 못 하는 일이다.

"스베냐가 바람을 피워서 요나스가 복수하려던 건 아닐까요?"

"그럴 수도 있죠. 스베냐도 꽤 날라리거든요. 특히 술 취하면 따쉬녀였죠."

그 말을 들은 벤케가 히죽 웃었다.

"따쉬녀?" 피아가 의아한 표정으로 되물었다. "그게 뭐죠?"

타렉은 경멸의 눈초리로 피아를 보며 말했다.

"따먹기 쉬운 여자."

*

노베르트 차샤리아스와의 면담은 그의 뜻에 따라 변호사 없이 이루어졌다. 그는 무척 초췌해 보였지만 구치소에 있는 게 그리 나쁘지 않다고 속마음을 밝혔다. 체면을 중시하는 그가 살인 혐의로 감방에 갇혀 있는 것을 죽기보다 싫어할 줄 알았던 보덴슈타인은 놀라지 않을 수 없었다. 판사는 차샤리아스의 변호사가 낸 항소를 기각했고 보석금에 의한 석방도 거부했다.

"오늘이 그 설명회가 있는 날입니다. 수백 명의 분노한 사람들 앞에서 감정평가서의 수치가 어떻게 해서 나왔는지, 왜 쾨니히슈타인의 통행량 조사 결과가 누락됐는지 해명해야 합니다. 그런데 사실 난 할 말이 없어요."

"실수라면서요?"

"실수는 무슨!" 차샤리아스는 체념한 표정으로 콧방귀를 뀌었다. "보크컨설트 같은 회사가 그런 실수를 할 것 같소? 그 구간의 측정 결과는 계획과 맞지 않아서 일부러 누락시킨 겁니다."

보덴슈타인은 알겠다는 듯 고개를 끄덕였다. "그렇다면 파울리의

212

주장이 다 사실이었군요."

"그렇죠." 차샤리아스가 고개를 주억거렸다.

"만약 그 구간의 측정 결과가 누락되지 않았다면 전체 결과에 어떤 영향을 끼쳤을까요?"

차샤리아스가 한숨을 푹 내쉬었다.

"그 영향은 정말 엄청납니다. 실제 통행량을 기반으로 했다면 B8 찬성자들의 주장이 얼마나 터무니없는 것인지 다 드러났을 거요. 특히 쾨니히슈타인 원형 교차로가 완성되면 도로 확장은 전혀 필요 없는 일입니다."

차샤리아스의 어깨가 축 늘어졌다.

"차샤리아스 씨가 그 사실을 시인하면 어떤 일이 일어나죠?"

"글쎄요." 차샤리아스가 어깨를 으쓱했다. "헤센 주 도로교통부는 이미 제대로 된 수치로 감정평가를 새로 진행하라는 권고를 켈크하임과 쾨니히슈타인 시에 전달했습니다. 물론 나나 보크와 전혀 상관없는 중립적인 인물에게 맡기도록 했죠. 내 생각에 B8는 없었던 일이 될 것 같습니다."

"그럼 차샤리아스 씨 개인에게는 어떤 영향이 있습니까?"

"계약 못 따는 거죠, 뭐." 그 정도야 대수롭지 않다는 표정이었다.

"보크는 어떻게 되나요? 보크의 회사엔 어떤 영향을 끼칠까요?"

차샤리아스는 시커멓게 그늘진 눈으로 보덴슈타인을 쳐다보았다. "공사 계약을 못 따게 될 테고 엄청난 손해를 볼 겁니다."

"왜요? 감정평가비는 이미 받았을 테고 더 이상 손해 볼 건 없지 않습니까? 손해 보는 사람은 주문을 한 쪽 아닌가요?"

"그렇게 간단하지 않아요. 하지만 그렇게 깊이 파고들 건 아닌 것 같군요."

“과연 그럴까요?” 보덴슈타인은 손으로 책상을 짚고 그에게 얼굴을 들이댔다. “손자인 요나스가 그 일에 대해 어디까지 알고 있었습니까?”

“요나스?” 갑자기 차샤리아스의 얼굴이 불안해졌다. “그 애가 뭘 알았단 거요?”

“그건 우리가 알고 싶군요. 이 질문에 꼭 대답을 해주셔야 합니다. 경찰에서는 죽은 파울리에게 정보를 준 사람이 요나스라고 추측하고 있습니다. 파울리는 요나스의 멘토였고 요나스는 아버지와 사이가 좋지 않았으니까 그럴 가능성이 충분합니다.”

차샤리아스는 멍하니 허공을 응시했다.

“차샤리아스 씨.” 보덴슈타인이 대답을 재촉했다. “어서 대답을 하십시오. 지금 제가 심심풀이로 이러는 게 아닙니다. 요나스가 월요일 밤에 살해당했어요.”

순간 차샤리아스의 얼굴은 백지처럼 하얗게 변했다.

“요나스가?” 그가 멍한 얼굴로 되뇌었다. “요나스가 죽다니……. 그럴 리 없어요.”

“사실입니다. 차샤리아스 씨의 별장에서 생일 파티를 한 다음 날 시체로 발견됐습니다.”

“오, 맙소사!” 차샤리아스가 중얼거렸다. “요나스, 이 늙은이가 몹쓸 짓을 했구나!”

그는 경련하듯 온몸을 부들부들 떨었고, 눈에는 눈물이 그렁그렁했다. 울음을 터뜨리지 않기 위해 안간힘을 쓰는 그를 보며 보덴슈타인은 자신이 너무 잔인하다는 생각이 들었다. 그러나 지금 이 상태에서 조금만 더 자극하면 아주 중요한 정보를 얻게 되리라는 것 또한 잘 알았다.

*

　바트조덴에 있는 산더 가족의 집은 담쟁이로 뒤덮인 1950년대식의 오래된 건물로 주변의 화려한 집들과는 영 어울리지 않았다. 이 동네도 쾨니히슈타인의 요하니스발트처럼 돈 잘 버는 사람들이 들어와 살면서 점점 그 모습이 변해가는 중이다.

　차고 앞에 베이비시트가 장착된 낡은 준중형 승용차 한 대와 거울이 깨진 샛노란 스쿠터가 서 있었다. 피아는 초인종을 눌렀다. 집 안에서 멜로디 소리가 들리더니 잠시 후 팔에 어린아이를 안은 젊은 여자가 나와 문을 열어주었다. 피아는 안토니아와 스베냐가 있는지 물었다.

　“정원에 있어요.” 안토니아의 언니로 보이는 여자가 말했다. “들어오세요.”

　“안토니아!” 아이가 손뼉을 치며 소리쳤다. “안토니아아! 안토니아아!”

　피아는 아이에게 의무적인 미소를 지었다. 스스로도 이미 오래전에 알아챘듯이 어린아이의 얼굴을 쳐다볼 때 터져 나오는 감탄사와 모성애적 관심은 그녀의 핏속에 흐르지 않는 듯했다.

　“동물원에서 시체가 발견됐을 때 왔던 분이죠? 아버지한테 얘기 들었어요.”

　“시이체!” 아이가 다시 소리를 질렀다. “시이체! 안토니아아!”

　피아는 원래 남들이 하는 말에 신경 쓰지 않는 사람이지만 이번만은 달랐다. 그 말을 듣자마자 산더가 그녀에 대해 뭐라고 했을지 궁금해 견딜 수 없었다.

　“아버지도 집에 계신가요?” 피아는 지나가는 말처럼 물었다. 그러나 속으로는 꿈속에까지 나타난 그 남자에 대해 조금이라도 더 알고 싶어 조바심이 났다. 이런 자신의 변화가 스스로에게도 너무나 놀라 웠다.

"아뇨, 동물원에 계세요." 안토니아의 언니가 대답했다.

그녀는 집 안을 가로질러 피아를 온실로 안내했다. 피아는 그녀의 뒤를 따라가며 주위를 두리번거렸다. 자유분방한 가풍이 편안한 분위기를 주는 정말 집다운 집이라는 느낌이 들었다. 오래된 마룻바닥에는 여기저기 장난감이 어질러져 있고 낡은 가죽 소파에서는 고양이 두 마리가 꾸벅꾸벅 조는 중이다. 새하얀 털을 가진 세 번째 고양이는 부엌 골동품 장식 콘솔 앞에 서서 수족관 안의 물고기를 노려보고 있다. 식탁에는 점심 먹고 난 그릇이 아직 치워지지 않은 채 놓여 있었고 어딘가에서 라디오 소리가 크게 들렸다.

"잠깐 기다리세요. 애들 불러올게요."

"네, 고마워요."

피아는 그녀가 사라진 후 주위를 둘러보았다. 널찍한 온실은 열대 식물들로 가득하고 고동색 가죽 소파 세트는 편안한 휴식을 약속하는 듯했다. 낮은 탁자에는 책이 한 권 펼쳐져 있다. 여러 권의 잡지와 책, 메모블록 사이에는 빈 와인 잔과 내용물이 반쯤 남은 와인병이 놓여 있다. 피아는 슬쩍 책 제목을 확인했다. 동물학 전문 서적인 것을 보니 이곳은 산더가 애용하는 공간인 듯했다. 피아는 갑자기 남의 집에 침입한 도둑이 된 듯한 기분이 들었다.

그때 반갑게도 안토니아와 스베냐가 정원에서 나왔다. 스베냐는 어제와 별반 다르지 않은 상태였다. 뾰족한 얼굴은 도자기 인형처럼 핏기가 없고 너무 진하게 화장을 한 커다란 눈에서는 아무런 감정도 느낄 수 없었다.

피아가 소파에 앉자 안토니아와 스베냐도 맞은편 긴 소파에 나란히 앉았다. 피아는 주머니에서 초음파 사진을 꺼내 두 사람에게 내밀었다. 스베냐는 짧게 눈길을 주었을 뿐이고 안토니아는 이마를 찌푸렸다.

"스베냐, 임신했니?" 피아가 물었다.

"네?" 스베냐가 놀란 듯 되물었다.

"이 사진이 요나스의 휴대전화에 저장돼 있었어."

"어째서 경찰이 요나스의 휴대전화를 가지고 있죠?" 스베냐가 의심스러운 듯 물었다.

"이런 말을 하게 돼서 안됐지만, 요나스가 죽었어." 피아는 최대한 침착하고 부드러운 말투로 친구의 사망 소식을 전했다.

안토니아는 얼굴이 하얗게 질려서 짧게 숨을 들이마셨고 스베냐는 마치 최면에 걸린 사람처럼 피아를 응시했다.

"안 돼." 그녀는 놀라서 눈을 커다랗게 벌린 채 중얼거렸다. "내 잘못이야……. 다 내 잘못이야……."

안토니아는 자신도 슬픔을 자제하기 어려웠지만 친구의 어깨를 감싸며 위로하려 애썼다. 피아는 요나스의 죽음에 대해 자세히 이야기할 생각은 없었지만 스베냐가 자신 때문에 요나스가 자살했다고 믿게 놔둘 수는 없었다.

"아냐, 스베냐. 너 때문에 자살한 게 아냐. 요나스는 살해당했어."

부엌에서 라디오 디제이의 명랑한 목소리가 들려왔다. 그는 축구에 관해 이야기하고 있었다. 요즘은 어딜 가나 축구 이야기뿐이다. 축구 외의 이야기는 거의 들을 수 없다.

"나 집에 갈게."

스베냐가 벌떡 일어나며 말했다. 유령처럼 얼빠진 표정에 호흡도 거칠었다. 스베냐는 자신의 손목을 잡는 안토니아를 뿌리치고 집 안으로 뛰어 들어갔다. 문이 쾅 닫히는 소리가 났다. 안토니아는 어쩔 줄 몰라 하며 피아를 쳐다보았다.

"일단 가게 내버려둬. 지금은 충격이 너무 심해서 아무 말도 들리지 않을 거야. 우선 죽음을 받아들여야 해."

안토니아는 다시 소파로 돌아와 앉았다. 그리고 손바닥에 얼굴을 파묻고 머리를 좌우로 흔들었다. 요나스의 죽음은 그녀에게도 큰 충격인 것 같았다.

"스베냐는 너무 많이 변했어요. 옛날에는 비밀 같은 거 없었는데 지금은……."

"스베냐 임신한 거 맞지?"

피아는 안토니아를 자상한 눈길로 바라보았다. 안토니아는 대답을 망설였지만 곧 실토했다.

"네, 지난주 산부인과에 피임약 처방 받으러 갔다가 알았대요."

"그게 화요일이었니?"

"네." 안토니아가 신기한 듯 물었다. "어떻게 아셨어요?"

수족관 앞에 서 있던 흰털 고양이가 안토니아의 발밑으로 기어들더니 무릎 위로 뛰어올랐다. 안토니아는 습관적으로 털 속에 손을 집어넣어 고양이를 쓰다듬었다.

"스베냐가 파울리를 찾아갈 만한 이유잖아. 아마 조언을 구하러 갔겠지. 아니면 위로가 필요했거나."

"그랬겠죠." 안토니아가 쓸쓸하게 대꾸했다. "나한테는 그 집에 갔다는 얘기는 꺼내지도 않았어요. 스베냐는 정말 파울리한테 미쳤어요. 파울리를 안 뒤로 고기에는 손도 안 대요. 자동차와 환경 파괴에도 반대하고……. 전에는 그런 거에 전혀 관심 없었거든요."

“토요일에 스베냐가 왜 요나스랑 싸웠는지 아니?”

“그것도 말 안 해줬어요.”

안토니아는 친구가 자기한테 큰 비밀을 숨기고 있다는 사실에 상처를 받은 듯했다.

“요나스는 어떤 아이였니? 넌 요나스를 좋아했니?”

안토니아는 잠시 생각에 잠겼다.

“네, 좋아했어요. 너무 많이 변해버리긴 했지만요. 모든 게 변해버렸어요. 그때 이후로……. 아, 저도 잘 모르겠어요.”

“그때 언제?”

피아가 물었지만 울음보가 터져버린 안토니아는 더 이상 대답을 할 수가 없었다. 피아는 안토니아가 진정할 때까지 끈기 있게 기다렸다.

“요나스는 스베냐가 임신한 사실을 알고 어떻게 반응했니?”

“화낸 거 같아요.” 안토니아가 손등으로 눈물을 닦으며 말했다. “화요일에 스베냐가 완전히 정신이 나가서는 초음파 사진을 들고 저를 찾아왔어요. 그러고는 그 사진을 요나스한테 보냈는데, 그걸 받고 또 요나스가 문자를 보냈어요. 스베냐는 그 문자를 보자마자 울음을 터뜨렸어요. 그러고는 요나스를 만나서 얘기를 해야 한다면서 스쿠터를 타고 나갔어요.”

“처음부터 그렇게 했어야지.” 피아가 건조하게 말했다.

“네, 맞아요.” 안토니아가 어깨를 으쓱했다. “그날 저녁에 요나스랑 심하게 싸웠나 보더라고요. 저녁에 저한테 전화해서 또 한바탕 울었어요.”

갑자기 고양이가 고개를 쳐들더니 무릎에서 뛰어내렸다. 그 바람에 안토니아의 말이 끊겼다. 문가에 산더와 루카스가 서 있었다. 피아의 심장이 제멋대로 두근거렸다. 고양이는 산더의 다리에 몸을 비비며 야옹야옹 울었다. 안토니아는 산더를 보더니 벌떡 일어나 아버지 품으로 달려들었다.

"아빠!" 안토니아가 산더의 목을 껴안고 울음을 터뜨렸다. "요나스가 죽었어요!"

"뭐?" 루카스가 얼굴이 하얘지며 피아를 쳐다보았다. "사실이 아니죠? 그렇죠?"

"사실이야. 어제 내가 시체를 발견했어."

＊

차샤리아스는 5분 정도 눈을 감고 아무 말도 하지 않았다. 보덴슈타인은 아주 빠르게 늙어가는 사람을 지켜보는 것만 같았다.

"좀 더 일찍 그 속을 꿰뚫어봤어야 하는 건데." 그가 나지막하게 중얼거렸다. "난 그 사람들이 정말 내가 관련 규정을 잘 알아서 자문을 맡긴 줄 알았습니다. 그런데 그게 아니었어요. 그 사람들은 단지 희생양이 필요했던 겁니다. 지난번과 똑같이……."

그는 눈을 꽉 감으며 눈물을 참아보려 했지만 소용없었다.

"난 뇌물을 받은 적 없어요." 그가 단호하게 말했다. "죄라면 사람을 너무 쉽게 믿은 게 죄지."

"지난번 일이 뭡니까?" 보덴슈타인이 물었다.

"켈크하임 시내 건축용지 건입니다." 그가 메마른 음성으로 말했다. "지역개발공사에서 루퍼츠하인, 피시바흐, 뮌스터의 개발제한구역을 건축 가능지로 변경한다는 공문을 받았습니다. 풍케 시장과 슈바르츠는 뮌스터에 사둔 자기들 땅이 공문에 제시된 건축 가능지 바로 바깥에 위치한다는 걸 알았죠. 그 사람들은 이미 그 땅을 내 사위의 건설회사에 팔려고 계획을 세워놓은 상태였어요. 그 계획이 완전히 백지화될 위기였죠. 그들은 내가 계획서를 잘못 읽었다면서 루퍼츠하인에 주택을 지어야 할 이유가 뭐냐고 화를 냈습니다. 결국 나는 시장의 강요에 못 이겨 지역개발공사에 변경 신청을 냈고 당연히 시민들의 항의가 빗발쳤습니다. 한정된 지역만 건축 가능지에 포함되자 루퍼츠하인 사람들이 떼로 몰려와 항의를 했습니다. 하지만 변경된 계획안은 주의회에서 통과됐고 풍케, 콘라디, 슈바르츠는 그 땅을 내 사위한테 비싸게 팔았습니다. 내 사위는 그 땅에서 엄청난 규모의 건설공사를 시작했고요. 물론 여론은 가만있지 않았습니다. 결국 감사가 시작됐고 내가 중간에 개입한 사실, 보크와 내 관계가 드러났습니다. 풍케 시장은 뒤를 봐주겠다면서 견책이 있기 전에 건강을 이유로 명예퇴직하라고 했습니다.”

“지난 몇 년간 시에서 입찰 공고를 할 때마다 보크의 회사가 매번 가장 저렴한 오퍼를 내서 공사를 수주했다는 게 사실입니까?”

“그래요.” 차샤리아스가 고개를 끄덕였다. “켈크하임이든 인근 지역이든 공사가 나왔다 하면 내 사위의 회사 중 하나가 차지했습니다. 회사에서는 그 대가로 책임자에게 돈을 줬고.”

“파울리가 마피아 운운한 게 터무니없는 말이 아니었군요.”

“파울리가 한 말은 모두 옳았어요.”

“그렇다면 파울리 때문에 가장 골치가 아팠던 사람은 보크였겠군요. 물론 예정 노선에 위치한 땅을 값싸게 사들인 사람들도 공사 계획이 백지화되면 국가로부터 보상을 못 받게 되니 문제가 되지만, 보크는 비싼 계약을 수주하지 못하는 것뿐 아니라……. 가만, 그런데 보크는 어떻게 자기가 도로 확장 공사를 수주할 거라고 자신할 수 있었죠? 결정권이 켈크하임 시와 쾨니히슈타인 시에 있는 게 아닐 텐데요. 제가 잘못 알고 있는 건가요?"

"아뇨, 맞습니다." 차샤리아스가 대답했다. "그 결정은 헤센 주 도로교통부에서 합니다. 하지만 내 사위는 주정부의 결정권자들과도 잘 아는 사이예요. 베를린 연방정부까지도 끈이 닿아요."

"파울리가 그 사실을 어떻게 다 알아냈을까요? 요나스한테서?"

그 말에 차샤리아스의 얼굴이 심하게 실룩거렸다. 다시 감정이 복받치는 모양이다.

"그런 것 같습니다." 차샤리아스는 겨우 목소리를 짜내 대답했다. "얼마 전에 요나스가 타렉이라는 친구와 함께 별장에 놀러온 적이 있죠. 그 친구가 조경 기술자라 가끔 둘이 와서 정원 일을 도와주곤 했습니다. 그날 나는 영 기분이 좋지 않았어요. 사위가 잘못된 수치에 대해 한 마디라도 발설하면 크게 후회하게 될 거라고 협박을 했거든요. 내 딸은 이혼할 경우 모든 재산을 포기하겠다는 각서에 서명을 하고 결혼했죠. 사위는 딸에게 한 푼도 주지 않겠다며 나더러 일을 확실하게 마무리하라고 윽박질렀습니다."

"협박을 했군요." 보덴슈타인은 그 말에 별로 놀라지 않았다. 역시 피아가 사람 보는 눈은 정확하다고 속으로 생각했을 뿐이다.

"그래요." 차샤리아스가 말을 이었다. "난 그날 술을 꽤 마셨어요. 취한 상태에서 아이들한테 그 이야기를 꺼냈지. 피가 섞이진 않았어도 가족인데 사위한테까지 이용당했다고 생각하니 억울하고 또 다시 희생양이 된다고 생각하니 너무나 한탄스러웠습니다."

"손자는 어떻게 반응하던가요?"

"불같이 화를 냈어요. 그 아인 제 아버지를 미워했어요. 요나스가 그 말을 듣고 가만있지 않을 거라는 생각을 했어야 하는 건데…….

요나스가 파울리에게 필요한 정보를 댄 거야. 그런데 이제 파울리뿐 아니라 요나스까지 죽었으니! 나 때문에 사람이 둘이나 죽었습니다! 난 이제 어떻게 살아야 할지 모르겠어요."

"두 사람이 이 일 때문에 살해당했다는 증거는 아직 없습니다." 보덴슈타인이 차샤리아스를 진정시켰다. "화요일 파울리의 집에는 왜 가셨습니까?"

"파울리가 내 사위의 비리를 폭로하는 일에 협조하겠다는 말을 하러 갔어요. 그리고 좀 조용히 일을 진행시켜야 한다고 경고 겸 부탁을 할 생각이었죠. 정말 보크를 잡을 생각이라면 보크가 매수한 맨 윗선들까지 건드려야 하는데 파울리가 그렇게 떠벌려놨으니 그 사람들은 이미 경계 태세를 갖췄을 거요."

"그래서 파울리를 만나셨습니까?"

"아니." 차샤리아스는 고개를 저었다. "그 여학생을 보고 나니 갑자기 두려운 생각이 들었어요. 파울리는 공식적으로 나와 적인데 그와 함께 있는 모습이 남들 눈에 띄면 좋지 않겠다 싶었거든요."

보덴슈타인은 차샤리아스를 뚫어지게 쳐다보았다. 그리고 그의 말이 믿을 만하다는 결론을 내렸다.

"곧 석방시켜드리겠습니다." 보덴슈타인이 말했다.

"아니, 안 돼." 차샤리아스가 재빨리 말했다.

"네? 왜 안 된다는 겁니까?"

"여기가 더 안전해요." 차샤리아스가 고개를 떨어뜨렸다. "내가 왜 변호사 없이 얘기하겠다고 했겠습니까?"

"네, 왜 그러셨죠? 안 그래도 이상하게 생각하고 있었습니다."

"내 변호를 맡은 변호사도 보크 밑에서 일하는 사람입니다."

산더는 가만히 딸의 머리를 쓰다듬었다. 그의 불안한 눈빛이 피아의 시선과 맞부딪쳤다.

"스베냐도 알고 있습니까?"

산더가 조용히 물었다. 피아는 말없이 고개만 끄덕였다. 루카스는 흐느낌과 신음이 섞인 외마디 소리를 내며 문 앞 계단에 주저앉더니 손으로 얼굴을 가렸다. 오른손에서 팔꿈치까지 감긴 하얀 붕대가 눈에 띄었다. 아버지의 품에서 빠져나온 안토니아가 루카스 옆으로 가더니 두 팔로 그의 목을 감쌌다. 루카스는 안토니아의 머리에 자신의 머리를 마주 댄 채 눈물을 뚝뚝 흘렸다. 산더가 계단을 내려와 피아에게 다가왔다. 땀에 젖은 얼굴이 무척 피곤해 보였다.

"정원으로 가시죠."

산더가 앞장서더니 열린 유리문을 지나 밖으로 나갔다. 피아는 그의 뒤를 따라가며 담을 따라 자라고 있는 토마토 줄기며 수국이며 장미 덩굴을 구경했다. 달콤한 장미향이 진하게 풍겼다.

"끔찍한 날이군요!" 산더가 말했다. "지금 병원에서 오는 길입니다. 단봉낙타가 단체로 온 어린아이들 앞에서 루카스의 팔을 다 물어뜯어놨어요. 사육사와 조련사가 바로 달려왔기에 망정이지 안 그랬으면 큰일 날 뻔했습니다."

피아는 뒤를 돌아보았다. 온실 앞에 앉은 안토니아와 루카스가 서로를 끌어안고 친구의 죽음을 애도하고 있었다. 산더는 테라스와 정원 사이의 낮은 담에 걸터앉았다.

"요나스는 어떻게 죽은 겁니까?" 그가 물었다.

"목이 매달린 채 죽었어요. 죽기 전에 심한 몸싸움이 있었던 것 같아요. 요나스의 치아 사이에서 인간의 세포조직이 발견됐어요."

산더가 눈살을 찌푸렸다. "스베냐는 어떻게 받아들이던가요?"

"도망치듯 나가버렸어요. 많이 혼란스러워하는 것 같아요."

"네, 스베냐는 문제가 많아요. 그 아이는 파울리를 만난 뒤로 완전히 변했습니다. 저도 심각하게 아이들 걱정을 하고 있습니다. 주변에서 사람이 둘이나 죽었고 스베냐는 파울리가 살해당하기 직전이나 직후에 파울리 집에 있었으니까요. 저한테 그 얘기를 하면 좋을 텐데 통 말을 안 하네요."

산더는 진한 색 곱슬머리를 두 손으로 쓸어 넘기더니 무릎에 팔꿈치를 얹고는 턱을 괴었다.

"안토니아가 친구들을 만나는 걸 막을 수도 없고……." 산더가 어두운 표정으로 중얼거렸다. "어떻게 해야 할지 모르겠어요. 마음 같아서는 그쪽 친구들을 못 만나게 하고 싶지만 그러면 나 몰래 만나면서 거짓말하기 시작하겠죠?"

피아는 산더의 이야기를 들으며 자꾸만 수사가 아닌 다른 방향에 신경이 쓰였다. 산더 가까이에 있는 것만으로도 가슴이 뛰었다. 남자에게 이런 감정을 느끼는 것은 무척 오랜만이었다. 문득 피아는 왜 헤닝에게 다시 기회를 줄 수 없었는지 알 것 같았다. 이미 식어버린 오래된 관계를 재탕하는 것은 그녀가 원하는 바가 아니었다. 그녀는 새로운 시작을 원했다. 가슴이 두근거리는 느낌과 무릎이 떨리는 흥분, 열정과 모험을 동경했다. 그녀는 오랫동안 건조한 일상의 쳇바퀴 속에서 스스로를 속이며 살았다. 그것이 행복이라고 믿었지만 그건 기만이었다. 아니, 그땐 행복했는지도 모른다. 어쨌든 지금은 모든 것이 달라졌다.

"……안토니아가 요나스 같은 부류와 어울리는 게 전 정말 마음에 안 들었어요."

산더의 말에 피아는 문득 정신을 차렸다.

"요나스 같은 부류라니 무슨 뜻이죠?"

"버릇없고 이기적인 부잣집 아들 말입니다. 경외심이나 감정의 소중함을 모르고 한 방에 느끼는 쾌락만 쫓아다니는 아이들이 있어요. 부모라는 사람들은 물질적인 풍요면 뭐든 다 되는 줄 알고……."

"요나스를 잘 아시나요?"

"스베냐랑 같이 집에 자주 놀러왔습니다."

"어땠나요?"

"뭐가요?"

그는 긴장한 표정으로 그녀의 얼굴을 쳐다보았다. 피아는 그 눈빛에 오금이 저렸다.

"요나스에게 어떤 인상을 받으셨는지 묻는 거예요."

"뭔가 잘못됐다는 생각이 들었습니다. 사실 전 요나스가 인터넷에 사진을 띄우고 이메일을 보내는 그런 짓을 할 수 있다고는 생각해본 적 없습니다. 어린 녀석이 그런 극악무도한 짓을 하다니! 그런 아이들은 옳고 그른 게 뭔지 판단할 수 있는 능력이 부족합니다. 타인의 감정을 존중할 줄도 모르고 지켜야 할 법도나 가치도 모르죠."

"제가 보기에 요나스에게는 중요한 가치가 분명히 있었어요. 그래서 도로 확장에도 반대했고 환경보호 활동도 했죠."

"그걸 어떻게 알죠?"

피아는 요나스가 만들었다는 컴퓨터 시뮬레이션에 대해 이야기했다. 산더는 여전히 미심쩍은 표정이었다.

"스베냐가 임신했다는 거 알고 계셨나요?"

"뭐요?" 그는 어이없는 표정을 지었다.

"지난주 화요일에 알았대요. 그것 때문에 파울리를 찾아간 것 같아요. 아마 조언을 구하러 갔겠죠."

"그런 사람한테 조언은 무슨?" 그는 콧방귀를 뀌며 머리를 흔들었다. "다른 사람이야 어떻게 되든 상관도 안 하는 사람인걸요."

"화요일에 스베냐와 요나스 사이에 말다툼이 있었어요. 토요일에도 싸웠고요. 일요일에는 안 만났고, 월요일에는 그 사진들이 인터넷에 떴어요. 그리고 그날 저녁에 요나스가 죽었어요."

산더는 피아를 찬찬히 쳐다보았다. "무슨 얘기를 하려는 겁니까?"

피아는 도저히 그의 눈을 똑바로 쳐다볼 수 없었다. 눈을 보면 그에 대한 자신의 감정을 들켜버릴 것만 같았다. 다른 한편으로는 프로 의식이 결여된 자신에게 마구 짜증이 치밀었다.

"인터넷에 뜬 사진들은 스베냐가 바람을 피웠다는 증거로 볼 수 있어요. 요나스가 스베냐 배 속에 든 아이를 자기 아이가 아니라고 생각했다고 가정하면 그런 이메일을 보낸 게 이해되잖아요. 배신당한 남자의 복수인 거죠."

두 사람 모두 잠시 침묵을 지켰다.

"아빠." 안토니아가 눈물로 얼룩진 얼굴로 테라스에 나타났다. "루카스 집에 같이 가도 돼요? 누가 옆에 있어줘야 할 거 같아요."

"그래, 다녀와라. 하지만 너무 늦으면 안 된다." 산더는 두 젊은이가 나가는 모습을 지켜보았다.

"루카스가 오늘 아침에 실습을 그만두겠다고 했습니다." 산더가 한숨을 내쉬며 말했다.

"녹색카페의 일자리도 없어졌을 텐데……. 유언장이 공개된 후 루카스에 대한 에스터 슈미트의 태도가 달라졌을 거예요. 파울리가 루카스와 요나스에게 8만 유로 가치의 주식을 물려줬거든요."

산더는 놀라서 입이 딱 벌어졌다. "그 말을 들으면 루카스 아버지가 뭐라고 할지 궁금하군요."

"아, 참. 루카스 아버지 얘기가 나와서 말인데 원장님과 잘 아는 사이인가요?"

"네, 잘 알죠. 동물원 재단 이사기도 하고 이웃처럼 지내는 사이입니다."

"루카스 아버지와 요나스 아버지가 서로 사업상 거래를 하고 있다는 사실은 알고 계셨나요?"

"그럴 수 있겠죠. 반덴베르크는 은행의 중역이고 보크는 대기업 사장이니까요. 그런 사람들끼리는 사업상 관계가 있게 마련이죠."

"반덴베르크는 보크홀딩의 자문 위원이었어요."

"거물들끼리 서로 부족한 부분을 채워주면서 좋은 자리를 나눠 먹는 거야 흔한 일이죠. 대기업 자문 위원만큼 좋은 자리가 또 어디 있습니까?"

"네, 맞아요." 피아가 미소를 지었다. "제가 이상하게 생각하는 것도 반덴베르크가 왜 그 좋은 자리에서 물러났느냐 하는 거예요."

"오늘 저녁에 만나기로 했는데 제가 한번 물어볼까요?" 산더가 진지하게 물었다.

피아는 잠시 생각한 뒤 대답했다. "그 얘기를 꺼낼 수 있는 기회가 오거든 한번 넌지시 물어봐주세요."

"일어난 사건들로 봐서는 어렵지 않을 것 같습니다."

두 사람은 다시 온실로 돌아와 집 안으로 들어갔다. 산더의 둘째 딸인 아니카는 부지런히 다림질을 하고 아이는 보행기 안에서 혼자 놀고 있다. 산더를 본 아이가 빽빽 소리를 지르며 팔을 뻗었다.

"하부지, 올려줘! 하부지, 나갈래!"

산더의 어둡던 얼굴이 금세 밝아지며 만면에 미소가 떠올랐다. 그는 걸음을 멈추고 아이를 번쩍 안아 올렸다. 아니카가 다림질을 멈추고 할아버지의 품에 안겨 환성을 지르는 아이를 올려다보았다. 순간 피아는 가슴 한구석이 바늘로 찔리는 듯한 아픔을 느꼈다. 왠지 모르지만 행복한 가족을 옆에서 지켜보는 일이 힘들었다. 새벽 일을 하루 종일 잘 잊어버리고 있던 그녀는 순간적으로 외로움에 대한 공포가 먹구름처럼 몰려오는 것을 느끼며 발걸음을 재촉했다.

"키르히호프 형사님, 잠깐만요! 제 차가 바로 뒤에 주차돼 있어요." 산더가 뒤따라왔다.

피아는 더욱 발걸음을 빨리했지만 산더가 문 앞에서 그녀를 따라잡았다. 여전히 미소가 가시지 않은 얼굴이다.

"왜 그래요?" 피아의 표정을 본 산더의 얼굴이 심각해졌다.

"왜요? 아무렇지도 않아요."

"갑자기 걱정 있는 사람처럼……."

안 그래도 감정을 들킬까 봐 조심스러운데 이 남자는 남의 생각을 읽는 능력까지 가졌단 말인가.

"해결해야 할 살인사건이 두 건이나 되니까요."

나는 왜 안토니아처럼 아무한테나 매달려 위로받을 수 없는 걸까? 피아는 산더에게 오늘 새벽 일 이후 집에 가는 게 얼마나 두려운지 털어놓고 싶어 미칠 지경이었다. 하지만 잘 알지도 못하는 여자가 밤에 혼자 외딴 목장에 있는 게 무섭다고 말하면 산더는 얼마나 황당할까? 자기 고민도 많을 텐데 부담이 될 것이 뻔하다.

"동물원에 한번 더 놀러 오십시오. 아이스크림 사드릴게요."

산더의 말에 피아는 문득 혼자만의 생각에서 깨어났다. 그녀는 애써 미소를 지었다.

“네, 갈게요. 사건이 해결되면 저도 좀 느긋하게 놀러 다니고 싶
어요.”

둘은 산더의 자동차 옆에 서서 서로를 마주 보았다. 피아는 시선
을 돌렸다. 그녀는 이런 불안감이 싫었다. 그런데 산더 앞에 있으면
불안해서 미칠 것만 같다.

“이제 가야겠어요.” 피아는 주머니에서 자동차 열쇠를 빼 들었다.
“안녕히 계세요.”

“조심해서 가십시오.” 산더가 길을 비켜주며 말했다. “루카스 아버
지를 만나본 뒤에 연락드리겠습니다.”

피아는 차를 후진시키면서도 가슴이 뛰고 손이 떨렸다. 그녀는 사
건에 감정적으로 휘말리고 있는 자신을 발견했다. 그리고 속으로 이
래선 안 된다고 다짐했다. 이렇게 사건이 잘못된 방향으로 마구 가
지를 뻗어나갈 때는 맑은 정신으로 전체를 바라봐야 한다.

피아는 얼굴을 정통으로 비추는 손전등 빛에 놀라 잠에서 깼다. 심장이 마구 뛰고 가위에 눌린 듯 손가락 하나 까딱할 수 없다. 방에 누군가 있다. 온몸에 식은땀이 흐른다. 침대에서 일어나 도망칠 수도 없고 소리를 지를 수도 없고 바로 옆에 있는 권총을 집을 수도 없다. 순간 손전등이 꺼졌다. 어둠에 눈이 익자 어렴풋이 남자의 얼굴이 보였다.

"루카스!" 그녀가 나지막하게 중얼거렸다. 단번에 긴장이 풀리며 웃음이 터질 것 같았다. "어떻게 된 거야? 여긴 어떻게 들어왔어?"

더워서 슬립만 입고 있던 그녀는 그의 시선 아래서 수치심을 느꼈다. 루카스가 그녀 위로 몸을 굽혔다. 울었는지 눈이 퉁퉁 부어 있다. 토요일과 달리 그가 가까이 있는 게 불편하지 않다. 오히려 기분이 좋다. 그녀는 그의 손이 몸에 닿는 감촉을 느끼며 가만히 눈을 감았다.

그런데 갑자기 거칠어진 그가 그녀의 팔을 잡아 움직이지 못하게 한 뒤 자기 몸으로 그녀를 짓눌렀다. 밀어내려 해봤지만 힘을 당할 수 없었다. 눈을 뜨자 그의 일그러진 얼굴이 보였다. 겁이 덜컥 났다. 그에게서 벗어나려고 아무리 몸부림을 쳐도 몸을 움직이기는커녕 숨도 제대로 쉴 수 없었다. 소리를 지르려 했지만 아무 소리도 나오지 않았다. 소리를 지르더라도 소용없을 것이다. 소리를 듣고 달려올 이웃도 없고, 이 시간에 우연히 지나가는 사람도 있을 리 없다. 어디서도 도움의 손길이 오지 않을 것이라고 생각하니 공포가 엄습했다. 그녀는 철저히 혼자고 자신을 방어할 수 있는 어떤 힘도 없다. 콸콸 쏟아져 나오는 눈물 때문에 코가 막혔다.

갑자기 그가 몸을 일으켰다. 그녀의 눈을 뚫어져라 쳐다보던 그는 연민에 찬 미소를 지으며 그녀의 목에 손을 올렸다.

"안 돼. 제발 살려줘……." 그녀가 애원했다.

"넌 날 실망시켰어." 그가 쉰 목소리로 말했다. "날 실망시킨 사람들을 내가 어떻게 하는지 알아?"

그는 그녀의 목을 조르기 시작했다.

*

피아는 멍하니 어둠 속을 응시했다. 티셔츠가 온통 땀에 젖고 심장이 튀어나올 듯 뛰고 전신이 떨렸다. 그녀는 막대기처럼 뻣뻣해져서 침대에 누운 채 맥박이 정상으로 돌아오기를 기다렸다. 마지막으로 이런 악몽을 꾼 것이 언제였던가? 아주 오래전이다.

그녀는 손을 뻗어 침대 옆 스탠드를 켰다. 새벽 3시 반이다. 창문이 열려 있지만 바람 한 점 들어오지 않았다. 입이 바싹바싹 타고 목이 아팠다. 꿈을 꾸면서 진짜로 울었는지 얼굴도 온통 젖었다. 떨리는 다리로 일어나 부엌으로 갔다. 2주째 금연 중이지만 지금은 담배가 절실하다. 피아는 옷장에 걸린 재킷 주머니를 모두 뒤져 겨울 점퍼 안주머니에서 피우다 만 담배 한 갑을 찾아냈다. 오랜만에 담배를 피우니 머리가 핑 돌았다. 하지만 손 떨림이 멈추고 식은땀이 가시는 효과는 있었다.

1989년 여름, 프랑스로 휴가 갔다가 생긴 일을 그녀는 오랫동안 잊고 살았다. 순수하게 시작됐다가 비극으로 끝나버린 사건이었다. 그 후로 수년간 그때의 공포에 시달렸다. 하지만 시간이 지나면서 점점 괜찮아졌고 결국 기억에서 멀어졌다.

피아는 오랫동안 샤워를 하고 깨끗한 옷으로 갈아입었다. 그리고 밖으로 나가 아직 악몽의 충격이 가시지 않은 얼굴로 신선한 공기를 폐부 깊숙이 들이마셨다. 타우누스 강 위에 떠 있는 하늘은 아직 어둡지만 멀리 동쪽에서 밝은 빛줄기가 솟아오르기 시작했다. 오늘도 날이 더울 것이다.

피아는 마당을 지나 마구간으로 갔다. 먼동이 터오는 새벽, 그녀가 하루 중 가장 좋아하는 시간이다. 밤도 아니고 아침도 아닌 시간, 그녀는 이 미묘한 시간의 비현실적인 분위기를 좋아했다. 집 뒤에 서 있는 나무에서는 새들이 하루의 시작을 알리며 지저귀고 말들은 마구간에 들어선 피아를 보고 좋아라 히힝거렸다. 하루하루의 일상을 챙기는 것만큼 마음에 위안과 평화를 주는 것이 또 있을까. 피아는 아직 1시간이나 이르지만 말들에게 먹이를 주고 닭, 오리, 거위에게도 사료를 주었다.

마구간에서 나온 그녀는 마당을 가로지르며 고개를 갸웃했다. 이 때쯤이면 개집으로 쓰던 낡은 철창 안에서 부지런히 기어 다니며 소리를 내야 할 기니피그들이 웬일로 조용했다.

"아직 자니?"

피아는 문을 열려고 손잡이를 잡았다. 그런데 손잡이가 이미 위로 올라가 있었다. 들짐승이나 고양이가 물어가지 못하게 가는 철사로 촘촘하게 덧대놓은 문도 열려 있었다. 우리 안을 들여다본 피아는 빠르게 가슴이 옥죄어오는 것을 느끼며 헛구역질을 했다. 담비인지 여우인지 모를 들짐승이 우리에 침입해 기니피그들을 하나도 빠짐없이 물어 죽인 것이다. 끔찍한 악몽을 꾼 뒤에 이런 일을 당하자 피아는 더 이상 견디기 힘들었다. 그녀는 옷이 젖는 줄도 모르고 그 자리에 주저앉아 울음을 터뜨리고 말았다.

그로부터 1시간 후 피아는 사무실에 앉아 커피를 마시고 있었다. 대문과 현관문이 열려 있더니 이제는 기니피그들까지 죽임을 당했다. 하지만 그런 것들은 생각하지 말자고 마음을 다잡으며 컴퓨터 화면에 집중했다. 그녀는 산더가 보낸 이메일을 다시 열어 스베나의 홈페이지 링크를 눌렀다.

ERROR 404. Not found.

누군가 웹사이트를 없앴다. 요나스는 아니다. 죽은 사람은 그런 짓을 할 수 없다.

"오스터만." 피아가 오스터만을 불렀다. "스베나의 홈페이지가 통째로 없어졌어! 어떻게 된 건지 좀 봐줘."

오스터만은 이리저리 클릭해보더니 말했다. "분명히 스베나가 직접 지웠을 거야. 아니면 서비스 제공자가 지웠거나."

"어제 스베나의 친구랑 얘기했는데 스베나는 자기 홈페이지를 수

정할 권한이 없다고 했어." 피아가 이상하다는 표정으로 말했다. "누가 그런 건지 알아낼 수 있어?"

"한번 해볼게." 오스터만은 바로 일에 착수했다.

7시 15분이라 아직 이르지만 피아는 산더가 루카스의 아버지를 만나봤는지 궁금했다. 전화번호를 누르고 잠시 기다리자 산더의 목소리가 들렸다.

"저도 전화를 할까 하다가 너무 이른 것 같아서 망설이고 있었습니다."

문득 피아는 타인이나 다름없는 이 남자에게 자신의 이야기를 들려주고 싶은 충동을 느꼈다.

"오늘은 새벽 4시에 전화하셨어도 괜찮았을 거예요."

"왜요? 또 어디서 시체가 발견됐습니까?"

"네, 이번엔 시체가 열다섯 구예요. 저희 집 기니피그들이 한 마리도 빠짐없이 죽었어요. 그것도 대문과 현관문이 알 수 없는 이유로 열려 있었던 다음 날요."

"그렇게 외딴곳에서 혼자 사는 건 위험하죠." 산더는 얌전하게 피아가 의도한 대로 따라왔다.

"동료 경찰들도 똑같은 말을 하더라고요. 하지만 갑자기 어디서 남자를 급히 구해 올 수도 없잖아요?"

"남편분은 어디 계시는데요?"

산더의 목소리에 호기심이 가득했다. 피아는 의도가 뻔히 보이는 자신의 말에 조금은 죄책감이 느껴졌지만, 이 정도는 애교로 봐줄 만한 수준 아닌가. 예전에 겁 없는 명랑한 처녀였을 때 피아는 남녀 간에 벌어지는 이 고전적인 유혹 게임의 일인자였다. 그러다 헤닝을 만났다. 빈틈없는 논리적 사고방식을 가진 헤닝에게는 이런 감정 게임이나 암시가 전혀 먹히지 않았다. 최근 들어 루카스를 알게 되면서 그녀 안에 잠자고 있던 감각이 깨어났고 이 게임의 묘미를 다시 즐길 수 있게 됐다.

"프랑크푸르트에 살아요." 피아는 대수롭지 않다는 듯 대답하고 바로 화제를 돌렸다. "죽은 기니피그 때문에 넋두리하려고 전화한 건 아니고요. 어제 루카스 아버지한테 그 얘기 꺼내보셨나요?"

"네, 아주 자세한 이야기를 들었습니다. 아직 요나스 소식을 못 들었었는지 꽤 충격을 받은 것 같았습니다. 보크의 회사에서 자문 위원을 그만둔 건 운영진의 활동에 동의할 수 없었기 때문이라고 하더군요. 자세한 내막은 얘기 안 하는데, 제가 보기에는 아무래도 중동 지역 프로젝트의 파트너가 암흑가와 연결돼 있는 것 같았습니다."

피아는 산더와 한참 더 이야기한 뒤 정보를 제공해줘 고맙다는 말과 함께 전화를 끊었다. 그러고 나서 막 고개를 드는데 오스터만이 재미있다는 표정으로 그녀를 빤히 쳐다봤다.

"왜 그렇게 봐?"

"그냥." 오스터만은 어깨를 으쓱하며 살짝 짓궂은 미소를 지었다. "방금 키르히호프 형사가 하는 걸 보니 생각나는 게 있어서."

"내가 방금 뭘 했는데?" 피아는 아무것도 모르는 척했다.

오스터만은 더욱 짓궂은 미소를 지으며 의자 깊숙이 등을 기댔다. "수사를 빌미로 미끼를 던지고 있잖아. 물고기는 누구야?"

"물고기라니?" 피아는 계속 모르는 척하면서도 가슴이 뜨끔했다.

"나도 그런 식으로 얽힌 적이 있어서 그래." 오스터만이 눈썹을 치켜세우며 말했다. "사실 나쁠 것도 없어. 다리 부상만 아니었으면 나도 잘됐을지 모르지."

*

8시 직전 출근한 보덴슈타인은 컨디션이 영 좋지 않았다. 조회에서 부하 직원들이 하는 말도 건성으로 들었다. 코지마는 월요일 저녁 일에 대해 한 마디도 하지 않았다. 그는 억울한 말을 들어서 상처를 받기도 했지만 무엇보다 코지마가 걱정돼서 견딜 수 없었다. 이유는 모르지만 코지마는 변했다. 오늘은 드디어 혈액검사 결과가 나오는 날이다. 그렇다면……. 문득 그는 모든 부하 직원의 눈이 자신을 향하고 있는 것을 눈치챘다.

"요나스의 친구들을 다 소환했는데요, 누가 맡죠?" 오스터만이 질문을 반복했다.

"아, 그건 자네하고 카트린이 맡도록 해." 보덴슈타인이 대답했다. "파울리가 죽은 날, 그리고 월요일 저녁에 어디 있었는지 알리바이 확인하고, 물린 상처가 있는지 검사하는 이유를 잘 알아듣게 설명해 주라고. 요나스와 루카스가 싸운 이유도 물어보고. 그리고 키르히호프는 루카스랑 한 번 더 얘기를 해봐. 요나스의 컴퓨터에서 그 이메일을 찾을 수 있을지도 모르니까."

피아는 악몽을 꾼 뒤라 루카스를 만나는 게 썩 내키지 않았지만 짧게 고개를 끄덕였다.

"참, 파울리가 지벤리스트를 협박한 일은 어떻게 돼가나?"

피아는 아차 싶었다. 그 일을 새까맣게 잊고 있었다!

"제 책상에 서류가 있어요." 피아는 자리에서 일어나 서류를 가지러 갔다.

"주민들 진술 중에 특이 사항은 없었나?"

보덴슈타인의 질문에 부하 직원들은 약속이라도 한 듯 고개를 저었다.

"수요일 저녁엔 독일 대 폴란드의 축구 경기가 있었어요." 카트린이 보고했다. "다들 텔레비전으로 축구를 봤대요. 건질 만한 정보는 거의 없었어요."

피아가 서류를 들고 돌아왔다.

"1982년 8월 17일 한 파티에서 사망사건이 있었어요. 마리온 레머라는 여성이 칵테일을 여러 잔 마신 후 쓰러져 혼수상태가 됐는데 병원으로 옮기는 도중 저혈당증으로 사망했습니다. 과실치사, 구조 의무 위반, 신체 상해에 대한 수사가 있었는데 특히 슈테판 지벤리스트에게 혐의가 몰렸습니다. 하지만 증거도 없고 고소한 사람도 없었기 때문에 결국 사고로 처리됐습니다."

보덴슈타인은 언짢은 표정을 지으며 미간에 주름을 잡았다.

"자, 일들 하러 가라고." 그가 벌떡 일어나며 말했다. "키르히호프 형사는 내 방으로 오도록."

사람들은 소리를 내며 무겁게 의자를 밀고 일어나 제각기 흩어졌다. 피아는 쭈뼛쭈뼛 보덴슈타인의 뒤를 따랐다. 반장실에 도착한 보덴슈타인이 문을 닫고 피아를 향해 돌아섰다.

"그 서류 언제 읽었어?" 그가 짤막하게 물었다.

"서류가 오자마자요." 피아가 영문을 모른 채 대답했다.

"내용 중 눈에 띄는 거 없었어?"

"어……, 아니요."

보덴슈타인은 책상으로 가서 앉았다.

"요나스 보크가 죽어서 정신이 없었을 거야. 그건 참작하겠어." 그의 말투는 꽤 사무적이었다.

"죽은 여자의 이름은 마리온 레머야. 지벤리스트와 결혼한 여자 이름은 배르벨 레머고. 그리고 내 기억에 지벤리스트가 레머가구의 상속녀와 결혼한 게 1980년대 초반이야. 두 여자가 친인척 관계일지도 모른다는 생각은 안 들었어?"

피아는 수치심에 얼굴이 새빨개졌다. 절대 그냥 지나쳐서는 안 될 단서를 간과한 것이다. "그 생각은 못 했어요. 죄송합니다. 바로 지벤리스트한테 가보겠습니다."

"그렇게 해." 보덴슈타인의 목소리는 냉랭했다. "지금 할 일이 아주 많다는 거 알아. 하지만 살해 시각에 알리바이가 없는 용의자는 더 신경을 써야지."

"네, 알겠습니다." 피아가 기어들어 가는 목소리로 대답했다.

"지벤리스트에게 알리바이를 대라고 해서 지난번이랑 똑같은 소리하거든 체포해." 보덴슈타인은 코지마에게 전화를 걸기 위해 수화기를 들었다.

피아는 고개를 끄덕였지만 그 자리에 가만히 서 있었다. 그녀 생각에 지벤리스트가 파울리를 죽여 그 시체를 옮겼을 것 같지는 않았다. 그녀는 마티아스 슈바르츠를 의심했다. 그는 자주 에스터에게 불려 갔기 때문에 개들이 그를 잘 알았고 시체를 옮기는 것도 어렵지 않았을 것이다.

"뭐 더 할 말 있어?" 보덴슈타인이 성급하게 물었다.

"아뇨."

피아는 얼른 대답하고 반장실을 나왔으나 바로 켈크하임으로 가지는 않았다. 대신 컴퓨터 앞에 앉아 1982년 사건에 대한 신문 기사를 찾아보았다. 1973년부터의 기사를 전산화해놓은 〈타우누스 일보〉 사이트에서 마리온 레머의 사망 기사를 찾을 수 있었다.

"반장님이 뭐래?" 오스터만이 물었다.

"내가 생각 못 하고 빠뜨린 게 있어서."

피아는 보덴슈타인이 여러 사람 앞에서 망신을 주지 않고 따로 불러서 지적한 것을 고맙게 생각했다. 그런데도 그의 태도는 그녀에게 상처를 주었다. 막 인쇄되어 나온 신문 기사를 훑어보고 있는데 보덴슈타인이 사무실로 들어왔다.

"아직도 안 가고 뭐해?"

보덴슈타인이 다짜고짜 질책했다. 그 말에 피아는 즉시 가방을 들고 일어나 아무 말 없이 그를 지나쳐 사무실을 나갔다. 그녀도 보덴슈타인이 코지마 일로 걱정하고 있다는 걸 잘 알았다. 하지만 다른 일로 기분 나쁜 걸 왜 애먼 사람한테 화풀이한단 말인가!

*

가구점 전시장에서 피아를 발견한 지벤리스트는 전혀 달가운 표정이 아니었다.

"지금 좀 바쁜데……."

지벤리스트가 억지 미소를 지으며 말했다. 피아는 그의 축축한 손을 떠올리고 악수는 생략했다.

"저도 마찬가지예요. 짧게 얘기하죠. 1982년에 사고 처리된 사건 있죠? 그 사건 파일을 신청했는데……."

"잠깐!" 지벤리스트가 그녀의 말을 막았다. "사무실로 가시죠."

피아는 그를 따라 부엌 코너 옆에 있는 방으로 들어갔다. 물건이 가득 쌓여 발 디딜 틈도 없는 작은 방이었다. 그는 문을 닫더니 피아 바로 앞에 섰다.

"왜 당시 죽은 사람이 처가 식구라는 말을 하지 않았죠?"

피아는 바로 본론으로 들어갔다. 왠지 모르지만 지벤리스트 옆에 있으면 불쾌한 느낌이 들어 최대한 빨리 대화를 마치고 싶었다.

"그 일이 지금 무슨 상관입니까?" 그가 흐린 회색 눈동자를 껌벅거렸다. "그건 그냥 단순한 사고였습니다."

"마리온 레머가 처형이죠? 마리온은 당시 약혼자가 있었어요. 살아 있었다면 그 두 사람이 가구점을 물려받았겠죠."

"무슨 말을 하고 싶은 겁니까?"

"직업적으로 성공하는 데 있어 마리온의 죽음 덕을 톡톡히 보지 않았나요?" 피아가 그를 똑바로 쳐다보며 말했다.

"말도 안 됩니다." 그는 당치 않다는 듯 강하게 부인했다. "당시 전 고소당하지도 않았고 저에 대한 소송도 없었습니다. 지금 뭐하자는 겁니까?"

피아는 대화 상대가 자신의 눈을 쳐다보지 않고 말하는 것을 견딜 수 없었다. 순간 남자의 완력 앞에서 속수무책이 되었을 때 느꼈던 두려움이 다시 밀려들며 소름이 끼쳤다.

"내 생각이 뭔지 말해줄까요? 파울리는 당시 무슨 일이 일어났는지 알고 있었어요. 비밀을 알고 있는 유일한 사람이었죠. 당신은 24년간 꼭꼭 숨겨온 비밀이 들통 날까 봐 겁이 났고 그래서 파울리를 없앤 거예요."

지벤리스트는 긴장한 듯 혀로 두툼한 입술을 핥았다.

"마리온은 칵테일을 여러 잔 마신 후 쓰러져서 혼수상태가 됐어요. 당신은 마리온에게 당뇨가 있다는 사실을 알고 있었고요. 그 순간 기회가 왔다는 걸 깨닫고 의사에게 그 사실을 숨김으로써 기회를 잡은 거죠. 그래서 마리온은 죽었고 부인이 가구점을 물려받았죠. 당신은 레머가구의 사장이 됐고요."

"증거도 없으면서 멀쩡한 사람 잡지 마십시오. 그리고 그런 옛날 옛적 이야기로 나한테 살인 누명을 씌울 수 있다고 생각합니까?"

"증거가 왜 없어요? 당신은 파울리에게 화가 나 있었고 이제까 지 쌓아 올린 부와 명성을 한순간에 잃을 위기에 처해 있었어요. 그 리고 사건 당일 살해 현장에 있는 걸 본 사람도 있고요. 이것만으로 도 체포 사유는 충분해요. 그리고 주변을 좀 더 쑤셔보면 당신이 밝 히기 싫어하는 정보들이 줄줄이 새어 나올걸요? 모르시는 모양인데 구조 의무 위반은 절대 가벼운 죄질이 아니에요."

"이미 공소시효가 지난 일입니다."

"법적으로는 그렇죠." 피아는 순찰차를 부르기 위해 휴대전화를 꺼내 들었다. "하지만 처가 식구들이 그 사실을 안다면 가만히 있을 까요? 변호사 있어요? 바로 경찰서로 오라고 하는 게 좋을 거예요. 지금 바로 체포할 거니까요."

지벤리스트는 그제야 사태의 심각성을 깨달았다.

"무슨 소립니까? 지금 고객들이랑 직원들 앞에서 나한테 수갑을 채워 끌고 나가겠다는 겁니까?" 그가 언성을 높였다. "그러면 어떻 게 될지 알아요? 내가 살인 혐의를 받고 있다는 소문이 하룻밤 새 온 켈크하임에 퍼질 겁니다!"

"그러기 싫으면 화요일 밤 알리바이를 대세요. 그리고 24년 전에 실제로 무슨 일이 있었는지 진실을 말해요. 그러면 침대와 싱크대를 팔면서 여생을 조용히 보낼 수 있게 해줄 테니까."

"여기까지 오기가 얼마나 힘들었는데……." 그의 눈빛이 날카롭게 빛났다. "그런 옛날 일로 모든 걸 망가뜨리게 놔둘 순 없어."

지벤리스트가 피아 앞으로 한 걸음 성큼 다가왔다. 그의 얼굴이 눈앞에 바싹 다가온 순간 피아는 그가 자신의 목을 조를 거라고 생각하고 눈을 질끈 감았다. 그러나 그는 갑자기 가슴을 움켜쥐고 비틀거리더니 목에서 넥타이를 풀며 두 팔로 책상을 짚었다.

"경찰서로 끌려가기 싫으면 6월 13일 밤에 어디서 뭘 했는지 어서 사실대로 말해요!"

"심장이……." 그가 쥐어짜는 목소리로 겨우 말했다. "숨을 쉴 수가 없어."

피아는 괴로워하는 지벤리스트의 등을 내려다보니 신경질이 났다. 그가 눈앞에서 고꾸라진다면 이 징그러운 인간에게 응급처치까지 해야 할 상황이다!

그는 힘겹게 책상 서랍을 열어 안을 뒤졌다.

"아내한테……." 그는 바닥에 무릎을 꿇으며 고꾸라졌다. "전화, 아내한테, 전화 좀…… 해줘요……."

그는 심하게 기침을 하더니 쿵 소리를 내며 바닥에 쓰러졌다. 피아는 욕설을 내뱉으며 문을 활짝 열어젖혔다. 이런 황당한 일이!

*

보덴슈타인은 전화를 끊은 후에도 한참 동안 수화기를 노려보았다. 방금 아내가 한 말에 안심할 수 있다면 좋겠는데 전혀 안심되지 않았다. 몇 주째 아내가 이상하다는 걸 분명히 느끼고 있는데 양호한 혈액 상태가 뭐 어쨌다는 건가.

게다가 이번 사건은 끈질기고도 복잡하게 얽히고 있다. 끄떡하면 새로운 용의자가 나타나고, 강력한 살해 동기를 가졌다 싶어서 쫓아가보면 막다른 골목에서 막혀버리니 사람 환장할 노릇 아닌가! 그때 전화벨이 울렸다. 내선 전화다. 수화기에서 잔뜩 흥분한 오스터만의 목소리가 들렸다.

"반장님, 요나스의 휴대전화 심카드에서 재미있는 사진을 찾았어요. 와서 한번 보셔야겠습니다."

"알았어."

오스터만은 대체 뭘 찾아낸 걸까? 연일 구체적인 성과를 내놓으라고 들볶고 있는 니어호프 과장을 기쁘게 해줄 물증이라도 발견한 걸까?

잠시 후 사무실에 도착한 보덴슈타인은 실험실에서 특수 처리를 한 뒤 선명하게 확대한 사진을 들여다보았다. 요나스는 여러 장의 기록과 서신, 심지어 이메일까지도 컴퓨터 화면에서 바로 카메라로 찍어서 가지고 있었다.

"이 정도 증거면 보크도 꼼짝 못 할 겁니다. 뭐라고 변명할지 정말 궁금한데요." 오스터만이 만면에 미소를 띠고 말했다.

보덴슈타인은 보크와 헤센 주 도로교통부 직원 사이에 오간 이메일 내용을 훑어보았다. 연방정부 교통부와 주고받은 것까지 합쳐 상당히 많은 양이었다. 당사자들은 그 메일이 제삼자의 손에 들어갈 것이라고는 생각하지 못했는지 암호 하나 걸어놓지 않았다.

"폭탄도 그냥 폭탄이 아닌데? 어, 여기 호프하임 도시계획과장 셰퍼의 메일도 있군. 슈타트미테 북구의 제1 건축기 입찰자들의 입찰 금액 리스트를 빼돌렸어."

"담합행위, 뇌물수수 다 있네요. 자, 이제 뭐부터 할까요?"

"아무것도 할 필요 없어. 이건 우리 소관이 아냐. 프랑크푸르트 수사 30반에 전화해서 이러이러한 혐의가 있다고 설명하고 자료 넘겨. 그쪽에서도 이미 냄새를 맡고 수사 중일지도 모르지."

*

　구급차가 가구점 입구를 막고 있어 프랑크푸르트 가는 차가 잔뜩 밀렸다. 피아는 구조대원들이 지벤리스트를 들것에 실어 구급차로 나르는 모습을 지켜보았다. 지벤리스트의 아내와 직원들의 따가운 눈총 속에서도 피아는 순찰차를 불러 구급차를 호위하도록 지시했다. 지벤리스트가 체포되는 게 싫어 꾀병을 부린 건지 아니면 진짜 심장발작을 일으킨 건지는 두고 보면 알 일이다. 그보다도 피아는 지벤리스트가 자신을 덮치려 한다고 생각했던 게 영 찜찜했다. 이러다 더 이상 이 일을 못 하게 되는 건 아닐까 하는 생각까지 들었다.

　구급차는 문 닫히는 소리와 함께 사이렌을 울리며 출발했다. 피아는 길게 한숨을 내쉬며 프랑크푸르트 가를 건넜다. 차를 주차해놓은 켈크하임 경찰서로 가려면 역 앞길을 따라 죽 걸어야 한다. 콘라디 정육점을 지나 녹색카페 있는 곳까지 가니 카페 문이 열려 있는 게 보였다. 젊은 남자가 오늘의 메뉴가 적힌 나무 간판을 가게 앞에 세우고 있었다. 그때 검은 중형 세단이 카페 앞에 멈추더니 연두색 슈트를 입은 금발 여자가 내렸다. 커다란 패리스 힐튼 선글라스를 쓰고 또각또각 하이힐 소리를 내며 곧장 카페 안으로 들어가는 여자는 바로 파울리의 전처 마라이케 그라프였다.

　"저 여자가 여기 왜 왔지?"

　피아는 혼잣말로 중얼거리며 가까이 가봤다. 천천히 카페 앞을 지나면서 보니 카페 옆 마당으로 들어가는 문이 열려 있었다. 피아는 몸을 숨기고 살짝 마당 안을 엿보았다. 탁자 앞에 앉아 햇볕을 쬐는 에스터의 모습이 눈에 들어왔다. 피아가 예측한 대로 보석금을 내고 가석방된 모양이다. 카페에서 마라이케가 나오더니 에스터와 반갑게 인사를 나누었다. 며칠 전만 해도 서로 물어뜯고 싸우던 여자들이 둘도 없는 친한 친구처럼 한 탁자에 앉아 있다니! 그들의 말소리는 들리지 않았다. 저렇게 친한 사이면서 왜 거짓으로 싸운 걸까? 피아는 눈을 가늘게 뜨고 생각했다. 뒤가 구려도 한참 구린 여자들이군.

*

그로부터 15분 후 피아는 마라이케의 남편과 마주 보고 앉았다.

"집사람은 현장에 나가고 없습니다." 그라프가 유리로 마감한 회의실로 안내하며 말했다. "공사장을 여러 군데 돌아봐야 해서 시간이 좀 걸릴 겁니다. 제가 전화를 해볼까요?"

"부인은 공사장에 안 가셨어요."

피아는 아무 영문도 모르는 그라프를 동정의 눈길로 쳐다보았다. 그는 아내가 자기 몰래 무슨 짓을 하고 돌아다니는지 전혀 모르는 듯했다.

"켈크하임에 있는 에스터 슈미트의 카페 뒷마당에 앉아 있어요. 제가 조금 전에 보고 왔어요."

"아, 예. 하지만……." 뭔가 말하려던 그라프가 말끝을 흐렸다.

"부인이 월요일에 왜 체포됐는지 이야기하던가요?"

"네, 경찰이 방화 누명을 씌웠다고 하더군요."

"사실이 아니에요." 피아가 고개를 저었다. "부인이 체포된 건 전 남편이 살해된 시각에 알리바이가 없기 때문이었어요."

"그게 무슨 말입니까?" 그라프의 얼굴에 혼란스러운 표정이 역력했다. "마라이케가 파울리의 죽음과 무슨 상관이 있다는 거죠?"

"다행히 아무 상관 없다는 게 밝혀졌어요. 콘라디와 함께 있었다는 알리바이가 확인됐거든요."

"켈크하임에서 정육점을 하는 콘라디 말입니까?" 그가 깜짝 놀라 물었다.

"네, 부인이 그러더군요. 남편이 오래전에 암에 걸렸고 그 이후 발기불능이라 부인과 콘라디의 관계를 묵인하신다고요."

그라프는 얼굴이 붉으락푸르락하며 놀라움을 감추지 못했다.

"모르고 계셨나요?"

"네, 몰랐습니다." 그라프는 얼떨떨한 표정으로 자리에 앉아 물을 한 모금 마셨다. "전 암에 걸린 적도 없고 발기불능도 아닙니다."

"부인에게 전과가 있다는 사실은 아시죠?"

"전과요?"

"대학 때부터니 아신 지 꽤 오래됐는데 2003년에 마지막으로 협박과 신체 상해 때문에 집행유예 받은 것도 모르세요?"

"대학 때부터 알았다니 무슨 소린지 모르겠군요." 그가 무뚝뚝하게 대꾸했다. "5년 전 우리 회사 비서로 왔을 때 처음 봤습니다."

"비서요?" 이번에는 피아가 놀랄 차례였다. "대학에서 건축을 공부했다고 하던데요?"

"네, 그건 맞습니다. 1년 반인가 2년인가 건축과에 다녔다고 하더군요. 제가 마라이케와 본격적으로 사귄 건 나중에 식당에서 다시 만나고부터입니다. 마라이케는 그때 이혼소송 중이었고 돈이 필요해서 식당에서 아르바이트를 하고 있었습니다. 전 마라이케를 사랑하게 됐고 이혼하자마자 사흘 뒤에 바로 결혼했습니다. 전……."

책상에 놓인 전화기가 울리는 통에 그의 말이 끊겼다. 그가 유리문 밖으로 보이는 비서에게 눈치를 주자 비서는 과장된 손짓과 표정으로 전화를 받으라는 시늉을 했다. 그는 수화기를 들고 잠시 귀를 기울였다.

"내가 다시 전화한다고 해요." 그라프가 말했다. "아니…… 안 돼……. 보크가 직접 전화를 했든 어쨌든 지금은 안 된다니까."

그는 그 말과 함께 수화기를 내려놓더니 안경을 벗고 콧등을 문질렀다.

"보크요?" 피아가 궁금한 듯 물었다. "카르스텐 보크 말인가요?"

"네."

그라프는 다시 안경을 썼다. 갑자기 10년은 더 늙어 보였다. 피아는 그에게 이런 끔찍한 소식을 전한 사람이 자신이라는 사실에 양심의 가책을 느꼈다.

"보크건설은 우리 회사의 중요한 고객입니다." 빛을 잃은 그의 눈은 불이 꺼진 전등처럼 차가웠다. "현재 켈크하임에서 큰 프로젝트를 하나 맡았고 비스바덴에서도 프로젝트가 진행 중입니다. 얘기를 듣고 보니 보크의 제안을 받아들여야겠다는 생각이 드는군요."

"어떤 제안인데요?"

"보크는 자기 소유의 건축 사무소를 하나 갖고 싶어 합니다. 전 지금까지 독립적으로 일한다는 데 자부심이 있었기 때문에 계속 거절해왔는데 다시 한 번 생각해봐야 할 것 같습니다."

"그러지 마세요." 피아가 자기도 모르게 내뱉었다.

"왜요?" 그의 눈에 희미하게 호기심의 빛이 떠올랐다. "보크에 대해 뭔가 아시나요? 그 사람을 아세요?"

"안다고는 할 수 없죠. 두 번 본 게 전부니까요."

"그 사람을 싫어하시는군요." 그의 얼굴이 일그러지며 슬퍼 보이는 미소를 지었다. "저도 그래요. 왠지 모르게 불쾌합니다. 그런데 제 아내는 자꾸 그 사람의 제안을 받아들이라고 보챕니다.”

피아는 그 이유를 알 것 같았다. 그의 회사가 돈 많은 대기업에 편입되면 이혼할 때 훨씬 많은 위자료를 챙길 수 있기 때문이리라.

“어쨌든 다시 한 번 생각해보세요.” 피아가 탁자 위에 명함을 올려놓으며 말했다. “참, 한 가지만 더 물어볼게요. 에스터 슈미트와 부인 말인데요. 지난 금요일 저녁에는 원수처럼 싸우던 사람들이 오늘은 친한 친구처럼 사이좋게 앉아 있더라고요. 어떻게 된 일인지 아시나요?”

“파울리가 죽고 나니 다시 친해진 모양이죠.”

“다시 친해지다니 그게 무슨 뜻이죠?” 피아가 놀라서 물었다.

“마라이케와 에스터는 학교를 같이 다녔고 어릴 때부터 친했습니다. 그 일이 있기 전까지는요.”

“그 일이라니요?”

“에스터는 파울리의 친한 친구인 군터 슈미트와 연인 사이였어요. 네 사람은 무척 친했죠. 그런데 군터가 루게릭병에 걸려서 죽게 된 겁니다. 군터는 죽기 나흘 전, 중환자실에 누워서 거동도 못 하는 상태에서 에스터와 결혼했습니다. 군터가 죽은 뒤 파울리는 슬퍼하는 에스터를 위로했어요. 너무 위로를 열심히 한 모양인지 마라이케가 장례식 다음 날 두 사람이 침대에 있는 걸 발견했답니다. 그때부터 사이가 안 좋아졌습니다.”

피아는 그제야 이해가 갔다. “녹색카페가 있는 건물은 죽은 군터 슈미트한테 물려받은 거군요?”

“맞아요.” 그라프가 고개를 끄덕였다. “에스터는 역 앞에 있는 그 집 말고도 프랑크푸르트에 있는 부동산을 상속 받았어요.”

그는 서글픈 미소를 지었다.

“작은 집 하나 달랑 있는 마라이케와는 비교가 되지 않았죠. 파울리는 마라이케에게 그 집에 함께 살아도 된다고 했지만 침실에서는 쫓겨나야 했겠죠.”

“그럼 마라이케가 파울리를 찬 게 아니군요?”

“네, 정반대예요.”

*

반덴베르크의 집은 바트조덴 프라일리그라트 가 맨 끝에 위치해 있어 큰길가에서는 보이지 않았다. 피아가 초인종을 누르자 여자 목소리가 들리더니 잠시 후 문이 자동으로 열렸다. 피아는 널찍한 저택으로 들어가 자동차 진입로 옆에 난 보행자로를 따라 집까지 걸어갔다. 한참 올라가니 회색 지붕의 별장식 단층 건물이 나타났다. 지붕에는 반원 모양의 지붕창이 나 있고 벽에는 철창 달린 창문이 붙어 있었다. 차 두 대가 들어가는 차고 앞에 스마트 한 대가 주차되어 있는 게 보였다. 집사가 현관문 앞에서 피아를 기다리고 있었다.

“루카스는 아픈데…….” 그녀가 동유럽 억양이 섞인 말투로 말했다.

“오래 귀찮게 하지는 않을 거예요. 급히 물어봐야 할 게 있어서 꼭 만나야 해요.”

집 안으로 들어가니 밖에서 볼 때와는 비교도 안 되게 넓다. 체스판 무늬의 반짝이는 대리석이 깔린 홀은 무도회를 열어도 될 것 같고, 벽에 걸린 그림들은 엄청난 가치가 있어 보인다. 분명 진품일 것이다. 피아는 프랑크푸르트에서도 진짜 알부자라는 갑부들의 집에 많이 가봤지만 이 집은 그녀가 본 그 어느 집에도 뒤지지 않았다.

피아는 집사를 따라 지붕 층으로 올라갔다. 루카스는 과연 이 여자에게도 유혹자의 능력을 시험해봤을까? 집사는 루카스의 방 앞에 오자 걸음을 멈추고 문을 두드렸다.

"루카스, 손님 오셨어!"

그녀는 문을 연 후 피아가 들어가도록 비켜섰다. 방은 간소함 그 자체였다. 붙박이장 하나, 비스듬한 지붕 밑의 침대 하나, 지붕창 밑의 책상 하나가 가구의 전부였다. 책상에는 노트북이 펼쳐진 채 놓여 있고, 바닥에는 옷가지가 널브러져 있다. 벽에는 요나스의 방에서 본 것과 같은 파노라마 사진이 붙어 있는데 요나스 것보다 조금 작다. 책상 앞 벽에는 여러 장의 사진이 핀으로 꽂혀 있다.

피아는 침대로 시선을 돌렸다. 루카스가 고개를 돌려 그녀를 바라보자 그녀는 자기도 모르게 몸을 떨었다. 울어서 부은 눈과 슬픔에 잠긴 표정, 부스스한 머리칼까지 오늘 새벽 꿈에 나왔던 모습과 똑같았기 때문이다.

"오셨어요?" 루카스가 힘없는 소리로 말했다. "누워 있어서 미안해요. 몸이 너무 안 좋아요."

"내가 보기에도 그래. 병원에 데려다 줄까?"

피아는 루카스가 진심으로 걱정됐다. 그는 정말 상태가 좋지 않아 보였다. 거기다 지붕 바로 위로 내리쬐는 햇볕 때문에 숨도 못 쉴 정도로 방이 더웠다.

"아뇨, 병원엔 안 가도 돼요." 그의 시선은 아직 문가에 서 있는 집사를 향해 있었다. "이제 그만 가봐요, 이리나. 그리고 별일 아니니까 아버지한테 전화할 필요 없어요."

집사는 아무 말 없이 방문을 닫았다.

"우리 아버지가 나를 감시하라고 고용한 러시아 스파이예요." 그는 다시 베개에 머리를 떨어뜨렸다. "둘이 가끔 같이 자는데 아버지는 내가 아무것도 모르는 줄 알아요. 나도 그냥 모르는 척하고요. 아버지의 유일한 낙일 거예요, 아마.”

“어머니는 어디 계시니?” 피아는 창문을 활짝 연 뒤 책상 앞에 있던 의자를 침대 옆으로 밀고 와 앉았다.

“보스턴에요.” 그가 얼굴을 찡그리며 말했다. “MIT 초빙교수예요. 전기공학과 컴퓨터공학을 가르치세요.”

“아!” 피아의 입에서는 자기도 모르게 감탄사가 튀어나왔다.

“첫 번째 결혼에서 아버지는 아이가 없었어요.” 그의 말투에는 약간의 조소가 담겨 있었다. “자신의 훌륭한 유전자를 자기랑 똑같은 지능 괴물과 교배하려고 했죠. 그래서 우리 엄마랑 두 번째로 결혼한 거예요.”

그가 허전한 웃음을 지었다.

“부모님은 내가 13개월 됐을 때 처음으로 아이큐 테스트를 했어요. 투자 가치가 있는지 시험해본 거죠. 만약 그때 아이큐가 150 이하로 나왔으면 아마 딴 데로 입양 보냈을걸요.”

그의 쓸쓸한 표정을 보니 피아는 마음이 아팠다. 보아하니 행복한 어린 시절을 보낸 것 같지 않았다.

“부모님과의 관계는 어떠니?” 피아는 산더가 루카스의 아버지에 대해 한 말을 떠올리며 물었다.

“기대를 충족시켜드리려고 노력해요.” 루카스가 차갑게 말했다. “언젠가 제가 노벨상을 타면 만족하시겠죠. 지금은 최대한 부모님의 통제에서 벗어나려고 애쓰고 있어요. 아마 지금쯤 스파이 아줌마가 우리 아버지한테 전화해서 다 보고하고 있을걸요.”

“아버지가 널 의심하는 특별한 이유가 있니?”

“아버지는 원래 사람을 믿지 않아요.” 루카스가 얼굴을 찡그리며 말했다. "강박증이 심하거든요."

"아버지는 네가 파울리한테 돈을 갖다 바쳤다고 생각하시는 거 같던데……."

피아는 파울리의 시체가 발견되던 날 산더에게 들은 말이 생각나 슬쩍 질문을 던져봤다. 순간 루카스의 눈에 이상한 빛이 스쳤다.

"아버지는 그렇게 생각하시는데 사실은 그렇지 않아요. 전 그 돈을 전망 있는 사업에 투자했어요. 미래의 우리 회사에요."

갑자기 죽은 친구가 생각났는지 루카스가 슬픈 표정을 지었다.

"아니죠. 요나스는 이제 없으니까 더 이상 우리 회사가 아니죠."

"아, 그 얘기가 나와서 말인데 요나스의 컴퓨터에 뭐가 들어 있는지 좀 봐줄 수 있니? 요나스의 컴퓨터 어디 있는지 알지?" 피아는 잘 됐다 싶어 원래 방문 목적을 밝혔다.

루카스는 말없이 고개를 끄덕이고는 손으로 눈을 문질렀다.

"요나스가 너무 보고 싶어요. 둘이서 정말 많은 계획을 세웠는데……. 이제 다시는 볼 수 없게 됐어요."

"너희 둘이 싸웠다던데 정말이니?"

"누가 그래요?" 루카스가 의심쩍은 표정으로 물었다. "혹시 타렉이 그랬어요?"

"왜 타렉이 그랬다고 생각하지?"

"제가 요나스랑 소리 지르면서 얘기하는 걸 들었거든요." 루카스는 한숨을 내쉬었다. "일을 같이하다 보면 의견 충돌이 생기기 마련이에요. 싸운 건 아니에요."

"그 일 때문에 요나스의 생일 파티에 안 간 거니?"

루카스는 아주 잠깐이지만 대답을 망설였다.

"일 때문에 안 간 거예요. 다른 애들은 에스터를 나 몰라라 했지만 전 그럴 수 없어요."

피아는 그의 얼굴을 유심히 살폈다. 아무리 생각해도 동업자들 사이가 좋았던 것만은 아닌 듯했다. 루카스는 옆으로 돌아누워 다치지 않은 팔로 머리를 받친 채 피아를 빤히 쳐다보았다. 블라인드 사이로 들어온 햇살이 벽에 환한 줄무늬를 만들어내며 루카스의 녹색 눈에 황금색 광채를 드리웠다.

"파울리와 요나스가 죽어서 정말 슬프지만 그 일이 없었다면 형사님을 못 만났겠죠? 밤마다 형사님 꿈을 꿔요."

그는 피아에게서 눈을 떼지 않은 채 이불을 걷어 젖혔다. 달랑 팬티 하나만 입은 차림이었다. 그가 어떤 꿈을 꾸는지 의심할 여지 없이 여실히 알 수 있었다. 피아는 맥박이 빨라지는 걸 느끼며 오늘 새벽 악몽을 떠올렸다. 그녀는 그가 자신을 유혹하는 건지 놀리는 건지 갈피를 잡을 수 없었다.

"난 남자 나체를 하도 많이 봐서 별 느낌이 없어." 그녀가 태연한 척 말했다.

"정말요?"

"내 남편이 법의학자야. 부검대 위에 누운 남자들을 숱하게 봤어. 그리고 그 남자들은 모두 나체였고."

*

피아는 욕실에서 나는 물소리를 들으며 책상 앞에 붙어 있는 사진들을 살펴보았다. 대부분 친구들과 찍은 폴라로이드 사진이다. 안토니아와 루카스 둘이 찍은 사진이 많았다. 둘이 껴안고 찍은 사진, 어깨동무를 하고 찍은 사진, 함께 스쿠터를 탄 사진, 요나스, 스베냐,

타렉과 함께 포즈를 취한 사진……

욕실 문이 열리며 젖은 머리의 루카스가 나타났다. 피아가 말한 나체의 남자들과 비교되는 게 싫었는지 허리에 수건을 둘렀다.

"안토니아가 네 여자친구였니?" 피아가 사진 한 장을 가리키며 물었다.

"안토니아요? 지금도 내 여자친구예요." 루카스는 옷장에서 티셔츠를 꺼내 입은 다음 팬티를 입었다. "하지만 사람들이 생각하는 그런 건 아니고요, 그냥 베스트 프렌드예요. 우린 한 번도 같이 잔 적이 없어요. 섹스는 모든 걸 망쳐요."

*

"뭐 좀 알아냈어?" 보덴슈타인이 부하들을 둘러보며 물었다.

"아뇨." 카트린이 시큰둥한 얼굴로 고개를 저었다. "어디 긁힌 상처 하나 없어요. 죽기 전에 요나스를 마지막으로 본 사람은 정육점 아들 프란조 콘라디와 딘 코르소라는 별명으로 통하는 라르스 스플리너예요."

오스터만과 카트린은 생일 파티에 갔던 남학생 열두 명과 여학생 세 명을 4시간에 걸쳐 심문했다. 파티에 언제까지 있었는지, 요나스와 싸운 적이 있는지, 요나스가 누군가와 싸우는 걸 본 적이 있는지, 요나스가 요즘 이상한 행동을 하지는 않았는지, 모두에게 똑같은 질문을 던졌다. 소환된 학생들은 모두 얌전하게 물린 상처가 있는지 여부를 검사받았고 유전자 검사를 위한 타액 채취에도 동의했다.

"파티는 10시 반쯤 끝났답니다." 옆에 있던 오스터만이 말했다. "요나스는 엄청나게 취해서 친구들한테 욕을 했다고 합니다. 모두 그날 오후에 요나스 이름으로 온 이메일을 받았는데 내막을 아는 사람은 아무도 없습니다.”

“파울리가 죽은 날엔 뭘 했대?”

“몇 명은 녹색카페에 있었답니다.” 카트린이 심문 기록을 뒤적이며 말했다. “몇 명은 요나스랑 같이 산마르코 카페 앞 광장에서 축구를 봤대요. 축구를 보는 동안 요나스가 술을 많이 마셨고, 전반전 끝나고 휴식 시간에 스베냐가 왔는데 귀찮다면서 쫓아 보냈대요.”

“스베냐의 임신 사실을 아는 사람은 있었나?”

“아뇨.”

“스베냐랑 같이 있는 사진 속의 남자를 알아본 사람은?”

“다들 모른다고 하더라고요.” 오스터만이 피곤한 듯 뒷목을 문지르며 말했다. “조금 전에 키르히호프 형사한테 연락이 왔는데요. 지벤리스트한테 알리바이가 없어서 체포를 하려고 했는데 심장 발작을 일으켜서 병원에 실려 갔답니다.”

오스터만은 지벤리스트, 마라이케, 에스터에 대해 피아에게 전해 들은 내용을 짤막하게 요약해서 보고했다.

“에스터가 남자를 가로채기 전까지 마라이케와 에스터는 아주 친했답니다.”

“누가 누구한테서 남자를 가로챘다고?” 혼란스러워진 보덴슈타인이 물었다.

“키르히호프 형사가 그라프의 건축 사무소에 갔었나 봐요.” 오스터만이 차근차근 설명했다. “그라프는 암에 걸린 적도 없고 발기불능도 아니랍니다. 에스터가 남편이 죽은 후 유산을 상속받자 파울리는 마라이케를 떠나 에스터에게 간 겁니다.”

보덴슈타인은 얼굴에 주름살을 만들며 생각을 정리했다. 그렇다면 파울리가 죽자 마라이케와 에스터가 공동의 이익을 위해 화해한 걸까? 그리고 지벤리스트가 파울리를 살해한 범인일까? 충분히 가능한 이야기다. 지벤리스트는 잃을 것이 너무 많았다.

*

켈크하임 공단에 있는 창고는 겉보기에는 사용하지 않는 건물처럼 허름해 보였다. 시멘트 블록 틈마다 잡초가 무성하고 잡다한 쓰레기와 조각난 나무판들이 여기저기 나뒹굴어 을씨년스러운 분위기를 자아냈다. 루카스는 마당을 빙 돌아 건물 뒤편으로 피아를 데려갔다. 감시 카메라가 설치된 철문을 열고 들어가니 먼지 낀 책장이 몇 개 있을 뿐인 커다란 공간이 나왔다. 창문이 있지만 창유리 색이 짙어서 빛이 희미하게 들어올 뿐이다.

"여기가 맞니?" 커다란 빈 공간에 피아의 목소리가 울려 퍼졌다.

"맞아요." 루카스는 구석에 있는 육중한 철문으로 걸음을 옮겼다. "비싼 장비들을 그냥 이런 창고 한가운데 덩그러니 놔둘 수는 없잖아요."

감시 카메라에 카드 인식기에 패스워드까지, 철문은 보안이 철저했다. 이윽고 문이 열렸다. 루카스가 전등 스위치를 누르자 천장에서 형광등이 껌벅거리며 창문 없는 공간에 창백한 빛을 던졌다.

"오프리미츠 인터넷 서비스 센터에 오신 것을 환영합니다."

루카스가 자랑스럽게 외쳤다. 방 안을 둘러본 피아는 입이 떡 벌어졌다. 문지방 하나 넘었을 뿐인데 갑자기 최첨단 기술 연구소에 들어온 느낌이다. 녹색카페 지하에 있던 방과는 천지 차이이다. 한 줄로 죽 늘어선 책상 양쪽에 열네 대의 컴퓨터 모니터가 도열해 있고,

벽을 빙 둘러싼 책장에는 램프가 깜박이는 각종 컴퓨터 장비들이 빽빽이 들어차 있는데 거기서 나온 전선의 부피가 어마어마했다. 전선들은 한데로 모여 타일이 깔린 바닥 속으로 사라지게 돼 있었다. 에어컨으로 실내 온도를 조절하는지 섭씨 30도인 바깥에 있다 들어온 피아는 갑자기 피부에 와 닿는 찬 공기가 섬뜩하게 느껴졌다.

"와, 엄청나네!" 얼이 빠져 있던 피아가 감탄사를 내뱉었다. "설마 이 많은 걸 일요일 하루에 다 설치한 건 아니겠지?"

"당연히 아니죠." 루카스가 어이없다는 듯 웃었다. "원래 여기는 우리 전산실이었어요. 녹색카페에 있던 건 그냥 한 번 시험 삼아 만들어본 거고요."

"이건 뭐야?" 피아가 깜박이는 작은 램프와 스위치, 다이얼, 반도체정류기가 달린 콘솔을 가리켰다.

"자체 서버예요. 우리 오프리미츠의 심장이라고 할 수 있죠." 루카스의 목소리에선 자신감이 넘쳤다. "우리 회사에서는 고객들에게 자체 호스트를 제공해요. 그러니까 우리한테 호스트를 빌린 고객은 집에 있는 컴퓨터로 우리 서버에 연결해서 웹사이트를 관리하거나 다른 작업을 할 수 있어요. 고객의 취향에 맞춰 웹사이트를 만들어주기도 해요. 아니면 제가 개발한 에디터를 사용해 고객들이 온라인에서 손쉽게 홈페이지를 만들 수도 있어요. 워드만큼이나 간단해요."

"아, 그렇구나." 피아는 무슨 뜻인지 대충 알 것 같았다. "누가 이걸 다 만들었어?"

"우리 모두 함께 하나씩 하나씩 만든 거예요." 루카스가 신이 나서 대답했다. "그래서 우리 아버지 돈이 필요했던 거고요."

"우리라면 누구누구를 말하는 거지?"

"요나스, 타렉, 그리고 제가 공동 사장이에요." 그는 곧 자신이 한 말을 정정했다. "공동 사장이었다고 해야죠. 이제는 타렉과 저뿐이니까."

그는 조금은 자랑스럽고 조금은 슬픈 표정으로 웃었다.

"프로그래머는 피시와 프란조 두 명이에요. 라르스는 네트워크 담당이고 마르쿠스는 장부 정리, 회계 등을 맡아 해요."

"일반 회사와 다를 게 없네."

"네, 맞아요." 루카스가 컴퓨터 앞에 앉으며 말했다. "세무 신고도 하고 상호 등록도 돼 있어요."

"그런데 왜 이런 걸 비밀리에 하는 거야?" 피아는 등받이가 없는 바퀴 달린 의자에 앉았다. "아버지가 이걸 보면 무척 자랑스러워하실 텐데."

"전혀요." 루카스는 오른손에 감긴 붕대를 느슨하게 풀었다. "아버지는 이런 거 그냥 시간 낭비라고 생각하세요. 아버지가 원하는 건 제가 아버지처럼 은행가가 되는 거예요. 사실 아버지 정도의 지위에 오른 사람이 그렇게 좁은 시야를 가졌다는 게 이상하기도 해요."

"여기 일은 언제 해?"

"주로 밤에 해요." 그는 피아를 보며 싱긋 웃었다. "이제는 안토니아 아버지도 제가 동물원에서 소꿉장난할 시간 없다는 거 이해하시는 거 같아요."

컴퓨터가 켜지자 루카스는 진지하게 변했다. 피아는 여기가 바로 그의 세계라는 걸 느낄 수 있었다. 그가 모니터에 집중하며 피아가 부탁한 것을 찾는 동안 그녀는 주위를 둘러보았다. 한쪽 벽에 요나스와 루카스의 방에서 본 것과 같은 파노라마 사진이 붙어 있었는데 이 사진에는 B8 예정 노선을 표시한 붉은 선이 빠져 있었다. 피아는 자리에서 일어나 어슬렁거리며 사진 앞으로 갔다. 자세히 보니 사진이 아니라 알파벳과 숫자로 구역이 나뉜 일종의 지도였다. 사진 윗부분에 적힌 문구가 눈에 들어왔다.

Make your most terrific discovery—sign up to your Double Life!

"찾았어요!" 루카스가 뒤돌아보며 외쳤다. "와우, 요나스 이 자식 자기 아버지 컴퓨터를 해킹했어요."

그의 얼굴에 감탄의 표정과 함께 미소가 떠올랐다가 이내 사라졌다. "필요한 게 뭐예요?" 그가 건조하게 물었다.

"다 가져갔으면 좋겠는데."

"그건 안 돼요. 이 컴퓨터도 여기 네트워크에 연결돼 있거든요." 그는 발로 의자를 밀고 다른 책상으로 가서 서랍을 열었다. "가지고 가서 찾으실 수 있게 이 컴퓨터에 들어 있는 거 몽땅 USB에 담아드릴게요."

그는 말없이 일에 집중했다.

"됐어요." 잠시 후 그는 피아에게 은빛 나는 조그마한 물건을 건넸다.

"고마워." 피아가 웃으며 말했다. "파울리가 너랑 네 친구들한테 상당한 돈을 유산으로 물려준 거 알고 있니?"

루카스는 영문을 모르는 듯했다. "에이, 말도 안 돼요. 파울리한테 무슨 돈이 있다고?"

"아주 없진 않은 거 같던데. 너희 회사에 8만 유로 상당의 주식을 상속했어."

마우스 위에 놓인 루카스의 손이 움직이지 않았다. 굳은 얼굴이 형광등 불빛 아래서 백지처럼 창백해졌다. 그가 마른침을 꿀꺽 삼키고 나서 말했다.

"왜 그런 얘길 하는 거죠?"

"그게 사실이니까. 우리 동료가 유언장 공개에 갔다 와서 말해준 거야."

루카스는 말없이 피아를 응시하다가 다치지 않은 왼손으로 이마를 짚으며 고개를 숙였다. 피아는 울고 있는 루카스의 모습에 깜짝 놀랐다.

"루카스……."

그녀는 다가가 위로의 말이나 그의 마음을 거절해서 미안하다고 말하려 했다. 그러나 그는 손을 내두르며 거부했다. 파울리가 자신들에게 그토록 마음을 써준 것이 일종의 충격으로 다가온 모양이다.

"괜찮아요." 그는 목멘 소리로 겨우 말했다. "그냥 좀 혼자 있고 싶어요."

피아는 고개를 끄덕이고 가방을 집었다. 문을 닫으면서 뒤돌아보니 그는 키보드 위에 엎드려 어깨를 들썩이며 울고 있었다.

＊

보덴슈타인이 사무실에 들어섰을 때 피아는 이미 사무실에 돌아와 다른 동료들과 함께 오스터만의 등 뒤에서 컴퓨터 화면을 들여다보고 있었다.

"뭐야?" 보덴슈타인이 물었다.

"파울리가 가지고 있다던 보크의 비리 증거를 입수했어요." 피아가 화면에 시선을 고정시킨 채 대답했다. "루카스가 요나스의 컴퓨터에서 복사해준 건데 보크와 담당 공무원들 사이에 오간 서신이 전부 다 있어요."

피아는 아침 일로 아직 그에게 서운한 감정이 남아 있었다. 하지만 보덴슈타인은 알면서도 모르는 척했다.

"증거 좀 나오겠어?" 그가 누구에게랄 것도 없이 물었다.

"그럼요." 오스터만이 대답했다. "담당 부서 사람들, 신바람 나겠는데요. 요나스가 아버지 컴퓨터를 정기적으로 해킹한 거 같아요. 대충 훑어보는 데만도 시간 좀 걸리겠어요."

"3시간 안에 끝내. 그동안 다른 사람들은 슈바르츠 농장으로 갈 거야. 마티아스 슈바르츠에 대한 구속영장과 슈바르츠 농장에 대한 수색영장이 지금 이쪽으로 오고 있어. 이웃에 사는 마테스 부인이 화재 발생 시각에 슈바르츠의 아들이 그 집에서 나오는 걸 확실히 봤다는군."

"그걸로 구속 가능할까요?" 벤케가 인상을 쓰며 물었다.

보덴슈타인은 벤케가 자꾸 손목시계를 쳐다보는 것을 눈치챘다. "오늘 저녁에 뭐 중요한 일이라도 있나?" 보덴슈타인의 목소리는 날이 서 있다.

"아닙니다."

벤케는 못마땅한 얼굴로 어깨를 으쓱했다. 물론 벤케에게 오늘 저녁은 아주 중요했다. 브라질과 일본의 축구 경기가 있는 날이기 때문이다. 저녁 시간을 망친 사람은 이제 보덴슈타인 혼자뿐이 아니게 됐다. 속으로 웃음 짓던 그는 이내 그런 자신이 부끄러워졌다. 평소에는 오히려 너무 곧은 성품으로 사람들을 당황하게 만드는 그가 아니던가.

"마티아스 슈바르츠를 꼭 방화죄로 구속하려는 건 아냐. 화요일 밤에 확실한 알리바이가 없으면 살해 혐의로 잡아들이면 돼."

“확실한 알리바이가 있으면요?” 카트린이 물었다.

“그럼 스베냐를 쥐어짜야지. 스베냐는 이미 예전에 심문했어야 해.”

피아가 비난에 가득 찬 눈빛으로 보덴슈타인을 째려보았다.

“스베냐를 심문한다고요?” 피아의 목소리는 냉랭했다. “남자친구를 잃은 충격에 시달리고 있는 아이예요. 게다가 임신 중이어서 심리적으로도 아주 불안정하고요. 지난번에 질문하면서도 얼마나 조마조마했는지 아세요? 질문 하나만 더 하면 꼭 무슨 짓이라도 저지를 것 같았다고요.”

오스터만, 벤케, 카트린은 서로 얼굴을 쳐다보며 눈치를 살폈다. 보덴슈타인의 기분이 안 좋은 것도, 그와 피아 사이에 감도는 냉랭한 기운도 다들 느끼고 있었지만 그 이유가 뭔지는 아무도 몰랐다.

“내 방에 있을 테니까 구속영장 도착하면 불러.”

보덴슈타인은 의도했던 것보다 큰 소리가 나게 문을 닫고 자기 방으로 가 코지마에게 전화를 걸었다.

“못 올 것 같아?” 코지마가 전화를 받자마자 물었다.

“어떻게 될지 모르겠어.” 그가 시큰둥하게 대답했다.

코지마의 목소리는 언제나처럼 태연했다. 그가 갑자기 전화해서 약속을 지킬 수 없다고 말하는 것은 처음 있는 일이 아니다. 그러나 그게 코지마의 마음에 안 들 수도 있겠다고 느낀 것은 이번이 처음이었다.

“당신한테 그 말을 들은 뒤로 자꾸 죄책감이 느껴져. 난 내 사건이 가장 중요하다고 생각한 적이 없거든. 하지만 다 내팽개치고 사적인 일정에만 맞출 수는 없는 거잖아.”

“그냥 말이 그렇게 나온 거였어.” 코지마가 짧게 웃으며 말했다. “그날은 기분이 너무 안 좋았거든.”

"어쩌면 은연중에 나온 진심일 수도 있지." 보덴슈타인이 말꼬리를 잡았다.

둘 다 잠시 말이 없었다.

"우리가 결혼한 지 20년 됐어. 당신이 늦게까지 일을 해야 할 때가 있다는 거 잘 알아." 코지마가 진지하게 말했다. "난 괜찮아. 신경 쓰지 마."

그녀가 한 말은 정확히 그가 듣고 싶어 한 말이었다. 이쯤해서 화제를 돌려야 한다는 걸 알았지만 그는 왠지 트집을 잡고 싶었다.

"내가 이렇게 늦게까지 일하는데 당신은 아무렇지 않다는 거야?"

"당신 왜 그래?" 코지마가 의아한 목소리로 되물었다. "그런 뜻으로 한 말이 아니잖아!"

"당신 말이 그렇잖아, 지금."

"다시 한 번 말할게." 코지마의 목소리가 날카로워졌다. "의도하지 않은 말이 튀어나온 것에 대해 아주 정중하게 사과할게. 미안해. 당신이 내 일에 이해심을 보이는 것처럼 나도 당신 일을 존중해. 그리고 당신이 그렇게 말 한 마디 한 마디 민감하게 따지는 사람이라는 걸 알았으니 앞으로는 특별히 말조심할게! 됐어?"

"내가 언제……."

보덴슈타인이 강하게 받아치려 했지만 코지마는 그가 말하게 놔두지 않았다.

"오늘 어디서 만나는지 알지? 당신이 올 수 있다면 좋겠지만 약속을 못 지켜도 이해할게. 그럼 끊어."

보덴슈타인은 손안에 든 수화기를 노려보았다. 화가 머리끝까지 치밀었다. 자신에게도 화가 나고 옳은 말만 하는 코지마에게도 화가 났다. 그때 문 두드리는 소리가 나더니 피아가 들어와 문을 닫았다.

“영장 왔어?” 보덴슈타인이 퉁명스럽게 물었다.

“아뇨.”

“그럼 뭐야?”

“반장님은 먼저 손 내미는 거 자존심 상해서 못 하시잖아요. 그래서 제가 먼저 하는 거예요.” 피아가 겁 없이 또박또박 말했다. “전 이렇게 반장님이 언제 폭발할지 모르는 상태에서는 도저히 일에 집중할 수 없어요.”

보덴슈타인은 화를 내려고 했지만 다음 순간 화가 말끔히 사그라들었다.

“나도 내가 왜 이러는지 모르겠어.” 그가 솔직하게 말했다.

“누구나 컨디션이 안 좋은 날이 있어요. 저희가 슈바르츠한테 갈 테니까 반장님은 그만 퇴근하시는 게 어때요?”

“날 따돌리는 거야?” 그가 의심쩍은 듯 물었다.

“아시잖아요? 전 벤케보다 반장님이랑 일하는 게 백배 천배 좋아요. 하지만 지금 반장님 상태는 벤케가 양호한 상태일 때랑 별반 다를 게 없어요.”

보덴슈타인은 자기도 모르게 웃음이 나왔다. 피아의 용감무쌍함에 감탄하지 않을 수 없었다. 그라면 이런 경우 절대 상사의 방을 찾아가지 못했을 것이다.

“그래, 그럼 난 뭘 하면 좋을까?”

“제 결혼기념일이었다면 전 뭔가 괜찮은 걸 생각해냈을 거예요.”

피아의 말에 보덴슈타인은 벽에 걸린 달력을 쳐다보았다. 어떻게 알았는지 모르지만 그녀의 말은 사실이었다. 그래서 코지마가 아이들을 데리고 외식을 하자고 한 것이다!

“아뿔싸!” 그가 중얼거렸다.

"꽃다발 사서 집에 가세요. 그리고 코지마에게 저희한테 한 것처럼 똑같이 친절하게 대하셨다면 아무 생각 말고 그냥 미안하다고 하세요."

보덴슈타인은 피아를 쳐다보며 어쩔 수 없다는 듯 웃었다. "내 기분대로만 행동해서 미안하군. 정말이야."

"저도 말하고 나니 괜찮아졌어요." 피아도 따라 웃었다. "꽃집 문 닫기 전에 어서 가세요. 안 그러면 다 시들어가는 편의점 꽃이나 사야 해요."

*

피아가 카트린, 벤케, 그리고 열다섯 명의 경찰관과 함께 슈바르츠의 농장에 도착했을 때 슈바르츠 부부는 막 외출하려던 참이었다.

"죄송하지만 집과 농장을 수색해야겠어요." 피아가 수색영장을 들어 보이며 말했다.

"왜요?"

에르빈 슈바르츠가 자리에서 일어나며 물었다. 피아는 그의 거구 앞에서도 전혀 주눅 들지 않았다.

"거기 다 씌어 있으니까 읽어보세요."

그녀는 영장을 그의 손에 쥐여주고 농장과 집안 곳곳으로 흩어지는 경찰관들을 바라보았다. 곁눈질로 보니 헛간 쪽에서 사람의 움직임이 느껴졌다. 다음 순간 쾅 하고 문 닫히는 소리가 나더니 자동차 시동 거는 소리가 요란하게 들렸다. 문 앞에 서 있던 벤케가 반사적으로 소리 나는 쪽으로 달렸다. 경찰관 셋이 그 뒤를 따랐다. 벤케는 정문을 향해 달려 나오는 마티아스 슈바르츠의 자동차 위로 뛰어

올랐다. 공포에 사로잡힌 마티아스는 운전대를 꺾는 동시에 액셀을 밟았다. 미처 옆으로 피하지 못한 경찰관 한 명이 자동차 보닛과 지붕에 부딪쳤다가 바닥에 떨어졌다. 피아는 바닥에 웅크리고 괴로워하는 경찰관에게 달려갔다. 마티아스는 차를 세우지 않고 그대로 로어비젠 가를 달려 도망쳤다.

"이제 어쩌지?" 벤케가 물었다.

"어디로 갈지 뻔해." 피아가 휴대전화에 번호를 누르며 말했다. "벤케, 어서 구급차 불러."

*

슈바르츠 부부의 거센 항의와 협박 속에서도 가택수색은 계속됐다. 피아는 소리 지르고 고함치는 그들을 본 척도 하지 않았다. 그녀는 마티아스의 도주를 스스로 죄가 있다고 인정한 것으로 받아들였다. 그리고 15분 후 켈크하임 경찰이 녹색카페 앞에서 마티아스를 체포했다는 연락을 받고는 속으로 그럼, 그렇지! 하고 생각했다. 마티아스는 에스터를 찾아가 숨겨달라고 했지만 에스터는 차갑게 거절했을 것이다. 피아가 예상한 대로다.

수색은 저녁 8시 무렵에 끝났다. 피아는 마티아스를 심문하기 위해 동료들과 함께 호프하임으로 돌아갔다. 마티아스는 무심한 표정으로 조사실에 앉아 있었다.

"공무 집행 방해, 경찰관 폭행, 중증 상해. 그 순경 죽으면 살인죄야, 알아? 거기다 차량 도주까지……." 벤케가 죄목을 열거했다. "해당되는 죄가 한두 개가 아니야. 너 이제 큰일 났다. 왜 도망갔어?"

피아와 카트린은 유리 뒤에 서서 차가운 표정으로 조사실을 들여다보았다. 축구를 못 보게 된 벤케는 쌓일 대로 쌓인 화를 마티아스에게 다 터뜨렸다. 마티아스는 눈을 내리깔고 말없이 책상만 쳐다보았다. 그가 이렇게 망연자실한 것은 과연 이렇게 일이 커져버린 것 때문일까, 아니면 에스터의 냉정한 거절 때문일까? 30분 후 벤케는 심문을 포기하고 경찰관을 불러 마티아스를 데려가게 했다.

"이제 어쩌지?" 벤케가 동료들을 둘러보며 말했다.

"감방에서 하룻밤 보내고 나면 생각이 달라지겠지." 피아가 결정을 내렸다.

"마티아스는 독 안에 든 쥐야." 오스터만이 말했다. "휴대전화에 6월 14일에 에스터에게 보낸 문자메시지가 있어. 들어봐. '하라는 대로 했어요.'"

"그건 어떤 뜻으로도 해석할 수 있어. 토마토를 따라고 시켰거나 잔디를 깎으라고 했을 수도 있잖아." 피아가 고개를 저었다.

"에스터가 그 전에 뭐라고 썼는지 들어봐. '나 돌아갈 때까지 그 돼지 눈앞에 안 보이게 해줘.'"

"돼지?" 피아가 의아한 표정으로 되뇌었다.

"응."

"좋아." 피아가 짧게 한숨을 내쉬었다. "그렇다면 다시 일하러 나가야지. 벤케, 다시 한 번 마티아스랑 얘기해볼래, 아니면 에스터한테 갈래?"

"난 에스터." 벤케가 문자메시지를 인쇄해놓은 종이를 들고 일어났다. "이건 이제 끝난 게임이나 마찬가지야."

카트린은 벤케의 뒤를 따랐고, 피아는 마티아스를 다시 심문하기 위해 아래층으로 내려갔다.

*

"사람을 칠 생각은 없었습니다. 정말입니다. 정신이 없어서 차가 자동이라는 걸 깜박했습니다." 마티아스가 피아를 보자마자 말했다.

"도대체 도망은 왜 간 거예요?"

피아의 물음에 그는 아무 말도 없이 양손에 얼굴을 묻었다.

"슈바르츠 씨, 대답하지 않으면 상황이 점점 더 나빠질 거예요. 판사는 도주 시도를 자백으로 여길 거라고요." 피아가 진심 어린 목소리로 설득했다. "자, 왜 차를 타고 도망쳤죠?"

그는 공허한 시선으로 침묵을 고수했다.

"슈바르츠 씨의 휴대전화에서 에스터 슈미트에게 보낸 문자메시지가 나왔어요." 피아는 에스터의 이름을 듣고 그가 어떤 반응을 보일지 궁금했다. "에스터는 자신이 돌아갈 때까지 돼지를 눈앞에 안 보이게 하라는 문자메시지를 보냈어요. 그리고 당신은 6월 14일에 하라는 대로 했다는 답장을 보냈어요."

마티아스는 연회색 눈동자로 멍하니 피아를 응시하다가 다시 고개를 떨어뜨렸다.

"어머니 말이 맞았어." 마티아스가 혼잣말로 중얼거렸다. "그냥 날 이용해먹은 거야."

"에스터가 하라는 대로 한 게 뭐죠?" 피아가 끈질기게 물고 늘어졌다. "파울리가 죽은 날 밤 어디 있었어요?"

그의 얼굴 근육이 강하게 실룩거렸다.

"슈바르츠 씨, 질문에 대답하세요." 계속해서 아무 대답이 없자 피아가 그를 재촉했다.

마티아스 슈바르츠가 갑자기 주먹으로 책상을 꽝 내리쳤다. 끓어

오르는 분노와 불타는 복수심은 안 그래도 근육질에 덩치가 큰 그를 위협적인 야수로 만들었다.

"여우 같은 년!" 그가 버럭 소리를 지르며 피아를 잡아먹을 듯이 노려보았다. "계집년들은 하나같이 다 똑같아!"

"진정하세요, 슈바르츠 씨."

피아가 안정시키려 했지만 너무 늦었다. 분노의 댐은 이미 무너졌고 그는 그동안 자신을 속박해온 굴레를 떨치려는 듯 상상도 못 할 엄청난 힘으로 책상을 들어 올려 방구석으로 던져버렸다. 피아는 펄쩍 뛰어 간신히 옆으로 피했다. 곧이어 그는 미친 사람처럼 소리를 지르며 벽에 머리를 찧기 시작했다. 대기하고 있던 경찰관이 말렸으나 혼자 힘으로는 모자랐다. 다른 경찰관 세 명이 합세해서야 겨우 마티아스를 제압할 수 있었다. 이마에 피가 흥건한 채로 바닥에 엎드린 그의 손에 수갑이 채워졌다. 피아는 형사 생활을 하면서 별의별 경우를 다 봤지만 이렇게 격렬하게 분노를 폭발시키는 용의자는 처음이었다. 그녀는 자세를 낮추어 마티아스에게 물었다.

"6월 13일 화요일 이웃인 한스 우를리히 파울리를 죽였습니까?"

그는 벌겋게 충혈된 눈으로 피아를 응시했다. 상처 입고 괴로워하는 절망적인 눈빛에 피아는 자기도 모르게 동정심이 일었다.

"네." 그의 몸이 축 늘어졌다. "네, 내가 그랬습니다. 에스터가 그렇게 하라고 시켰어요."

*

집에 도착한 피아는 피곤하다는 생각밖에 들지 않았다. 마티아스 슈바르츠가 자백하긴 했지만 그녀는 그가 범인이라고 생각하지 않았다. 에스터는 그에게 사모와 감탄과 사랑의 대상이었다. 무지하고 단순한 그에게 태양 같은 존재였던 그녀가 그의 충성심과 사랑을 무자비하게 짓밟고 벌레 털어내듯 떨쳐버리자 그는 큰 상처를 입었다. 그리 머리가 좋은 편이 아니지만 그는 복수할 기회가 왔다는 것을 감지했다. 그리고 그 기회를 잡았다. 에스터에게 살인청부죄를 뒤집어씌운 것이다.

벤케는 곧장 에스터를 체포하러 갔다. 에스터는 그 돼지는 마티아스가 선물이랍시고 갖다 바친 베트남산 애완 돼지라며 거세게 반항했지만 어쩔 수 없이 끌려가야 했다. 아마 그 말은 사실일 것이다. 어차피 내일 범행의 세부 사항을 맞추다 보면 그의 자백이 거짓임이 밝혀질 것이다. 보덴슈타인 역시 피아와 같은 의견이었다. 전화를 받는 그의 목소리가 한결 여유로워 보여 피아는 무척 안심이 됐다.

문득 빈 개집이 눈에 들어왔다. 새벽 일을 까맣게 잊고 있던 피아는 자동적으로 죽은 기니피그와 새벽에 느꼈던 두려움을 떠올렸다. 동물들에게 먹이를 주고 정원 일을 마치고 나니 어둑어둑한 밤이 찾아왔다. 냉장고에는 디저트용 젤리와 인스턴트 포장육뿐이다. 피아는 돼지고기의 포장을 뜯어 전자레인지에 넣었다. 그때 갑자기 전기가 나가면서 전자레인지가 멈췄다. 동시에 전등도 꺼지고 뉴스 진행자의 멘트도 끊겼다. 피아는 온몸이 굳어 그 자리에 우뚝 선 채 점점 빨라지고 있는 자신의 맥박 소리를 들어야만 했다. 오늘 새벽과 같은 일을 또다시 겪을 수는 없다.

그녀는 도망치듯 집을 나와 프랑크푸르트를 향해 차를 달렸다. 갑자기 연락도 없이 나타난 그녀를 보고 헤닝이 무슨 생각을 할지는 안중에 없었다. 지금 그녀에게는 헤닝의 흔들림 없는 객관성이 절실했다. 그가 모든 두려움과 악령을 물리쳐줄 것이다. 그녀는 잠시 주차할 곳을 찾아 집 주변을 돌다가 차를 주차한 후 오랜만에 찾은 집 앞에 섰다. 헤닝은 그녀가 다시 돌아올지도 모른다는 희망을 버리고 싶지 않았는지 극구 피아에게 집 열쇠 하나를 가지고 있으라고 했다. 피아는 예의상 먼저 초인종을 누른 후 아무 기척도 없자 열쇠 구멍에 열쇠를 꽂고 돌렸다.

너무도 익숙한 집 안 풍경이 눈앞에 나타났다. 거실에서 텔레비전 소리가 크게 흘러나왔다. 부엌에는 컵, 접시 등 설거지감과 헤닝이 솜씨를 발휘한 요리, 반쯤 남은 와인병이 여기저기 흩어져 있었다. 뒷정리는 가사도우미에게 맡기는 헤닝의 방식 그대로다. 피아의 얼굴에 살짝 미소가 떠올랐다. 그녀는 아침에 지저분한 부엌으로 들어가는 게 싫어서 저녁마다 부엌을 깨끗이 치우곤 했다.

부엌을 지나 거실로 간 피아는 문가에서 얼어붙은 듯 꼼짝도 하지 못했다. 묵직한 탁자 위에 남녀의 몸이 한데 엉켜 사람이 들어오는 줄도 모르고 서로에게 열중하고 있었다. 우습게도 피아의 관심을 가장 많이 끈 것은 탁자였다. 그 탁자는 헤닝과 함께 라이프치히 가에 갔다가 골동품 가게에서 당시 돈으로 2,300마르크나 주고 산 것이다. 피아는 예상치 못한 질투심이 온몸을 관통하는 것을 느꼈다. 그리고 헤닝이 자기를 속였다는 것을 깨닫자 밑도 끝도 없이 화가 치밀었다. 실크 스타킹과 정장을 벗은 뢰블리히 검사는 오렌지 껍질 같은 허벅지살과 뚱뚱한 엉덩이 때문에 그다지 매력적으로 보이지 않았다. 피아는 그냥 나갈까 생각하다가 두 사람을 놓려주고 싶은 유혹을 뿌리치지 못했다.

"탁자 부서지겠다. 보이는 것처럼 그렇게 튼튼하지는 않아." 그녀가 심술궂게 말했다.

"피아!" 헐떡거리던 헤닝이 놀라 소리쳤다. "여긴 웬일이야?"

"집 열쇠 갖다주러 왔어. 방해해서 미안해."

헤닝은 안경을 찾아 탁자 주변을 더듬거렸다. 뢰블리히도 자기 안경을 찾으면서 손에 잡히는 대로 옷을 집어 얼른 몸을 가렸다.

"열쇠는 여기 둘게. 하던 일 계속해."

피아는 열쇠를 현관 장식장 위에 두고 집을 나왔다. 발코니에서 헤닝이 소리쳐 불렀지만 그녀는 그 소리를 외면한 채 자동차로 뛰어갔다. 목에 묵직한 것이 걸린 것 같고 가슴이 쓰렸다. 이상한 일이다. 정작 헤닝을 떠난 사람은 그녀인데, 그 순간 그렇게 외롭고 서러울 수 없었다.

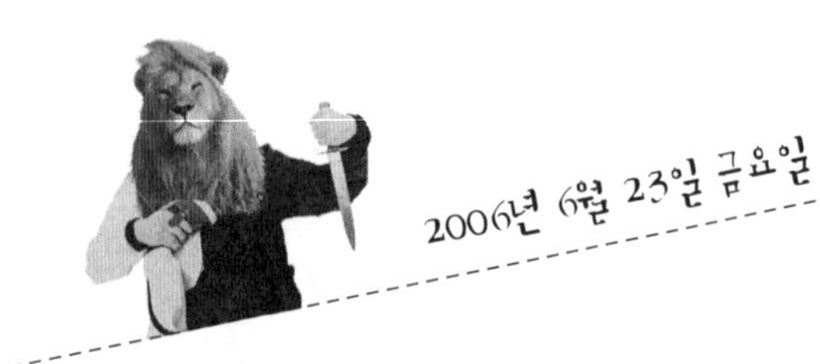

피아는 운전대를 잡고 정처 없이 달렸다. 목장으로 돌아갈 생각은 없었다. 빈집이 주는 외로움이 두려웠다. 헤닝을 비난할 일도 아니다. 그를 떠난 사람은 그녀 자신이 아닌가! 그렇게 무작정 그 집을 찾아가다니 참으로 바보 같은 짓이었다. 눈물이 계속 흘러내렸지만 그녀는 큰 소리로 웃지 않을 수 없었다. 이렇게 우스꽝스러운 일이 다 있나!

헤닝은 지금쯤 두 번째 시도를 하고 있을까? 그렇게 생각한 순간 휴대전화가 울렸다. 헤닝이다! 두 번째 시도는 하지 않은 모양이군. 피아는 끊임없이 울리는 전화벨을 무시하고 계속 달렸다. 헤닝도 그녀가 전화를 받지 않으리라는 것을 깨달았는지 벨 소리가 그치고 문자메시지가 왔다. 피아는 호기심에 휴대전화를 열어보았다. 그런데 메시지의 발신자는 헤닝이 아니라 루카스다.

자요? 안 자면 만나서 얘기하고 싶어요. 잠이 안 와요. 루카스.

루카스. 그는 요즘 산더와 번갈아 가며 그녀의 꿈에 나타나는 남자다. 함께 있어줄 사람이 없어진 상황에서 루카스의 제안은 반가울 따름이다.

그로부터 30분 후 피아네 식탁에 앉은 루카스는 창백한 얼굴에 얼마나 울었는지 눈자위가 다 짓물러 있었다. 피아는 프라이팬에 깨 넣고 휘휘 저어 익힌 달걀을 빵 두 조각과 함께 루카스에게 내밀었다. 그는 맛있게 먹었다. 한 입 먹을 때마다 빵을 쳐다보며 천천히 먹는 것을 보니 외아들티가 났다. 형제가 많은 집에서 자란 사람은 다른 사람이 다 먹어버릴까 봐 빨리 먹어 치우는 법이다. 음식을 먹으니 루카스의 얼굴에 약간 화색이 돌았다.

"잘 먹었어요. 설거지는 제가 할게요." 그가 접시를 깨끗이 비운 후 말했다.

"식기세척기 있어. 괜히 손 덧나게 하지 마. 어때, 지금도 아파?"

"견딜 만해요. 뭐 좀 마시고 싶은데, 제가 칵테일 좀 만들까요?"

"재료가 별로 없는데."

"뭐 있나 봐도 돼요?"

"응."

그는 냉장고와 찬장에서 보드카, 토마토 주스, 타바스코 소스를 꺼냈다. "블러디 메리 어때요?"

"좋아."

루카스가 칵테일을 만드는 동안 피아는 담배를 피웠다. 낯선 여자의 다리 사이로 보이던 헤닝의 엉덩이 때문에 받은 충격은 어느 정도 가셨다. 루카스와 함께 있으니 기분이 훨씬 나아졌다. 혼자 사는 게 좋다고 스스로에게 주입시켜왔지만 지금은 아무나 혼자 사는 게 아니라는 생각이 들었다. 루카스는 요나스와 함께 세웠던 계획들을 이야기해주었다. 두 사람은 완성된 칵테일을 마셨고 두 번째, 세 번째 잔이 뒤따랐다. 맛이 너무 좋아서 모든 두려움이 가시는 듯했다.

"요나스는 컴퓨터를 잘했니?" 피아가 물었다.

"네, 꽤 잘하는 편이었어요. 프란조랑 둘이서 공부도 열심히 했어요."

"그럼 타렉이랑 너랑 둘이 공동 1위야?"

"제가 더 잘해요." 그가 겸손 떨지 않고 말했다. "적어도 전 아직까지 한 번도 안 걸렸거든요."

"그래? 그럼 타렉은 걸렸고?"

"경찰이 이미 다 알아냈을 거라고 생각했는데 아니었네요." 루카스는 뜻밖이라는 듯 눈썹을 치켜세웠다. "타렉이 5년 전에 웜을 하나 만들었는데 그게 엄청나게 퍼져서 컴퓨터와 네트워크가 다 마비됐거든요. 마이크로소프트에서 고액의 현상금을 내걸자 친구 녀석 하나가 불었어요. 그래서 8개월 살고 나머진 집행유예로 때웠어요."

피아는 얼굴이 햇볕에 그을린 정원사 타렉이 그렇게 유명한 해커라는 게 잘 상상이 되지 않았다.

"넌 뭐 걸릴 만한 일 한 적 없어?"

루카스는 말없이 웃으며 새로 만든 칵테일을 내밀었다.

"옛날에는 좀 했어요. 모르는 컴퓨터에 해킹해서 바이러스, 웜, 트로이의 목마 한 쉰 개는 만들었을 거예요. 하지만 절대 밖으로 내보내지는 않았어요. 보안의 허점을 찾아내는 게 재미있지 일부러 뭘 파괴하는 데는 취미 없어요."

"그런 거 만드는 거 엄청나게 어렵지 않니?"

“제겐 안 그래요. 전 불가능해 보이는 것에 도전하는 게 좋아요.”

“Make your most terrific discovery.” 피아가 파노라마 사진에서 본 문구를 인용했다.

“네?” 순간 루카스의 얼굴에서 웃음기가 사라졌다.

“너희 회사에 붙어 있던 파노라마 사진에서 본 거야. 네 방에도 비슷한 사진이 붙어 있던데……. 그게 무슨 뜻이니?”

“그냥 광고 카피예요. 인터넷 게임인데 지금은 금지됐어요.”

그제야 피아는 오스터만한테 들은 이야기가 기억났다. 금지된 인터넷 게임 더블 라이프! 사진 속의 그 문구도 더블 라이프 어쩌고 하면서 계속되지 않았던가.

“더블 라이프.” 피아가 큰 소리로 말했다.

“그 게임을 아세요?” 루카스가 칵테일을 저으며 뜻밖이라는 듯 물었다.

“스베냐 홈페이지에 링크가 있었어. 동료가 인터폴에서 서버를 찾고 있다고 얘기해주더라고.”

“맞아요.” 루카스는 등을 뒤로 젖히고 피아의 얼굴을 찬찬히 들여다보았다. “그래서 더 유명해졌죠. 내 친구들 중엔 아직도 그 게임 하는 애들이 있어요.”

피아는 머릿속에서 퍼즐 몇 조각이 맞춰지는 느낌이 들었다. “딘 코르소와 보리스 발칸?”

“빙고.” 루카스가 재미있다는 듯 웃었다. “그때 콘서트에서 만났을 때 그 이름 부르니까 걔네들 엄청 놀라던데요.”

갑자기 펑 소리와 함께 전기가 나갔다. 피아는 자리에서 일어나며 술을 너무 많이 마셨다는 것을 깨달았다. 그녀는 더듬더듬 두꺼비집이 있는 곳으로 가다가 발이 꼬이자 혼자 까르르 웃었다. 전기 안전

장치는 다시 눌러지지 않았다. 조금 있다가 다시 펑 소리가 났다.

"고장인가 봐." 피아는 다시 벽을 더듬거리며 부엌으로 돌아왔다. "어딘가 초가 있을 텐데……."

루카스가 라이터 불로 주위를 밝혔다. 피아는 서랍을 뒤져 찾아낸 작은 양초 몇 개에 불을 붙였다.

"분위기 좋네요."

루카스가 미소 지으며 말했다. 피아는 그가 자신을 바라보는 표정에서 콘서트가 있던 날의 유혹을 떠올렸다.

"이제 집에 가야지. 내가 태워다 줄게." 피아가 웅얼거리는 소리로 말했다.

"블러디 메리를 네 잔이나 마시고 운전을 하겠다고요? 절대 안 돼요."

"아, 그렇지. 난 취했지, 참."

사실 그녀는 루카스가 옆에 있어서 안심이 되고 좋았다. 고장 난 두꺼비집도 전혀 무섭지 않았다.

"이불 갖다줄게. 소파에서 자."

*

켈크하임 공동묘지는 규모도 크고 큰 장례식도 여러 번 치른 곳이지만 금요일 정오에 열린 한스 우를리히 파울리의 장례식은 수용 인원을 일찌감치 초과해 사람으로 미어터졌다. 주차 공간이 모자라 슈미바흐탈 방향 다리 밑으로 차들이 끝도 없이 이어졌다. 하늘은 구름 한 점 없이 파래서 풍덩 빠지고 싶을 정도였다.

피아와 보덴슈타인은 멀찍이 떨어져서 지나가는 조문객들을 지

켜보았다. 미리 파놓은 무덤 가까이 있는 나무 뒤에 경찰 소속 사진
사가 카메라와 망원렌즈로 무장한 채 대기 중이었다. 파울리의 장례
식에 범인이 나타날 것에 대비한 조치다.

지벤리스트는 아직 심문이 불가능한 상태지만 그의 아내는 일찌
감치 변호사를 고용했다. 마티아스 슈바르츠는 바로 풀려났다. 벌써
첫 번째 심문에서부터 진술이 맞지 않았기 때문이다. 마티아스의 차
에 치인 경찰관의 부상은 다행히 팔 골절, 뇌진탕, 타박상에 그쳤다.
즉 마티아스의 죄는 중증 상해에만 해당되기 때문에 감방에 가둬놓
을 필요가 없었다.

에스터가 눈물 한 방울 흐르지 않는 눈을 선글라스로 가린 채 굳
은 표정으로 관 바로 뒤를 따랐고 녹색카페 직원들과 단골 학생들이
그 뒤를 따랐다. 그중에는 흐느껴 우는 이도 있고 서로 손을 꼭 잡고
가는 이도 있다. 피아는 그 속에서 루카스를 발견했다. 그의 다치지
않은 쪽 팔에 스베냐가 물에 빠진 사람처럼 매달려 걷고 있었다.

"저거 봐. 루카스 저 바람둥이가 죽은 친구의 여자를 금세 꼬드겼
군." 보덴슈타인이 비웃었다.

"제가 보기엔 서로 위로하는 것 같은데요." 피아는 스스로도 이유
를 모른 채 루카스를 변호했다.

"자네도 저 얼굴에 넘어간 거야? 녹색 눈동자의 꽃미남에게 반한
건가?"

"아니라니까요." 피아가 불편한 마음으로 대꾸했다. 주머니에서
휴대전화가 진동했지만 신경 쓰지 않았다. 헤닝이 벌써 수십 번 넘
게 전화하고 있었다.

"저 녀석 왠지 모르게 불쾌해." 보덴슈타인이 혼잣말처럼 중얼거
렸다. 그의 말 한 마디 한 마디가 피아의 불안을 증식시켰다. "사람

이 정말 괜찮잖아. 나무랄 데 없는 연기를 하는 배우 같단 말이지. 난 저 녀석을 볼 때마다 누구나 자기가 원하는 상을 투사할 수 있는 새하얀 영사막을 보는 것 같아."

"반장님은 루카스를 잘 모르시잖아요? 외로움도 많이 타고 가정 환경 때문에 고민도 많아요." 피아는 저도 모르게 다시 루카스를 변호했다.

"아, 그래?"

"제일 친한 친구가 죽었어요. 존경하는 선생님도 잃었고요. 부모님은 일하느라 바빠서 아들한테 신경을 못 써요."

보덴슈타인은 한쪽 눈썹을 치켜세웠다. "동정심 유발 작전에 넘어간 건가? 그런 거에 약한 줄 몰랐네."

"산더 원장한테 들은 거예요." 피아도 가만있지 않았다. "루카스를 이해하려고 노력하더라고요."

"산더가 노력하는 건 한계가 있어 보이는데? 산더가 하는 일이 뭐야. 루카스 아버지의 교육 방침을 뒷받침해주는 것뿐이잖아. 그리고 아버지로서 말하는데 저 나이 남자애들은 이해 같은 거 바라지 않아. 그저 온 세상이 자기를 이해해주지 않는다고 슬퍼하면서 그냥 자기 연민 속에서 허우적댈 뿐이야. 특히 부모가 가장 큰 적이지."

피아는 더 이상 그런 이야기를 듣고 싶지 않았다. 루카스는 다르다. 그가 그녀 앞에서 연기를 했을 리 없다! 아니, 연기였을까? 그는 유혹자가 아닌가! 피아는 그 생각을 떨쳐버리려는 듯 머리를 세차게 흔들었다. 보덴슈타인의 말은 피아의 마음속에 의심의 씨앗을 뿌렸고 그 씨앗은 순식간에 자라나 작고 날카로운 이빨로 그녀의 두뇌를 갉고 있었다. 피아는 문득 요나스가 죽은 날 루카스와 나누었던 대화를 떠올렸다. 왜 그는 요나스의 생일 파티에 대해 한 마디도 하지 않았을까? 게다가 요나스와 스베냐가 자주 싸우는지 물어봤을 때도 모르는 척했다. 그녀는 갑자기 기분이 안 좋아졌다. 어젯밤 루카스가 그녀 집에서 잤다는 걸 알면 보덴슈타인이 과연 뭐라고 할지 생각만으로도 몸서리가 쳐졌다.

＊

1시간 후 장례식이 끝나고 사람들이 돌아가기 시작했다. 보덴슈타인은 에스터가 플뢰트만과 다른 지인들에게 둘러싸여 나가는 것을 보고 그제야 스베냐를 놓쳤음을 깨달았다.

"그럴 리 없어요." 피아가 미심쩍은 표정으로 고개를 저었다. "적어도 루카스는 내 눈에 띄었을 텐데……. 아직 묘지에 있는 거 아닐까요?"

그러나 묘지에는 뜨거운 햇볕 아래서 빠른 속도로 무덤에 흙을 퍼 넣는 인부들 말고는 아무도 없었다.

"제가 루카스한테 전화해볼게요." 피아가 전화를 걸었지만 전화기가 꺼져 있어 음성 사서함으로 연결된다는 기계음만 흘러나왔다. 장례식 전에 전화기를 꺼놓은 모양이다. 당연한 일이다.

"스베냐의 집으로 가보지." 보덴슈타인이 제안했다. "언제가 됐든 집에는 들어올 테니까. 어쩌면 루카스가 너무 열심히 위로를 하고 있는지도 모르고."

피아는 그 말에 아무런 대꾸도 하지 않았다. 보덴슈타인이 그토록 루카스를 싫어하는 것이 마음에 걸렸다. 자신이 루카스에 대한 호감 때문에 객관적으로 상황을 보지 못하는 걸까? 아니면 닭장에는 수탉이 한 마리만 있어야 한다는 말처럼 보덴슈타인이 경쟁심을 느껴

젊고 잘생긴 루카스를 견제하는 걸까? 생각하면 할수록 두 번째 가능성 쪽으로 생각이 기울었지만 아무래도 의심은 사라지지 않았다.

*

루카스의 휴대전화는 꺼져 있고 스베냐는 행방이 묘연했다. 집에도 가봤지만 둘 다 없었다.

"그 두 사람이 갈 만한 곳이 어딜까?" 보덴슈타인이 피아를 흘깃 보며 중얼거렸다. "뭐 떠오르는 거 없어? 그동안 루카스하고 많이 친해졌잖아."

순간 피아는 얼굴이 달아오르는 것을 느꼈다. 그러나 보덴슈타인이 별 뜻 없이 말했다는 것을 알고 곧 마음을 놓았다.

"뮌스터 공단에 있는 회사에 갔을지도 몰라요."

피아의 추측은 빗나갔다. 녹색카페에도 가봤지만 허탕이었고 슈미바흐탈에 있는 차샤리아스의 별장에도 없었다. 피아는 루카스와 스베냐가 뭘 타고 이동했는지 궁금했다. 루카스는 차가 없다. 적어도 그가 운전하는 것을 본 적은 없다. 그녀는 다시 루카스의 번호를 눌렀다. 이번에는 신호가 갔다.

"스베냐 어디 있는지 아니?" 피아가 보덴슈타인의 차에 기대며 물었다. 보덴슈타인이 오두막으로 내려가는 모습이 보였다.

"아뇨, 장례식 때는 같이 있었는데 끝난 다음에 집에 간다면서 먼저 갔어요."

"집에는 아직 안 들어왔어. 그런데 너희들 묘지에서 어떻게 나왔어? 지나가는 거 못 봤는데?"

"전 타렉 차를 얻어 탔고 스베냐는 스쿠터 타고 갔어요."

“지금 어디니?”

“왜요? 만날래요?”

“아니, 일해야 돼.” 피아는 보덴슈타인 쪽을 흘깃 쳐다봤다.

“그럼 일 끝난 다음에는요?” 루카스가 목소리를 낮추었다. “저녁에 만나요. 어제는 정말 좋았어요. 진짜요.”

맙소사! 내가 대체 무슨 짓을 저지른 거지?

“또 유혹자놀이를 하는 거니?” 피아가 생각 없이 내뱉었다.

루카스는 잠시 아무 말 않다가 이내 기분이 상한 듯 물었다. “왜 그런 말 하는 거죠? 어제 제가 충분히 얌전하게 행동하지 않았나요?”

피아는 그렇게 말한 것을 곧 후회했다. 그의 말이 옳다. 루카스가 있어서 얼마나 든든했는지 모른다. 그런데 그런 소리를 하다니!

“말이 잘못 나왔어.” 피아는 얼른 화제를 돌렸다. “그런데 정말 급히 스베냐를 만나야 하거든. 어디 가면 만날 수 있을까?”

“안토니아한테 가지 않았을까요?”

“맞아! 그 생각은 못 했네. 고마워, 루카스.”

“아니에요. 그건 그렇고 우리 집사가 오늘부터 휴가거든요. 제가 2주일간 차를 쓸 수 있어요. 괜찮으시면 이따 저녁에 제가 집으로 갈게요. 그러면 전기 나가도 혼자 무서워할 필요 없잖아요.”

피아는 갑자기 표정이 굳었다. 어떻게 알았지? 혼자 집에 있는 게 무섭다고 루카스에게 말한 적이 있나? 보덴슈타인이 들판을 올라오는 것이 보였다.

“내가 이따 전화할게. 알았지?” 피아는 그의 제안에 대답하지 않고 얼른 말했다.

“약속 지킬 거죠?”

“응, 알았다니까. 끊어.”

$$*$$

산더의 집에는 아무도 없었다. 피아와 보덴슈타인이 실망해 돌아서는데 오펠 동물원의 녹색 픽업트럭이 차고로 들어왔다. 산더 원장이다. 보덴슈타인은 피아를 본 산더의 눈이 반가움으로 빛나는 것을 놓치지 않았다.

"안녕하십니까? 저를 찾아오셨습니까?"

"아닙니다, 원장님." 보덴슈타인이 대답했다. "사실은 스베냐 지버스가 따님이랑 같이 있나 해서 와봤습니다."

"그런데 우리 집에 없습니까?"

"아예 사람이 없는 것 같습니다."

"그래요? 제가 딸애한테 전화를 걸어보죠."

산더는 옷이고 신발이고 할 것 없이 진흙투성이라 공사장에서 막일을 하다 온 사람 같다.

"제 꼴이 말이 아니죠?" 산더가 보덴슈타인의 생각을 읽기라도 한 듯 멋쩍게 웃었다. "요즘 동물원은 하루도 잠잠할 날이 없습니다. 오늘은 임팔라 한 마리가 도망쳐서 연못에 빠지는 통에 난리가 났습니다. 동물들 목 축이라고 만든 연못인데 거기에 빠졌지 뭡니까?"

"얼떨결에 연못에서 수영하셨나 봐요?" 피아가 말했다.

"누구든 들어가서 꺼내 와야 하지 않겠습니까?" 산더가 허허 웃었다. "물에 들어가니까 시원한 게 좋긴 하더라고요."

"아이스크림보다 나아요?"

피아의 말투에 섞인 애교를 보덴슈타인이 눈치 못 챌 리 없다.

"더 빨리 시원해지긴 하죠." 산더가 너털웃음을 터뜨렸다.

보덴슈타인은 두 사람을 번갈아 쳐다보다가 문득 픽업트럭 짐칸에 쌓인 잡동사니에 시선이 갔다. 적재용 나무 받침대가 삐죽이 드러나 있었다.

"항상 저 차를 타고 다니십니까?" 보덴슈타인이 불쑥 물었다.

"네? 저 픽업 말입니까?" 산더가 놀라 되물었다. 그러고는 이내 살짝 혼란스러운 표정을 지으며 대답했다. "가끔 탑니다. 동물원에 똑같은 게 세 대 있는데 동물원에서 쓰지 않을 때는 집에 타고 오기도 합니다."

산더가 피아에게 의아한 시선을 던지자 피아가 어깨를 으쓱하며 모르겠다는 표정을 지었다.

"이 트럭을 과학수사연구소에 보내서 검사를 한번 해야겠습니다." 보덴슈타인이 원장에게 말했다.

"마음대로 하십시오. 전 상관없습니다. 그런데 뭐 이상한 거라도 있습니까?"

"파울리의 시체는 들판에 버려지기 전에 나무 받침대에 눕혀져 있었습니다." 보덴슈타인은 말하면서 산더의 표정을 유심히 살폈다.

"잠깐만요. 지금 그 사람 죽은 걸 나한테 뒤집어씌우려는 겁니까?" 산더는 바로 표정이 굳으며 언성을 높였다.

"뒤집어씌우려는 생각은 전혀 없습니다." 보덴슈타인은 그를 물끄러미 쳐다보며 차분한 말투로 받아쳤다. "지난주 화요일 저녁에 어디 계셨습니까?"

"런던에 갔다가 비행기로 돌아왔습니다." 산더가 화난 표정으로 대답했다. "9시 반쯤 비행기가 도착했고 공항에서 택시를 타고 집에 왔습니다. 집에 와서 가방 풀고 씻은 다음 12시쯤 돼서 바로 잤습니다. 택시 영수증하고 비행기 표 아직 다 가지고 있습니다. 증인으로 딸도 괜찮다면 제 딸한테 물어보시죠."

마지막 말에서는 비꼬는 투가 역력히 드러났다.

"저 차를 사용한 사람이 또 누가 있을까요?"

"동물원 직원이면 누구나 사용할 수 있습니다. 제가 알기로 정직원 중에 운전면허가 없는 사람은 없습니다."

"정직원이 몇 명입니까?"

"저 빼고 마흔세 명입니다."

"누가 저 차를 사용했는지 알아낼 수 있습니까?"

보덴슈타인을 쳐다보는 산더의 눈초리가 매섭다. "먼저 저 받침대 위에 시체가 정말 놓여 있었는지부터 알아보시죠. 괜히 시간 낭비하고 싶지 않습니다."

"좋은 생각입니다." 보덴슈타인이 냉담하게 대꾸했다. "지금 바로 몰고 가야겠군요."

산더는 어깨를 으쓱하더니 주머니에서 자동차 열쇠를 꺼내 피아에게 내밀었다. "딸이 스베냐 있는 곳을 안다고 하면 연락드리겠습니다. 그러면 되죠?"

"물론입니다." 보덴슈타인이 고개를 끄덕였다. "제가 의심하는 걸 너무 기분 나쁘게 받아들이지 마십시오. 일단 단서로 보이는 것은 무조건 의심해봐야 하는 게 저희 일입니다."

"알겠습니다. 그럼 안녕히 가십시오."

*

피아가 트럭을 몰고 막 시 경계를 지나고 있을 때 산더에게 전화가 왔다. 안토니아는 지금 언니들과 함께 야외 수영장에 있는데 그녀도 수요일 이후로 스베냐 소식을 듣지 못했다는 내용이었다.

"죄송해요. 우리 반장님 때문에 기분 나쁘셨죠?"

"아닙니다. 틀린 말은 없었습니다." 목소리를 들으니 화난 것 같지는 않다. "그런데 정말 그 트럭에 파울리의 시체가 놓여 있었다면 저도 골치 아파집니다. 누가 그 트럭을 사용했는지 알아내기 힘들거든요. 제가 사적인 용도로 동물원 차량 사용하는 걸 싫어해서 아마 저한테 말을 안 하려고 할 겁니다."

"그럼 제가 물어볼게요. 아주 공식적으로요."

"그것도 괜찮겠네요. 물어보다 목 아프시면 제가 아이스크림을 대접하죠."

그녀는 그의 웃는 모습을 떠올리며 살며시 미소를 지었다. "괜찮은 조건인데요. 물속에 뛰어들지는 않아도 되죠?"

산더가 소리 내 웃었다. "오늘 몇 시에 끝납니까?"

그의 갑작스러운 물음에 피아는 가슴이 뛰었다. "스베냐를 찾느냐 못 찾느냐에 달렸어요. 못 찾으면 바로 퇴근해도 되는데……. 왜요?"

"새로 준공한 건물이 월요일부터 일반에 공개되거든요. 아직 동물들은 없는 상태고요. 같이 한 바퀴 돌아보면 어떨까 해서요."

"좋아요." 피아가 신이 나서 말했다. "서에 도착하면 반장님한테 물어보고 바로 전화 드릴게요."

*

아침에 오스터만에게 자료를 전달받은 경제사범 전담 부서 사람들은 물 만난 고기처럼 엄청난 열의를 가지고 수사에 착수했다. 그렇지 않아도 보크홀딩 산하 회사들이 정부 기관에서 주관하는 공사를 불법적인 수단으로 독식하고 있다는 제보를 여러 차례 받았지만 증거가 부족해 공식적인 수사를 시작하지 못하다가 결정적인 증거를 입수한 것이다. 피아가 루카스에게 받은 자료의 진위는 의심의 여지가 없어 보였다. 이제 보크와 그 밖의 관계자들을 체포하는 일은 시간문제였다.

"차샤리아스는 집에 갔어요?" 피아가 물었다. 그녀는 트럭을 과학수사연구소의 카 센터에 맡기고 당직자에게 최대한 빨리 조사해달라고 부탁한 뒤 사무실로 돌아온 참이다.

"응, 내보내줬어." 보덴슈타인이 고개를 끄덕였다.

"보크의 전화를 도청 신청해야 하지 않을까요? 유무선 전부요. 장인이 무슨 비밀을 불었을까 봐 초조해하고 있을 텐데."

"음, 그래야겠군. 바로 검사한테 연락해."

"그건 다른 사람이 하면 안 될까요?" 피아가 멋쩍은 표정으로 말했다. "급한 일 없으면 지금 퇴근했으면 하는데……."

보덴슈타인은 뜻밖이라는 듯 피아의 얼굴을 쳐다보았다. 그녀는 수사가 진행되는 동안 단 한 번도 정시 퇴근을 요구한 적이 없었다.

"어때, 물고기는 입질이 좀 와?"

오스터만이 지나가는 소리로 물었다가 피아의 무서운 눈총 세례를 받았다. 보덴슈타인은 갑자기 호기심이 동한 표정이다.

"전화기는 켜놓을게요. 스베냐가 나타나면……."

"아냐, 아냐. 그냥 퇴근해. 스베냐를 찾으면 내가 심문하지. 내 차례기도 하니까."

그녀가 사무실을 나가자마자 보덴슈타인은 오스터만을 붙잡고 꼬치꼬치 캐물을 것이 뻔했다. 그러나 피아는 별로 개의치 않았다. 열흘 만에 하는 정시 퇴근인데 그 시간을 산더와 함께 보낼 수 있다니 기쁠 뿐이었다.

*

손님들이 모두 다 돌아가고 난 동물원은 직원과 동물 차지다. 산 더와 피아는 새로 지은 관리 사무소부터 둘러보기 시작했다. 1층은 널찍한 로비고 2층에는 여러 개의 사무실이 자리를 잡았다. 동물원 의 높은 지대에는 새 레스토랑도 생겼다. 몇 주 후 손님들은 이곳에 서 식사를 하면서 넓은 파노라마 창문으로 기린, 얼룩말, 임팔라, 영 양이 뛰노는 아프리카 사바나를 감상할 수 있을 것이다.

산더는 새로 지은 기린 우리 쪽으로 피아를 안내했다. 그는 신축 우리와 전시장이 동물원에 어떤 발전 가능성을 열어줄지 열심히 설 명했다. 피아는 그의 말속에서 느껴지는 자부심과 열정에 감탄하며 흘깃흘깃 그를 쳐다보았다. 그리고 자기도 모르게 헤닝과 그를 비교 했다. 결론은 산더의 승리였다.

두 사람은 아프리카 사바나의 울타리를 따라 계속 아래로 내려갔 다. 그리고 자유를 사랑하는 미어캣 우리를 지나 철학자의 길로 접 어들었다. 크론베르크에서 쾨니히슈타인으로 넘어가는 보행자로는 동물원을 가로질러 지나간다.

"원래 꿈이 동물학자였어요?"

"네, 어릴 때부터 생물학을 공부하고 싶었습니다. 부모님의 영향 이 컸죠. 저희 부모님은……."

그때 피아의 휴대전화가 진동했다. 그녀는 양해를 구한 뒤 전화를 받았다. 헤닝이나 보덴슈타인일 거라고 생각했는데 뜻밖에 루카스 였다.

"아, 루카스." 그녀는 통화 상대가 누군지 산더가 알 수 있도록 크 게 말했다. "스베냐가 있는 곳을 알아냈니?"

"아뇨, 여기저기 전화해봤는데 아무도 모른대요. 그런데 지금 어디세요?"

"아직 밖이야." 그녀는 일부러 구체적인 대답을 피했다. 그녀가 어디서 뭘 하는지 루카스가 알아야 할 이유도 없지만 무엇보다 산더에게 루카스와 너무 친하다는 인상을 주기 싫었다.

"이따 집에 가도 돼요?"

"글쎄, 그건 별로 안 좋은 생각인 거 같은데. 그리고 나 지금 전화 끊어야 돼. 다시 전화해줘서 고맙다, 루카스."

"잠깐만요!" 루카스가 급히 피아를 불렀다.

"응, 왜?"

"제가 뭐 잘못했어요? 저한테 화나신 거예요?"

"아니, 지금 좀 바빠서 그래."

"그래요? 그럼 스베냐 소식 알게 되면 전화할게요."

피아와 산더는 말없이 한참을 걸었다.

"루카스가 컴퓨터회사 만든 거 정말 대단하지 않아요?" 피아가 먼저 말을 꺼냈다.

"컴퓨터회사요? 저는 인터넷 카페를 한다고 들었는데요."

"아니에요. 인터넷 카페하고는 비교도 되지 않아요. 루카스가 회사에 데려가서 보여줬는데 정말 대단해요. 직원, 프로그래머, 홈페이지……, 있을 건 다 있더라고요. 고객들이 인터넷상에서 홈페이지를 작성하고 관리할 수 있는 서비스를 제공한대요."

"정말요?" 산더가 걸음을 멈추고 물었다.

"네, 전 원장님이 알고 계시는 줄 알았어요. 루카스가 이제 동물원에서 소꿉장난할 시간 없다면서 원장님도 그걸 이해하신다고 하던걸요."

“루카스가 그래요?”

“네, 그 비슷하게 얘기했어요. 그리고 아버지의 돈도 파울리한테 준 게 아니라 그 회사에 투자한 거래요.”

“키르히호프 형사님한테는 터놓고 얘기를 하는 모양이군요. 다행입니다. 저는 이제 제 아버지의 하수인 정도로만 생각하는 거 같더라고요. 정신 차려서 잘하고 있다면 저도 기쁩니다. 신경이 워낙 예민한 아이라 정신적인 문제가 없기를 바라야죠.”

“그게 무슨 말씀이세요?” 피아가 의아한 표정을 지었다.

“루카스는 어려서부터 큰 상처를 받았습니다. 가정의 따뜻함을 모르고 자랐어요. 아이들은 먹을 것과 집만 필요한 게 아닙니다. 좋은 옷 입혀서 비싼 사립학교 보낸다고 잘 키우는 게 아니에요.”

두 사람은 아프리카 영양과 유로 캥거루 우리를 지나 천천히 걸었다. 산더가 주머니에서 열쇠를 꺼내 철학자의 길에서 다시 동물원으로 들어가는 문을 열었다.

“육아와 교육에 대해서는 잘 아실 것 같아요. 안토니아한테 들었는데 부인과 일찍 사별하셨다고요?”

“네, 벌써 15년 전 일입니다.” 산더가 잠시 쉬었다 말을 이었다. “어린 딸 셋만 남기고 갑자기 가버렸죠.”

“어쩌다가요?” 피아가 나지막하게 물었다.

“뇌졸중이었습니다. 어느 날 갑자기 쓰러졌어요. 두 달간 혼수상태로 있다가 저세상으로 갔습니다.” 산더는 길게 한숨을 내쉬었다. “그때 우린 나미비아로 이민을 가려고 준비 중이었습니다. 그런데 출발하기 1주일 전에 그런 일이 일어났어요. 아내가 죽은 다음에 전 이민을 포기하고 여기 남았습니다. 쉽지는 않았지만 딸 셋 모두 잘 키워냈다고 자부합니다.”

그의 얼굴에 희미한 미소가 떠오르더니 곧 사라졌다.

"전 딸들하고 사이가 좋습니다. 2년 전에 아니카가 임신을 했다고 폭탄선언을 했을 때도 차분하게 잘 넘어갔죠. 그래서 루카스나 스베냐가 우리 집에 오는 걸 좋아했는지도 모릅니다."

"스베냐는 환경이 참 딱하더라고요."

"네, 맞습니다. 세상에는 아이한테 돈만 충분히 쥐여주면 된다고 생각하는 부모들이 있습니다." 산더의 말투가 엄격해졌다. "루카스도 마찬가집니다. 전 루카스를 아홉 살 때부터 봐왔는데 그때도 문제가 많았어요."

"어떤 면에서요?"

"가상의 친구를 만들어 자기만의 세계에서 살았습니다. 그런데 루카스의 아버지는 더 시간을 내서 아들을 돌볼 생각은 않고 정신과로 보내버렸죠. 그 애가 처음 정신과에 간 게 열한 살 때입니다."

"루카스의 정신에 문제가 있다고 보세요?"

"루카스는 어릴 때부터 극심한 심리적 압박감 속에서 살았습니다. 그래서 그걸 상쇄하기 위해 운동, 흡연, 마약, 섹스……, 뭐든지 극단적 상태까지 몰고 갔죠. 그러다 몇 년 전에는 신경 발작을 일으켰습니다. 그런 다음 학교를 그만뒀어요. 그런 식으로 아버지에게 반항하는 겁니다. 하지만 그 애가 정말 원하는 건 부모에게 사랑받고 인정받는 거지 다른 게 아니에요. 불쌍하죠."

"제 생각엔 아들을 오히려 자랑스러워해야 할 것 같은데요. 루카스가 컴퓨터로 해낸 걸 보면 정말 어마어마해요."

"반덴베르크 눈에는 다 시간 낭비일 뿐입니다. 그 사람은 옛날 사람이라 루카스가 은행가가 되고 군대에도 가고 대학 공부도 꼭 해야 한다고 생각하죠. 동물원 일을 시키는 것도 극기와 자제력을 배우게 하려는 목적입니다.”

“컴퓨터 프로그램을 만들고 낮에는 동물원에서 일하고 밤에는 카페에서 아르바이트 하고 거기다 회사까지 운영하는 건 웬만한 극기와 자제력 없이는 할 수 없는 일이에요.”

피아는 점점 루카스를 이해할 수 있을 것 같았다. 그는 인정받기 위해 몸부림치고 있는 것이다. 외모에 국한되지 않고 진정으로 그를 사랑해줄 사람을 찾고 있는 것이다.

“루카스는 외모 때문에 고민이 많아요.”

“네, 저도 압니다. 몇 주 전엔가 저한테 묻더군요. 여자가 자기 외모나 아버지의 돈이 아니라 진심으로 자기한테 관심이 있는지 알려면 어떻게 해야 하느냐고요. 젊은 사람들에겐 그런 것도 고민이죠.”

“그래서 뭐라고 하셨어요?”

산더는 바로 대답하지 않고 우리 안의 살쾡이를 쳐다보았다. 살쾡이는 날이 어두워지자 굴에서 기어 나와 목을 뒤로 뺀 채 꼼짝도 않고 앉아 있었다.

“여자들하고 바로 성관계를 맺지 말라고 했습니다.” 산더는 건조하게 말했지만 피아는 갑자기 얼굴이 달아오르는 것을 느꼈다. “사랑과 섹스를 혼동하는 게 큰 잘못이라고요.”

“섹스는 모든 걸 망쳐요.” 피아가 말했다.

“네? 뭐라고요?” 산더가 의아한 표정으로 그녀를 쳐다보았다.

“루카스가 한 말이에요. 맞는 말이에요.”

피아는 자꾸만 얼굴로 피가 솟구치고 가슴이 두근거렸다. 처음 본 순간부터 머릿속에서 떠나지 않는 남자와 단둘이 서서 날씨 얘기하듯 자연스럽게 은밀한 주제에 대해 이야기를 나누고 있다니!

“뭐가 맞는 말이라는 건가요? 섹스가 모든 걸 망친다는 말이 맞는다고요?" 산더가 물었다.

그의 찌르는 듯한 눈빛에 피아는 오금이 저려왔다.

"섹스가 곧 사랑을 의미하는 건 아니라고요." 피아는 그의 눈을 똑바로 응시하며 말했다. "전 그걸 너무 힘들게 배웠어요. 사랑에 목매달다가 사랑에 대한 믿음이 환상일 뿐이라는 걸 깨닫자 충격이 무척 컸어요."

"그게 왜 환상이죠?"

"그런 건 없으니까요. 그냥 동화 속 얘기일 뿐이에요."

산더는 진지한 눈빛으로 그녀를 응시했다.

"그렇다면 삶이 너무 불행하지 않습니까?" 그는 다시 살쾡이에게 시선을 던졌다. "아내와 전 어릴 때부터 친구였습니다. 첫눈에 반해서 죽고 못 사는 그런 사랑은 아니었죠. 하지만 정말 좋아했습니다. 아내가 죽은 지 15년이 지났지만 그동안 그 누구한테도 그 비슷한 감정을 느껴보지 못했습니다."

그가 갑자기 자기 쪽으로 몸을 돌리자 피아는 심장이 터질 것만 같았다. 타우누스 강 너머로 해가 지고 어스름이 내렸다. 근처 숲에서 나는 송진 냄새와 야생 마늘 향기에 숨이 막히는 듯했다. 빠르게 짙어져가는 어둠 속에 산더의 얼굴이 묻혔다.

"그러다 키르히호프 형사님을 알게 된 후 인생에 또 한 번의 기회가 찾아온 게 아닐까 하는 생각이 들었습니다."

피아는 목이 메어 말이 나오지 않았다. 산더의 고백은 놀랍고도 감동적이었다. 낚시 잘하라는 오스터만의 인사가 절로 떠올랐다. 마주 선 두 사람은 서로의 눈을 응시했다. 산더가 그녀에게 한 걸음 다가섰다. 그리고 또 한 걸음. 그가 막 그녀를 안으려 할 때 그의 휴대전화가 울렸다.

"미안합니다. 가족 벨 소리라 받아야 합니다." 그가 안타까워하며 말했다.

"괜찮아요."

피아는 얼른 팔짱을 끼며 우리 안의 살쾡이 쪽으로 몸을 돌렸다. 문자메시지를 휴대전화로 보내라, 내가 경찰에 알리겠다, 그렇게 말하는 소리가 들렸다. 두 사람은 다시 마주 보았지만 그들의 간격은 이미 멀어져 있었다. 방금 일어날 뻔한 일은 아쉽지만 다음 기회를 노리는 수밖에 없었다.

"스베냐가 안토니아한테 문자메시지를 보냈답니다." 산더가 건조하게 말했다.

피아는 다시 사건에 정신을 집중하기까지 약간 시간이 필요했다. 마음이 사건으로부터 천리만리 떠나 있었던 것이다. 잠시 후 그는 피아에게 스베냐의 메시지를 읽어주었다.

"'안녕, 안토니아. 그냥 이렇게 떠나서 미안해. 하지만 더 이상은 견딜 수 없어. 난 괜찮아. 걱정하지 마. 연락할게. 스베냐.'"

피아는 휴대전화를 꺼내 보덴슈타인에게 전화를 걸었다. "스베냐의 휴대전화를 바로 추적해야겠어요. 부모한테도 알려야 하고요."

"위치 추적은 내가 알아서 할 테니까 그 메시지를 지금 나한테 보내줘. 이따가 스베냐 집 앞에서 만나자고."

＊

스베냐의 어머니는 염색한 밝은 금발에 얼굴은 술 담배에 찌들었고, 인공 선탠을 너무 많이 해서 목살이 축 처진 여자였다. 보덴슈타인은 그녀가 50대 초반은 됐을 거라고 생각했다.

"아마 친구 집에서 잘 거예요. 가끔 저한테 말하는 걸 잊어버리거든요." 딸이 행방불명됐다는 말을 들은 그녀가 골초 특유의 걸걸한 음성으로 말했다. 그녀는 부엌으로 가 담배에 불을 붙였다.

"저희는 따님이 살인사건을 목격한 것으로 추정하고 있습니다." 보덴슈타인이 말했다.

"네? 누가 죽었는데요?"

"스베냐 남자친구의 선생님인 한스 우를리히 파울리요. 스베냐와도 잘 아는 사이였어요. 켈크하임에서 카페도 운영했는데 스베냐랑 안토니아가 자주 가던 카페예요." 피아는 어떻게 어머니가 딸에 대해 이렇게 모를 수 있는지 이해가 되지 않았다.

"스베냐를 의심하는 건가요?" 그녀가 조리대에 기대서서 물었다. 담배 연기가 눈에 들어갔는지 연신 눈을 깜박였다.

"아닙니다. 그냥 좀 물어볼 게 있어서 찾고 있습니다." 보덴슈타인이 안심하라는 투로 말했다.

"스베냐는 임신 중이에요. 그리고 남자친구 요나스는 월요일에 살해당했고요." 피아가 불쑥 말했다.

"뭐요? 요나스가 죽었어요?"

담배를 든 그녀의 손이 툭 떨어졌다. 보덴슈타인과 피아는 재빨리 시선을 교환했다.

"네, 따님이 그런 말을 안 하던가요?" 보덴슈타인이 물었다.

"아뇨, 그런 말 없었어요." 그녀는 빨갛게 타들어가는 담배를 아무렇게나 재떨이에 놓고 식탁 의자에 앉았다. 딸이 임신했고 행방불명됐다는 말보다 요나스가 죽었다는 말에 더 큰 충격을 받은 듯했다. 잠시 침묵이 흘렀다.

"이제 어떻게 하죠? 제가 할 일이 뭔가요?" 그녀는 약간은 당황하고 약간은 화가 난 듯한 말투로 물었다.

"따님이 어디 갔을지 생각해보십시오. 지난주부터는 병원에도 안 나왔답니다. 몇 시간 전에 친구한테 문자메시지를 보냈는데 그 뒤로 전화기가 꺼진 상태라 위치 추적을 할 수 없습니다."

그녀는 내가 어떻게 알겠느냐는 몸짓을 해 보였다.

"딸에 대해 아는 게 있긴 하세요? 아직 미성년자인데 보호 감독의 의무에 너무 소홀하신 거 아닌가요?" 피아가 더 참지 못하고 한마디 했다.

"이봐요, 함부로 말하지 말아요. 우리 남편은 공항에서 밤새도록 일하고 나도 아침부터 저녁까지 뼈가 부서져라 일해요. 부잣집 아이들한테 꿀리지 말라고 스쿠터, 컴퓨터, MP3 플레이어까지 다 사준다고요. 그런데 나한테 돌아오는 게 뭐 있기나 한 줄 알아요? 고맙다는 말 한 마디 없어요. 뭐가 그리 불만이 많은지!"

"따님 방을 좀 보여주시겠습니까?" 보덴슈타인이 얼른 화제를 돌렸다.

그녀는 자리에서 일어나 형사들을 스베냐의 방으로 안내했다. 침대 위에는 이불이 뭉쳐져 있고 바닥에는 옷가지가 흩어져 있었다. 오랫동안 환기를 안 했는지 퀴퀴한 냄새까지 났다. 피아는 책상에 앉아 컴퓨터를 켰다. 아무 소리도 나지 않았다. 고개를 숙여 책상 밑을 들여다보니 컴퓨터 케이스가 열려 있고 하드 드라이브 부분이 비어 있었다. 피아가 보덴슈타인에게 그 사실을 알렸다.

"페르쿠지 부인."

보덴슈타인의 부름에 스베냐의 어머니가 문가에 나타났다. 손가락 사이에는 어느새 새 담배가 끼워져 있었다.

"스베냐가 일기를 썼나요?"

“컴퓨터에다가요. 인터넷에 있는 그……, 블루프인지 뭔지…….”

“블로그요?” 피아가 거들었다.

“네, 맞아요. 블로그요.”

“스베냐가 갈 만한 친척 집은 없습니까?” 보덴슈타인이 물었다. “휴가나 수학여행 갔을 때 스베냐가 마음에 들어 한 곳은요? 혹시 친아버지한테 간 건 아닐까요?”

“아버지 얼굴도 몰라요. 우리 어머니가 베를린에 계시긴 한데 거기 갔을 거 같진 않군요. 휴가나 수학여행은…… 잘 모르겠어요.”

스베냐의 방에는 사진첩이나 편지 같은 개인의 행적을 보여주는 물건이 전혀 없었다. 여학생들이 즐겨 모으는 콘서트 티켓 같은 것도 없고 하다못해 쪽지 한 장 발견되지 않았다.

“요즘 들어 스베냐가 달라진 점은 없나요?”

“몰라요. 말을 통 안 하니 알 수가 있어야죠.”

“왜 그렇게 말을 안 했죠?”

“네? 그걸 내가 어떻게 알아요?”

피아는 주머니에서 사진 몇 장을 꺼냈다. 그중에는 스베냐의 홈페이지에 올라왔던 사진 중 모르는 남자와 함께 있는 것도 있었다. 스베냐의 어머니는 그 사진을 보더니 역겹다는 표정을 지었다.

“이 사진 어디서 난 거예요?”

보덴슈타인이 자초지종을 설명하자 그녀는 다시 사진을 뚫어져라 쳐다보다가 마른침을 꼴깍 삼켰다.

“더러운 놈.” 그녀는 이렇게 중얼거리며 피아에게 사진을 돌려주었다.

“사진 속 남자가 누군지 아시겠어요?” 피아가 물었다.

“아뇨.” 그녀는 홱 돌아서서 거실로 가더니 소파에 앉았다. 피아와 보덴슈타인은 그녀의 뒤를 따랐다.

"스베냐 어머니." 보덴슈타인의 목소리가 절절했다. "따님은 지금 위험에 처했을 수도 있습니다. 사진 속의 남자를 알아보셨으면 저희에게 반드시 말씀해주셔야 합니다."

"모르는 사람이에요." 그녀는 두 손을 무릎 사이에 끼우고 앉아 고집스레 허공을 응시했다. 피아는 장식장에 놓인 은색 액자 중 스베냐의 사진을 집어 들었다. 환하게 웃는 모습이 얼마 전에 본 모습과 판이하게 달랐다. 그 옆에는 결혼식 사진이 놓여 있었다.

"결혼은 언제 하셨죠?" 피아가 물었다.

"3년 전에요. 왜요?"

"남편분이 상당히 젊으시네요."

"그래서요? 나도 서른여덟이면 많은 나이는 아니에요." 그녀가 퉁명스럽게 대꾸했다.

"스베냐와 양아버지 사이는 어땠나요? 남편분 성함이 어떻게 되시죠?"

"남편 이름은 이보 페르쿠지예요. 스베냐랑은 사이좋았어요. 제가 알기로는요."

보덴슈타인과 피아는 서로 얼굴을 마주 보았다. 스베냐의 어머니는 뭔가 알고 있는 게 분명했다. 그런데 왜 시원하게 털어놓지 않는 걸까? 누군가를 보호하려는 걸까? 아니면 뭔가 숨겨야만 하는 일이 있는 걸까?

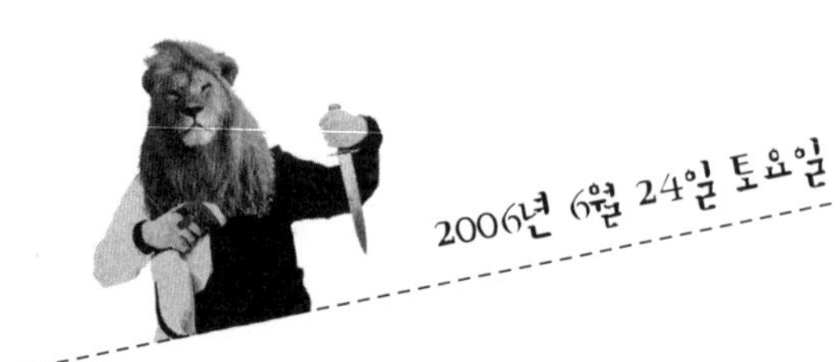

"스베냐 어머니는 사진 속 남자가 누군지 분명하게 알아봤어." 보덴슈타인이 아파트 주차장으로 걸어가며 말했다. "그런데 왜 말을 안 하는 걸까?"

"스베냐의 양아버지일지도 몰라요." 피아가 추측했다.

"나도 잠깐 그런 생각을 했어." 보덴슈타인이 고개를 끄덕였다. "사실 파릇파릇한 열일곱 살짜리 딸에 비하면 그 어머니는 좀 추하지. 그리고 젊은 남자가 그렇게 예쁜 여자를 매일 집에서 본다면 딴 생각을 품을 수도 있어."

보덴슈타인이 자동차 열쇠를 빼 들었다. "지금 바로 공항으로 갈까? 아니면 아침까지 기다릴까?"

피아는 집에 가고 싶지 않았다. 두꺼비집도 수리하지 않았고 산더와의 일 때문에 어차피 잠이 안 올 게 뻔했다.

"지금 바로 가요."

*

　　그로부터 15분 후 두 사람이 탄 차는 빠른 속도로 프랑크푸르트 공항을 향해 달리고 있었다. 공항의 환한 불빛 때문에 라인마인 지역의 밤하늘은 온전히 어두워지는 일이 없다. 피아는 밤에 보는 공항 풍경을 좋아했다. 어두운 겨울밤에 불 켜진 편의점을 볼 때처럼 따뜻한 느낌이 들어서다. 손목시계를 보니 12시 45분이었다. 산더는 지금쯤 뭐 하고 있을까? 아까는 피아의 자동차가 있는 곳까지 말없이 함께 걸어간 다음 평범하고 짧은 인사만 하고 헤어졌다.

　　보덴슈타인은 입국장A 주차장에 차를 세웠다. 건물 안으로 들어간 두 사람은 안내 데스크를 찾느라 입국장C까지 한참 걸어야 했다.

　　"아까 오스터만이 말한 물고기 얘기는 뭐야?" 보덴슈타인이 지나가는 말처럼 물었다.

　　언젠가는 물어 올 것이라고 생각했지만 막상 질문을 받으니 피아는 적잖이 당황스러웠다. "아무것도 아니에요. 그냥 농담한 거예요."

　　"속일 생각 하지 마. 산더랑 교환하는 눈길이 예사롭지 않던데? 그 정도는 세 살짜리 애들도 알아본다고."

　　피아는 피가 거꾸로 솟는 듯 얼굴이 빨개졌다. "아니에요. 그런 거 없어요." 그녀는 오스터만을 가만두지 않겠다고 속으로 다짐했다.

　　"그럼 헤닝은 이제 기회가 없는 건가?"

　　불 꺼진 쓸쓸한 게이트를 지나며 보덴슈타인이 물었다. 피아는 걸음을 멈췄다.

　　"그저께 집에 갔다가 아직 제 남편인 그 남자가 한 여검사랑 거실 탁자에서 뒹구는 현장을 목격했어요. 그걸 보고 나니까 그 사람이 더 이상 기회를 원치 않는다는 걸 확실히 알겠더라고요."

보덴슈타인은 당황해서 할 말을 잃고 피아를 쳐다보았다. 피아는 그런 그의 모습을 재미있다는 듯 바라보았다. 사적인 이야기를 별로 하지 않는 그녀가 갑자기 너무 솔직하게 털어놓았으니 말문이 막힐 만도 했다. 그러나 그의 얼굴에 웃음이 번지는 것을 보고 이번에는 피아가 당황했다.

"아, 이제 알았다!" 그가 말했다.

"뭘요?" 피아가 실눈을 뜨고 물었다.

"그래서 헤닝 전화를 안 받는 거였군. 하루 종일 전화한 사람 헤닝 맞지?"

"네, 그제 밤부터 한 쉰 통쯤 했을걸요."

✳

안내 데스크 직원은 스무 통 정도 전화를 한 뒤에야 이보 페르쿠지가 있는 곳을 알아냈다. 그가 광활한 공항을 가로질러 입국장C에 나타날 때까지는 1시간 정도 걸렸다. 페르쿠지는 공항 안전 관리를 맡은 보안서비스회사 직원이다. 185센티미터 키에 근육질의 건장한 남자가 다가오자 피아는 자기도 모르게 몸이 움츠러들었다. 짧게 깎은 스포츠머리에 검정색 유니폼을 입은 그의 인상은 보는 것만으로도 두려움을 느끼게 했다.

"스베냐가 행방불명됐습니다. 따님을 마지막으로 본 게 언제죠?"

보덴슈타인의 말에 그는 불안한 표정을 지었다. "행방불명되다니 무슨 말입니까?"

"친구한테 잠깐 떠난다는 내용의 문자를 보냈어요."

보덴슈타인은 스베냐의 어머니에게 했던 질문을 양아버지에게도 똑같이 했다. 그의 대답을 들으니 스베냐에게 친어머니보다 관심이 많은 듯했다. 최근 들어 스베냐는 부쩍 공격적인 태도를 보였고 방에 들어앉아 울기 일쑤였다. 하지만 왜 우는지 물어보면 이유를 말하지 않았다고 한다. 그와 스베냐는 사이가 좋았던 모양이다. 페르쿠지는 둘 사이에 문제는 없었으며 서로 호감이 있고 존중하는 사이였다고 대답했다.

"임신한 사실은 알고 계셨습니까?"

무표정한 그의 얼굴에 처음으로 불편한 기색이 나타났다. 잠시 대답을 망설이던 그가 고개를 끄덕였다.

"부인은 모르고 있던데, 부인에게는 왜 말씀 안 하셨습니까?"

그는 어깨를 으쓱해 보였다.

"혹시 본인이 스베냐와 성관계를 가졌기 때문입니까?"

"아닙니다. 그런 일 없습니다."

"페르쿠지 씨, 스베냐는 살인사건을 목격한 후 행방불명됐습니다. 그리고 월요일에는 스베냐의 남자친구가 끔찍하게 살해당했어요. 지금 이건 서로 재미있자고 하는 대화가 아닙니다. 제 말 이해하시겠습니까?" 보덴슈타인이 절절함을 담아 말했다.

그는 멍한 눈으로 보덴슈타인을 응시했다. "요나스가 죽었다고요? 살해요?"

"요나스를 아시나요?" 피아가 끼어들었다.

"그럼요. 잘 알죠."

"왜 부인에게 딸의 임신 사실을 숨겼습니까? 무슨 이유가 있을 거 아닙니까?" 보덴슈타인이 캐물었다.

"스베냐가 말하지 말아달라고 했습니다. 비밀을 지키겠다고 단단히 약속했어요." 그는 주먹을 꽉 쥐며 난감한 표정을 지었다. "지난

주에 새벽 4시가 다 돼서 집에 온 적이 있습니다. 파랗게 질린 얼굴로 들어와서는 스쿠터 사고가 났다고 하더군요.”

“지난주 수요일이죠?”

보덴슈타인이 확인차 물었다. 그가 고개를 끄덕였다.

“스베냐는 정신이 나간 사람처럼 울기만 했습니다. 어떻게 달래볼 수도 없었어요. 한참 울더니 임신을 했는데 누구 아이인지 모르겠다고 하더군요.”

“아빠일 가능성이 있는 사람이 누군데요?” 피아가 물었다.

“그건 말 안 했습니다.” 그가 모르겠다는 듯 손사래를 쳤다. “또래 남자애들이 싫다고 말한 적은 있어요. 실은 요나스도 별로라고요. 언젠가 유부남과 사귄다고 말했는데 전 농담이라고만 생각했습니다.”

독일에 온 지 10년이 넘은 그는 독일어를 유창하게 구사했다.

“스베냐가 이메일이랑 홈페이지에 뜬 사진 얘기를 하던가요?” 피아가 물었다.

그가 말없이 고개를 끄덕였다.

“구체적으로 뭐라고 하던가요?”

그는 두피가 보일 정도로 짧게 깎은 머리를 긁적이며 난처한 표정을 지었다. “요나스가 한 행동 때문에 화가 나 있었어요. 요나스 아버지와 파울리에 관한 일로 크게 싸운 것 같았습니다. 그리고 일요일 내내 침대에 누워서 울기만 했습니다. 요나스가 진실을 알게 되면 자기는 콱 죽어버릴 거라고 하더군요.”

“무슨 진실요?” 피아가 물었다.

“그건 저도 모릅니다.”

시선을 피하는 것으로 보아 그는 분명히 그 진실이 뭔지 알고 있었다. 대답을 피하는 데는 그럴 만한 이유가 있을 것이다. 피아는 그에게 사진을 내밀었다.

"사진 속의 남자, 알아보시겠어요?"

사진을 자세히 들여다보던 그는 표정이 급격히 어두워졌다. 그러나 2시간 전 스베냐 어머니처럼 단호히 고개를 저었다. 그 또한 거짓말을 하고 있었다.

"월요일 밤 11시부터 자정까지 누구랑 어디에 계셨습니까?" 보덴슈타인이 물었다.

"혼자 집에 있었습니다. 아니, 지금 나를 의심하는 겁니까?"

"네, 맞습니다." 보덴슈타인이 냉정한 얼굴로 고개를 끄덕였다. "스베냐를 좋아하죠? 그런데 요나스가 그런 짓을 했다는 말을 듣자 화가 났죠? 요나스에게 따지러 갔는데 말을 하다 보니 감정이 격해졌고 그래서 홧김에 요나스를 죽인 거 아닙니까?"

"아닙니다. 사실무근입니다."

"요나스의 생일 파티가 있다는 건 알고 있었죠? 스베냐한테 들었지 않아요?"

"알았든 몰랐든 전 그 자리에 없었습니다."

"범인의 유전자를 확보하고 있으니까 서에 가서 타액 검사를 해보면 됩니다. 검사 결과가 일치하지 않으면 바로 혐의를 벗을 겁니다."

*

페르쿠지를 태우고 호프하임으로 가는 차 안에는 긴 침묵이 흘렀다. 호프하임에 거의 다 왔을 무렵 피아의 휴대전화에서 알림음이 들렸다. 전화기를 꺼내며 피아는 또 루카스가 아닐까 걱정했다. 그러나 문자를 보낸 사람은 산더였다.

자요?

피아는 답장을 보냈다.

아뇨, 일하고 있어요. 왜 아직도 안 자요?

바로 다시 답장이 왔다.

그걸 몰라서 물어요???

보덴슈타인이 의문이 담긴 눈길로 피아 쪽을 쳐다봤지만 그녀는 빙긋 웃으며 다시 답장을 보냈다.

알아요. 저도 그 생각 하고 있었어요. 만약 전화가 안 왔다면?

피아는 전송 버튼을 누른 후 답장이 오기를 기다렸다.

그걸 어떻게 하면 알아낼 수 있을까요?

산더의 답장을 읽은 피아는 가슴이 두근거렸다.

만나서 멈춘 데서부터 다시 시작하면 되죠.

차는 어느새 경찰서에 도착했다. 보덴슈타인은 정문 바로 앞에 차를 대고 내렸다.

아직 너무 어둡지만 만나는 건 좋아요. 어디로 갈까요?

피아는 내리기 싫었지만 억지로 차 문을 열고 나왔다. 보덴슈타인은 뒤로 돌아가 페르쿠지가 내릴 수 있게 밖에서 문을 열어주었다. "금방 따라갈게요." 피아가 보덴슈타인에게 말했다. 흥분해서인지 손가락이 떨렸다.

좋은 생각 없어요?

피아가 다시 문자를 보냈다. 보덴슈타인은 페르쿠지를 데리고 건물 안으로 사라졌다.

같이 아침 먹을까요?

피아는 잠시 머릿속으로 계산을 해봤다. 지금이 3시 20분이니까 페르쿠지를 조사하고 나면 얼추 5시쯤 될 것이다.

좋아요. 6시에 집으로 올래요?

피아는 전송 버튼을 누르기 전에 한참 망설였다. 결국 버튼을 누른 그녀는 차에 기대서서 답장을 기다렸다. 마치 커피 열 잔을 마시고 전기 콘센트에 손가락을 집어넣은 기분이었다. 휴대전화 화면이 깜박거렸다. 답장을 본 그녀의 얼굴에 미소가 번졌다.

빵은 내가 가져갈게요. 커피는 당신이 준비해요. 집이 어디예요?

*

피아가 순찰차를 얻어 타고 집으로 출발한 시각은 5시 45분이었다. 페르쿠지는 순순히 혈액 검사와 타액 검사를 받았다. 그러나 딱히 많은 정보를 토해내지는 않았다. 그의 진술 중 가장 흥미로운 부분은 그가 올 4월 해고당할 때까지 카르스텐 보크의 운전사 겸 경호원으로 일했다는 것이다. 그리고 그 집에서 스베냐의 어머니도 알게 됐다. 그녀는 수년간 보크 집안의 가사 도우미였다.

순찰차가 목장의 초록색 대문 앞에 멈추자 피아는 고맙다는 인사와 함께 차에서 내렸다. 키 큰 포플러나무에 앉은 새들이 지저귀며 떠오르는 아침 해를 반겼다. 열쇠로 대문을 열고 들어간 피아는 초인종이 고장 난 것을 생각해내곤 그냥 문을 열어두었다. 마구간의 말들이 목을 길게 빼고 명랑한 소리로 피아를 반겼다. 피아는 구유에 사료를 부어주고 마구간에 건초를 뿌린 다음 집 안으로 들어갔다. 곧 크리스토프 산더가 온다! 그는 어젯밤 그녀 때문에 한숨도 자지 못했다! 그녀는 떨리는 마음으로 현관문을 열고 들어가며 두꺼비집을 확인했다. 그동안 말썽을 일으킨 것 같지는 않았다.

그러나 다음 순간 활짝 열려 있는 거실 문을 보고 온몸에 소름이 쫙 끼쳤다. 반사적으로 허리춤으로 손을 가져간 피아는 권총이 거기 없다는 것을 깨달았다. 어제 산더를 만나러 갈 때 집에 두고 갔으니 없는 것이 당연했다. 차를 세워두고 보덴슈타인과 함께 공항으로 갈 때에도 집 안에 들어오지 않았다.

그녀는 자기 집에서 도둑처럼 발끝으로 살금살금 걸으며 집 안을 살폈다. 집에 그녀 혼자뿐이고 모든 것이 그대로라는 사실을 확인한 그녀는 거실 문을 닫고 침실로 가 속옷 서랍을 열었다. 시그사우어

P6가 얌전히 놓여 있다.

“다행이다.”

그녀는 권총을 꺼내 들고 그제야 안도의 한숨을 내쉬었다. 옷장에 기대서니 자연스럽게 침대 옆 탁자가 눈에 들어왔다. 문득 그녀는 그 자리에서 굳은 듯 꼼짝도 하지 않았다. 탁자에 화병이 있고 붉은 장미 한 다발이 꽂혀 있지 않은가! 무시무시한 공포가 목덜미를 타고 올라왔다. 누군가 집에 왔었다.

피아는 마구간으로 피신했다. 그레트나와 뉴빌의 곁으로 간 그녀는 한구석에 웅크리고 앉았다. 온몸이 사시나무처럼 떨렸다. 울음이 목구멍에 걸려 질식할 것만 같았다. 붉은 장미에 대해서는 아무도 모른다. 그때 그 남자, 수개월간 그녀를 따라다니다 결국 성폭행한 그 남자만이 붉은 장미의 의미를 알고 있다. 그녀는 당시 경찰관을 제외하고는 누구에게도 그 일을 말하지 않았다. 그럼으로써 희미하게나마 그 끔찍한 기억을 잊을 수 있었다. 그런데 누군가 그녀가 없는 사이 집에 들어와 붉은 장미를 두고 간 것이다! 붉은 장미가 그녀에게 뭘 뜻하는지 아는 사람의 소행이다.

이제 그녀는 목장에서 혼자 살 수 없게 됐다. 누군가 그녀의 침실에 있었다는 것만으로도 몸서리가 쳐졌다. 머리칼을 잡아당기는 망아지를 손으로 뿌리쳤다. 목장에서 동물들과 평화롭게 살고자 했던 꿈을 여기서 접어야 한단 말인가. 그녀는 당장 오늘 밤부터 호텔에서 자고 월요일 아침에 부동산을 찾아가 목장을 내놓을 결심을 했다. 한시라도 빨리 이곳을 떠야 한다!

“계십니까?”

남자의 그림자가 다가오는 것을 본 피아는 소스라치게 놀랐다. 덩달아 놀란 암말과 망아지가 발을 굴렀다.

"무슨 일 있어요?" 산더가 걱정스러운 듯 물었다. "대문이 열려 있어서 들어왔는데……."

그는 갑자기 말을 멈추고 두 손을 머리 위로 들어 올렸다. "쏘지 말아요." 그가 한 걸음 뒤로 물러섰다.

피아는 그제야 총부리로 그를 겨누고 있음을 깨닫고 울음을 터뜨렸다.

*

"올리버?"

보덴슈타인은 깜짝 놀라 뒤를 돌아보았다. 잠이 덜 깬 코지마가 문가에 서 있었다.

"나 때문에 깼어?"

"아냐, 일어나 있었어."

코지마는 헝클어진 머리에 티셔츠 하나만 입은 차림새로 식탁에 앉아 하품을 했다. 그런 모습을 보니 로잘리와 자매라고 할 만큼 꼭 닮았다.

"밤새 일한 거야?"

"응, 나 불쌍하지?"

"너무 불쌍해." 코지마가 웃으며 대답했다. "우리 함께 침대로 가서 한숨 자는 게 어때? 사건에 대해 얘기해줘. 그럼 나도 뭐 하나 얘기해줄게."

"좋아." 보덴슈타인이 하품을 하며 말했다. "안 그래도 머릿속이 어수선해. 단서들이 하나같이 그럴듯해 보이지만 따라가면 결국은 다 꽝이야. 두 사건 사이에 뭔가 연결 고리가 있는 건 분명한데 말이야."

그는 슬쩍 아내의 반응을 살폈다. 진지한 표정으로 귀 기울이는 모습을 보니 안심이 됐다. 그동안 그는 코지마와 사건에 대해 이야기를 나누지 못하는 것이 못내 아쉬웠다. 하지만 신경이 쇠약해진 그녀에게 사건 이야기를 꺼낼 수는 없었다. 지금 그녀는 근래의 창백하고 신경질적인 코지마가 아니라 예전의 명랑한 코지마로 돌아온 듯했다.

두 사람은 2층 침실로 올라갔다. 양복을 벗고 넥타이를 푸는데 불현듯 두 사건의 연관성이 선명하게 떠올랐다. 어지럽게 머릿속을 떠다니던 두 개의 단서가 전혀 생각하지 못한 방식으로 끼워 맞춰진 것이다.

"요나스 아버지!" 그가 큰 소리로 중얼거렸다.

"요나스 아버지? 그 사람이 왜?" 코지마가 조심스레 물었다.

스베냐의 어머니와 이보 페르쿠지는 사진 속의 남자를 바로 알아보았다. 만약 유부남과 사귄다고 한 스베냐의 말이 사실이라면? 보크에게 딱히 호감이 가는 것은 아니지만 그는 지금 목숨이 위험할 수도 있다. 페르쿠지에게는 보크 가족을 미워할 이유가 충분했다.

"다시 나가봐야겠어. 무슨 얘기 하려고 한 거였어?" 그가 서둘러 옷을 입으며 물었다.

"그렇게 급한 건 아냐. 집에 돌아오면 그때 얘기해." 코지마가 턱까지 이불을 끌어당기며 말했다.

"응, 알았어."

보덴슈타인은 대답을 하는 둥 마는 둥하고 피아에게 전화를 걸었다. 벌써 생각은 저만치 사건을 향해 달려가고 있었다.

*

피아는 어두운 마구간에 앉아 떨리는 목소리로 최근 있었던 일을 털어놓았다. 산더는 지푸라기 위에 앉아 흐느낌 때문에 간헐적으로 끊기는 그녀의 이야기를 말없이 들었다. 말을 마친 피아는 감정이 복받쳐 다시 울음을 터뜨렸다.

"이젠 저도 배짱이 많이 약해졌나 봐요." 어느 정도 안정을 되찾은 피아가 말했다. "그런데 처음엔 대문이 열려 있더니 그다음엔 장미꽃이 있고……."

"대문 열쇠를 가진 사람은 또 누가 있죠?"

"옆집 사람한테 하나 있고 별거 중인 남편과 부모님한테 하나씩 있어요." 피아는 손등으로 눈물을 닦아냈다. "하지만 그 사람들 중에 이런 짓을 할 만한 사람은 없어요. 더구나 장미꽃에 대해서 아는 사람은……."

그녀는 말끝을 흐리며 말없이 고개를 저었다.

"장미꽃에 얽힌 사연이 뭐죠?" 산더가 나지막한 소리로 물었다.

피아는 문득 그에게 모든 것을 털어놓고 싶은 충동을 느꼈다. 잘 모르는 사람이지만 그는 왠지 믿어도 될 것만 같았다.

"아주 오래전 일이에요." 그녀가 띄엄띄엄 말하기 시작했다. "고등학교를 졸업하고 친구들이랑 프랑스에 놀러 간 적이 있어요. 거기서 어떤 남자를 알게 됐죠. 프랑크푸르트 출신 대학생이었어요. 전 그냥 가볍게 생각했는데 그 남자는 아니었나 봐요. 몇 달 동안 저를 따라다니며 괴롭혔고 으슥한 곳에서 기다리고 있다가 협박하기도 했어요. 몰래 우리 집에 들어온 일이 세 번 있었는데 그때마다 침대 옆에 장미꽃 한 다발을 놓고 갔어요."

피아는 당시의 끔찍한 기억이 떠올라 소름이 끼쳤다.

"전 더 이상 어떻게 해야 할지 몰라서 경찰에 신고했어요. 그 남자가 보낸 편지를 보여줬는데 경찰에서는 그것만으로는 증거가 안 된다고 했어요." 피아는 크게 훌쩍이며 말을 이었다. "그런데 그 남자가 하룻밤 새 그림자도 안 보이는 거예요. 그래서 전 이제 안 쫓아다니려나 보다 하고 안심했어요. 그런데 몰래 집에 들어와서는……, 저를 성폭행하고 죽기 직전까지 목을 졸랐어요."

"맙소사. 그런 끔찍한 일이 있었군요." 산더가 그녀의 어깨를 감은 손에 힘을 주었다.

"이 얘기는 지금까지 누구한테도 한 적이 없어요. 심지어 남편한테도요." 피아는 기분이 이상했다. 한편으로는 누군가에게 비밀을 털어놨다는 사실에 마음이 후련하고 다른 한편으로는 산더가 어두운 과거 때문에 그녀를 다른 시선으로 볼까 봐 두려웠다.

"가끔은 말하는 게 도움이 되기도 해요."

산더가 자상하고 나지막한 목소리로 말했다. 두 사람은 서로의 얼굴을 바라보았다. 피아가 나지막이 속삭였다.

"즐겁게 아침 식사를 하려고 했는데. 죄송해요, 제가 너무……."

"아니에요. 아니에요." 산더가 얼른 그녀의 말을 막았다. "죄송할 거 하나도 없습니다. 난 괜찮아요. 그나저나 무슨 방도를 마련해야 할 텐데……. 동료들의 보호를 받을 수는 없나요?"

"그럼 과거 얘기를 다 해야 해요."

"나라면 그렇게 하겠어요." 산더가 진지하게 말했다. "그런 일은 침묵한다고 해결되지 않아요. 오히려 더 나빠질 뿐이죠. 차라리 터놓고 얘기를 하는 게 좋아요. 될 수 있으면 많이요."

피아는 그런 것은 생각만으로도 싫었다. 모두들 그녀의 약점과 두려움, 그녀가 성폭행을 당하고 죽을 뻔했다는 사실까지 알게 될 것이다. 잠시 둘 사이에 침묵이 감돌았다. 산더는 그녀를 더욱 가까이 끌어당겨 부드럽게 얼굴을 어루만졌다. 피아는 그의 심장 또한 거세게 뛰고 있다는 것을 깨달았다.

"아유, 여기 구경꾼이 있었네."

그 말에 피아는 산더의 시선을 따라 고개를 들었다. 망아지가 고개를 갸웃한 우스꽝스러운 자세로 두 사람을 멀뚱멀뚱 쳐다보고 있었다. 피아는 자기도 모르게 소리 내 웃었다. 산더도 따라 웃었다. 그리고 자리에서 일어나 그녀의 손을 잡아 일으켰다. 두 사람은 다시 진지한 표정으로 서로를 바라보았다.

"자, 갑시다." 그가 그녀의 손을 잡아끌었다. "우선 그 장미꽃부터 쓰레기통에 버립시다."

*

보크 저택으로 들어가는 대문은 살짝 열려 있었다. 차를 몰고 대문 안으로 들어가니 집 앞에 흰색 승용차가 서 있었다. 2시간 전 스베냐의 어머니가 남편을 데리러 왔을 때 타고 왔던 차다. 보덴슈타인의 예감이 적중한 것이 분명했다. 제발 늦지 않았기를! 그는 지원 요청을 한 후 권총을 들고 차에서 내렸다. 현관문이 열려 있었다. 페르쿠지가 무기를 소지한 상태로 앞뒤 가리지 않는다면 문제가 커질 것이다. 보덴슈타인은 권총의 안전핀을 풀고 홀로 들어갔다. 2층으로 올라가는 계단 쪽에서 살금살금 걸어오는 빠른 발소리가 들렸다.

"벤야민!"

보덴슈타인이 요나스의 동생을 알아보고 나지막하게 불렀다. 벤야민은 층계참에서 걸음을 멈추더니 꼼짝도 하지 않았다. 보덴슈타인이 가까이 오라고 손짓했다. 벤야민은 잠시 망설이다가 주변을 둘러보더니 재빨리 홀을 가로질렀다.

"집에 무슨 일 있니? 부모님은 어디 계시니?" 보덴슈타인이 속삭이듯 물었다.

"모…… 모…… 모르겠어요." 벤야민은 두려움과 긴장감에 말을 더듬었다. "서재에 사람이 있는 거 같아요."

"페르쿠지는 혼자 왔니? 아니면 누구랑 같이 왔니?"

"혼자요." 벤야민은 허옇게 질린 얼굴로 몸을 덜덜 떨었다. "페르쿠지가 그러는데 아빠가 형을 죽였대요."

더 이상 지체할 수 없는 상황이다. 보덴슈타인은 소년의 얼굴을 들여다보며 어깨에 손을 얹고 말했다.

"자, 내 말 잘 들어. 지금 밖으로 나가면 아저씨 차가 있어. BMW야. 아저씨가 올 때까지 그 차 안에서 기다리는 거야. 할 수 있지?"

소년은 두려움에 크게 벌어진 눈으로 고개를 한 번 끄덕이더니 현관문을 열고 나갔다. 보덴슈타인은 서재로 갔다. 안에서 어떤 상황이 벌어지고 있는지 모르지만 언제까지 문 밖에서 지원을 기다리고 서 있을 수는 없었다. 그는 숨을 한 번 크게 들이쉬고 문을 활짝 열어젖혔다.

믿기지 않는 풍경이 눈앞에 나타났다. 카르스텐 보크는 달랑 티셔츠와 트렁크 차림으로 의자에 앉아 있고 그의 아내가 38구경 권총으로 그의 뒤통수를 겨누고 있는 게 아닌가! 이보 페르쿠지는 팔짱을 낀 채 보크 앞에 서 있었다. 보크 부인은 지난번에 봤을 때와는 완전히 다른 모습이었다. 진주 목걸이에 미소 띤 얼굴을 한 우아한 귀부인은 간 데 없고 깡마르고 창백한 얼굴의 중년 여자가 언제라도 방아쇠를 당길 태세로 남편을 겨누고 있었다. 보덴슈타인은 그녀가 아들의 죽음을 접한 날 "손대지 마!"라고 소리치며 남편을 거칠게 밀어내던 모습을 떠올렸다. 화려하고 완벽해 보이는 보크 가족의 삶 뒤에는 많은 문제가 있었던 것이다.

"보크 부인, 그 총 내려놓으세요." 보덴슈타인이 차분하게 말했다.

"안 돼요." 그녀가 쳐다보지도 않고 말했다. "그럴 일은 절대 없어요. 난 이 인간한테 평생 속고 살았어요. 나도 이젠 진실을 알아야겠어요."

보덴슈타인은 그녀를 설득하기가 쉽지 않으리라는 것을 바로 깨달았다.

"벤야민도 생각하셔야죠. 아버지가 감옥에 가면 벤야민을 돌봐줄 어머니가 있어야 할 것 아닙니까?"

"감옥요?"

흔들리던 그녀의 시선이 의문을 담은 채 페르쿠지를 향했다. 보크는 무표정한 얼굴로 건너편 벽을 응시한 채 아무 말이 없었다.

"네, 저희는 보크 씨가 불법을 저질렀다는 증거를 충분히 입수했습니다. 곧 뇌물수수와 협박으로 재판을 받고 죗값을 치르게 될 겁니다."

"흥, 변호사 여러 명 동원하고 보석금 내면 금방 도로 나올 건데요, 뭐."

그녀는 다시 남편의 머리에 총구를 들이댔다. "이 인간이 무슨 짓을 한 줄 알아요? 자기 아들의 여자친구를 임신시켰어요. 요나스가 그 사실을 알게 되니까 죽인 거라고요!" 그녀는 목소리가 뒤집힌 채 새된 소리를 냈다.

"그게 사실이라면 그 죗값도 받는 게 마땅합니다. 하지만 지금 부인이 방아쇠를 당기면 부인이 감옥에 가게 됩니다."

"그런 건 상관없어요!" 그녀가 신경질적으로 웃었다. "난 이 인간이 죽는 꼴을 언젠가는 꼭 보고 싶었어요. 이 인간이 내 아버지한테, 내 아들들한테 무슨 몹쓸 짓을 했는지 아무도 몰라요."

"여보, 제발 총 좀 치워." 조용하던 보크가 마침내 입을 열었다. "내가 다 설명할게. 난 정말……."

"입 닥쳐. 당신은 날 너무 오랫동안 바보 취급 했어." 보크 부인이 남편의 말을 막으며 총신으로 거칠게 머리를 내리쳤다.

보덴슈타인은 속으로 '긴장 완화'라는 말을 되뇌었다. 하지만 어떻게 하면 그녀가 자신에게 총을 건네도록 할 수 있을까? 대화. 그래, 계속해서 말을 시켜야 한다. 그녀는 냉정한 킬러가 아니다. 만약 그랬다면 망설임 없이 남편을 죽였을 것이다. 그녀가 수다스러워질수록 총을 뺏을 기회가 많아진다. 보덴슈타인은 페르쿠지와 눈길이 마주치자 아무 소리 말고 가만히 있으라는 눈짓을 했다.

"우리 아버지한테 죄를 다 뒤집어씌워?" 보크 부인은 그동안에도 계속 말을 했고 자기가 하는 말에 박자를 맞춰가며 총으로 남편의 머리를 쿡쿡 쥐어박았다. "그런 야비한 방식으로 나를 꼼짝 못 하게 하려고? 네 본색이 어떤지 내가 언제까지 모르고 살 줄 알았지, 이 나쁜 놈아! 그런데 이번에는 도가 지나쳐도 너무 지나쳤어. 요나스가 문제를 일으킬 것 같으니까 죽인 거지? 아무리 그래도 그렇지, 인간의 탈을 쓰고 자기 아들을 죽여? 어서 실토하지 못해!"

보크는 비쩍 마른 얼굴을 잔뜩 찡그렸다.

"그 여자애랑 관계가 있었던 건 인정해. 하지만 요나스의 죽음과는 상관없어." 그가 가라앉은 목소리로 대답했다. 목소리가 떨리지도 않고 표정에서 두려움 같은 것도 느껴지지 않았다.

"거짓말! 내가 그 말을 믿을 줄 알고?" 보크 부인은 증오에 찬 표정으로 미소를 지었다. 눈은 열기로 번뜩였지만 권총을 쥔 손은 떨리지 않았다. "그날 뮌헨에 안 갔다는 거 내가 모를 줄 알아?"

"보크 부인, 어서 저한테 총을 주세요." 보덴슈타인이 다시 끼어들었다. "지금 남편한테 얻어내는 자백은 강요된 것이기 때문에 법정에서 아무 효력이 없습니다. 제가 얘기하겠습니다."

그녀의 눈꺼풀이 파르르 떨렸다. 그녀가 잠시 망설이는 사이 보크는 이런 상황에서 절대 하지 말아야 할 행동을 했다.

"저 사람이 하는 말 안 들려? 어서 그 총 내려놓지 못해, 이 병신아!" 보크가 자리에서 일어나며 호통을 쳤다. 오랜 세월 굴욕 속에 살아온 아내의 분노를 과소평가하는 실수를 저지른 것이다.

다음 순간 그녀의 입가에 단호한 결심의 표정이 스쳤다. 그녀는 방아쇠를 당겼다. 보덴슈타인은 재빨리 몸을 날려 그녀의 팔을 쳐냈다. 엄청난 굉음과 함께 총이 발사됐다. 총알은 보크를 비켜나 뒤에 있는 책장에 맞았다. 보크 부인은 탄환이 발사된 추진력에 밀려 비틀거렸다. 보덴슈타인은 그 순간을 놓치지 않고 그녀의 손에서 권총을 낚아챘다. 그러자 그녀는 무릎을 꿇고 앉아 미친 사람처럼 소리를 지르며 주먹으로 마구 바닥을 내리쳤다. 순간 문이 열리며 지원 경찰들이 들이닥쳤다. 보크와 페르쿠지는 저항 않고 순순히 끌려 나갔다. 보크 부인은 남편이 나가고 나서야 어느 정도 진정됐다. 보덴슈타인이 그녀의 앙상한 어깨에 손을 얹었다.

"왜 말렸어요? 왜 내 손으로 죽이게 내버려두지 않았어요?" 그녀가 흐느끼며 말했다.

"제가 말린 걸 다행으로 여기십시오. 벤야민에게는 어머니가 필요합니다. 아버지는 꽤 오랫동안 교도소에서 못 나올 테니까요."

＊

피아가 사무실로 들어섰을 때 보덴슈타인은 여섯 잔째인지 일곱 잔째인지 모를 커피를 마시고 있었다. 피아는 창백한 얼굴에, 보덴슈타인과 다를 바 없이 피로한 모습이었다.

"죄송해요." 피아는 조금 전에 전화로 했던 말을 반복했다. "휴대전화를 차에 두고 내렸어요."

"괜찮다고 했잖아." 그의 입에서 한숨이 새어나왔다.

"보크는 입 열었어요?"

"스베냐와 내연 관계였던 건 맞아. 그런데 지금 어디 있는지는 모른다고 하고 요나스의 죽음에 연루됐느냐는 질문에도 계속 부인하고 있어. 수사 30반 사람들이 지금 이리로 오고 있어. 보크한테 뇌물 먹은 사람들을 오늘 전부 체포할 거라더군."

"보크 부인은요?"

"회히스트 정신병원에 있어." 그는 커피를 한 모금 마시더니 아까의 급박한 상황이 떠오른 듯 얼굴을 찌푸렸다. "정말 간발의 차이로 비켜났다니까. 하마터면 남편을 죽일 뻔했어."

"어쩌다 일이 그렇게까지 된 거예요?"

"페르쿠지가 사진을 보고 보크를 알아본 거야. 그리고 보크 집에 찾아가서 스베냐와의 관계가 들통 나니까 요나스를 죽인 거 아니냐고 따진 거지. 보크 부인이 그 말을 들은 순간 상황이 걷잡을 수 없이 커진 거야."

"정말 보크가 아들을 죽였을까요?"

"요나스의 입에서 나온 유전자가 요나스 자신의 것과 그렇게 비슷한 걸로 봐서는 분명 가까운 혈연관계인 사람의 소행인데…… 보크는 월요일 뮌헨에 있었다고 계속 주장하고 있어.”

“그런데 페르쿠지가 보크를 찾아간 걸 어떻게 아셨어요?” 피아가 신기한 듯 물었다.

“직관이지. 다행히 아직 완전히 녹슬진 않았더군.”

*

집에 돌아온 보덴슈타인은 식탁에 앉아 장 볼 목록을 적고 있는 코지마를 발견했다.

“어떻게 됐어?” 코지마가 물었다.

“말도 마. 내가 예지력을 발휘하지 않았으면 아주 큰일 날 뻔했어.” 그가 냉장고에서 요구르트를 꺼내며 말했다. 그러고는 아침에 있었던 일을 짤막하게 정리해서 들려주었다.

“당신이 무슨 짓을 하고 다니는지 내가 자세히 모르는 게 다행이지, 안 그러면 불안해서 어디 살겠어?”

“나도 아직 심장이 떨려.” 보덴슈타인이 속마음을 털어놓았다. “잠을 못 잔 데다 커피를 너무 많이 마셔서인지도 모르지.”

“오늘 또 나가야 돼?”

“이따 저녁에.” 서랍에서 숟가락을 가져온 그는 요구르트 포장을 뜯었다.

“참, 가을에 가기로 한 뉴기니 탐사는 취소할 거야.” 코지마가 계속 목록을 쓰며 말했다.

“왜 갑자기? 이제야 철이 드는 거야?” 보덴슈타인이 요구르트를 떠먹던 손을 멈추고 아내를 쳐다보았다.

“글쎄, 탐사 대신에 하려는 일이 철들어서 하는 짓인지는 나도 잘 모르겠어." 코지마의 얼굴에 미소가 번졌다.

"그렇게 말하니까 아주 궁금해지는데?"

"나도 1주일 전에야 알았어. 처음에는 충격이 너무 컸어. 마음속으로 이미 할머니가 될 준비를 하고 있었는데……."

보덴슈타인은 영문을 모르겠다는 표정으로 아내를 쳐다보았다.

"처음에는 어디가 아픈 줄로만 알았어. 전혀 예상하지 못한 일이었거든. 마흔다섯이라는 나이가 아주 많은 건 아니지만 이 나이에 다시 기저귀 갈고 젖 먹이고 할 걸 생각하니 암담하더라고."

보덴슈타인은 그제야 무슨 말인지 이해할 수 있었다. "설마……지금 농담하는 거지?"

"아니, 진심이야. 셋째가 생겼어."

그는 말없이 아내를 응시했다. 그의 얼굴에 미소가 번졌다. 너무나 뜻밖의 일이라 웃음이 나왔다.

"그만한 일로 뉴기니를 포기하는 거야?"

"왜? 약해 보여?"

"나이 들면서 몸을 좀 사리는 것 같기는 해."

그는 이렇게 말하며 자리에서 일어나 그녀를 꼭 안아주었다. 그녀도 팔로 그의 목을 감았다.

"이렇게 늦게 얘기해서 미안해." 그녀가 가만히 속삭였다. "우선은 내가 먼저 생각을 정리할 필요가 있는 거 같아서 말 안 했어. 처음부터 다 다시 시작하는 건데 당신 정말 괜찮겠어?"

"난…… 너무 좋아." 보덴슈타인은 행복감에 감동의 눈물이 솟구쳤다. "믿기지 않아. 정말 대단해, 정말이야!"

두 사람은 서로의 눈을 바라보며 미소를 지었다.

"정말 뜻밖의 선물이야." 그가 나지막이 속삭이고는 아내의 얼굴을 어루만지며 키스했다. 부드럽게 시작된 입맞춤은 점점 열정적으로 변했다.

"갑자기 왜들 그래?"

뒤에서 로잘리의 목소리가 들렸다. 두 사람은 키스를 멈추고 막 사랑을 시작한 처녀 총각처럼 키득거렸다.

"얘기할까?" 보덴슈타인이 묻자 코지마가 고개를 끄덕였다.

"뭘 얘기해?" 로잘리가 의심스러운 눈초리로 물었다.

"당신이 해."

보덴슈타인이 아내의 옆구리를 찔렀다. 코지마는 딸에게 다가가 그녀를 꼭 안아주었다.

"로잘리, 엄마가 임신을 했어. 12월이면 네 동생이 태어날 거야."

"뭐?" 로잘리는 어머니의 품에서 빠져나오며 놀란 표정으로 두 사람을 번갈아 쳐다보았다. "뭐야, 창피하게!"

"왜? 뭐가 창피해?" 보덴슈타인이 말했다.

"엄마 아빠 나이가 몇인지 알기나 해?" 로잘리가 한심하다는 듯 말했다.

"그게 무슨 뜻이니? 아이를 낳기에 나이가 많다는 거야, 아이를 만들기에 나이가 많다는 거야?" 코지마가 재미있다는 표정으로 대꾸했다.

그 말에 로잘리는 할 말을 잃었다.

"정말 이해가 안 돼." 로잘리가 불퉁거리며 사라졌다.

보덴슈타인은 그런 딸의 뒷모습을 보며 빙긋 웃었다. 사춘기 아이들은 부모가 사랑을 하고 섹스를 한다는 사실을 인정하고 싶어 하지 않는다. 그 자신도 열두 살 때인가 부모님이 사랑하는 장면을 목격하고 한 달 이상이나 부모님의 눈을 똑바로 쳐다보지 못하고 속으로 계속 창피하게 생각했다.

"이제 우린 사람 취급도 못 받겠군. 지금부터 침실로 가서 문을 걸어 잠그는 게 어때?" 그가 아내에게 말했다.

"그런 다음엔?" 코지마가 고개를 갸웃하며 장난스럽게 웃었다.

"와봐, 금방 알려줄게."

*

오후와 저녁 시간대에 라디오와 텔레비전을 통해 스베냐 지버스를 찾는 실종자 뉴스가 보도되었다. 휴대전화 위치 추적은 성과 없이 끝났다. 이동 경력을 보면 스베냐의 휴대전화는 금요일 저녁 8시 7분에 바트조덴에서 마지막으로 사용됐는데 그 시간은 안토니아가 문자메시지를 받은 시각과 얼추 맞아떨어졌다. 그 밖에 시민의 제보도 몇 건 들어왔지만 확인 결과 모두 잘못된 정보로 드러났다. 결과적으로 두 사건이 일어난 이후 이제까지 공들인 수사가 모두 막다른 골목에서 끝난 셈이다.

콧노래를 부르며 사무실에 들어선 보덴슈타인은 지치고 무기력한 표정의 부하 직원들을 둘러보았다. 성과 없이 시간만 질질 끄는 사건 때문에 구성원들의 사기가 떨어진 데다 찌는 듯한 더위에 에어컨 하나 없는 사무실에 앉아 있으려니 컨디션이 바닥을 친 것이다.

"뭐 새로운 소식 있나?" 없는 줄 뻔히 알면서도 물었다.

"아까 안드레아 아우밀러라는 학생이 전화해서 반장님을 찾았어요. 녹색카페에 드나드는 패거리 중 하나인 것 같아요."

"내가 전화해볼 테니까 번호 좀 줘."

보덴슈타인이 부하 직원들을 집에 보내려고 하는데 지역범죄수사국에서 온 팩스를 훑어보던 오스터만이 외쳤다.

"새로운 소식입니다. 파울리의 시체는 실제로 오펠 동물원 픽업트럭에 놓여 있었어요."

보덴슈타인과 피아의 시선이 마주쳤다.

"파울리의 머리칼, 혈흔, 피부 조직이 트럭 짐칸과 적재용 화물 받침대에서 발견됐습니다. 그리고 화물 받침대로 쓰인 나무가 부검 때 시체에서 나온 나무 부스러기와 일치합니다. 거기다 가축용 소금 덩어리를 만드는 데 쓰이는 굵은 소금의 흔적이 짐칸 바닥 여기저기서 발견됐고 짐칸 개폐문에서는 파울리의 자전거가 긁힌 흔적이 발견됐습니다. 모든 증거가 맞아떨어집니다."

잠시 침묵이 흘렀다. 보덴슈타인이 목을 가다듬은 후 말했다.

"키르히호프는 나한테 산더 번호 좀 알려주고, 벤케는 산더가 정말 그 비행기로 도착했는지 알리바이를 검토하도록."

"제가 직접……."

피아가 말하려는데 보덴슈타인이 얼른 손짓으로 그녀의 입을 막았다.

"아냐. 내가 직접 하지. 자넨 퇴근해."

피아는 짧게 한숨을 내쉬며 고개를 끄덕였다. 보덴슈타인은 산더에 관한 한 그녀가 더 이상 객관성을 유지하지 못하리라고 판단해서 그녀를 수사에서 뺀 것이다. 그리고 그것은 어느 정도 사실이기도 했다. 피아는 쪽지에 산더의 전화번호를 적어 내밀었다.

"전 그럼 이만 가볼게요." 피아는 가방을 들고 일어났다.

"잠깐, 생각 없이 행동하지는 않겠지?" 보덴슈타인이 그녀를 불러 세우더니 심각한 목소리로 말했다. 그 말은 마치 경고처럼 들렸다.

"무슨 뜻이죠?"

"이제부터 산더에 대한 수사에는 참여하지 말도록. 다시 말해 산
더한테 전화를 걸거나 문자메시지를 보내지 말라는 뜻이야."

"반장님 설마 정말 그 사람이 파울리를 살해했다고 생각하시는
건 아니죠?"

보덴슈타인은 잠시 대답을 망설였다.

"동기와 수단이 분명히 드러났잖아. 기회가 있었는지는 조사해보
면 알겠지."

＊

크리스토프 산더는 보덴슈타인의 전화를 받은 지 정확히 30분 뒤
경찰서에 나타났다. 동물원이 한창 바쁜 토요일 오후에 오라 가라 해
서 일에 얼마나 지장이 많은지에 대해서는 한 마디도 불평하지 않았
다. 보덴슈타인은 그를 사무실로 안내한 후 커피를 권했다. 산더가
정중히 거절하자 그는 바로 실험실에서 온 조사 결과를 말해주었다.

"범인은 동물원과 연관 있는 사람입니다. 그게 아니면 다른 통로
로 동물원 차량을 이용했겠죠. 어쨌든 원장님과 동물원 직원들에게
현재 저희 수사의 초점이 맞춰져 있습니다."

"우리 직원들은 모두 파울리를 알았습니다. 허구한 날 동물원에
와서 소란을 피웠으니까요. 하지만 직원 중 누군가가 그런 짓을 했
으리라고는 생각하지 않습니다. 더구나 동물원 바로 건너편 들판에
시체를 버리는 짓은 더욱 상상이 안 됩니다."

"원장님 자신은 어떤가요? 그날 런던에서 비행기로 도착하셨다
고 했는데 저희에게 말씀하신 비행기로 오신 게 아니더군요. 승객
명단에 원장님 이름이 있긴 하지만 그건 8시 15분에 도착한 비행기

였습니다. 이걸 어떻게 설명하시겠습니까?"

산더는 짙은 밤색 눈으로 보덴슈타인을 똑바로 쳐다보았다.

"제가 예약한 비행기는 그 비행기가 맞습니다. 전화로 체크인한 상태였는데 택시를 타고 공항으로 가는 도중 사고가 났습니다. 공항에 도착하니 비행기는 이미 출발한 후였고요. 그래서 다음 비행기를 탄 겁니다."

그럴듯하지만 충분히 만들어낼 수 있는 이유기도 하다.

"솔직하게 말씀드리죠. 현재로서는 원장님이 범인일 가능성이 아주 높습니다. 동기, 수단, 기회, 이 세 가지 요소가 모두 갖춰졌으니까요. 거기다 키르히호프 형사와의 친밀한 관계는 경찰 내부인에게 영향을 끼치려는 의도로 비치기도 합니다."

산더는 눈썹 하나 까딱하지 않고 포커페이스를 유지했다.

"다른 한편으로는 원장님이 범인이 아니라는 생각도 듭니다. 시체가 발견된 장소와 트럭에 흔적이 남아 있다는 사실 때문입니다. 만약 원장님이 범인이라면 시체를 어딘가로 옮겨야 했을 때 동물원 옆 들판을 선택하지는 않았겠죠. 그리고 트럭에 있던 화물 받침대를 없애고 다른 흔적들도 말끔히 치웠을 테고요."

산더는 눈썹을 치켜세울 뿐 아무 대꾸도 하지 않았다. 보덴슈타인은 의자 등받이 깊숙이 등을 기대며 산더의 얼굴을 찬찬히 살폈다.

"누군가를 보호하시려는 건가요?"

"아뇨." 이 질문이 뜻밖이었던 듯 산더는 깜짝 놀라 고개를 저었다. "제가 왜 의심을 받아가면서 그런 짓을 하겠습니까?"

"예를 들면 친한 사람이라서……."

"아닙니다. 직원들과 가깝게 지내지만 그런 짓은 절대 안 합니다."

"집안의 친구나 동물원 재단 이사의 아들이라고 해도요?"

"루카스 얘기로군요." 산더는 눈살을 찌푸리며 잠시 생각하더니 세게 머리를 흔들었다.

"루카스는 파울리를 좋아했는데 그 사람을 죽일 리 없잖습니까?"

"그 청년을 얼마나 잘 아십니까?"

"상당히 잘 안다고 생각합니다. 아주 오래전부터 알았거든요."

"그럼 제가 잘못 판단한 거겠죠." 보덴슈타인은 의자 등받이를 한 껏 뒤로 젖히며 속마음을 읽기라도 하려는 듯 상대의 얼굴을 뚫어지게 쳐다보았다. "그런데 말입니다. 저는 사람을 싫어하는 편이 아닌데 왠지 그 청년한테는 호감이 가질 않습니다. 사람이 너무 괜찮아요. 그런 완벽해 보이는 사람은 의심할 만하죠."

"그게 무슨 소립니까?" 산더가 허리를 꼿꼿이 세우고 물었다.

"잘생겼죠, 똑똑하죠, 인기도 많죠. 수사를 하는 동안 루카스에 대해 부정적으로 말하는 사람을 본 적이 없습니다."

"그럴 이유가 없으니까요. 파울리나 요나스 둘 다 루카스의 친한 친구였는데 누가 루카스를 의심하겠습니까?"

"아무도 의심하지 않는 사람을 의심하는 게 제 버릇입니다." 보덴슈타인이 미소를 지었다. "키르히호프 형사는 그 청년을 아주 좋게 보거든요. 더 이상 중립적이라고 할 수 없을 만큼요."

"그 이유가 뭘까요?"

두 남자는 말없이 서로를 응시했다.

"감정은 객관성에 큰 영향을 끼치죠. 노련한 강력계 형사라 해도 예외는 아닙니다. 키르히호프 형사는 그 청년을 동정하고 있습니다. 원장님 말씀에 영향을 많이 받았어요. 동정은 감정 중에서도 밀도가 강한 축에 속합니다."

산더는 아무 대꾸도 않고 다음 말을 기다렸다.

"제가 보기에 루카스는 조작의 천재입니다." 보덴슈타인이 말을 이었다. "모든 사람에게 상대가 원하는 얼굴을 보여주죠. 아니면 자신에게 유리한 쪽으로 보이도록 하거나. 즉 사람들은 루카스에게서 자기가 보기 원하는 사람을 보는 겁니다. 진짜 루카스의 모습은 아무도 모르는 거죠."

산더는 턱을 괴고 생각하는 표정을 지었다.

"그 아이를 너무 과대평가하시는 것 같습니다. 물론 겉보기에는 미남에 자신감 넘쳐 보이죠. 하지만 속을 들여다보면 상당히 불안정하고 예민합니다. 아버지가 든든한 울타리가 되어주고 아들을 자랑스러워한다는 느낌을 줘야 하는데 어릴 때부터 그런 느낌을 못 받고 자랐어요. 그래서 다른 곳에서 울타리를 찾고 다른 사람들한테 인정받으려고 하는 겁니다."

"그 청년을 좋아하시는군요."

"네, 좋아합니다." 산더가 고개를 끄덕였다. "루카스는 어렸을 때부터 끔찍한 일을 여러 번 겪었습니다. 그 아이가 지금 와서 또 상처를 받아야 한다고 생각하는 것만으로도 가슴이 찢어집니다."

"파울리는 자기 집 부엌 앞에서 살해당했습니다. 그런 다음 동물원 픽업트럭 화물 받침대에 약 24시간 동안 눕혀져 있다가 동물원 옆 들판에 버려졌습니다. 그런 짓은 아무나 할 수 있는 게 아닙니다."

"맞습니다. 냉정함이나 증오 같은 게 필요하죠. 그런 면에서 저는 루카스가 범인일 수 없다고 봅니다. 게다가 그 아이는 아직 운전면허도 없어요."

"그럼 트럭을 운전할 수 있는 직원 중에 범인일 가능성이 있는 사람이 있습니까? 누가 파울리를 그토록 미워했을까요?"

"그런 사람은 없습니다."

"그럼 질문을 다르게 해보죠. 직원들 중 그런 누명을 씌울 정도로 원장님을 미워하는 사람이 누가 있을까요?"

"누군가 저한테 누명을 씌우려고 살인을 저질렀다는 겁니까? 누가 왜 그런 짓을 합니까?" 산더는 말도 안 된다는 듯 헛웃음을 쳤다.

"예를 들어 복수를 하려고 했을 수도 있죠. 그만둔 직원 중에 혹시 억울하게 해고된 사람이 있습니까?"

동물원장은 이마에 깊은 주름을 잡으며 기억을 더듬었다. 보덴슈타인은 그런 그에게서 한시도 눈을 떼지 않았다.

"네, 그러고 보니 한 사람 있기는 합니다." 산더가 한참 뒤에야 입을 열었다. "근본적인 열등의식이 있는 사람이었습니다. 한 달 정도밖에 일을 안 했는데 팀워크도 없고 게으르고 책임감도 없었습니다. 두 번 따끔하게 경고한 뒤에도 고쳐지지 않아서 한 달 전쯤 해고했습니다. 그만두라고 하니까 불같이 화를 내면서 저한테 달려들더군요. 거의 몸싸움을 하다시피 했습니다."

"그 사람 이름이 뭡니까? 한번 조사를 해봐야겠습니다."

"타렉. 타렉 피들러."

보덴슈타인은 자세를 똑바로 하며 책상 앞으로 다가앉았다. 타렉 피들러! 루카스와 요나스의 친구고 슈발바흐에서 조경사로 일하던 남자, 화재 현장으로 에스터 슈미트를 데리러 왔던 남자다! 파울리와는 당연히 아는 사이였을 것이다.

"이제 그만 가셔도 됩니다. 협조해주셔서 감사합니다." 보덴슈타인은 산더에게 인사를 하는 둥 마는 둥하며 책상 위에 있던 요나스 보크의 사건 일지를 펼쳤다.

"당연히 할 일입니다." 자리에서 일어난 산더는 악수도 청하지 않고 사무실을 나갔다.

 *

그로부터 30분 후 보덴슈타인은 타렉 피들러의 집을 찾아갔다. 낡은 아파트에 도착해 막 정문을 열고 들어서는데 마침 한 남학생이 가방을 잔뜩 짊어진 채 나오고 있어 하마터면 부딪칠 뻔했다. 남학생은 깜짝 놀라며 가방 하나를 떨어뜨렸다.

"너 프란조 콘라디 아니니?" 보덴슈타인은 경찰서에 유전자 검사 받으러 왔을 때 그를 본 기억이 났다.

"네, 그런데요?" 그가 두려운 표정을 지으며 한 걸음 물러섰다. 그의 얼굴은 상처로 엉망이었다. 창문이 없어 복도가 어두침침한데도 알아볼 수 있을 정도였다. 입술은 붓고 왼쪽 눈은 퍼렇게 멍들고 안경다리는 휘어지고 안경알 한쪽이 깨졌다.

"얼굴이 왜 그러니?"

"아무것도 아니에요." 프란조는 허리를 굽혀 바닥에 떨어진 가방을 집었다. 키가 작고 마른 체구인데 긴장해서 서두르는 모양새를 보니 뭔가 두려워하고 있는 게 분명했다.

"타렉 피들러, 집에 있니? 급히 좀 만나야 하는데."

"아뇨, 회사에 갔어요." 프란조가 긴장한 표정으로 대답했다.

"넌 이사 나가는 거니?"

"네." 프란조가 애써 눈물을 참으며 짧게 대답했다.

보덴슈타인은 적잖이 놀랐다. 그 나이대의 남자아이들은 남 앞에서 눈물을 보이느니 차라리 15층에서 뛰어내리는 법인데 울고 있는 것으로 보아 무슨 큰일이 있었던 것이 분명하다.

"누구랑 싸웠니? 타렉이랑 싸웠어? 난 너희가 친구인 줄 알았는데. 컴퓨터회사도 함께 운영하는 거 아니었어?"

“흥, 친구요?” 프란조는 흐느낌과 비웃음이 뒤섞인 소리를 냈다. “타렉이 나타나기 전까지는 그랬죠. 그 자식은 돈밖에 몰라요.”

그는 약간 피가 나는 입술을 손으로 문질렀다.

“회사고 게임이고 이젠 지겨워요.” 그가 화난 목소리로 말했다. “전 모두들 정말 세상을 바꾸고 나아지게 하는 일에 관심이 있는 줄 알았어요. 그런데 그게 아니었어요. 파울리의 비전과 프로젝트 따위에는 아무도 관심이 없어요. 모두 다른 데 관심이 있다는 걸 제가 너무 늦게 깨달은 거죠.”

프란조는 이상 때문에 부모와 결별까지 한 이상주의자였다.

“모두라니 누구를 말하는 거니?”

보덴슈타인이 절망한 프란조에게 정보를 캐내보려는 속셈으로 물었다. 그러나 경찰에게 그런 질문을 받자 프란조도 껄끄러운지 더는 대답하지 않았다.

“집에는 어떻게 갈 거니?”

“그건 아직 생각 안 해봤어요.” 그가 어깨를 으쓱했다.

“켈크하임으로 가는 길이니까 괜찮다면 내가 태워주마.”

*

차를 타고 가는 동안 흥분이 가라앉은 프란조는 파울리가 자신의 길을 가라고 북돋워준 이야기를 꺼냈다.

“우리 아버지는 정육점을 물려받지 않겠다고 하는 저를 이해하지 못하세요. 저더러 배은망덕한 놈이라고 욕하시지만 평생 동안 소시지를 만들어 팔 생각을 하면 너무 끔찍해요.”

보덴슈타인은 말없이 프란조의 이야기를 들었다. 파울리가 아들을 꼬드겨 나쁜 길로 이끌었다고 울화통을 터뜨리는 콘라디를 보며 그는 아버지로서 그의 심정을 이해할 수 있었다. 그런데 프란조의 말을 들어보니 이야기가 완전히 달랐다. 로렌츠가 경찰이 되기 싫어하듯 프란조는 고기 다루는 일 자체를 싫어했다.

보덴슈타인은 농장을 물려받지 않고 법학을 공부해서 경찰이 되겠다고 말했을 때 자신의 아버지가 얼마나 실망했는지 떠올렸다. 그리고 아버지로서 자식들에게 절대 직업을 강요하지 않겠다고 다짐했지만 로잘리가 주방 보조 아르바이트를 하겠다고 했을 때 막고 싶은 충동을 느꼈던 일이 기억났다.

"전 생물학을 공부하고 싶어요. 그래서 갈라파고스 섬(세계자연유산에 등록돼 있는 군도로 독자적 진화를 이룬 동물이 많이 산다_역주)에서 연구를 하며 살고 싶어요. 제가 이 얘기를 하니까 아버지는 큰 소리로 비웃으면서 유산을 상속하지 않겠다고 했어요."

보덴슈타인은 심하게 멍든 그의 얼굴을 곁눈질로 쳐다보았다.

"그래서 저도 그 회사에 들어간 거예요. 요나스는 잘만 하면 엄청난 돈을 긁어모을 수 있다고 했어요. 게다가 전 컴퓨터를 잘해요. 프로그래밍도 할 수 있어요. 하지만 모든 사람이 루카스 같은 건 아니잖아요!"

"그게 무슨 뜻이니?" 보덴슈타인은 드디어 루카스를 싫어하는 사람이 나타났나 싶어 반가운 마음에 귀를 쫑긋 세웠다.

"루카스는 천재예요."

그리고 그다음 말에 바로 실망했다.

"소스를 책 읽듯이 줄줄 읽어요. 펄, 자바, 베이식, C언어도 타렉보다 백배는 잘할걸요. 그리고 그 멍청한 게임, 더블 라이프도 원래 루카스의 아이디어였어요. 그런데 타렉이 모든 걸 독차지하려고 한 거죠."

"루카스랑 타렉은 사이가 좋니?"

"루카스는 누구하고나 잘 지내요. 타렉도 루카스한테는 알랑방귀를 뀌죠. 루카스가 없으면 아무것도 안 된다는 걸 알거든요. 타렉도 그건 인정하더라고요." 프란조는 타렉 이야기를 하며 마음이 불편한지 얼굴을 찡그렸다.

"넌 루카스가 좋니?"

"네." 프란조가 고개를 끄덕였다. "가끔씩 이상하게 폭발하기도 하지만 천재들한테는 그런 면이 있게 마련이잖아요. 루카스가 이상해지면 파울리는 항상 그건 병 때문이라고 말했어요. 타렉은 치사하게 루카스 없는 데서만 루카스를 조롱하고 욕해요. 제가 볼 때 그건 정말 아니에요. 친구를 나쁘게 얘기하면 안 되는 거잖아요."

보덴슈타인은 루카스에게 병이 있다는 말에 바로 흥미를 느꼈다. "루카스한테 무슨 병이 있는데?"

"파울리 말로는 해리성 정체 장애래요. 그게 무슨 뜻인지는 모르겠지만요."

보덴슈타인도 모르는 말이다. 그는 나중에 찾아봐야겠다고 생각했다.

*

타렉 피들러는 뮌스터 공단 창고에서 막 나오고 있었다. 인터넷회사가 있는 곳이다. 그는 문에 달린 여러 개의 자물쇠를 잠그며 귀와 어깨 사이에 휴대전화를 끼고 통화하는 중이다. 화를 내며 소리 지르는 것을 보니 누군가와 심하게 언쟁을 하는 모양이다. 그러다 보덴슈타인을 발견하고는 잠깐 기다리라는 표시로 손을 들어 보이고 전화를 끊었다.

"안녕하세요? 성함이 어떻게 되시더라……." 타렉은 친절하게 인사를 건넸다. 조금 전의 화난 모습은 전혀 찾아볼 수 없다.

"몇 가지 질문이 있는데 지금 잠깐 시간 있나?"

"그럼요." 타렉이 고개를 끄덕였다. 전화벨이 울렸지만 신경 쓰지 않았다.

"파울리의 시체를 옮기는 데 사용된 차량은 오펠 동물원의 픽업 트럭으로 밝혀졌어. 범인이 그 차를 사용하게 된 경위를 조사하는 중이야."

타렉의 얼굴에서 미소가 사라졌다.

"아, 알겠어요. 산더한테 들으셨군요. 네, 해고당했을 때 싸운 건 사실이에요. 그런데 산더 원장이 저를 자동차 도둑으로 몰 줄은 몰랐는걸요."

"그렇게 말하지 않았어. 하지만 우린 지금 아무리 작은 단서라도 빼놓지 않고 찾아다니는 중이라서."

타렉의 휴대전화가 끊임없이 울렸다.

"루카스한테 한번 물어보세요. 산더 없을 때는 루카스가 항상 픽업을 타고 다녔어요."

"루카스는 운전면허가 없는 줄 알았는데?"

"그건 잘 모르겠고요. 어쨌든 운전은 할 줄 알아요."

보덴슈타인은 타렉이 친구를 나쁘게 말하는 이유가 뭔지 생각해봤다. 루카스를 시기하는 걸까? 근본적으로 열등의식이 있는 사람이라는 산더의 말이 떠올랐다.

"루카스와 요나스의 회사에서 구체적으로 무슨 일을 맡고 있지?"

“회사의 주인은 따로 없어요.” 타렉이 보텐슈타인의 표현을 정정했다. “전 가난해서 회사에 출자할 돈이 없었을 뿐입니다. 공식적으로만 루카스와 요나스의 이름이 운영자로 올라가 있는 겁니다. 내부에서는 따로 서열을 두지 않아요. 모두 자기가 잘하는 일을 하는 거죠.”

“자네가 잘하는 건 뭐야?”

“프로그래밍요. 물론 법에 위배되는 짓은 안 합니다. 전에 한 번 혼난 적이 있어서요.” 타렉이 미소를 지으며 말했다.

“루카스랑 사이가 좋은 편인가?”

“네, 보통은요.” 그는 잠시 생각하는 표정을 지었다. “그런데 루카스는 요즘 들어 아주 이상해졌어요.”

“어떤 면에서?”

“뭐라고 딱 꼬집어 말하기는 힘들어요. 뭐랄까……. 얼빠진 사람처럼 있을 때가 많고 이유도 없이 막 화를 내거나 소리를 지를 때도 있어요. 뭐, 걔는 아버지한테 받는 압력이 심하니까요. 거기다 아버지가 돈줄을 막아버렸어요. 루카스 같은 애한테는 힘든 일이죠.”

“무슨 뜻이지?”

“회사에 투자한 돈은 루카스 아버지와 요나스 아버지한테서 나온 거예요. 아버지들은 모르는 일이고요. 뭐……, 훔쳤다는 표현은 좀 그렇지만 몰래 빼돌린 거죠. 아, 물론 나중에 이자 쳐서 다 갚을 거예요.”

타렉의 휴대전화가 이번에는 다른 멜로디로 울렸다. 그가 전화기를 쳐다보았다.

“더 물어보실 거 있나요? 할 일이 많아서요.” 그의 목소리에 조바심이 묻어났다.

“프란조 콘라디는 왜 때렸어?”

“누가 그래요?”

“손마디에 상처가 있잖아. 프란조는 얼굴에 상처가 있고. 두 가지 정황을 연결한 것뿐이야.”

타렉의 얼굴에 갑자기 긴장감이 돌았다. “그냥 좀 싸웠어요. 별거 아니에요.”

“별거 아닌 일로 싸운 거 치고는 심각하던데? 별일이 있어서 싸운 상대의 몰골은 볼 만하겠구나.”

“그래도 누구처럼 죽진 않았잖아요.” 타렉은 웃으며 말했지만 눈빛만은 차가웠다. “친구 한 놈이 누구랑 싸우고 나서 죽었어요.”

“요나스 말이니?”

“네, 루카스랑 싸웠어요.”

＊

한낮의 더위가 수그러들고 온화한 저녁이 찾아왔다. 고성 호텔 테라스에서는 계곡을 지나 멀리 루퍼츠하인까지 한눈에 내려다보였다. 보덴슈타인과 코지마가 식사를 마치고 나자 보덴슈타인의 동생 쿠엔틴이 합석했다.

“참, 말 목장에 트레이너를 한 명 고용했어. 미래의 조카며느리지. 토르디스 한젠.”

“정말?” 보덴슈타인은 며칠 전 이른 아침에 차고에서 로렌츠와 토르디스를 목격한 일이 떠올랐다. “언제?”

“그저께. 발트호프 목장은 아직 소유권 문제가 해결되지 않았대. 완전히 망한 거지.”

“그래?” 보덴슈타인은 작년에 켈크하임 교외의 고급 말 목장인

발트호프의 주인과 그 전 주인을 한꺼번에 구속해서 감옥에 보냈다.

"우리한테는 잘된 일이지, 뭐." 쿠엔틴은 손짓으로 종업원을 불러 빈 와인병을 가리켰다. "이제 마구간에 말이 가득 찼어. 아, 그리고 시청 도시계획과에서 좋은 소식이 왔어. 이제 돈만 마련되면 내년 봄에 낡은 마장을 철거하고 새 마장을 지을 수 있게 됐어."

"어, 어떻게 된 거야? 문화재 보호 때문에 안 된다고 펄쩍 뛰던 사람들이?"

"과장이 식도락가거든."

"그건 뇌물수수야."

"아, 짭새들은 정말 꼬치꼬치 따지는 데 뭐 있어." 쿠엔틴이 답답하다는 듯 손을 내둘렀다.

"우리 짭새들만 그런 거 아니거든. 그리고 도시계획과장하고 그 사람한테 뇌물 준 사람들은 오늘 아침에 모두 구속됐어. 과장이 네 서류에 아직 서명하지 않았다면 또 다른 식도락가가 후임이 되길 바라야 할 거다."

"괜히 겁주려고 그러는 거지?" 쿠엔틴은 긴장한 듯 자세를 고쳐 앉았다.

"아니야, 셰퍼는 너한테만 뇌물을 받은 게 아냐."

새로 손님이 들어왔다. 쿠엔틴의 아내 마리루이제는 손님을 친절하게 맞으며 마지막 남은 자리로 안내했다.

"저기 들어온 사람, 토르디스네 엄마 아냐?" 코지마가 약간 비꼬는 투로 말했다. "당신들의 첫사랑이라며?"

보덴슈타인 형제가 동시에 고개를 돌렸다. 정말 잉카 한젠이 일행과 함께 막 자리에 앉고 있었다. 보덴슈타인은 일행 중에서 크리스토프 산더를 알아보고 깜짝 놀랐다.

"어라, 저것 봐라." 보덴슈타인이 혼잣말로 중얼거렸다.

"오펠 동물원 원장과 재단 이사들이야. 한 달에 한 번씩 부부 동반으로 식사를 하러 와. 곧 동물원에 레스토랑이 생긴다니 우린 단골 하나 없어지겠네."

보덴슈타인은 산더가 우아한 몸짓으로 잉카 한젠의 의자를 뒤로 빼주는 모습을 지켜보았다. 그녀가 산더를 보며 환한 미소를 지었다. 25년 전이라면 저 미소를 위해 살인이라도 저질렀을 것이다. 산더와 잉카 한젠이 서로 마주 보고 웃는 것이나 사이좋게 메뉴를 넘기는 모양새를 보니 피아는 헛물만 켠 게 아닌가 싶었다. 싱글이고 아직 매력이 넘치는 두 사람은 직업적인 관계로 마주칠 일이 많고 관심사도 비슷할 테니 이상적인 결합이라 할 만하다. 거기에 비하면 아직 별거 중인 강력계 여형사는 매력이 많이 떨어지지 않나. 보덴슈타인의 마음속에서는 산더에 대한 의심이 쑥쑥 자라났다. 그는 순간적으로 그동안 무엇이 그렇게 석연치 않았는지 깨달았다.

*

피아는 오후 내내 초조하게 산더의 전화를 기다렸다. 그러나 저녁이 돼도 전화가 오지 않았다. 미리 말 안 해줘서 화가 난 걸까? 보덴슈타인이 그를 체포한 건 아닐까? 어떻게 됐는지 알 길 없는 피아는 피가 마르는 듯했다. 9시 45분에 드디어 휴대전화가 부르르 떨렸다. 그러나 기대했던 산더가 아니라 보덴슈타인이었다.

"개인적으로 궁금한 게 있는데, 뭐 하나 물어봐도 돼?" 보덴슈타인의 낮은 목소리 뒤로 식기가 달그락거리는 소리와 함께 웅성거리는 소리가 났다.

“왜요? 아, 제 말은 네, 물어보세요.”

“산더와의 관계 말인데 진지한 거야, 아니면 그냥…… 가볍게 사귀는 거야?”

산더의 이름이 나오자 피아는 심장이 쿵 내려앉는 것만 같았다. 그녀는 오늘 아침 보덴슈타인한테 전화가 안 왔다면 일어날 뻔했던 일을 떠올렸다.

“왜 물어보시는 건데요?” 피아가 조심스레 되물었다. “아셔야 할 이유가 있나요, 아니면 지난번처럼 그냥 궁금하신 건가요?”

“아냐, 진지하게 묻는 거야.” 보덴슈타인은 더욱 목소리를 낮췄다. “아무리 생각을 해봐도 우리가, 특히 자네가 어떤 잘 짜인 각본에 놀아나고 있는 게 아닌가 싶어.”

“왜 그런 생각을 하셨어요?” 피아가 자세를 고쳐 앉으며 물었다. “무슨 이유로…… 산더가 그런 연출을 하겠어요?” 피아는 산더의 이름을 입 밖에 내는 것뿐인데도 목이 메고 가슴이 두근거렸다.

“그건 나도 잘 모르겠어. 딸의 단짝 친구인 스베냐 때문일 수도 있고 루카스 때문일 수도 있겠지. 그 두 사람이 우리 사건에 얽혀들었잖아. 산더도 그걸 잘 알고 있지. 그래서 그 두 사람을 보호하려는 것 같아. 그냥 내 느낌이야.”

보덴슈타인 반장의 느낌이라! 사실 보덴슈타인의 느낌은 맞은 적이 별로 없다. 피아는 작년 가을 그가 여자 가라테 선수와 우연히 부딪친 후 느낌이 이상하다며 그녀를 조사했다가 망신만 당한 일을 떠올렸다.

“지금 내 동생네 레스토랑에 있는데 여기 산더도 와 있어. 잉카 한젠이랑 같이 왔는데……, 잉카는 동물원 수의사니까 뭐 이상할 건 없어. 그런데 둘이…….”

“둘이 뭐요?” 피아는 눈을 질끈 감았다. 그 달콤한 말들, 새벽에 주고받은 문자, 오늘 아침 자신의 말을 들어주던 그 자상함, 그 모든 것이 멍청한 경찰 아줌마를 포섭하기 위한 비열한 수작이었단 말인가?

“둘이 아주 친해 보여.”

피아는 벌어진 상처에 소금을 쏟아붓는 듯한 아픔을 느꼈다.

“매일 같이 일하는데 그럼 친하지 안 친하겠어요?” 피아가 핀잔을 주었다. “그 사람하고 전 그냥…… 별 사이 아니에요.”

그녀는 간밤의 꿈을 저주하고 바보처럼 사랑에 빠진 자신을 저주하고 아름다운 환상을 깨버린 보덴슈타인을 저주했다. 실망은 곧 분노로 바뀌었다. 전화를 끊은 그녀는 텅 빈 눈으로 저녁 하늘을 올려다보았다. 눈에 눈물이 가득 고인 채 산더가 그녀를 이용했는지 기억을 하나씩 더듬었다. 그는 그녀가 자신을 좋아한다는 사실을 분명히 눈치챘을 것이다. 그녀의 약점을 이용한 걸까? 그물 안의 물고기는 그가 아니라 그녀였던 걸까?

피아는 그렇게까지 사람을 잘못 봤다는 것이 도저히 믿기지 않았다. 그러나 지금 이 순간 그 남자는 다른 여자와 함께 레스토랑에 앉아서 그녀 생각은 눈곱만치도 안 하고 있다. 그녀 생각을 조금이라도 했다면 전화라도 한 통 했을 것이다. 그리고 오늘 아침 그녀는 그 남자에게 자신의 가장 아픈 비밀을 드러내 보였다.

피아는 이렇게까지 비참하고 외롭다고 느낀 적이 없었다. 어느 순간 사건과 사생활이 얽히기 시작했다. 어디서부터 잘못된 걸까? 어쩌다가 혼란스러운 꿈과 두려움의 세계에 발을 들여놓은 걸까? 하염없이 하늘을 올려다보고 있을 때 휴대전화가 다시 날카로운 진동음을 냈다. 루카스! 그렇다, 그라면 지금 자신을 위로해줄 수 있을 것이다.

*

　오후에 있었던 독일 대 스웨덴의 경기가 2 대 0으로 끝나고 독일이 16강에 들자 온 나라가 환호성으로 들끓었다. 늦은 저녁 시간까지 독일 국기를 달고 빵빵거리며 도로를 질주하는 자동차 행렬이 줄을 이었다. 거리 분위기만 봐서는 독일이 벌써 월드컵에서 우승이라도 한 것 같다.

　"머저리들. 저런 사람들은 다 나사가 하나씩 풀린 사람들이에요." 루카스가 말했다.

　피아는 곁눈질로 루카스를 쳐다보았다. 그는 그녀와 통화한 지 45분 만에 목장에 도착했다. 머리를 풀고 달라붙는 청바지에 흰색 티셔츠의 소매를 접어 올린 그는 이 세상 사람이 아닌 것처럼 아름다웠다. 그가 어디로 차를 몰고 가는지 물어보지도 않았다. 어딜 가든 청승맞게 집에 앉아서 산더를 생각하는 것보다는 나았다.

　"무슨 일이에요?" 집사의 스마트를 몰고 나온 루카스가 박람회장을 지나 시내 쪽으로 핸들을 조작하며 물었다.

　"일은 무슨 일?"

　"평소랑 달라요. 혼란스럽고 멍해 보여요."

　"해결해야 할 사건이 두 건이나 되는데 진전이 없으니까 그렇지, 뭐." 그녀는 루카스의 예리함에 놀라며 대충 얼버무렸다.

　"그게 아닌 것 같은데요. 누군가 형사님 마음을 아프게 한 거죠?"

　루카스의 말투가 너무나 자상해 피아는 금방이라도 눈물이 쏟아질 것 같았다.

　"꼭 대답 안 해도 돼요." 그가 짧게 손을 내두르며 말했다. 그녀에게 감정을 추스를 시간을 준 것이다. 마인츠 국도를 빠져나온 그는 노이에마인츠 가로 들어섰다.

"그런데 우리 지금 어디 가는 거야?" 피아가 화제를 바꾸었다.

"칵테일 마시러요."

"금융 지구에?"

"네, 메인타워 가본 적 있어요?"

주차할 곳을 찾아 열심히 두리번거리던 루카스는 드디어 딱 스마트한 대가 들어갈 만한 공간을 찾아냈다.

"아니, 안 가봤어. 거긴 아무나 들어갈 수 있는 데 아니잖아."

"전 들어갈 수 있어요."

루카스가 빙긋 웃으며 말했다. 피아는 그 말을 믿어 의심치 않았다.

187미터 상공에 헤센 방송사와 레스토랑이 위치해 있는 헤센 지방은행 건물에 다다르자 그가 주머니에서 플라스틱 카드 한 장을 꺼냈다. 그리고 그녀의 손을 덥석 잡더니 줄 서 있는 사람들을 헤치고 앞으로 나갔다. 맨 앞으로 가니 대리석 프런트 뒤에 짙은 남색 유니폼을 입은 남자 직원과 여자 직원 둘이 서 있었다. 그들은 입가에 미소가 떠나지 않는 표정으로 입장객의 신원을 일일이 파악했다. 그들의 결정에 따라 토요일 밤을 잘 보낼 수 있는지 정해지는 것이다. 루카스가 카드를 건넸다.

"신분증 좀 보여주시겠습니까?"

남자 직원이 카드를 그어본 후 미심쩍은 표정으로 말했다. 미국에서 고층 건물에 대한 테러 공격이 있은 후 프랑크푸르트에서도 보안이 몇 배로 강화됐다. 루카스가 신분증을 내밀었다.

"감사합니다. 메인타워에 오신 것을 환영합니다."

신분증을 한참 들여다보던 남자가 만면에 미소를 띠고 말했다. 그리고 거의 굽실거리는 태도로 카드와 신분증을 돌려주었다. 아무나 들어가지 못한다는 그 문이 스르르 열렸다. 피아는 보안 검색대를 통과한 후 루카스를 따라 엘리베이터에 탔다.

"어떻게 한 거야?" 경비원 한 명만 서 있는 엘리베이터 안에서 피아가 속닥거렸다.

"프랑크푸르트에서 우리 아버지 이름 대고 못 들어가는 데는 없어요."

루카스가 한쪽 눈을 찡긋했다. 엘리베이터는 187미터를 단숨에 올라갔다.

"나 이런 사람이라고 과시하는 거야?"

"당연하죠." 그가 사람 좋은 표정으로 해맑게 웃었다. "저랑 데이트하는데 그저 그런 데로 모시지는 않아요."

메인타워 레스토랑에 들어선 피아는 눈앞에 펼쳐진 장관에 숨이 막혔다. 8미터 높이의 통유리 밖으로 프랑크푸르트 시 전체의 야경이 내려다보였다. 발밑은 온통 빛의 바다였다.

"오랜만에 오셨네요, 반덴베르크 씨." 레스토랑 여사장이 아까 1층 문 앞에서 만난 직원들처럼 상냥하게 인사를 건넸다. "어떤 자리로 안내해드릴까요?"

"이분은 여기가 처음이라서 창가에 앉고 싶은데……. 바에 자리 있나요?"

"금방 자리 마련하겠습니다."

그녀는 노련한 여사장답게 상냥한 미소를 지으며 사라졌고 바로 자리를 마련했다. 금융계의 거물 반덴베르크의 아들을 위해 누군가 자리를 비켜야 했던 것이다.

바닥까지 뻗은 유리 너머로 보이는 야경은 훌륭했고 칵테일 맛도 그에 못지않았다. 피아는 루카스와 함께 있으니 훨씬 위로가 됐다.

그의 자상함과 부담스럽지 않은 친절이 상처받은 그녀의 마음을 어루만졌다. 잠시나마 산더, 헤닝, 사건 따위의 복잡한 고민을 떨칠 수 있었다. 남자? 사랑? 홍, 개한테나 던져줘! 칵테일을 다섯 잔째 마시고 나니 피아는 조금 전과는 비교도 안 되게 기분이 좋아졌다.

"여기 슬슬 재미없어지지 않아요? 우리 딴 데로 가요." 루카스가 불쑥 말했다.

"좋아, 가자!" 얼큰하게 취한 피아가 흔쾌히 대꾸했다.

이렇게 루카스의 시선을 받고 있으니 자신이 무척 젊고 아름다운 여자처럼 느껴졌다. 그녀의 머릿속에서 깜박이던 경보 시스템은 마지막 몸짓과 함께 힘없이 꺼졌다. 항상 이성적으로 생각하고 긴장하며 살아온 그녀지만 오늘 밤만큼은 그러고 싶지 않았다.

이웃집 남자가 죽은 채 바닥에 누워 있다는 신고가 들어온 것은 오전 7시 15분이었다. 당직 경찰관은 순찰을 도는 동료에게 신고가 들어온 주소를 알렸다. 마침 그 근처를 돌던 크라우제 순경과 베른하르트 순경은 프라일리그라트 가 52번지를 찾아갔고 몇 번이나 초인종을 눌러도 대답이 없자 감시 카메라가 설치된 대문을 넘어 집 안으로 들어갔다. 그리고 저택을 둘러싸고 있는 거대한 정원을 돌아 건물 뒤쪽으로 접근했다.

공들여 가꾼 화단을 지나 활짝 열린 테라스 뒷문을 통해 집 안으로 들어가니 이웃집 사람 말대로 수영복 차림의 남자가 책상 앞에 쓰러져 있었다. 머리 주변에 피가 흥건했는데 피는 이미 응고되기 시작한 상태였다. 크라우제 순경은 한쪽 무릎을 꿇고 시체 옆에 앉아 목에 손가락을 대보았다.

"구급차 불러!" 그가 동료에게 소리쳤다. "이 사람 아직 살아 있어!"

*

“어떻게 된 겁니까?” 감식팀과 동시에 도착한 보덴슈타인이 물었다.

“둔기로 머리를 친 것 같습니다.” 의사가 대답했다. “팔과 어깨에도 혈액 침출의 흔적이 있습니다.”

“상태는 어떻습니까?”

“비관적입니다. 한참 동안 이렇게 방치된 것 같습니다.” 의사가 그를 올려다보며 말했다.

“이 사람 독일은행의 반덴베르크 아니에요?”

감식팀 직원의 물음에 보덴슈타인은 말없이 고개를 끄덕였다. 반덴베르크의 옷은 정원에 있는 풀장 옆 선탠 의자에 얌전히 걸쳐져 있었다. 정황상 저녁에 수영을 하고 나오다가 침입자를 보고 놀라 집 안으로 피신하다 당한 것 같았다. 의자 두 개와 키 큰 스탠드 전등이 넘어져 있는 것으로 보아 범인과 피해자 사이에 몸싸움이 있었던 듯했다.

“여기도 혈흔이 있습니다.” 테라스에서 감식팀 직원이 외쳤다. “범행 도구도 있어요.”

“뭐야?”

“서진입니다.”

보덴슈타인은 머릿속으로 범행 순서를 그려보았다. 범인은 밖에서 들어온 것이 분명하다. 범행을 저지르기 위해 서진을 챙겨 가는 사람은 없다. 불시에 당한 피해자는 겨우 서재까지 피했지만 곧 범인이 따라와 다시 싸움이 붙었을 것이다. 그런데 범인은 보안이 철저한 저택에 어떻게 들어올 수 있었을까?

"키르히호프 형사는 전화가 안 됩니다. 휴대전화가 꺼져 있습니다." 정복 차림의 경찰관이 말했다.

"전화가 꺼져 있다고?"

보덴슈타인은 화가 난다기보다는 이상하다는 생각이 먼저 들었다. 피아는 휴대전화를 꺼놓는 법이 없기 때문이다. 특히 오늘처럼 대기 근무를 하는 주말에는 절대 전화를 끄지 않는다. 피아 키르히호프는 성실한 데다 아침잠이 없는 사람이다. 전화기가 꺼져 있다면 뭔가 일이 생긴 것이다. 시체에서 고개를 돌린 그는 피아의 집으로 전화를 걸었다.

"네, 피아 키르히호프입니다." 그는 그녀의 목소리에 반가워하며 마음을 놓았다. 그러나 이내 자동 응답기에 녹음된 음성임을 깨닫고 걱정스러운 표정으로 전화를 끊었다. 뭔가 이상하다. 몸이 아프면 분명히 전화를 해서 알렸을 것이다. 경찰관들은 보덴슈타인의 표정을 살피며 지시를 기다렸다.

"목장으로 순찰차 보내."

보덴슈타인은 갑자기 불길한 예감이 들었다. 그녀는 어제 산더와 전화 통화를 한 걸까? 아니면 늦은 시간에 만나기라도 했을까? 그는 약간 비켜서서 기다리고 있는 이웃집 사람에게 시선을 돌렸다. 루카스 외에는 친인척이 없고 집사는 며칠 전 휴가를 떠났다고 했다. 막 주치의에 대해 물으려는데 젊은 남자가 들어왔다.

"저 애가 루카스예요. 쯧쯧, 불쌍한 것." 이웃집 사람이 말했다.

"무슨 일이에요?" 루카스는 집 열쇠를 떨어뜨리더니 경찰관과 구조대원들 사이를 헤치고 서재로 달려갔다. 아버지를 발견한 루카스는 그 옆에 앉아 굳은 듯 꼼짝도 하지 않았다.

"아버지." 그가 들릴 듯 말 듯 중얼거렸다. "아버지, 일어나세요. 아버지! 아버지!"

"아버지는 크게 다치셨다. 구조대원들이 병원으로 모셔갈 거야." 보덴슈타인이 루카스의 어깨에 손을 얹으며 말했다.

루카스는 그의 손을 뿌리치며 일어나 벌게진 눈으로 사람들을 둘러보았다.

"다 나가! 우리 집에서 나가란 말이야!" 그는 갑자기 실성한 사람처럼 고래고래 소리를 지르기 시작했다. "여기서 뭣들 하는 거야, 이 나쁜 놈들아. 안 나가면 경찰 부를 거야!"

보덴슈타인은 믿기지 않는 표정으로 그를 지켜보았다. 이제까지 항시 웃는 얼굴의 착한 청년으로만 알고 있었는데 공격적인 모습을 보니 갑자기 딴사람이 된 듯했다. 분노로 얼굴이 일그러진 루카스는 옆에 있던 경찰관을 잡고 주먹으로 패기 시작했다. 힘이 어찌나 센지 남자 경찰관 세 명이 달려들어서야 겨우 제압할 수 있었다.

"아이고, 이런 일은 난생처음 봅니다." 의사가 겁먹은 목소리로 말했다.

"저도 처음입니다." 보덴슈타인이 대꾸했다.

그의 마음속에서 루카스에 대한 의심이 다시 고개를 들었다. 그의 빛나는 외양 뒤에는 사람들이 보지 못하는 어두운 뭔가가 있다. 보덴슈타인은 바닥에 엎드려 씩씩거리는 루카스의 손목을 잡았다. 경찰관들이 혹시나 하는 마음에 루카스의 팔다리를 붙잡았지만 그는 탈진한 사람처럼 아무런 반항도 하지 않았다.

"아버지가 많이 다치셔서 바로 병원으로 옮겨야 해." 보덴슈타인이 말했다.

"무슨 일이 있었던 거죠?" 루카스가 혼란스러운 눈빛으로 물었다.

"그건 우리도 아직 몰라."

"오늘 고성 호텔로 브런치 먹으러 가기로 했는데……." 루카스는 불분명한 소리로 중얼거리더니 얼굴을 일그러뜨리며 흐느껴 울기 시작했다.

"놔줘."

보덴슈타인이 경찰관들에게 말했다. 그리고 루카스의 손을 잡아 일으킨 다음 어깨에 팔을 둘렀다. 루카스는 불안한 눈으로 주변을 둘러보았다. 몸싸움을 하면서 붕대가 벗겨졌는지 팔에서 살짝 피가 났다. 그는 멍하니 팔의 상처를 내려다보더니 보덴슈타인과 경찰관 사이를 지나 휘청거리는 걸음걸이로 거실로 갔다. 한 발 한 발 내딛는 것이 금방이라도 쓰러질 듯 위태로워 보였다.

"고성 호텔에 전화해서 예약 취소해야 해." 그가 혼잣말로 중얼거렸다.

*

루카스가 진정제를 거부했기 때문에 보덴슈타인은 루카스의 주치의를 수소문해서 집으로 불렀다. 루카스의 주치의인 뢰더는 반덴베르크를 태운 구급차가 출발한 직후 집에 도착했다. 루카스는 방에 올라가 있으라는 말을 듣지 않고 멍하니 계단에 앉아 있었다. 그가 폭력적으로 날뛰는 모습을 본 사람들은 아무도 더 이상 강요하지 않았다.

"이제 루카스를 어떻게 하죠? 어서 어머니한테 연락을 취해야죠." 보덴슈타인이 뢰더에게 말했다. "제 기억으로는 어머니가 보스턴에 계시다고 한 것 같은데……."

뢰더는 보덴슈타인을 이상한 눈초리로 쳐다보았다. "루카스가 그러던가요?"

"네, 그 비슷한 얘기를 들은 것 같습니다."

"루카스 어머니는 14년 전에 암으로 죽었습니다."

잠시 침묵이 흘렀다. 순간 보덴슈타인은 의사에게 물어볼 것이 떠올랐다. "해리성 정체 장애가 뭡니까?"

프란조 콘라디에게 들은 이야기를 하며 묻자 뢰더는 헛기침을 한 번 한 다음 대답했다.

"루카스는 실제로 어렸을 때 정신과 치료를 받은 적이 있습니다. 병원에서는 인격 장애가 의심된다는 진단을 내렸습니다."

"그게 뭡니까? 다중 인격인가요?"

"넓게 보면 그렇게도 말할 수 있죠."

보덴슈타인은 여전히 멍하니 앉아 자신의 팔을 내려다보고 있는 루카스를 쳐다보았다.

"다중 인격이 형성되는 건 어린 시절에 경험한 트라우마 때문인 경우가 많습니다. 다중 인격 장애 환자들 중엔 감정적으로 버림받은 경험을 가진 사람이 많습니다. 루카스가 어머니를 잃은 건 일곱 살 때였죠."

"다중 인격이라는 게 말하자면 지킬 박사와 하이드 씨 같은 겁니까?" 보덴슈타인이 다시 루카스에게 시선을 던지며 물었다.

"뭐 그렇다고도 할 수 있죠. 다중 인격은 자기 보호 메커니즘에 의해 형성되는 것입니다. 하나의 인격이 지배하다가 일명 방아쇠 역할을 하는 특수한 사건에 의해 다른 인격이 활성화되죠."

"그런 장애를 가진 사람을 어떻게 알아볼 수 있죠?"

"다중 인격 장애를 가진 사람들은 버림받는 걸 극도로 두려워합니다. 인간관계에서 불안정성을 보이는 경우가 많고 충동적인 성 활동, 통제를 벗어난 갑작스러운 분노 폭발, 혹은 잠깐씩 기억상실 증세를 보이기도 합니다."

"한 인격이 어떤 행동을 할 때 다른 인격들은 그걸 모른다는 뜻입니까?" 보덴슈타인의 미간에 주름이 잡혔다.

"그런 경우도 종종 관찰됩니다."

그때 초인종이 울렸다. 경찰관이 문을 열어주었다. 산더가 매우 걱정스러운 얼굴로 뛰어 들어왔다. 그는 루카스를 보더니 그 앞에 쭈그리고 앉아 손을 덥석 잡았다. 뭐라고 하는지 알아들을 수는 없지만 열심히 뭔가 말했고 루카스의 눈에는 점점 생기가 돌았다. 산더는 루카스의 머리를 쓰다듬더니 다정하게 어깨를 껴안았다. 루카스는 그의 어깨에 얼굴을 묻었다.

"아버지가 죽으면 난 이제 어떡해요?" 루카스는 어린아이처럼 울음을 터뜨리며 산더에게 매달렸다.

보덴슈타인의 휴대전화가 진동했다. 그는 배터리 충전을 깜박했다고 말하는 피아의 목소리를 기대했지만 전화한 사람은 아까 목장으로 출동한 순경이었다.

"아무도 없습니다. 문이 닫혀 있는데 집 앞에 차 한 대가 세워져 있는 게 보입니다."

"집으로 들어가봐. 그리고 무슨 일 없는지 알아보고." 보덴슈타인이 나지막한 목소리로 지시했다.

"어떻게요?" 순경이 눈치 없이 물었다.

"이웃 목장에 가서 물어봐. 그 사람한테 집 열쇠가 있을 거야."

산더는 루카스를 설득해서 2층 방으로 함께 올라갔다가 잠시 후 혼자서 층계를 내려왔다.

"구급차가 집 앞에 서 있는 걸 봤습니다. 무슨 일입니까?"

“루카스 아버지가 의식을 잃은 채 서재에 쓰러져 있었습니다. 둔기로 머리를 맞은 것 같습니다.” 보덴슈타인은 잉카 한젠이 산더에게 미소 짓는 모습을 본 후 산더가 더욱 마음에 안 들었다.

“맙소사. 저 불쌍한 것한테 또 그런 일이 생기다니! 루카스는 이제 어떻게 되는 겁니까?”

“일단 혼자 있게 해서는 안 됩니다.” 뢰더가 말했다. 그와 산더는 아는 사이인 듯했다.

“그럼 제 딸을 바로 보내겠습니다. 그다음엔 우리 집으로 데려가고요.”

“예, 그러는 게 좋겠습니다. 조금 전에 좀 시끄러웠습니다.”

“그냥 시끄러운 게 아니라 난동을 부린 거죠. 완전히 정신이 나간 사람 같았습니다. 고래고래 소리를 지르더니 다짜고짜 경찰관 한 명을 공격했습니다.” 보덴슈타인이 주치의의 말을 정정했다.

“루카스의 친한 친구가 둘이나 살해당했습니다. 거기다 아버지까지 정신을 잃고 쓰러져 있는데 그 아이가 형사님처럼 아무렇지도 않은 표정으로 무심해야 정상입니까?” 산더가 버럭 화를 냈다.

그 말을 들은 보덴슈타인은 머리 꼭대기까지 화가 치밀어 따끔하게 한마디 해주고 싶었지만 싸움이 날 것 같아 참았다.

“키르히호프 형사도 여기 있습니까?” 산더가 물었다.

보덴슈타인은 더 이상 그와 말을 섞고 싶은 생각이 없었기 때문에 꼭 필요한 말만 했다. “아뇨. 왜요?”

“오늘 새벽 3시 좀 지나서 저한테 문자를 보냈습니다.”

“문자요? 뭐라고요?”

산더는 바지 주머니에서 휴대전화를 꺼내 버튼을 여러 번 누르더니 보덴슈타인에게 내밀었다.

더브 라이프. 타력. 잠미.

"이게 무슨 뜻입니까?" 보덴슈타인이 문자에서 눈을 떼고 물었다.

"글쎄요. 저도 무슨 뜻인지 전혀 모르겠습니다." 산더가 어깨를 으쓱했다.

"왜 키르히호프 형사가 새벽 4시에 원장님한테 문자를 보냈죠? 그 전에 서신이 있었습니까?" 보덴슈타인이 미심쩍은 표정으로 물었다.

"그 문자가 제 문자에 대한 답장인지 묻는 겁니까?" 산더가 딱딱하게 굳은 얼굴로 대답했다. "아닙니다."

"그럼 어젯밤에는요?"

"네, 어젯밤에는 제가 문자를 보냈습니다." 산더는 눈 하나 깜짝하지 않고 보덴슈타인의 눈을 마주 보았다.

보덴슈타인은 그가 하는 말과 행동 하나하나가 견딜 수 없이 못마땅했다. 딱히 잘생기지도 않았고 매사에 시큰둥한 표정인데 이 남자의 어디에 여자들이 넘어가는지 이해할 수 없었다. 키르히호프 형사뿐 아니라 차갑고 도도한 잉카 한젠까지 넘어가지 않았는가!

"어젯밤에는 잉카 한젠에게 더 관심이 있어 보이던데요?" 보덴슈타인은 더 이상 참지 못하고 비아냥거렸다.

"왜 그렇게 생각하시죠?"

"어제저녁 잉카 한젠과 함께 있었던 거 아닙니까?" 보덴슈타인의 말에서 식상한 질투심이 묻어났다.

"제 사생활에 왜 그렇게 관심이 많으신지 모르겠습니다만 어제 함께 저녁을 먹은 건 사실입니다. 그리고 그다음에는 혼자 집에 갔습니다. 이 정도면 질문에 대답이 됐습니까?"

산더의 비꼬는 말투에 보덴슈타인은 더욱 속이 뒤집혔다. "네, 대답이 됐습니다. 감사합니다." 보덴슈타인은 차갑게 대꾸했다.

두 남자는 한참 동안 서로를 노려보았다. 그러다가 산더가 먼저 몸을 돌려 집을 나갔다.

"아 참, 원장님!"

보덴슈타인이 부르자 산더는 못마땅한 듯 뒤를 돌아보았다.

"루카스의 상태가 괜찮아지거든 저한테 연락 좀 해주십시오. 루카스하고도 얘기를 해야 할 것 같습니다. 원장님 말씀과 달리 루카스는 운전을 할 줄 알더군요. 그리고 동물원 픽업트럭도 종종 집에 몰고 갔다고 하더라고요."

보덴슈타인은 산더가 붉으락푸르락한 얼굴로 화를 내며 돌아서는 것을 보고 속으로 쌤통이라고 생각했다. 산더는 루카스가 정말 그의 신임을 이용해 그런 짓을 하고 다녔는지 알아보기 위해 집에 가자마자 딸을 닦달할 것이 분명하다.

*

목장 어디에서도 피아는 보이지 않았다. 옆 목장 사람에게 부탁해 문을 연 뒤 피아가 없는 것을 확인한 경찰관들은 보덴슈타인에게 전화를 걸었다. 보덴슈타인은 정확히 45분 후 목장에 도착했다. 피아의 차는 호두나무 밑에 서 있고 집 안 블라인드는 모두 올려져 있고 부서진 자물쇠도 없었다. 강제로 집에 침입하거나 사람을 납치한 흔적도 없었다. 보덴슈타인은 헤닝 키르히호프에게 전화를 걸어 피아의 소식을 아는지 물었다. 그러나 그도 아는 바가 없었다. 아무 말도 없이 사라지는 것은 전혀 피아답지 않다며 헤닝도 걱정을 하기 시작했다. 피아의 부모님과 여동생에게 전화를 걸어봤지만 그들도 모르기는 마찬가지였다.

11시쯤 되자 그녀에게 무슨 일이 생겼음이 확실해졌다. 보덴슈타인은 벤케에게 가능한 한 많은 인력을 끌어모아 피아를 찾을 특별반을 꾸리라고 지시했다. 이 특별반이 인근 경찰서, 병원, 시체 안치실을 모조리 뒤지고 다닐 것이다. 어쩌면 그녀는 친구들과 어딘가 가다가 사고를 당했을 수도 있다. 도둑을 만났거나 강도를 당했거나……. 아니다, 다른 가능성은 생각하지 말자. 어쩌면 무사히 다시 나타날지도 모르는 일이다. 이웃집 여자는 이상한 소리를 들은 적도 없고 수상한 사람을 보지도 못했다고 말했다. 저녁 무렵에 울타리 너머로 대화를 나눴는데, 목장 뒤 과수원에서 일하는 사람들과 자기 남편에게 부탁해서 피아가 올 때까지 피아네 가축들도 들여다보고 꽃밭에 물도 주겠다고 약속했다고 했다.

보덴슈타인은 무거운 마음을 안고 다시 호프하임 경찰서로 차를 몰았다. 어제 전화 때문에 피아가 충격을 받아 이상한 짓을 저지른 것은 아닐까 은근히 걱정이 됐다. 산더에 대한 피아의 감정이 정말 그렇게도 깊은 걸까? 왜 그녀는 그에게 그런 이상한 문자를 보낸 걸까? 어쨌든 산더가 의심스러운 것만은 확실했다. 보덴슈타인은 잉카 한젠이 그렇게 환한 미소로 쳐다보던 남자, 피아가 홀딱 빠져버린 그 남자가 점점 더 의심스러웠다.

＊

회의실에는 짙은 긴장감이 돌았다. 다른 실종자나 범인, 피해자를 찾을 때와는 다른 종류의 긴장감이다. 이번에는 자신들 중 한 사람을 찾아야 하기 때문이다. 사라진 동료를 찾는다는데 빠지겠다는 사람은 아무도 없었다. 서른두 명의 남녀 경찰관들 앞에 보덴슈타인이 헤닝 키르히호프를 데리고 나타났다.

오스터만이 보고를 시작했다. 인근 병원을 다 뒤졌지만 피아의 인상착의에 해당하는 여자는 없었고, 헤센 주 소속 전 경찰서에 피아를 찾는다는 내용의 공문이 전달된 상태였다. 감식팀이 집을 수색한 결과 식기세척기에서 커피 잔과 유리컵을 찾아냈고 피 묻은 수건과 침대 시트도 발견됐다. 보덴슈타인은 동료 직원의 사생활을 전 직원 앞에 드러내야 할 이유가 없다는 생각에 오스터만의 말을 끊었다. 무엇보다 중요한 것은 집 전화와 휴대전화 사용 내역과 위치 추적이며 병원도 계속해서 알아봐야 한다고 말하고 있는데 사기전담반 소속 형사가 들어왔다.

"오늘 새벽 4시 반쯤 이트슈타인 종합병원에 의식불명의 여자가 실려 왔는데 신분증도 없고 인상착의가 키르히호프 형사와 비슷하다고 합니다. 이트슈타인 고속도로 휴게소에서 발견된 모양이에요."

이트슈타인? 보덴슈타인이 그를 올려다보았다.

"그런데 뭘 망설이고 있어? 어서 출발하지 않고!"

"문제가 하나 있습니다. 그 여자가 1시간 반쯤 전에 의식을 회복하지 못한 채 사망했답니다."

그 말에 웅성거리던 소리가 뚝 그쳤다. 사람들이 놀라 침묵한 가운데 보덴슈타인이 불쑥 자리에서 일어났다.

"내가 직접 가지."

"저도 가겠습니다." 뒤에 말없이 앉아 있던 헤닝도 자리에서 벌떡 일어났다. 얼굴에 핏기가 하나도 없이 창백했지만 침착함은 잃지 않은 듯했다.

*

제발, 제발, 제발 피아가 아니길…….

보덴슈타인은 헤닝과 지칠 대로 지친 여의사의 뒤를 따라가며 속으로 생각했다. 이트슈타인 병원으로 차를 타고 오는 동안 두 사람은 거의 말을 하지 않았다. 목적지에서 그들을 기다리고 있을지도 모를 일을 상상하면 너무 끔찍했기 때문이다. 어제저녁 9시 45분쯤 그는 피아와 전화 통화를 했다. 그 전화를 왜 걸었는지 자신이 원망스럽기만 했다. 항상 차분하고 냉정한 모습을 보였지만 피아도 역시 사람이고 여자일 뿐이다. 그것도 남자를 잘못 만난 불행한 여자인지도 모른다. 그 전화를 끊은 뒤에 피아는 산더에게 전화를 걸었을까? 산더가 그녀의 집을 찾아갔을까? 두 사람은 다퉜을지도 모른다. 그러다가 산더가 그녀를……?

이윽고 냉방이 잘된 시체 안치소에 도착했다. 부검이나 장례식을 기다리는 시체들을 보관하는 곳이다. 사방에 타일을 붙인 방 한가운데 놓인 들것 위에 흰 천으로 덮인 시체가 있었다. 에어컨이 윙윙거리는 소리가 났다. 보덴슈타인은 시선을 바닥에 둔 채 주머니 속에서 주먹을 꽉 쥐었다. 아무것도 보고 싶지 않았다. 알고 싶지도 않았다. 의사가 말없이 천을 걷자 바스락거리는 소리가 났다.

"아닙니다."

헤닝의 말소리가 들렸다. 온몸에 안도감이 퍼지며 도수 높은 술을 마셨을 때처럼 순식간에 긴장감이 사라졌다. 그는 떨리는 다리로 시체 앞으로 다가갔다. 여자는 금발이다. 그것을 제외하면 피아와의 공통점이 거의 없었다.

 *

보덴슈타인이 경찰서로 돌아가고 있을 때 첫 번째 단서들이 나왔다는 연락이 왔다. 벤케와 몇몇 경찰관이 피아의 집 근처에 있는 엘리자베탄호프 목장 사람들을 조사했는데, 쉰 명쯤 되는 일꾼 중 상당수가 외국인이라 언어 장벽이 있었지만 밤 10시 반쯤 금발이 어깨까지 닿는 여자가 피아를 스마트에 태워 가는 것을 봤다는 진술을 확보했다. 그렇다면 납치 가능성은 제외된다. 오스터만은 이동통신사에서 피아의 휴대전화 이동 경력을 받았다. 피아는 새벽 2시까지 프랑크푸르트에 있었고 마지막으로 확인된 위치는 쾨니히슈타인이었다. 그러다 3시 반쯤 전원이 꺼졌다.

"전화 사용 내역은 받았나?"

"반장님, 오늘은 일요일입니다." 오스터만이 고개를 가로저으며 말했다. "이동통신사에서도 그렇게 일을 빨리 해줄 수는 없어요."

"압력을 넣어. 실험실 쪽도 재촉하고. 몇 시간 내로 내 책상에 결과가 올라와 있게 해. 니어호프 과장은 연락됐어?"

"네, 기자회견을 준비하는 중이라고 하시던데요. 죽어가는 금융계의 거물 때문에 골프 약속도 취소하셨나 봐요."

보덴슈타인은 아무 대꾸도 하지 않았다. 언론이나 대외적인 부분은 니어호프가 맡아서 한다는 게 그와 니어호프 사이의 암묵적인 약속이다. 그는 그렇게 된 것을 항상 다행으로 생각했다. 그는 파울리와 요나스 보크의 사건 일지를 가져다가 가까운 책상에 앉아 피아가 작성한 보고서를 찾아 읽기 시작했다. 요나스 보크의 서류철을 넘기던 그는 순간 뭔가 희미한 기억이 잡아끄는 듯한 느낌에 사로잡혔다. 서류를 뒤로 넘기며 생각이 다시 떠오르기를 기다렸지만 그 기억은 좀처럼 떠오르지 않았다. 오펠 동물원. 산더. 루카스. 픽업트럭. 그리고 또 뭔가 있었다. 그게 뭐였더라? 그는 아주 작은 것까지도 생생히 기억하는 피아의 비상한 능력이 못내 아쉬웠다. 그 순간 그녀가 산더에게 보낸 이상한 문자가 떠올랐다. 그는 휴대전화를 꺼내 산더가 전달해준 문자메시지를 불러냈다.

"오스터만."

"네?"

오스터만이 모니터 뒤에서 얼굴을 쏙 내밀었다. 보덴슈타인은 그에게 자신의 휴대전화를 내밀었다.

"키르히호프가 동물원장 산더에게 보낸 문자야."

"더브 라이프. 타럭. 잠미?"

"자네가 보기엔 그게 뭐 거 같아?"

"더블 라이프는 인터넷 게임 이름입니다. 폭력을 미화한다는 이유로 금지됐는데 스베냐의 홈페이지에서 그 게임의 링크가 발견됐습니다. 키르히호프한테 그 게임에 대해 얘기한 적이 있습니다."

보덴슈타인은 프란조 콘라디와의 대화를 떠올렸다. 프란조가 한 말 중에 분명 그 비슷한 이야기가 있었다.

"그 멍청한 게임, 더블 라이프도 원래 루카스의 아이디어였어요."

"프라조 콘라디하고 타렉 피들러한테 전화해서 당장 이리로 오라고 해." 보덴슈타인이 깜짝 놀란 눈으로 쳐다보는 오스터만에게 말했다. "둘 다 그 게임에 대해서 알고 있어."

오스터만은 여전히 영문을 모르겠다는 표정이었다.

"내가 어제 그 두 사람하고 얘기를 해봤는데 타렉은 오펠 동물원에서 일한 경력이 있고, 두 사람 다 그 게임에 연루돼 있어. 결국은 루카스로 연결되겠지. 그 두 사람을 캐보면 뭔가 나올 거야."

보덴슈타인은 휴대전화를 도로 받아 들고 밖으로 나가면서 벤케에게 전화를 걸었다.

*

반덴베르크 저택 앞에는 중계차 몇 대와 기자 열댓 명 정도가 진을 치고 앉아 새로운 소식을 기다리고 있었다.

"반덴베르크가 죽어서 이득을 보는 사람은 루카스뿐이야. 집에 침입 흔적이 없는 것으로 봐서 그가 범인일 가능성이 있어." 보덴슈타인이 혼잣말처럼 중얼거렸다.

"하지만 친아버지를 죽일 까닭이 있을까요?" 벤케가 의심쩍은 얼굴로 대꾸했다.

보덴슈타인은 타렉 피들러의 말을 떠올렸다. "아버지가 돈을 안 줬거든. 그리고 이래라저래라 하는 잔소리가 듣기 싫었겠지."

"과연 그럴까요? 아버지 쓰러진 거 보고 엄청 충격 받았잖아요?"

"그런 척했을 수도 있지. 루카스는 머리가 좋아. 게다가 정신병까지 있어."

보덴슈타인은 산더의 집 앞에 차를 세웠다. "저 기자들 다 호프하임으로 보내. 난 산더 집에 가서 루카스를 만나볼 테니까."

그러나 루카스는 그 집에 없었다. 안토니아 언니인 아니카의 말에 의하면 루카스가 자기 집에 있겠다고 고집을 피웠다고 했다.

"아버지가 거기 함께 계신가요?"

"아뇨, 안토니아가 가 있어요. 아버지는 동물원에 계세요." 아니카가 말했다.

보덴슈타인은 다시 차로 돌아왔다. 기자들이 이동할 준비를 하고 있었다. 그들이 떠나자 거리는 곧 한산해졌다. 보덴슈타인이 초인종을 눌렀다. 아무 대답이 없었다. 벤케는 주저 않고 높은 대문을 넘어가 안에서 문을 열었다. 두 사람은 잔디밭을 돌아 집 뒤로 갔다. 거실 창문이 활짝 열려 있었다.

"루카스?" 보덴슈타인이 집 안으로 들어가며 외쳤다. "루카스!"

그는 거실 문가에 갑자기 나타난 안토니아를 보고 깜짝 놀랐다. 혼란스러운 표정의 안토니아는 그를 보고 내심 안도하는 듯했다.

"기자들이 너무 시끄럽게 눌러대서 제가 초인종 전원을 빼놨어요. 죄송해요."

"괜찮아. 그런데 루카스는 어디 있지? 상태는 어때?" 보덴슈타인이 안토니아의 표정을 살피며 물었다.

안토니아가 잠시 대답을 망설였다. 이윽고 그녀가 나직하게 말했다. "루카스가 너무 이상해요. 이쪽으로 오세요."

보덴슈타인과 벤케는 그녀의 뒤를 따라 홀을 지나 서재로 갔다. 몇 시간 전만 해도 반덴베르크가 쓰러져 있던 곳이다. 누군가가 스탠드 전등과 의자를 일으켜놨지만 반짝이는 마룻바닥에 핏자국은 아직 선명했다. 루카스는 육중한 마호가니 책상 앞에 앉아 멍하니 허공을 응시하고 있었다.

"안녕, 루카스."

루카스는 보덴슈타인을 흘깃 쳐다보고는 보일 듯 말 듯 미소를 지었다. 벌건 눈이 심하게 번들거렸다.

"전화를 기다리고 있어요. 엄마는 제 휴대전화 번호를 모르시거든요."

보덴슈타인은 그에게 어제저녁에 어디 있었는지 추궁할 생각이었지만 그런 모습을 보니 순간적으로 동정심이 들었다. 질문을 하기에 좋은 시점이 아니었다.

"어머니는 전화 안 하실 거야." 그가 부드럽게 말했다. "뢰더 선생님한테 들었는데 어머니는 14년 전에 돌아가셨대."

루카스는 그를 빤히 쳐다보다가 입언저리를 실룩거리더니 팔짱을 끼듯 양팔로 몸을 감쌌다. 마치 몸 어디가 아픈 것 같았다. 그의 뺨에 눈물 한 줄기가 흘러내렸다.

"뢰더 선생님이 뭘 알아요?" 그가 짜내는 듯한 목소리로 말했다. 그러다 갑자기 생각난 듯 물었다. "그런데 키르히호프 형사님은 어디 계세요?"

"아, 키르히호프 형사는…… 다른 일로 바빠서 안 왔어." 보덴슈타인이 대충 얼버무렸다.

"휴대전화를 걸어봤는데 꺼져 있어요. 어디 아프신가요?"

"아니야."

루카스는 보덴슈타인과 벤케를 번갈아 봤다.

"저한테 뭔가 숨기시는 거죠? 키르히호프 형사님한테 무슨 일이 생긴 거죠?"

"지금은 뭐라고 단정 지어 말할 수 없단다, 루카스." 보덴슈타인은 다시 대충 얼버무린 뒤 화제를 돌렸다. "몇 가지 질문이 있는데 대답할 수 있겠니?"

"꼭 지금이어야 해요? 피곤해서 자고 싶어요."

"저희 집으로 가세요. 제가 아침을 준비할게요." 안토니아가 끼어들었다.

그 목소리를 들은 루카스는 갑자기 눈을 껌벅이며 혼란스러운 듯 고개를 돌렸다. 안토니아가 거기 있다는 사실을 까맣게 잊고 있었다는 표정이다.

"안토니아!" 그녀의 얼굴을 본 루카스는 눈물을 줄줄 흘리며 울었다. "안토니아, 아빠가 병원에 실려 갔어. 어쩌면 죽을지도 몰라!"

*

정오 무렵이 되자 기온은 그늘에서도 33도를 웃돌았다. 하늘이 허옇고 공기가 정체해버린 듯 바람 한 점 없었다. 사무실 분위기도 날씨만큼이나 무거웠다. 독일 전역 경찰서에 나이 38세, 신장 178센티미터, 마른 체격에 금발, 파란 눈의 피아 루이제 키르히호프 경사를 찾는다는 공문이 뿌려졌다. 특별팀은 마인타우누스, 호흐타우누스, 프랑크푸르트, 다름슈타트, 오펜바흐, 림부르크, 기센의 모든 병원을 조사했다. 전화벨이 끊임없이 울렸지만 새로운 소식은 없었다. 타렉 피들러는 연락이 되지 않았지만 프란조 콘라디는 경찰의 요구대로 곧장 호프하임 경찰서에 나타났다. 오스터만의 책상 앞에 앉은 그는 전화벨 소리에도 깜짝깜짝 놀라고 사람이 들어올 때마다 문 쪽을 쳐다보며 불안한 모습을 보였다.

"더블 라이프에 대해서 알고 있는 거 말해봐." 오스터만이 프란조에게 말했다. 그는 게임 사이트에 들어가는 데 성공했지만 게임자로 등록하는 단계에서 계속 에러가 났다. 세 번째 시도할 때 'FATAL ERROR'라는 메시지가 뜨더니 더 이상 아무것도 되지 않았다.

"아는 거 없어요."

얼굴이 엉망이 된 프란조가 자기 손을 내려다보며 거짓말을 했다. 오스터만은 눈썹을 치켜세웠다. 누군가 그를 호되게 윽박지른 것이 분명했다. 왜일까? 프란조가 과연 뭘 알고 있는 걸까?

"이봐." 오스터만이 책상 위로 상체를 기울이며 말했다. "난 사실 그 게임에는 아무 관심이 없어. 생각을 좀 해봐. 네가 알던 사람이 둘이나 죽었고 스베냐 지버스가 실종됐어. 그리고 우리 동료인 키르히호프도 실종됐고. 우린 무슨 일이 일어나기 전에 그 두 사람을 찾으려는 거야. 지금까지 조사한 바로는 루카스가 이번 일과 관련 있는 게 분명해. 그래서 넌 나한테 네가 아는 걸 다 말해야 하는 거고. 알겠니? 너한테는 아무 일도 없을 거야. 그건 내가 장담할게."

"루카스요?" 프란조가 놀란 표정으로 고개를 들었다. "루카스가 뭘 어쨌다고요?"

"그건 말할 수 없어. 하지만 난 루카스와 타렉 피들러가 그 게임과 무슨 상관이 있는지 알아야겠어."

타렉의 이름이 나오자 프란조는 몸을 부르르 떨었다. 하지만 곧 작정한 듯 입을 열었다.

"처음에 더블 라이프를 만든 건 루카스예요. 원래는 B8 예정 노선을 보기 쉽게 만든 컴퓨터 애니메이션이었어요. 분테 연방자연보호협회와 울크 환경연합의 홈페이지와 링크되게 하고 CD로 만들어서 켈크하임과 쾨니히슈타인 가정에 하나씩 돌리려고 했어요."

루카스, 요나스, 타렉은 원래 컴퓨터 애니메이션으로 만든 게임을 계속 개발해서 인터넷에 올렸다. 처음에는 전혀 위험할 것 없는 평범한 게임이었다. 켈크하임과 쾨니히슈타인 시를 돌아다니며 녹색 카페에 가서 음식을 주문하기도 하고 켈크하임 영화관의 표를 예매하기도 했다. 그러다가 요나스와 루카스가 온라인 뱅킹과도 엮을 수 있는지 알아보기 위해 타우누스 저축은행을 해킹했다. 미국의 세컨드 라이프와 비슷한 게임을 만들려고 한 것이다.

"루카스가 클라이언트 소프트웨어를 개발했어요. 우리 서버에서 홈페이지를 관장하고 작업도 할 수 있도록 한 거죠." 프란조가 계속 설명했다. "이 소프트웨어 덕분에 더블 라이프 게임을 하는 사람들은 자기 아바타를 만들고 조종할 수 있게 됐어요. 이 게임에 등록하려면 신용카드 번호를 입력해야 해요. 뭘 하든 돈을 내는 시스템이죠. 인터넷 쇼핑과 비슷하다고 할 수 있어요."

오스터만은 대단한 녀석들이라는 생각을 하며 고개를 끄덕였다.

"게임을 하는 사람이 많을수록 게임은 더 나아졌어요. 루카스는 게임하는 사람 모두에게 소스를 나눠 주고 함께 개발할 수 있도록 했거든요. 그런데 타렉이 모든 걸 망쳤어요."

"왜?"

"TPS가 뭔지 아세요?" 프란조가 고개를 들고 물었다.

"툼레이더 같은 3인칭 슈팅 게임 아니니?"

"맞아요. 타렉은 그런 게임처럼 범죄자와 무기가 있으면 훨씬 더 재미있을 거라고 주장했어요." 프란조는 얼굴을 찡그렸다.

"루카스는 뭐라고 했는데?"

"처음엔 아무 말도 안 했어요. 그때 보안 코드와 액세스 코드를 만들고 있었는데 그게 나중에 인터폴 조사망을 빠져나가는 데 도움이 됐어요. 게임은 우리 서버에서 동작하는데 루카스가 어떻게 했는지 외국의 어느 포털을 통해서 접속할 수 있게 만들어놨더라고요. 그렇게 해놓으니까 짭새들은…… 아니, 경찰들은 전혀 찾을 수 없었던 거죠."

프란조는 한숨을 내쉬었다.

"정말 굉장했어요. 킬러가 되기 위해서 사람들이 얼마나 많은 돈을 쓰는지 몰라요. 무기 소지증이 100유로예요. 그건 대부만 발행할 수 있고요."

"루카스가 대부니?"

프란조가 고개를 끄덕였다.

"총에 맞아 죽은 사람들은 어떻게 되니?"

"24시간 동안 게임에서 제외돼요. 아바타는 그동안 성의 감옥에 갇혀 있고요. 돈을 내고 목숨을 사거나 기다리거나 둘 중 하나예요."

"하지만 그 돈은 가상의 돈이지?"

"아니에요. 게임하는 사람의 통장에서 빠져나가요." 프란조가 약간 난처한 듯 웃었다. "더블 라이프는 황금알을 낳는 거위였어요. 그래서 문제가 생겼죠."

＊

보덴슈타인은 사건 일지를 옆으로 치우며 한숨을 내쉬었다. 뭔가 예기치 않은 단서가 튀어나올지도 모른다는 생각에 몇 번이나 사건 기록을 훑어봤지만 기대했던 영감은 떠오르지 않았다. 보덴슈타인은 루카스가 불쌍하다고 생각하면서도 그에 대한 의심을 떨쳐버릴 수 없었다. 다중 인격을 접해본 적이 없는 그로서는 루카스의 행동이 정신장애의 증상인지 완벽한 연기인지 분간되지 않았다. 그래서 루카스를 산더의 집에 두고 오면서 순찰차 한 대를 붙여두었다. 공식적으로는 구경꾼이나 기자로부터 보호한다는 구실이었지만 사실은 루카스가 집을 나가는지 알고 싶었기 때문이다. 하인리히 반덴베르크가 죽어서 이득을 보는 사람은 루카스 한 사람뿐이다. 병원에서는 새로운 소식이 없었다. 반덴베르크는 위급한 고비를 넘기기는 했지만 여전히 의식이 없는 상태다. 의사들은 심각한 뇌 손상 때문에 후유증이 남을 것인지 여부도 확실하게 말하기를 꺼렸다.

갑자기 창문으로 들어온 더운 바람 한줄기가 엘리자베탄호프 일꾼들의 심문 기록을 바닥에 떨어뜨렸다. 구시렁거리며 종이를 줍던 보덴슈타인이 멈칫했다. 아까는 아무리 해도 떠오르지 않던 영감이 떠오른 것이다. 해답을 바로 눈앞에 두고 알아보지 못하고 있었다. 그는 급히 오스터만에게 갔다.

프란조가 컴퓨터 앞에서 더블 라이프의 포털을 여는 방법을 설명하고 있었다. 유저 네임으로 로그인을 하자 켈크하임과 쾨니히슈타인 시가 거의 완벽한 수준의 3D 시뮬레이션으로 나타났다. 오스터만은 감탄하면서 모니터를 응시했다. 그런데 곧 게임 화면이 사라지고 시한폭탄처럼 움직이는 디지털시계가 나왔다. 숫자는 빠른 속도로 '0'을 향해 달리고 있었다.

"이게 뭐냐?"

오스터만의 물음에 프란조는 입술을 깨물었다.

"루카스는 더블 라이프를 없애려고 했어요. 요나스가 살아 있을 때도 게임을 없애버리겠다는 말을 하곤 했어요. 그것 때문에 루카스는 요나스랑 타렉하고 자주 싸웠어요. 우리 게임을 사겠다는 소프트웨어회사들이 나타나면서부터 문제가 커졌어요. 루카스는 절대 게임을 팔 생각이 없었지만 요나스와 타렉은 팔자고 졸랐죠."

"소프트웨어회사들한테 오퍼가 들어왔었어?"

"일본 회사는 3만, 미국 회사는 그보다 더 높게 불렀어요."

"3만 달러?" 오스터만의 휘둥그레진 눈이 보덴슈타인의 시선과 마주쳤다.

"3만 유로요." 프란조가 건조하게 말했다. "루카스는 자기가 만든 세계를 파느니 차라리 부숴버리겠다고 했어요. 타렉은 넌 언젠가 아버지 돈을 물려받을 거니까 그런 소리를 하는 거라면서 루카스를 욕했어요. 타렉한테는 항상 돈이 우선이었어요."

"방금 나온 카운트다운이 의미하는 게 정확히 뭐지?"

"루카스가 소프트웨어 제거를 시작했다는 뜻이에요. 지금으로부터 6시간 34분 후에 서비스 거부 공격이 시작될 거예요. 그러면 루카스가 만든 웜이 활성화되면서 서버는 물론 더블 라이프와 연결된 모든 컴퓨터를 마비시킬 거고요. '스베냐'에 비하면 소버, 마이둠, 새서 같은 악성 코드들은 애들 장난이에요."

오스터만은 그의 말을 믿어 의심치 않았다. 루카스에게 중요한 것은 해커로서의 명예지 돈이 아니다. 그는 자신의 지적재산을 파느니 차라리 크게 한 방 터뜨리고 커뮤니티를 떠나는 쪽을 택할 것이다.

"스베냐? 왜 이름을 스베냐라고 지었지?" 가까이 다가온 보덴슈타인이 물었다.

프란조가 그를 힐끔 쳐다보았다. "타렉 말로는 루카스가 스베냐한테 미쳐서 그렇대요. 스베냐 쪽에서는 관심이 없지만요."

"그게 무슨 말이니?"

프란조는 얼굴을 찡그리며 선뜻 대답하지 않았다.

"전 잘 몰라요. 그냥…… 타렉 말로는 그래요. 루카스는 자기한테 반하지 않는 여자들을 못 견디는데 스베냐가 유일하게 관심을 안 보였기 때문에 더 집착하는 거라고요."

＊

프란조를 쳐다보는 보덴슈타인의 머릿속에서 자리를 찾지 못하고 떠돌던 퍼즐 조각들이 하나의 모양으로 딱 맞아떨어지고 있었다. 벤케와 카트린이 사무실에 들어서는 것과 동시에 오스터만의 휴대전화가 울렸다. 전화를 받은 오스터만은 잠자코 귀를 기울였다.

"실험실입니다." 그가 전화를 끊고 당황스러운 듯 말했다. "키르히호프 형사의 집 부엌 수건에 묻은 피와 요나스의 입에서 발견된 세포조직의 유전자가 동일하다는 결과가 나왔답니다. 요나스를 죽인 범인이 키르히호프 형사의 집에 갔었다는 뜻입니다."

"그게 누군지 이제 알겠어. 그동안 내가 눈이 멀었지." 보덴슈타인이 말했다.

"보크입니까? 아니면 산더입니까?" 벤케가 물었다.

"둘 다 아냐." 그가 고개를 저었다. "모두 내 방으로 와."

"저는요?" 놀란 토끼처럼 앉아 있던 프란조가 머뭇머뭇 물었다.

보덴슈타인은 프란조를 찬찬히 쳐다보더니 물었다. "파울리가 죽은 날 저녁에 어디 있었지?"

"녹색카페에요. 회의에 참석했어요. 그건 이미 저번에……."

"루카스가 저녁 내내 자리를 지키고 있었는지 기억나니?"

프란조는 이마에 주름살을 만들며 기억을 더듬었다. "회의는 8시 반쯤 끝났어요. 그때 스베냐가 막 울면서 카페로 들어왔어요. 다른 애들이 스베냐를 놀렸기 때문에 기억이 나요."

"그래서?" 보덴슈타인이 대답을 재촉했다.

"스베냐는 루카스랑 얘기한 다음 카페를 나갔어요. 루카스는 잠깐 바 뒤에 있나 싶더니 얼마 있다 보니까 다른 애 혼자 일하고 있었어요."

"루카스가 다시 돌아왔니?"

"다시 안 온 것 같아요." 프란조의 눈빛이 불안하게 움직였다. "하지만 안드레아가 집에 갈 때 뭘 봤다고 했어요."

"안드레아?"

"안드레아 아우뮐러요."

보덴슈타인은 그 이름을 어디선가 들은 것 같아 기억을 더듬었다.

"어제 전화해서 반장님을 찾았던 여학생이에요." 카트린이 옆에서 귀띔했다.

"안드레아가 본 게 뭐지?"

프란조는 잠시 대답을 망설였다. "오펠 동물원의 녹색 픽업요. 뮌스터 사거리에서 봤대요. 안토니아네 아버지가 안 계실 때 루카스가 그 차를 몰고 다니곤 했거든요."

보덴슈타인은 프란조를 남겨둔 채 말없이 사무실을 나갔다.

*

자꾸만 루카스가 의심스러웠던 데는 다 이유가 있었다. 그는 파울리가 죽은 날 밤 동물원 트럭에 타고 있었다. 타렉의 말이 맞았다. 스베냐가 울면서 녹색카페를 나가자 그는 그녀의 뒤를 밟았고 결국 파울리의 집으로 갔을 것이다. 파울리를 살해하고 기회를 봐 동물원 옆 들판에 갖다 버린 사람은 다름 아닌 루카스였다. 보덴슈타인은 산더의 번호를 눌렀다. 통화 중이다.

"빌어먹을!"

"반장님, 왜 그러십니까?" 문가에 나타난 벤케가 의아한 얼굴로 물었다.

그 순간 전화기가 울렸다. 산더의 전화였다.

"안 그래도 방금 전화했는데 통화 중이더군요." 보덴슈타인은 잠시 말없이 상대의 말에 귀를 기울였다. "뭐요? 사라졌다고요? 거기서 기다리십시오. 15분 내로 가겠습니다."

보덴슈타인은 탁 소리가 나게 수화기를 내려놓으며 오스터만을 불렀다. "오스터만, 루카스 반덴베르크 긴급 수배해! 아주 우리를 잘도 갖고 놀았지. 흥, 운전을 못 한다고?"

"반장님, 어떻게 된 건지 설명을 좀 해주시죠."

벤케가 어리둥절한 얼굴로 말했다. 보덴슈타인은 책상 서랍에서 권총을 꺼내 허리춤에 차면서 대답했다.

"이웃 목장 일꾼들의 진술 중에 금발이 어깨까지 오는 여자가 키르히호프 형사를 데려갔다는 내용이 있는데 그건 금발 여자가 아니라 루카스야! 오스터만, 그 안드레아라는 여학생한테 전화해서 그날 저녁에 뭘 봤는지 자세히 물어봐. 자, 우린 산더의 집으로 가자고. 스베냐를 납치한 것도 루카스가 분명해. 아마 키르히호프가 루카스의 정체를 눈치챘을 테고 자기한테 위험 요소라는 걸 깨닫자 키르히호프도 납치했겠지."

"루카스의 정체가 뭔데요?" 오스터만이 물었다.

"파울리를 죽인 범인." 보덴슈타인은 자리에서 일어나며 말했다. "죽 의심은 하고 있었지만 동기가 확실하지 않았어. 이제는 확실히 알겠어. 루카스의 동기는 질투야. 스베냐는 루카스에게 반하지 않은 유일한 여자였어. 루카스는 그런 스베냐가 파울리와 함께 있는 걸 보고 순간적으로 정신이 나간 거야. 파울리를 편자로 쳐서 죽인 다음 동물원 트럭에 실어놨다가 아무도 없을 때 들판에 갖다 버렸지. 이제 장애물은 요나스 보크 한 사람만 남게 됐어. 그런데 요나스하고는 그전부터 더블 라이프 때문에 자주 싸웠어. 스베냐와 요나스가 다시 화해하지 못하도록 이메일을 보내고 스베냐의 홈페이지에 사진을 띄운 것도 루카스야. 키르히호프가 월요일에 녹색카페에 갔을 때 루카스는 요나스의 생일 파티에 대한 이야기를 한 마디도 하지 않았다고 했어. 이미 친구를 살해할 계획을 세우고 있었기 때문이지. 요나스에게 물린 상처는 낙타에게 그 자리를 일부러 물려서 위장한 거야."

"하지만 루카스의 유전자가 어떻게 요나스의 것과 그렇게 유사할 수 있을까요?"

벤케가 반론을 제기했다. 보덴슈타인은 자신의 이론이 가진 허점을 해명할 준비도 되어 있었다.

"그게 함정일 수도 있지. 우리가 속은 거야. 요나스에게 물린 사람이 요나스를 죽인 사람이라는 증거는 없어."

벤케는 여전히 미심쩍은 표정이었다. "루카스가 스베냐의 실종과 관계있다는 증거는 뭐죠?"

"스베냐의 컴퓨터에 하드 드라이브가 없었어." 보덴슈타인이 재킷을 걸치며 말했다. "왜? 그 속에 다른 사람이 보지 말아야 할 게 들어 있었거든. 바로 더블 라이프의 접속 지점이야. 루카스는 심각한 정신병을 앓고 있어서 무슨 짓을 저지를지 몰라. 어서 서둘러."

*

보덴슈타인이 막 구 요양병원을 지나 크론베르크 가로 접어들 때 카폰이 울렸다. 오스터만이었다.

"안드레아 아우뮐러는 어젯밤 심각한 교통사고를 당해 프랑크푸르트 대학병원에 누워 있는데 혼수상태라고 합니다. 목격자의 말로는 뮌스터 사거리에서 벤츠인지 BMW인지 모를 검은색 차량이 기다리고 있었다는 듯이 그 여학생을 들이받았다고 합니다."

"그게 몇 시였지?"

"밤 11시 반쯤입니다."

"루카스 아버지의 차가 검은색 벤츠입니다." 벤케가 옆에서 말했다. "오늘 아침에 차고에 서 있는 걸 봤습니다."

보덴슈타인은 입술을 깨물었다. 그는 어제 안드레아 아우뮐러에게 전화한다는 것을 깜빡했다. 그녀는 과연 그에게 전화를 했기 때문에 그런 일을 당한 걸까? 그녀가 동물원 트럭에 타고 있는 자기 모습을 봤다는 사실을 루카스가 알아낸 걸까? 프란조 콘라디도 뭔가 많이 두려워하는 눈치였다. 도대체 이 사건은 어디를 향해 가는 걸까? 어쨌든 범인은 살인조차도 마다하지 않는 막가파다. 만약 루카스가 피아의 행방을 알고 있다면 피아의 목숨이 위험하다!

*

산더의 집 앞에는 이미 순찰차 두 대가 와 있었다. 보덴슈타인은 녹색 픽업트럭이 서 있는 차고 앞에 차를 세웠다. 벤케와 카트린은 차에서 내리자마자 반덴베르크 저택에 단서가 될 만한 것이 있는지 알아보기 위해 이웃집으로 갔다. 보덴슈타인이 차에서 내리자 산더가 다가왔다. 그는 잔뜩 긴장한 표정이었다.

"루카스가 안토니아를 화장실에 가두고 정원을 통해서 달아났다고 합니다."

"따님은 지금 어디 있습니까? 급히 얘기를 좀 해야겠습니다."

"그건 저도 마찬가집니다. 제 언니들한테 루카스가 어디 있는지 알 것 같다면서 뒤따라 나갔다고 합니다. 루카스가 스스로에게 무슨 짓을 저지를지도 모른다고 걱정했다고 합니다."

"왜 뒤따라가게 내버려두셨습니까? 말렸어야죠."

"아, 집에 없었으니까 그렇죠. 저도 일을 해야 할 것 아닙니까?" 산더가 답답하다는 듯 대꾸했다.

"지금 따님이 위험합니다. 파울리와 요나스 보크를 살해한 범인이 루카스인 것 같습니다. 파울리가 죽은 날 동물원 트럭을 타고 있는 루카스를 목격한 증인이 있습니다. 스베냐도, 키르히호프 형사도 루카스가 납치한 겁니다."

산더는 어리둥절한 얼굴로 보덴슈타인을 쳐다볼 뿐이다.

"요나스와 싸우다가 물린 상처를 감추기 위해서 일부러 낙타를 화나게 해서 물린 것 같습니다. 루카스는 더 이상 잃을 게 없습니다. 전 반덴베르크를 죽이려고 한 사람도 루카스라고 생각합니다. 그리고 루카스는 6시간 후에 저절로 파괴되도록 인터넷 게임을 프로그래밍 해놨습니다. 얼마나 많은 컴퓨터가 얼마나 큰 손상을 입을지 지금으로선 상상도 되지 않습니다."

"정신이 어떻게 된 거 아닙니까? 말도 안 되는 소립니다!" 산더는 어이가 없다는 듯 소리 내 웃었다.

"말이 왜 안 됩니까?" 보덴슈타인은 갑자기 밀려드는 분노를 억제하지 못한 채 강하게 반박했다. "도대체 무슨 증거를 가져와야 원장님이 생각하는 루카스가 그 착한 루카스가 아니라는 걸 믿으시겠습니까? 루카스는 정신병자예요. 다중 인격이란 말입니다."

산더는 말없이 머리를 절레절레 흔들었다.

"따님에게 연락을 취해보십시오."

"벌써 해봤는데 안 됩니다. 제 언니들이 계속 해보고 있습니다."

"전화기가 켜져 있기는 한가요?"

"네."

경찰관 한 명이 길을 건너 일행에게 다가왔다.

"차고에 있는 벤츠는 최근 사고에 연루됐습니다. 차 앞부분이 부서졌고 통풍구에는 피가 묻어 있습니다."

보덴슈타인과 산더는 경찰관의 뒤를 따라 차고로 갔다. 벤케가 차 내부를 조사하고 있었다.

"여기 뭔가 있습니다." 차 안에서 벤케의 목소리가 들렸다. 차에서 내린 그의 손에는 휴대전화가 두 대 들려 있었다.

"이건 피아 선배 거예요." 카트린이 피아의 휴대전화를 알아보았다.

"나머지 하나는 스베냐 겁니다. 몇 주 전에 안토니아랑 같이 똑같은 휴대전화로 바꿨습니다. 오, 맙소사." 산더의 목소리가 떨렸다. 그는 차체에 몸을 기대며 충격 받은 표정으로 얼굴을 쓸어내렸다.

"이게 의미하는 건 단 한 가지입니다." 벤케가 정리했다. "이 차로 안드레아 아우뮐러를 친 사람이 스베냐와 키르히호프를 납치했고 반덴베르크를 죽이려 했습니다."

"그리고 그 사람이 바로 루카스지." 보덴슈타인이 심각한 표정으로 말했다.

"아빠!" 그때 젊은 여자가 급하게 뛰어오며 외쳤다. 놀란 산더가 뒤를 돌아보았다. "안토니아랑 연락이 됐어요. 지금 루카스네 회사에 있대요!"

*

뮌스터 공단 창고 앞에는 안토니아 산더의 은색 스쿠터가 홀로 쓸쓸히 서 있었다. 창고로 들어가는 문도, 컴퓨터실 문도 활짝 열린 채였다. 보덴슈타인과 벤케는 권총을 꺼내 안전장치를 풀었다. 안토니아는 혼자가 아닐 수도 있다. 그리고 루카스는 피아의 권총을 가지고 있을 수도 있다. 갑자기 산더가 창고 문을 열고 뛰어 들어와 홍분한 목소리로 외쳤다.

"찾았습니까? 내 딸 어디 있습니까?"

"아니, 여긴 왜 왔어요? 집에 있으라고 하지 않았습니까?"

보덴슈타인이 버럭 화를 냈다. 그도 스물한 살짜리 정신병자의 손에 잡혀 있는 피아 걱정에 제정신이 아니었다. 사실 이제까지는 피아가 아무렇지도 않은 목소리로 전화를 걸어올 거라는 기대가 마음 한구석에 있었다. 그러나 피아의 휴대전화가 발견된 이상 그런 순진한 기대는 할 수 없어졌다.

"내 딸이 위험에 처했는데 어떻게 집에 가만히 있으라는 겁니까?" 산더도 똑같이 소리를 질렀다. "안토니아! 안토니아!"

"여기요! 여기예요!" 안토니아의 목소리가 들렸다.

커다란 방 안으로 들어선 보덴슈타인은 온갖 컴퓨터 장비를 보고 눈이 휘둥그레졌다. 찌는 듯한 바깥 공기와 달리 실내는 추울 정도로 기온이 낮았다. 그는 푸른색 램프를 깜빡이며 조용히 돌아가는 기계들과 형광등 불빛 아래 늘어선 여러 대의 모니터를 둘러보았다. 모니터에는 검정색 바탕에 붉은 글씨로 카운트다운이 진행 중이었다. 앞으로 5시간 18분 후면 더블 라이프가 자폭하며 인터넷에 엄청난 바이러스를 퍼뜨릴 것이다.

안토니아는 전선으로 손발이 묶인 채 방 한구석에 쭈그리고 앉아 있었다. 한 손에는 휴대전화가 들려 있었다.

"안토니아!"

산더는 딸에게 달려가 전선을 마구 잡아 뜯었다. 벤케의 도움으로 포박에서 풀려난 안토니아가 아버지의 품에 안겼다.

"아빠, 루카스는 완전히 미쳤어요!" 안토니아가 울며 말했다. "아까 여기 와봤더니 타렉이랑 둘이 정말 죽일 것처럼 싸우고 있었어요."

“널 묶은 사람이 누구니?” 보덴슈타인이 물었다.

“루카스요.” 안토니아가 눈물을 닦더니 전선 자국이 심하게 난 손목을 문질렀다. “나더러 따라오지 말라면서 묶어놨어요.”

“루카스는 어디로 갔니? 타렉은 어디 있고?”

“몰라요.” 안토니아가 떨리는 목소리로 대답했다. “루카스가 무슨 바이러스 얘기를 하면서 자기한테는 협박 같은 거 안 통한다, 그 자식을 죽여버리겠다, 그렇게 말했어요.”

보덴슈타인과 산더의 시선이 마주쳤다. 산더의 눈에는 두려운 기색이 역력했다. 보덴슈타인이 사람을 잘못 본 걸까? 산더는 단지 피아의 안전을 걱정하는 것뿐일까?

“루카스가 그 두 사람한테 해를 가하지는 않을 겁니다.” 산더의 말은 듣는 사람보다는 스스로를 안심시키기 위한 것으로 들렸다.

“저도 그 말이 맞기를 바랍니다.” 보덴슈타인이 무거운 목소리로 답했다. “하지만 루카스가 심각한 정신병자인 건 사실입니다. 전 심리학자도 아니고 범죄심리 분석가도 아닙니다만, 루카스는 두 사람을 살해하고 한 사람을 살해하려다 실패한 범죄자입니다.”

보덴슈타인에게 루카스는 언제 무슨 짓을 저지를지 모르는 시한폭탄 같은 존재였다.

“제 생각엔 루카스가 쾨니히슈타인 성으로 갔을 것 같아요.”

“어째서 그렇게 생각하지?” 카트린의 말에 보덴슈타인이 놀라운 듯 물었다.

“더블 라이프의 감옥요. 자기가 만든 게임에서 영감을 얻었을지도 모르잖아요.”

“루카스는 성을 좋아해요. 요나스랑 스베냐랑 넷이서 같이 자주 놀러갔었어요.” 안토니아가 옆에서 눈을 반짝이며 말했다.

“좋아.” 보덴슈타인이 고개를 끄덕이더니 산더에게 말했다. “원장님은 따님을 데리고 집에 가 계십시오.”

“싫어요.” 안토니아가 반발했다. “저도 갈 거예요. 성안의 길은 제가 더 잘 알아요. 그리고 루카스는 저한테 아무 짓도 안 할 거예요.”

*

타우누스 강 위로 보이는 하늘은 잔뜩 찌푸린 모습이었다. 무거워 보이는 회색 구름이 낮게 드리웠고 새들의 울음소리도 들리지 않았다. 하늘 아래 사는 피조물들은 모두 곧 위에서 뭔가 쏟아질 것이라는 사실을 감지하고 있었지만 축구팬들만은 예외였다. 거대한 독일 국기를 흔들며 경적을 울리고 소리를 질러대는 축구팬들의 차가 원형 교차로를 가득 메웠다. 그 행렬 한가운데 끼인 보덴슈타인은 초조한 듯 손가락으로 운전대를 두드렸다.

“맘몰스하인 방향으로 꺾어요.” 산더가 앞으로 고개를 내밀고 말했다.

“그다음에는요?”

“아, 그냥 내가 시키는 대로 해요!” 산더가 버럭 소리를 질렀다.

화가 난 보덴슈타인은 룸미러로 산더를 째려봤지만 순순히 그의 말을 따랐다. 산더는 동물원 숲 주차장을 가로질러 크론베르크 가로 들어가는 길을 가르쳐주었다. 시 경계에서 왼쪽 팔켄슈타인 방향으로 꺾으니 얼마 지나지 않아 쾨니히슈타인 구시가지가 나왔다.

“특별 기동대는 언제 오는 거야?”

보덴슈타인의 물음에 벤케가 전화기를 집어 들었다.

돌이 깔린 거리에 더운 바람이 불어와 먼지와 종잇조각들을 공중으로 날렸다. 사람들은 소나기에 대비해 모두 집으로 피했는지 거리는 한산하기 이를 데 없었다. 산더는 짤막한 말로 길을 안내했다. 보덴슈타인의 차는 룩셈부르크 성과 교회를 지나 구불구불한 골목길을 올라갔다. 성 정문이 보이자 보덴슈타인은 속도를 냈다.

"특별 기동대는 30분 후에 도착한답니다." 벤케가 보고했다. "길이 안 막히면요."

"그렇게 오래 기다릴 순 없어."

신경이 곤두설 대로 곤두선 보덴슈타인은 혼자 애가 탔다. 루카스는 총으로 무장한 상태인데 그들에게는 방탄조끼 한 벌 없다. 산더와 안토니아를 위험에 빠뜨려서는 안 되지만 안토니아의 도움이 절실하다. 흐린 하늘에선 굵은 빗방울이 한두 방울씩 떨어지기 시작했다.

"저기 루카스의 스마트가 있어요!" 안토니아가 외쳤다.

엉망으로 주차한 데다 운전석 문까지 활짝 열린 채였다. 안토니아가 경찰에 알릴 것을 알았기 때문에 급히 서두른 것이다. 제발 늦지 않았기를!

"이제 어디로 가야 하지?"

보덴슈타인이 뒤돌아 안토니아에게 물었다. 쾨니히슈타인 성은 다른 고성보다 작은 편이지만 수많은 아치와 지하 방이 있고 통로가 복잡하게 얽혀 있다. 그리고 그들에게는 헤매고 다닐 시간이 없다.

"설명하려면 너무 오래 걸려요. 제가 같이 갈게요."

"그건 안 돼. 루카스는 무장한 상태야."

"우리도 같이 가겠습니다." 산더가 옆에서 말했다.

"이건 제가 책임질 수 없는 일입니다." 보덴슈타인이 고개를 저으며 말했다. "지금 여기까지 온 것도……."

"그렇게 꾸물거릴 시간 없어요."

산더가 그의 말을 야멸치게 끊더니 차에서 내려 성문으로 걸음을 옮겼다. 안토니아는 그 뒤를 따랐다.

"저 사람 못 말립니다." 벤케가 어쩔 수 없다는 듯 말했다. "우리도 서두르죠! 이러다 또 일이 생길지 모릅니다."

*

피아는 모든 시간개념을 잃었다. 입안은 바싹 말라붙었고 목은 타들어 가는 것만 같았다. 그리고 머리가 깨질 듯 아팠다. 팔다리를 움직이자 피가 거꾸로 솟는 것 같았다. 그녀는 신음을 토하며 눈을 껌벅거렸다. 거의 다 타들어 간 촛불 빛에 돌벽 위로 그림자가 일렁였다. 눈을 들어보니 2, 3미터 높이에 철창이 하나 보였다. 무슨 일이 일어난 걸까? 여기는 어디지? 얼마나 오랫동안 이 차갑고 축축한 돌 위에 누워 있었던 걸까? 피아는 그제야 등에 돌이 배겨 아프다는 사실을 깨달았다.

토요일에 루카스가 그녀를 데리러 왔었다. 그다음 메인타워에 갔고 평소보다 훨씬 많은 양의 술을 마셨다. 왜 그랬지? 피아는 눈을 감고 생각을 집중했다. 목이 너무 말랐다. 그리고 오줌보가 터질 것 같았다. 메인타워. 루카스. 그다음에 어딘가 다른 데로 갔다. 디스코텍이었다. 수백 명은 되어 보이는 인파가 모여 파티를 즐겼다. 거기서 정원사 타렉을 만났다. 그리고 다시 술을 마셨다. 그다음부터는 기억이 가물가물하다. 속이 안 좋아서 토한 기억이 났다. 그리고 루카스와 타렉이 심하게 다퉜다. 그러다가 루카스가 갑자기 서두르면서 "미안해요. 하지만 서둘러 해결해야 할 일이 있어요"라고 하더니 집에 데려다 주겠다고 했다. 다시 머리가 깨질 것처럼 아팠다.

트렁크. 장미. 붉은 장미. 그렇다. 침대 옆에 놓여 있던 것과 같은 장미가 차 트렁크에 있었다. 집에는 가지 못했다. 대신 차가운 돌바닥이 깔린 가로세로 2미터 정도의 이 구덩이에 갇혔다. 얼마나 시간이 흐른 걸까? 3시간? 30시간? 멀리서 희미하게 천둥 치는 소리가 났다. 피아는 마비된 듯 딱딱하게 굳은 손가락으로 겨우 바닥을 짚고 몸을 일으켰다. 힘들게 일어난 그녀는 잠시 그대로 서서 어지럼증이 가라앉기를 기다렸다. 벽은 커다란 돌덩이인데 촉감이 그리 거칠지 않았다. 철창은 손에 닿지 않을 만한 높이에 있었다. 그때 머리 위에서 사람 발소리가 났다. 피아는 차가운 돌에 얼굴을 대고 귀를 기울였다. 갑자기 제정신이 들며 공포가 엄습했다.

"키르히호프 형사님." 누군가 위에서 나지막하게 그녀를 불렀다. "어디 계세요?"

루카스! 안도감이 온몸으로 퍼지며 긴장이 풀렸다. 나는 이제 안전하다!

"여기야!" 그녀가 가라앉은 목소리로 말했다. "여기 밑에!"

위에서 내려온 손전등 불빛이 그녀의 얼굴을 비췄다.

"형사님!" 루카스는 두 손으로 철창을 잡고 힘을 주었다. "찾아서 다행이에요. 전 형사님이 죽은 줄로만 알았어요."

루카스가 흥분과 긴장에 경직된 얼굴로 말했다. 열에 들뜬 듯 눈이 번들거리고 이마에 땀이 흥건했다.

"여기가 어디야? 내가 왜 여기 있는 거야?"

"여긴 쾨니히슈타인 성이에요." 루카스는 누가 공격이라도 해 올지 모른다는 듯 급박한 눈초리로 주위를 살폈다. "어서 여길 빠져나가야 해요."

"왜? 무슨 일이 있었던 거야?"

루카스는 피아의 물음에 대답하지 않고 철창을 잡고 흔들었다. 숨이 가빠질 정도로 힘을 썼지만 철창은 꼼짝도 하지 않았다.

"젠장! 철창이 안 뜯어져요! 빌어먹을!"

루카스의 얼굴에서 공포를 읽은 피아는 이상하게도 정신이 번쩍 들어 이성적으로 생각할 수 있었다.

"왜 여기서 빠져나가야 하는데? 뭐 때문에 그렇게 겁을 먹은 거야? 루카스!"

"거기서 뭐 하는 거야? 그만두지 못해!" 갑자기 뒤에서 누군가 날카롭게 외쳤다. 그 소리가 지하 감옥의 석벽에 부딪쳐 둔탁하게 울려 퍼졌다.

루카스가 깜짝 놀라 뒤를 돌아보았다. "형사님은 그냥 보내줘. 이 일과 아무 상관도 없잖아!" 루카스가 떨리는 목소리로 말했다.

발소리가 가까워졌다.

"카운트다운 멈췄어?"

"아니, 네가 중간에 그 바이러스만 안 집어넣었어도 멈추게 할 수 있었을 거야!"

"멍청한 변명 마! 넌 천재잖아! 천재가 그런 것 하나 못 해?"

피아는 그 목소리의 주인공이 누군지 생각해내려 애썼다. 가슴이 답답하고 울렁거렸다. 이건 장난이 아니다. 목숨을 잃을 수도 있는 실제 상황이다. 그녀가 여기 있는 것을 아는 사람은 아무도 없다. 만약 루카스가 죽는다면 그녀는 이 구덩이 속에서 벌레처럼 죽을 것이다. 그런 생각을 하자 등골이 오싹해지며 온몸에 소름이 끼쳤다.

"루카스!" 그녀가 낮은 소리로 루카스를 불렀다. "루카스, 어디 있니?"

대답이 없었다. 그리고 잠시 후 총성이 났다.

*

안토니아는 성 가장자리를 따라 오래된 성곽의 망루까지 말없이 올라갔다. 빗줄기가 점점 거세지더니 폭풍우로 변했다. 천둥소리 또한 점점 가까워지면서 번개 치는 간격이 짧아졌다. 갑자기 걸음을 멈춘 안토니아가 반쯤 무너진 좁은 문을 가리켰다.

"저기로 들어가면 지하 감옥으로 갈 수 있어요. 저기 아니면 우물을 통해서 가는 길밖에 없어요. 지하 감옥과 비밀 통로로 가는 방법은 그 두 가지뿐이에요."

"비밀 통로?" 보덴슈타인은 눈에 빗물이 들어가지 않도록 손으로 가렸다.

"몇 년 전에 우연히 반쯤 허물어진 통로를 발견했어요. 그리로 가면 구시가지로 바로 갈 수 있어요. 그건 문화재보호협회 사람들도 모를걸요. 우린 그 길로 해서 아무 때나 성에 들어갈 수 있었어요."

안토니아는 반만 남은 아치형 문 안으로 쏙 들어가더니 어둠 속으로 사라졌다. 산더와 보덴슈타인, 벤케도 그 뒤를 따랐다. 문 안으로 들어가니 숨 막힐 듯 더웠다. 연일 계속된 더위 때문에 작은 공간이 찜통처럼 데워진 것이다. 벤케가 가지고 온 손전등을 켰다. 바닥은 온통 돌멩이 천지라 조심조심 발을 옮겨야 했다. 남자들은 안토니아를 따라 계단이라고 부르기도 힘든 가파른 경사로를 내려갔다. 벤케가 손전등으로 어두컴컴한 구멍을 비췄다. 안으로 깊이 들어갈수록 지하의 탁한 공기는 축축하고 차가워졌다. 겨우 계단을 다 내려오니 한 사람이 지나가기에도 비좁은 통로가 나타났다. 보덴슈타인은 언제 머리 위로 떨어질지 모르는 무거운 돌덩이들에 대한 상상을 최대한 자제하며 안토니아의 뒤를 따랐다. 그녀가 갑자기 발걸음을 멈췄다.

"저기 불빛이 보여요." 안토니아가 가리키는 쪽을 보니 과연 벽의 구멍 사이로 희미한 불빛이 새어 들어왔다. "저기가 지하 감옥이 있는 곳이에요."

보덴슈타인은 심장박동이 빨라지는 것을 느꼈다. 이제 제대로 된 단서를 잡았으니 망설일 것 없었다. 그는 심호흡을 한 번 한 뒤 권총을 빼 들었다.

"뒤로 가서 아버지 옆에 꼭 붙어 있어라. 무슨 일이 있어도 절대 앞으로 나오지 마." 보덴슈타인이 명령조로 말했다.

조금 더 가니 허물어져가는 회랑이 나타났다. 회랑은 아치형 동굴을 향해 아래쪽으로 나 있었다. 둥그렇게 원을 그리며 초가 밝혀져 있고 루카스가 무릎을 꿇고 앉아 녹슨 철창을 흔들어대는 모습이 보였다. 보덴슈타인이 뭐라고 말을 하려는 순간 어디선가 날카로운 목소리가 들렸다.

"거기서 뭐 하는 거야? 그만두지 못해!"

그들은 난간 뒤로 몸을 숨겼다.

"어쩌죠?" 벤케가 속삭였다.

보덴슈타인이 흘깃 아래를 내려다보았다. "저건 타렉 피들러야. 총을 들고 있어."

보덴슈타인은 빠르게 두뇌를 회전시켰다. 피아는 어디 있는 걸까? 절대 실수해서는 안 된다. 그러나 숨어서 무작정 기다리는 것도 절대 좋은 대안은 아니다.

"끼어들자고." 보덴슈타인이 벤케에게 고갯짓을 했다.

"경찰이다! 무기를 버려라!" 벤케가 소리쳤다.

타렉은 한 치의 망설임도 없이 총을 들어 소리가 나는 방향을 향해 방아쇠를 당겼다. 동굴 안이라 총성이 엄청났다. 총알은 벽에 박혔지만 마치 폭탄이라도 터진 듯 돌이 공중으로 튀고 벽이 흔들렸다. 두 번째, 세 번째 총성이 났다. 총알 세 개를 맞은 벽이 빠지직 하는 소리와 함께 와르르 무너져 내렸다.

"개자식!"

벤케가 이 사이로 내뱉듯 말했다. 먼지가 뿌옇게 피어올랐다. 보덴슈타인은 산 채로 매장되는 상상에서 벗어나려고 애썼다.

"다친 사람 없어요?" 그가 나지막하게 물었다.

"네."

벤케가 기침을 억누르며 말했다. 산더와 안토니아도 말없이 고개를 끄덕였다. 보덴슈타인이 일어나 아래를 내려다봤다.

"손전등 켜봐!" 촛불이 다 꺼진 것을 본 보덴슈타인이 말했다.

벤케가 손전등으로 아래를 비췄다. 먼지가 빛을 삼켰다. 그러나 루카스와 타렉이 사라진 것은 분명히 보였다. 그들은 난간을 타고 지하 감옥으로 기어 내려갔다.

"살려줘! 이봐요! 누구 없어요?"

밑에서 희미하게 사람 소리가 들렸다. 벤케와 산더가 보덴슈타인보다 행동이 빨랐다. 그들은 아까 루카스가 흔들어대던 철창 앞에 도착했다. 벤케가 손전등으로 아래를 비췄다.

"피아!"

산더의 외침에 보덴슈타인은 온몸에 힘이 빠지는 듯한 안도감을 느꼈다. 세 남자는 힘을 합쳐 철창을 옆으로 밀어내는 데 성공했다. 피아는 지치고 더러워진 모습이지만 다친 데는 없었다. 남자들은 엎드린 자세로 철창 안에 팔을 집어넣어 피아를 끌어냈다. 밖으로 나온 피아는 잠시 눈을 감고 누운 채 꼼짝도 하지 않았다. 그러다가 눈을 뜨고 벤케를 쳐다보았다.

“나 아직 살아 있어.” 그녀가 희미하게 웃으며 농담을 했다. “이참에 보낼 수도 있었는데 안됐네.”

“그런 생각은 하지도 않았어.” 벤케가 그녀의 손을 잡아 일으키며 말했다. “월드컵 결승전 날 대기 근무 해줘야지.”

긴장된 분위기가 눈 녹듯 사라졌다.

“얘기는 나중에 하고. 이제 여기서 어떻게 나가야 할지 생각해보자고.” 보덴슈타인이 피아의 어깨를 토닥이며 말했다.

“저 앞에 있는 비밀 통로로 들어가면 우물이 나와요. 우리가 온 길 말고 제가 아는 유일한 길이에요.” 안토니아가 살짝 떨리는 목소리로 말했다.

그들이 온 길은 벽이 무너지며 막혀버렸다. 뒤에서는 아직도 돌멩이 굴러떨어지는 소리가 났다. 수백 년도 넘은 오래된 성벽에 총을 쏘았으니 충격이 클 수밖에 없었다.

“성 전체가 무너지기 전에 어서 나가자고요.” 벤케가 다시 기침을 하며 말했다.

보덴슈타인과 벤케는 안토니아의 뒤를 따라 좁은 통로로 들어갔다. 피아는 산더를 마주 보고 섰다.

“걱정돼 죽는 줄 알았어요.” 산더가 말했다.

피아와 산더는 서로의 얼굴을 들여다보았다. 피아는 희미한 빛 속에서도 산더의 눈가에 맺힌 눈물을 보았다. 산더는 말없이 피아를 껴안았다.

“어서 와요!” 보덴슈타인의 목소리가 들렸다. “서둘러야 합니다! 눈물 젖은 상봉은 나가서 해도 늦지 않아요.”

＊

안토니아는 허리를 굽혀야만 지나갈 수 있는 비좁고 낮은 통로로 사람들을 인도했다. 그렇게 몇 미터 가다 보니 갑자기 급한 커브가 나타나면서 천장이 높아졌다. 잠시 후 우물에 도착한 일행은 벽에 박힌 녹슨 철제 사다리를 타고 위로 올라갔다. 제일 먼저 벤케가 올라가고 안토니아, 피아, 산더가 그 뒤를 따랐다.

꼴찌로 올라간 보덴슈타인은 미끄러운 구두창 때문에 애를 먹었다. 지상으로 나오니 거세게 몰아치는 바람에 숨이 막힐 지경이었다. 망루 앞 안마당으로 나온 보덴슈타인은 폭풍우 때문에 순식간에 물에 빠진 생쥐 꼴이 됐다. 곧 병기창 앞에서 비를 피하고 서 있는 일행을 발견하고 얼른 그쪽으로 뛰어갔다. 그의 주머니에서 휴대전화가 울렸다.

“우리 쪽 사람들을 성 전체에 분산 배치했습니다. 이제 어떻게 할까요?”특별 기동대 대장이 전화로 물어 왔다.

루카스가 성의 지리를 더 잘 알기 때문에 성을 뒤지는 것은 아무 의미가 없었다. 어디로 숨어야 하는지도 알고 있을 것이 뻔했다.

“남자 두 명이 근처에 있습니다.”보덴슈타인이 숨을 헐떡거리며 말했다.“그중 한 명은 무기를 소지하고 있어요. 이미 무기를 사용했으니까 조심하십시오. 지금 위치가 어딥니까?”

“성 안마당으로 가는 중입니다.”

“우리도 지금 거기 있습니다.”

전화를 끊은 보덴슈타인은 폭풍우 속으로 살짝 고개를 내밀어보았다. 여기서는 안마당밖에 보이지 않았다.

“탑으로 올라가자. 거기선 상황을 좀 더 잘 지켜볼 수 있을 거야.”

*

탑에 저격수가 한 명 있고 맞은편 성벽 위에도 한 명 있었다. 성 전체를 살필 수 있는 위치다. 성벽 아래와 계단에 대원들이 배치돼 있고, 바닥에 납작 엎드려 있는 대원들도 몇 명 보였다. 모두 방탄조끼, 헬멧, 마스크로 무장한 모습이었다. 안토니아가 비밀 통로가 연결되는 지점을 말해주었다. 대원 두 명은 따로 시내에서 성으로 거슬러 올라오는 중이었다. 즉 비밀 통로를 통한 탈출로는 차단된 상태다.

"성을 꼼꼼히 에워쌌습니다. 여기선 쥐새끼 한 마리 못 나갑니다." 기동대장이 자신만만하게 말했다.

보덴슈타인이 천천히 고개를 끄덕였다. 저격수 두 명, 무장 경찰 스물다섯 명, 이미 사람을 둘이나 죽인 스물한 살의 정신병자, 무기를 소지한 다른 남자 한 명이 벌이는 게임이다. 기동대장의 무전기가 지지직거리며 보고가 들어왔다.

"5시 방향에 남자 두 명이 이동 중입니다. 들판 건너편 화약탑에서 나왔습니다."

보덴슈타인은 자기도 모르게 긴장감이 솟구치는 것을 느끼며 벤케와 시선을 주고받았다. 피아는 탑으로 올라가는 나무 계단에 산더와 함께 앉아 있고 안토니아는 창백한 얼굴로 벽에 기대서 있었다.

"무기를 가졌는지 알아볼 수 있나?" 기동대장이 무전기에 대고 물었다.

"네거티브. 아니, 잠깐만요. 네, 한 명이 총을 가지고 있습니다. 금발 남자입니다."

"루카스." 피아가 중얼거리더니 벌떡 일어나 보덴슈타인에게 다가갔다. "반장님, 루카스를 쏴선 안 돼요. 루카스는 이번 사건과 아무 관계도 없어요."

"두 사람을 죽이고 자기 아버지까지 살해하려다 실패했어. 스베냐를 납치하고 자네를 그 동굴에 가둔 것도 그놈이잖아."

"아니에요! 루카스는 거기서 절 빼내주려고 했어요."

"자네는 그동안 무슨 일이 있었는지 몰라서 그래." 보덴슈타인은 그녀를 쳐다보지도 않고 말했다. "토요일 밤에 반덴베르크가 자기 집에서 잔인하게 당했어. 지금 혼수상태야. 그리고 같은 날 밤 한 여학생이 반덴베르크의 차에 치였는데, 그 학생은 파울리가 살해당한 날 밤 오펠 동물원 트럭에 루카스가 타고 있는 걸 본 증인이야."

"루카스 아버지가 당한 게 언제예요? 정확히 몇 시요?" 피아가 다급하게 물으며 보덴슈타인의 팔을 잡아 흔들었다.

"이봐, 팔 부러지겠어. 나도 정확히는 몰라. 밤 11시나 12시쯤일 거야."

"그럼 루카스가 아니에요. 11시가 되기 전에 절 데리러 왔어요. 그 시간에는 저랑 같이 프랑크푸르트 메인타워에 있었다고요."

"그럼 그 휴대전화 두 대가 왜 루카스 아버지의 차 안에 있는 거지?" 벤케가 물었다.

피아는 정신을 집중해 기억해내려고 애썼다. 머릿속에 혼미한 장면들이 떠도는데 도무지 정확한 그림이 떠오르지 않았다.

"목표물이 이동하고 있습니다." 무전기에서 저격수의 목소리가 들렸다.

기동대장은 지상에 있는 대원들에게 들판 위쪽으로 이동하도록 지시했다.

"서로 싸우는 것 같습니다." 저격수가 보고를 계속했다.

"어떻게 할까요?" 기동대장이 보덴슈타인의 대답을 재촉했다.

"지금 바로 공격합시다." 보덴슈타인이 망설임 없이 대답했다.

"안 돼요!" 피아가 외쳤다. "반장님, 루카스를 쏘게 해선 안 돼요!"

"그럼 다른 방법이라도 있어?"

"제가 말로 해볼게요."

"미쳤군." 보덴슈타인은 짤막하게 내뱉고는 바로 기동대장을 향했다. "공격해요. 빨리 끝내버립시다."

*

폭풍우는 올 때처럼 갑작스럽게 물러갔다. 아직 빗줄기가 쏟아지고 있지만 서쪽 하늘에서는 구름이 빠르게 흩어지면서 붉은 하늘 한 조각이 내비쳤다. 피아는 몸을 덜덜 떨며 저격수가 보내 오는 교신 내용에 귀를 기울였다. 루카스와 타렉은 이렇게 많은 무장 경찰들이 깔려 있는지 추호도 모를 것이다. 피아는 특별 기동대의 저격수들이 수백 미터 밖에서 움직이는 물체도 명중시킬 수 있다는 사실을 잘 알고 있었다.

"목표물과의 거리 20미터 남았습니다."

"스코폴라민." 피아가 생각났다는 듯 말했다. "맞아요. 보켄하임의 디스코텍에서 타렉을 우연히 만났어요. 어쩌면 우연이 아니었을지도 모르죠. 타렉이 술을 한 잔 가져다줬는데 그걸 마시고 나니까 몸이 안 좋아졌어요. 루카스랑 타렉이 더블 라이프 때문에 싸운 건 기억나요. 루카스가 집 앞에 내려주고 갔는데 열쇠로 문을 열 수 없었어요. 그때 갑자기 타렉이 나타났어요. 역시 스코폴라민이 최고라면서 웃더니……."

피아가 잠시 말을 끊었다.

"타렉이 절 차 트렁크에 가뒀어요! 거기 장미꽃이 있었어요! 붉은 장미요. 문자를 보낸 것 같은데……."

"맞아요. 나한테 보냈어요." 뒤에서 산더가 외쳤다. "더블 라이프, 타렉, 장미. 그런데 무슨 소린지 이해 못 했어요."

"목표물이 내문 쪽으로 가고 있습니다." 탑 위에 있던 저격수가 알렸다. "시야에서 멀어집니다."

보덴슈타인은 순간 망설였지만 바로 명령을 내렸다. "공격해. 쏘진 말고!"

타렉은 루카스보다 먼저 검은 실루엣의 대원들을 알아보았다. 루카스가 경찰을 발견하고 놀란 순간 타렉이 권총을 낚아챘다. 그리고 재빨리 총을 장전한 뒤 루카스의 머리에 들이댔다.

"한 사람이라도 움직이면 여기 이 자식을 쏴버리겠어!" 타렉이 소리쳤다.

＊

"스베냐가 어디 있는지 알아요."

사무실 구석에 꿔다 놓은 보릿자루처럼 앉아 있던 프란조가 불쑥 말했다. 귀가 번쩍 트인 오스터만이 놀란 얼굴로 돌아보았다. 프란조는 성에서 무슨 일이 일어나고 있는지 옆에서 들어서 사태가 심상치 않다는 것을 알고 있었다.

"그래? 그걸 갑자기 어떻게 알았어?" 오스터만이 의심쩍은 듯 물었다.

"계속 알고 있었어요." 프란조가 눈을 내리깔았다. 얼굴에는 양심의 가책에 시달린 흔적이 역력했다.

오스터만은 생각 같아서는 따귀를 한 대 치고 싶었지만 꾹 참았다. "스베냐 있는 곳이 어디야?" 그가 수화기를 들며 물었다.

"루카스네 집 지하실요."

"살아 있어?"

"그건…… 잘 모르겠어요." 프란조가 손으로 얼굴을 가렸다.

오스터만은 자리에서 일어났다. "자, 가자. 가면서 네가 뭘 더 알고 있는지 좀 들어보자."

*

성의 사태는 심각했다. 타렉은 루카스의 뒤통수에 총을 겨눈 채 성벽을 등에 업고 움직였다. 두 명의 저격수 중 누구도 쏠 수 있는 위치가 아니었다. 특별 기동대 대원들은 제 위치를 지키며 꼼짝도 하지 않았다.

"어쩌죠?" 기동대장이 물었다.

"내문 앞에 있는 사람이 몇입니까?"

"네 명입니다."

보덴슈타인의 휴대전화가 울렸다. 오스터만이었다.

"반장님! 스베냐 지버스를 찾았습니다. 프란조가 실토했어요. 반덴베르크 저택 지하실에 있었습니다."

스베냐를 납치한 사람은 역시 루카스였나? 보덴슈타인은 피아를 쳐다보았다. 그녀는 아직도 루카스의 무죄를 굳게 믿고 있는 듯했다.

"타렉이 그 집에 가뒀다고 합니다." 오스터만의 말이 이어졌다. "프란조는 양심이 찔려서 어제 오후에 도망쳤답니다. 그런데 타렉이 다시 찾아내서 반덴베르크 저택으로 강제로 따라오게 했다네요. 정원으로 해서 집으로 들어간 다음 타렉이 반덴베르크를 때려눕혔답니다. 그리고 스베냐를 지하실에 가둬두고 나왔다고 합니다.”

보덴슈타인은 말없이 오스터만의 보고를 들었다.

“스베냐와 프란조의 말로는 타렉이 루카스에게 혐의를 돌리기 위해 모든 걸 꾸몄다고 합니다.”

“정말 루카스 짓이 아닌 게 확실해?”

보덴슈타인이 다시 한 번 확인했다. 타렉과 루카스에게 저격수의 총이 겨눠진 상태다. 절대 판단 착오나 실수가 있어서는 안 된다. 저격수들은 명령만 떨어지면 방아쇠를 당길 것이다.

“확실합니다.” 평소에는 태평할 정도로 차분한 오스터만의 목소리가 흥분으로 떨렸다.

“그보다 재미있는 건 타렉 피들러가 카르스텐 보크의 숨겨진 아들이라는 점입니다. 즉, 요나스의 배다른 형제인 거죠. 그 사실을 아는 유일한 사람이 파울리였습니다. 타렉이 마음 약해진 순간에 털어놓은 모양이에요. 보크의 회사에 채용되지 않자 화가 난 타렉은 회사 컴퓨터를 해킹했습니다. 어떻게 해서라도 보크한테 복수를 하려던 거죠. 그러니까 파울리가 가지고 있던 모든 정보는 요나스가 아니라 타렉에게서 나온 겁니다. 그런데 파울리가 그 정보를 외부에 공개하자 타렉은 화가 머리끝까지 치밀었습니다. 그걸로 제 아버지를 협박할 생각이었거든요. 타렉은 화요일 저녁에 파울리를 찾아갔고, 두 사람은 심하게 다퉜습니다. 파울리는 타렉이 요나스를 형제나 친구가 아니라 보크의 돈을 차지하기 위한 수단으로 생각한다는 걸 깨닫고 면전에서 비난했습니다. 그리고 태생의 비밀을 요나스에게 알리겠다고 협박했습니다. 타렉은 그것만은 원치 않았습니다. 그

래서 파울리를 죽인 겁니다. 스베냐가 그 현장을 모두 다 목격했답
니다."

보덴슈타인은 긴장감에 숨을 죽이고 이야기를 들었다. 분명히 루
카스가 범인인 줄만 알았는데 갑자기 무죄라고 하니 받아들이기가
쉽지 않았다. 모든 정황이 딱딱 맞아떨어지지 않았는가? 아니면 그
가 마음 가는 대로 끼워 맞춘 걸까? 사실 그가 생각해도 설명하기
힘든 부분이 있기는 했다.

"타렉이 녹색카페에 있는 프란조에게 전화를 걸어 루카스의 주의
를 딴 데로 돌린 뒤 동물원 트럭을 몰고 파울리의 집으로 오라고 했
답니다." 오스터만이 따발총처럼 빠른 속도로 말을 이었다. "그래서
둘이 함께 시체와 자전거를 트럭에 싣고 다시 녹색카페 앞에 세워놨
습니다. 루카스는 그다음 날 시체가 실린 차를 하루 종일 타고 다녔
던 겁니다. 그리고 저녁에 다른 사람들이 축구를 보는 틈을 타서 타
렉이 몰래 들판에 갖다 버린 거죠. 모두 축구를 보느라 들킬 염려가
없었으니까요. 그리고……."

"우선 그걸로 됐어. 내가 조금 있다가 전화하지."

"잠깐만요!" 오스터만이 외쳤다. "피아의 집에 침입한 것도 타렉
과 프란조예요! 타렉의 집에서 피아의 일기장과 1988년 경찰 기록
이 발견됐습니다. 당시 피아는 스토커에게 시달리다가 강간당했습
니다. 타렉이 피아의 과거를 캐고 다닌 겁니다."

보덴슈타인은 피아에게 시선을 던졌다. 피아, 벤케, 기동대장이
긴장한 표정으로 그를 응시하고 있었다.

"가자고. 타렉 피들러가 범인이야. 루카스는 아무 상관 없어."

보덴슈타인은 피아와 산더가 시선을 주고받는 모습을 곁눈질했다.
그 두 사람이 처음부터 옳았다. 그는 오스터만에게 들은 이야기를 요

약해서 들려줬지만 일기장과 경찰 기록에 대해서는 입을 다물었다.

"타렉이 요나스의 배다른 형제라고요?" 피아가 믿기지 않는 듯 말했다.

"응."

"그래서 유전자가 그렇게 비슷했던 거군요. 자기 형제를 죽인 거네요." 벤케가 말했다.

"그리고 우리 집에도 왔었어." 피아가 부르르 몸을 떨었다.

그들은 비에 젖어 미끄러운 돌길을 걸어 올라갔다. 보덴슈타인은 기동대장에게 총을 든 검은 머리 남자가 목표물이라며 항복을 안 하면 적당한 시기에 제거하라고 전달했다. 타렉과 루카스는 그 사이 맨 가장자리에 있는 원형 탑까지 올라가 정문 쪽으로 향하고 있었다. 정문에는 카트린이 기동대 두 명과 함께 대기하고 있었다.

"목표물이 사정거리 안에 들어왔습니다. 명령 주십시오." 저격수가 말했다.

그 순간 타렉은 희망이 없다는 것을 깨달았는지 무릎 높이까지 오는 성벽 쪽으로 루카스를 밀었다.

"날 쏘는 순간 이 자식도 같이 죽는다!" 타렉이 소리쳤다.

피아가 가만있지 못하고 숨어 있던 아치 뒤에서 앞으로 뛰쳐나갔다. 보덴슈타인은 미처 그녀를 잡지 못하고 난감한 표정으로 발만 동동 굴렀다.

"아, 키르히호프 형사님!" 타렉이 한껏 비꼬는 말투로 반가운 척했다. "살아 계셔서 다행이네요! 장미꽃은 마음에 드셨나요? 붉은 장미였죠! 시간이 좀 걸리긴 했지만 형사님에 대해서 꽤 많은 걸 알아냈죠. 그리고 목장 자물쇠는 좀 허술하더라고요! 어때요, 스릴 만점이었죠?"

피아는 당장 달려가 그를 성벽 아래로 밀어버리고 싶었지만 흥분하지 않으려고 노력했다. 그동안 악몽과 두려움에 시달린 밤들이 모두 그의 농간이라니!

"아주 짜릿하던데! 그런데 그걸 다 어떻게 알아낸 거지?" 피아가 외쳤다.

"뭐하는 거야, 지금?" 보덴슈타인이 뒤에서 속삭였다. "화나게 하지 마!"

"그냥 말 시키려는 거예요." 피아가 뒤에 대고 빠르게 속삭였다. "그러다 한눈을 팔지도 모르잖아요."

"그냥 댁에 가서 좀 둘러봤죠." 타렉이 심술궂게 웃었다. "옛날 일기장까지 고이 보관해놓으셨더라고요. 그때 그 남자를 찾아내는 건 어렵지 않았어요. 카이미하엘 엥글러! 그거 아세요? 지금 그 사람 다름슈타트에 살아요. 형사님이 혼자 산다고 하니까 아주 좋아하던걸요!"

피아는 오장육부가 뒤틀리고 금방이라도 뚜껑이 열릴 것 같았다. 천하에 나쁜 놈!

"형사님이 주인공으로 나오는 동영상도 같이 봤어요." 타렉의 목소리가 뒤집혔다. "제가 형사님 침실, 욕실, 부엌에 앙증맞은 카메라를 설치해놨거든요. 무서워서 우는 모습이 아주 귀엽던데요!"

피아는 치밀어 오르는 분노를 억누르고 정신을 가다듬었다. 그는 잔혹한 정신병자다. 타인에 대한 병적 보복 심리가 두드러진 열등의식의 발로인지 사랑받지 못한 유년에 대한 보상 심리가 낳은 비극인지는 알 수 없지만 한 가지는 확실하다. 타렉 피들러는 야망이 있고 영리하다. 배다른 형제 요나스와 루카스에 대한 질투는 아마 아버지에게 거부당한 시점에 증오로 변했을 것이다.

"스베냐도 끝내줬죠!" 타렉은 점점 자기 말에 도취되었다. "시건 방진 계집애가 잘난 척은 혼자 다하고 나 같은 건 쳐다보지도 않더니 제발 살려달라고 애원하더라고요! 울고불고하면서 나한테 매달리더라니까요!"

그는 루카스의 옆구리를 퍽 소리 나게 치더니 야비한 웃음소리를 흘렸다.

"너희가 공주처럼 모시는 스베냐가 어떻게 했는지 알아? 내가 나중에 너희 보여주려고 다 찍어놨어. 그 창녀 같은 계집애가……."

루카스를 방패 삼아 숨어 있던 타렉은 증오심에 취해 부주의해졌고 루카스 옆으로 살짝 몸을 노출시켰다. 저격수에게는 그것으로 충분했다. 순간 타렉의 노출된 어깨로 총알이 날아갔고 그는 성벽 아래로 떨어졌다. 피아는 루카스를 붙잡으려고 냅다 뛰었다. 그러나 루카스는 눈에 깊은 공포심을 담은 채 허공에 대고 팔을 몇 번 휘두르다가 균형을 잃고 역시 성벽 아래로 떨어지고 말았다.

＊

잠시 후 성은 사람들로 바글바글해졌다. 쾨니히슈타인 소방대원들은 강력한 성능의 손전등으로 성벽 아래를 비추며 떨어진 두 사람을 찾았다. 특별 기동대는 철수를 시작했고 시내 방향에서 구급차들이 경광등을 깜박이며 사이렌 소리와 함께 성으로 들어왔다. 보덴슈타인과 벤케는 걸어서 성 아래로 내려갔다. 산더는 소방대원에게 받은 담요를 피아에게 둘러준 뒤 그녀의 어깨를 꼭 껴안고 나란히 앉았다. 피아는 점점 충격과 흥분에서 벗어나면서 그동안 자신이 얼마나 큰 위험에 처해 있었는지 비로소 깨달았다.

"타렉이 말한 게 다 사실일까요?"

산더의 물음에 피아는 그의 눈을 쳐다보며 고개를 끄덕였다.

"사실일 거예요. 카이미하엘 엥글러라는 이름도 맞고 다름슈타트에 사는 것도 맞아요. 저도 이미 알고 있었어요."

"이제 목장에서 혼자 지내서는 안 되겠군요."

그때 소방대원 한 사람이 다급하게 외쳤다. "한 명 발견했습니다! 나뭇가지에 걸려 있었습니다!"

성벽 15미터 아래까지 떨어져 큰 나뭇가지에 걸린 루카스는 소방대원들에게 극적으로 구조됐다. 피아는 구급차에 들어가 있으라는 말을 듣지 않고 산더, 안토니아와 함께 루카스 구출 작전을 빠짐없이 지켜보았다. 이윽고 루카스를 실은 들것이 성벽 위로 끌어올려졌다. 루카스는 의식이 있는 상태로, 피아를 알아보고 힘없이 웃었다. 성벽 아래로 떨어진 사람이 뼈 몇 군데 부러진 것을 제외하고는 다친 데 없이 살아났으니 기적 같은 일이다. 나뭇가지에 걸리지 않았다면 50미터 아래의 화강암 절벽에 부딪쳤을 테고 그랬다면 살아남기 힘들었을 것이다. 구조대원들은 대기하고 있던 구급차에 루카스를 실었다.

산더는 피아에게 지난 24시간 동안 무슨 일이 일어났는지 이야기해주었다.

"보덴슈타인 반장은 루카스가 아버지를 죽였다고 철석같이 믿고 있었어요. 그래서 나랑 상당히 심각하게 틀어졌더랬어요."

"원장님도 계속 의심했는걸요."

"어쨌든 그 사람이 날 싫어한다는 건 확실히 알겠어요."

"어쩌면 질투하는 건지도 몰라요." 피아가 희미하게 웃으며 말했다.

"왜요?"

"잉카 한젠은 반장님의 첫사랑이에요. 그런데 원장님이랑 같이 저녁 식사 하는 걸 봤잖아요."

산더는 그제야 보덴슈타인의 반응을 이해했다. "그렇다면 이해되는군요. 당신은 어때요?"

"네? 저요? 그게 무슨 뜻이에요?" 피아가 깜짝 놀라 물었다.

"내가 당신을 좋아하는 걸 반장이 싫어하는 것 같던데요?"

그 말을 들은 피아는 가슴이 두근거렸다. "글쎄요. 닭장에는 수탉이 한 마리만 있어야 한다는 원리겠죠?"

성 위를 맴도는 경찰 헬기가 보였다. 특별 기동대는 열을 맞추어 집합하더니 차량에 올라탔다. 다음 작전에 투입되기 위해서였다.

산더는 안토니아와 피아의 어깨에 각각 손을 올려 어깨동무를 했다. "자, 아가씨들, 이제 이 지겨운 성에서 내려가시죠."

"네, 저도 성은 지겨워요. 그리고 무엇보다 화장실이 급해요."

✲

타렉 피들러는 성 아래 나무 덤불이 빽빽이 우거진 곳에 떨어져 간신히 목숨을 건졌다. 왼쪽 어깨에 총을 맞았지만 도망치는 데는 문제가 없었던 모양이다. 경찰과 소방대원들은 나무 덤불 사이를 이 잡듯이 뒤졌다. 피아가 산더 부녀와 함께 성에서 내려오니 보덴슈타인이 길가에 서서 심각한 표정으로 통화를 하고 있었다.

"그 자식 도망친 것 같습니다. 어떻게 사람이 그렇게 질길 수 있죠?" 벤케의 흥분된 목소리가 새어 나왔다.

"정말 심각한 정신병자예요. 전 타렉, 처음부터 정말 맘에 안 들었어요." 옷이 흠뻑 젖은 안토니아가 몸을 부르르 떨며 말했다.

"멀리는 못 갔을 거야." 보덴슈타인은 휴대전화를 주머니에 집어넣은 후 피아를 보며 말했다. "지원 요청했고 탐지견도 신청했어. 금방 올 거야."

"타렉이 제 권총 가지고 있다는 거 잊지 마세요." 피아가 걱정스러운 듯 말했다.

"알았어. 진작 타렉을 의심했어야 하는 건데……. 루카스에게 의심을 돌리기 위한 수법이라는 게 너무 뻔한데 그걸 몰랐군."

"타렉은 항상 그 두 사람을 부러워했어요." 안토니아가 말했다. "루카스와 요나스가 가진 건 그게 뭐든 자기도 가지고 싶어 했어요. 우리 그룹에도 막무가내로 밀어붙여서 들어온 거예요. 작년 여름에 타렉이 나타난 뒤로 모든 게 달라졌어요. 전 항상 루카스한테 타렉을 조심하라고 했어요. 하지만 루카스는 제 말을 듣지 않았죠."

안토니아가 갑자기 입을 다물고 울컥한 표정으로 피아를 쳐다보았다.

"타렉은 정말 못됐어요! 요나스가 죽었고 루카스 아버지도 하마터면 죽을 뻔했어요. 그리고 그 나쁜 자식이 스베냐와 형사님에게 한 걸 생각하면……."

안토니아는 말끝을 흐리며 울음을 터뜨렸다. 피아는 그녀의 어깨를 다독이며 생각했다. 지금 위로받아야 할 사람이 누구지?

"잡으면 돼." 피아가 안토니아를 꼭 껴안으며 힘주어 말했다. "반드시 잡아서 죗값을 치르게 하면 돼."

보덴슈타인의 휴대전화가 울렸다. 상대방의 말에 귀를 기울이는 보덴슈타인의 표정이 점점 심각해졌다. 타렉이 주차장 옆 버스 정류장에서 은색 투아렉을 총으로 위협해 세운 다음 갈취해 원형 교차로 방향으로 갔다는 것이다. 경찰이 그 뒤를 쫓고 있고 특별 기동대에 다시 출동하라는 연락이 갔다. 일행은 시내로 나가기 위해 보덴슈타인의 BMW에 탔다. 피아는 그 전에 얼른 공원 담벼락 뒤에 가서 볼일을 보고 왔다. 오스터만이 보덴슈타인의 카폰으로 전화를 걸었다. 카폰은 스피커로 설정돼 있어 모두 통화 내용을 들을 수 있었다. 오스터만은 새로이 알게 된 소름 끼치는 소식을 전했다.

타렉은 이미 오래전에 스베냐와 보크의 관계를 눈치챘다. 요나스의 책 속에서 발견된 사진도 그가 비방과 협박을 목적으로 찍은 것이다. 타렉은 그 사진을 이용해 살인을 목격한 스베냐가 입을 다물도록 종용했다. 하지만 정작 자신은 요나스에게 바로 그 사진을 줘버렸다. 그리고 요나스와 스베냐가 화해할 것에 대비해 이상한 이메일을 뿌리고 스베냐의 홈페이지에 사진을 공개한 것이다.

스베냐를 납치하고 피아의 집에 숨어들어 간 것은 모두 루카스에게 압력을 행사하기 위해서였다. 루카스가 스베냐와 피아를 좋아한다는 것을 알고 있었기 때문이다. 요나스와 스베냐의 휴대전화로 마지막 문자메시지를 보낸 것도 타렉이었다. 그리고 요나스는 이메일을 뿌린 사람이 타렉이라는 사실을 알아냈기 때문에 죽여야만 했다.

"그럼 반덴베르크를 죽이려 한 이유는 뭐죠?" 산더가 물었다.

"그것도 루카스에게 뒤집어씌우기 위해서였겠죠." 오스터만이 대답했다. "타렉은 프란조한테 시켜서 이미 오래전에 루카스네 집 열쇠를 복사해서 가지고 있었답니다. 확실한 건 타렉이 반덴베르크의 벤츠를 몰고 나가 안드레아 아우뮐러를 쳤다는 겁니다. 파울리가 죽은 날 그 여학생이 동물원 트럭 운전석에서 발견한 건 루카스가 아니라 타렉이었던 거죠."

"그런데 프란조는 왜 그런 짓을 한 거지? 왜 타렉이 시키는 대로 했을까?" 피아가 물었다.

"타렉이 허황된 약속을 한 거야. 루카스와 요나스가 더블 라이프를 팔아 둘이서만 이득을 챙기려고 한다, 네가 날 도와주면 정식으로 저작권자로 등록해서 이익 배분을 받게 해주겠다, 이렇게 꼬드겼나 봐. 그리고 이미 파울리의 시체를 치우는 데 공조했기 때문에 발을 빼기 힘들다고 생각했대. 타렉이 한 마디라도 발설하면 죽여버리겠다고 위협한 건 차치하고."

보덴슈타인의 BMW가 좁은 구시가지 골목을 나와 성 앙겔라 학교를 지난 뒤 오른쪽으로 꺾어 림부르크 가로 접어들었다.

"프란조는 지금 어디 있나?" 보덴슈타인이 물었다.

"제 옆에요."

"유치장에 가두고 잘 감시하라고 해. 타렉이 우리 손아귀를 빠져나갔어. 차량, 무기 다 있고 더 이상 잃을 게 없는 위험한 놈이야."

*

은색 투아렉은 쾨니히슈타인 원형 교차로를 향해 빠른 속도로 내달렸다. 보덴슈타인은 다른 운전자들이 처할 위험을 잘 알았지만 타렉이 경찰을 따돌리고 도망가게 놔둘 수는 없었다. 거기다 해가 지기 시작한 것도 문제였다. 아직은 상공에서 따라오는 경찰 헬기가 지상의 동료들에게 투아렉이 가는 길을 알려주고 있지만 곧 어두워지고 나면 그것도 힘들 것이다.

타렉은 오펠 동물원을 지나 오버우르젤 방향으로 달렸다. 보덴슈타인은 그 뒤를 따라가며 무선으로 작전을 짰다. 순찰차들이 빠지고 특별 기동대 차량이 투입됐고 보덴슈타인 자신도 한참 뒤로 빠졌다. 모두들 타렉이 오버우르젤 시내로 들어가지 않기를 바랐다. A661

고속도로가 시작되는 지점의 터널 앞에 이미 B455 연방도로의 통제선이 쳐져 있었기 때문이다. 그러나 타렉은 함정을 눈치채기라도 한 듯 우측의 오버우르젤 방향으로 들어섰다.

"저 자식 어쩔 속셈이지?" 보덴슈타인이 끙 하는 소리와 함께 내뱉듯 말했다. 차 안에는 긴장된 침묵이 흘렀다.

추격전은 오버우르젤 시를 가로지르며 이어졌다. 슈티어슈타트를 지나고 오버회히슈타트와 만나는 지역도 지났다. 저녁 시간인데도 차가 많았고 타렉은 빨간불에서 멈출 생각을 하지 않았기 때문에 추격전은 아슬아슬하기 짝이 없었다.

신호를 무시하는 투아렉 때문에 오버회히슈타트에서는 이미 사고가 한 건 났고 크론베르크에서는 기차 건널목에서도 멈추지 않고 그냥 달려 하마터면 특별 기동대가 따돌림당할 뻔했다. 맨 앞에 가던 기동대 차량이 이미 내려오기 시작한 차단막 사이로 배짱 좋게 질주해 들어간 덕에 간신히 놓치지 않을 수 있었다. 그러나 선로 앞턱을 지나면서 불꽃이 튀고 배기구가 떨어져 나갔다.

그 정도는 약과였다. 크론베르크 교차로까지 간 타렉은 슈발바흐 방향인 왼쪽으로 꺾었다. 어찌나 속도가 빨랐는지 타렉이 모는 투아렉은 도로에서 벗어나 도로변에 있던 가판대를 쑥대밭으로 만들었다. 차가 좋아서 바로 멈췄기 때문에 사람이 다치지 않고 더 큰 사고로 이어지지도 않았다.

타렉은 시속 160킬로미터에 육박하는 속도로 L3005 도로의 내리막길을 질주했다. 그리고 승용차 세 대를 추월하고 니더회히슈타트 방향에서 오던 미니버스를 급정거하게 만든 후 오른쪽으로 꺾어 L3014 도로로 들어갔다.

"목표물이 바트조덴 방향으로 갑니다." 헬기에서 지직거리는 소리와 함께 무전이 왔다. "아닙니다! 공단 방향으로 꺾었습니다. 크론베르크 언덕입니다. 막다른 길입니다!"

"어쩌려는 거지?" 보덴슈타인이 초조하게 중얼거렸다.

"요나스 아버지네 회사로 가는 거 같아요." 뒤에서 안토니아가 말했다. "바로 앞이거든요. 여기서 두 번째 교차로에서 오른쪽요."

보덴슈타인은 안토니아의 말을 무전으로 전달하고 간신히 막다른 골목으로 들어갔다. 타렉은 비에 젖어 물러진 잔디밭을 엉망으로 만들며 계속 들어가더니 전면이 유리로 된 회사 본관 앞에서 차를 멈췄다.

"저런, 빌어먹을!" 타렉의 의도를 눈치챈 보덴슈타인이 차를 세우며 외쳤다.

2톤이나 나가는 무거운 차가 포장된 진입로를 달리며 도움닫기를 하더니 한 번 더 속도를 올리며 엄청난 굉음과 함께 유리벽으로 달려들었다. 위험천만한 자폭의 순간이었다.

✱

소방차의 헤드라이트와 경찰차의 경광등이 어둠을 밝히는 가운데 발굴 작업이 진행됐다. 슈발바흐 시의 소방대원들이 처참하게 망가진 차체와 깨진 유리 파편을 제거하고 운전자를 차에서 떼어내는 데는 1시간 정도 소요됐다. 엄청난 충격에도 운전석은 압력에 밀려 튀어나온 모터 블록을 제외하고는 거의 손상을 입지 않은 상태였다.

"살아 있습니다." 소방대장이 보덴슈타인과 피아를 향해 외쳤다. "거기다 의식도 있는 상태입니다. 믿기지가 않네요."

"빵 터지는 결말에는 실패했군." 보덴슈타인이 쓰디쓴 표정으로 중얼거렸다. "한 방에 훅 가려면 디젤이 아니라 벤젠을 가득 채운 차를 택했어야지."

구조대원들은 소방대원들의 도움을 받아 중상을 입은 타렉을 끄집어냈다. 차가 뚫고 들어간 본관 건물 로비는 전쟁터를 방불케 했다. 손상을 입은 거대한 받침대에는 건축물의 정역학을 고려해 임시방편으로 보조 받침대가 세워졌다.

"어떻습니까? 살아나겠습니까?" 보덴슈타인이 막 피 묻은 장갑을 벗고 있는 구급의의 소견을 물었다.

"다리가 완전히 으스러졌습니다. 제 생각에는 척추가 부러진 것 같습니다. 살아난다고 해도 이제까지와는 완전히 다른 삶을 살게 될 겁니다."

"그건 어차피 일어날 일입니다. 대화 가능한가요?"

"네, 안정제를 놨습니다. 현재 통증을 못 느끼는 상태입니다. 왜 그러십니까?"

"지금 바로 체포해야 하거든요."

멀뚱하게 눈을 뜨고 들것에 누워 있던 타렉은 구급차에 들어서는 보덴슈타인을 보고 히죽 웃었다.

"그거 아쇼? 내가 바로 염라대왕이야." 그가 비웃는 표정으로 중얼거렸다. "내 이름은 역사에 길이 남을 거야."

"적어도 경찰 기록에는 남겠지." 보덴슈타인이 차갑게 대꾸했다.

"내 이름이 신문 1면을 장식하고 텔레비전에도 나갈 거야. 나중에는 나에 대한 영화가 만들어질지도 몰라." 타렉이 가라앉은 목소리로 말하며 히죽거렸다.

"글쎄, 과연 그럴까? 다리 없이 휠체어 신세로 교도소 생활을 하는 건 재미없을걸. 피들러, 질투와 복수의 화신, 실패자. 넌 이제 끝났어."

타렉의 눈에서 웃음기가 사라지고 그 자리에 분노의 불길이 일렁였다. 보덴슈타인의 시선은 피로 범벅된 젊은이의 창백한 얼굴에 머물렀다. 그는 잔인하고 무자비하게 두 사람의 목숨을 빼앗고 다른 많은 사람들에게 고통을 안겨준 장본인이다.

"내가 세기에 하나 나올까 말까 한 엄청난 바이러스를 인터넷에 풀었거든. 내가……." 타렉이 콜록거리며 말했다.

"틀렸어." 보덴슈타인이 그의 말을 끊었다. "그렇게까지 되지는 않았어. 우리 전문가들이 프란조의 도움을 받아서 카운트다운을 멈췄거든. 루카스는 앞으로 더블 라이프로 더 많은 돈을 벌겠지만 넌 더이상 아냐. 뭐, 감옥에서는 돈이 필요 없으니까. 피들러, 넌 인생을 낭비했어. 살인 두 건, 중증 상해……."

"중증 상해?"

"루카스 아버지는 살아났어. 네가 만약 감옥에서 나온다면 그땐 완전히 할아버지가 돼 있을 거야."

타렉의 눈은 인간의 것이 아닌 듯 번들거렸고 얼굴이 일그러졌다. 그는 갑자기 입가를 실룩거리더니 고개를 돌렸다.

"될 대로 되라고 그래." 타렉은 자그맣게 중얼거린 후 눈을 감았다.

✽

오스터만은 프란조 콘라디의 자술서를 컴퓨터에 치고 있었다. 그 앞에 헤닝이 초조한 기색으로 앉아 있었다. 오스터만이 막 일을 끝냈을 때 피아가 보덴슈타인, 벤케, 카트린과 함께 들어왔다. 피아를 본 두 남자는 자리에서 벌떡 일어났다. 먼저 오스터만이 피아를 얼싸안았고 헤닝이 그다음 차례였다. 사건을 무사히 해결한 사람들의 얼굴이 활짝 펴졌다.

"아직도 모르겠는 건 타렉이 왜 파울리의 시체를 동물원에 갖다 버렸는가 하는 거예요. 만약 시체가 다른 곳에서 발견됐다면 아무 일도 없었을지 모르잖아요." 카트린이 말했다.

"자기 스스로를 염라대왕이라고 부르더군. 타렉은 복수심 때문에 망했어. 루카스나 산더를 범인으로 몰고 싶었던 거지. 하지만 우리 가 의심할 건 계산에 넣지 않은 거야." 보덴슈타인이 말했다.

"우리가 의심할 거요?" 피아가 고개를 갸웃하며 웃었다.

"그럼, 우리지. 우린 한 팀이잖아." 보덴슈타인이 빙긋 웃으며 피 아의 말을 받았다.

헤닝은 사무실 앞에서 피아를 기다렸다. 냉정하고 차분한 그 역시 안도의 기색을 감추지 못했다.

"아무 일도 없어서 정말 다행이야. 우린 아주 심각한 경우까지도 생각했어."

"우리? 뢰블리히 검사 얘기하는 거야?" 피아가 비꼬았다.

"아, 그건 그냥 하룻밤의 실수였어." 헤닝이 당황하며 고개를 저었 다. "내가 해명하려고 해도 전화를 안 받았잖아."

"나 그 일로 삐치진 않았어. 결국은 내가 자초한 일이니까. 하지만 왜 하필이면 내 탁자에서……."

"쉿." 오스터만이 오는 것을 본 헤닝이 그녀를 제지했다.

"물고기는 잘 잡았어?" 오스터만이 지나가며 한쪽 눈을 찡긋해 보였다.

"응, 밑에서 기다리고 있을 거야." 피아가 대답했다.

"아, 그런 거였어?" 헤닝이 뜻밖이라는 듯 말했다. "오늘 저녁에 내가 간호사 노릇을 할 필요는 없겠군."

"응, 그럴 필요 없을 것 같아." 피아가 짤막하게 대답했다. "하지만 걱정해줘서 고마워. 오늘 여기 와준 거 평생 잊지 않을게."

보덴슈타인과 피아는 울타리에 기대 풀을 뜯는 말 두 마리와 망아지를 바라보았다. 멀리 보이는 피아의 집 테라스에는 코지마와 수사반 직원들이 모여 앉아 월드컵 8강전인 독일 대 아르헨티나 경기 전반전을 보고 있었다. 피아는 차양을 테라스 끝까지 내려 파티 할 공간을 만들고 샐러드를 준비했다. 벤케와 오스터만이 그릴용 고기와 소시지를 가져왔고 보덴슈타인은 음료를 준비해 왔다.

그사이 조서는 하나도 빠짐없이 검사에게 송부되었다. 에스터 슈미트는 방화, 보험 사기, 공무 집행 방해로 기소가 확실시되고 숱한 전과를 고려할 때 이번에는 형의 대부분을 실형으로 받을 것이다. 피아는 에스터가 방화 전날 친구의 농장으로 빼돌린 개들을 바로 가서 데려왔다. 피아의 목장에서라면 개들이 뿔뿔이 흩어지지 않아도 되고 이제까지처럼 자유롭게 살 수 있다. 타렉 피들러는 살인 두 건, 중증 상해, 납치 감금 두 건, 기물 파손, 차량 탈취, 협박, 그 밖의 다른 죄목으로 기소되었고 병원에서 퇴원하자마자 여러 건의 재판을 받게 될 것이다. 프란조 콘라디는 공범죄로 기소될 예정이다. 마라 이케와 지벤리스트도 직접적 연관은 없지만 나름의 죗값을 받았다. 둘 다 배우자에게 이혼을 당한 것이다.

"아까 루카스가 전화했어요." 피아가 불쑥 말했다. "내일 퇴원한대요. 병원에서 나오면 당분간 안토니아네 집에 있을 건가 봐요. 루카스 아버지도 혼수상태에서 깨어났고 아들을 알아보기까지 했다네요."

"잘됐군. 루카스는 이번 일로 정말 고생이 많았지."

"반장님, 그런데 뚜렷한 동기가 없는데 왜 계속 루카스를 의심하셨어요?" 피아는 울타리 맨 위에 팔을 걸치고 말을 쳐다보는 보덴슈타인을 곁눈질로 살폈다.

"느낌이 틀렸던 거지. 루카스가 아무 상관 없다는 걸 좀 더 일찍 깨달았어야 하는 건데. 어느 순간부터인가 루카스가 범인이라는 생각에 꽂힌 거야. 왠지는 나도 모르겠어."

"느낌이란 게 그래요."

벤케가 어슬렁어슬렁 걸어오는 것을 보니 전반전이 끝난 모양이다. 개 네 마리가 벤케 뒤를 졸졸 따라왔다.

"어머나, 새 친구들이 생겼네." 피아가 놀란 척하며 말했다.

벤케는 얼굴을 찡그리더니 들고 있던 접시를 더 높이 들어 올렸다. "난 현실주의자야. 내가 매력이 넘치는 건 사실이지만 이 녀석들이 지금 관심 있는 건 내가 아니라 내가 들고 있는 소시지라고. 자, 먹어. 아직 아무것도 못 먹었잖아."

"아, 고마워." 피아는 깜짝 놀라며 종이 접시를 받아 들었다.

"나도 알고 보면 착한 남자야." 벤케는 오늘따라 트레이드마크인 선글라스도 쓰지 않고 꽤 얌전하게 굴었다. "키르히호프 형사가 안

돌아왔으면 내가 가장 슬펐을 거야. 오스터만이나 카트린을 놀리는 건 재미가 훨씬 덜하거든."

피아는 어이없다는 듯 웃었다. 거의 화해를 청하는 분위기였다. "아, 그래? 대기 근무 대신해주는 것뿐이 아니었네."

"그 소시지 빨리 안 먹으면 내가 뺏어 먹을 거야. 나도 아직 아무것도 못 먹었어." 보덴슈타인이 끼어들었다.

그 순간 온갖 혐의를 뒤집어썼던 문제의 녹색 픽업트럭이 들어와 벤케의 자동차 옆에 섰다. 피아는 심장 고동이 빨라지는 것을 느끼며 말없이 보덴슈타인에게 접시를 내밀었다.

"어라? 그녀의 동물원장님이 오셨군." 보덴슈타인이 놀리듯이 말했다.

"소유대명사는 빼도 돼요. 그리고 저 사람 있는 데서 물고기가 어쩌고 하는 쓸데없는 소리 절대 하지 말아요. 알았죠?" 피아가 두 남자를 흘겨보며 미리 주의를 줬다.

"알았어, 알았어." 두 남자는 히죽거리며 차에서 내리는 산더를 지겨보았다. 그는 화이트와인 한 병과 비닐봉지를 들고 내렸는데 그 내용물의 냄새를 맡은 개들이 정신없이 짖어댔다.

"안녕하십니까?" 산더가 인사를 건넨 다음 피아를 보고 씩 웃었다.

"어서 와요, 크리스토프. 와줘서 고마워요."

"온다고 했잖아요. 바비큐 할 것 좀 가져왔어요. 연어하고 참치 스테이크예요." 그가 봉지를 들어 올리며 말했다.

"벤케가 오늘 그릴 마스터예요. 벤케한테 주면 돼요."

봉지를 받은 벤케는 코에 대고 냄새를 맡아보았다.

"어, 이건 정말 물고……." 그가 히죽 웃으며 뭔가 말하려다가 불현듯 말을 끊고 보덴슈타인을 쳐다보았다. "헉, 저 하마터면 금지된 말을 할 뻔했습니다, 반장님."

보덴슈타인은 히죽거리며 맞장구를 쳤다. "저런, 큰일 나려고. 그 말은 절대 안 하기로 약속했잖아."

산더는 벤케와 보덴슈타인을 번갈아 쳐다보다가 피아에게 물었다. "생선 안 좋아해요?"

산더의 천진난만한 질문에 벤케는 더 이상 웃음을 참지 못했다.

"아뇨." 그는 결국 웃음을 터뜨렸다. "아주 좋아해요."

피아가 눈을 부릅뜨고 벤케를 노려보았다. "전반전 끝났는데 고기 안 구워? 후반전 시작하기 전에 빨리 구워야지."

"아, 그래. 어서 구워야지." 보덴슈타인이 봉지를 받아 들며 말했다. "벤케, 어서 가서 이 물고…… 아니, 연어나 굽자고."

피아는 머리를 절레절레 흔들며 두 사람의 뒷모습을 바라보았다.

"동료들 간에 사이가 아주 좋아 보이는데요?" 산더가 피아의 어깨에 팔을 두르며 말했다. "그런데 물고기가 뭐 어쨌다는 거예요?"

그녀의 얼굴에 웃음이 번졌다. "알고 싶어요?"

"그럼요. 뭐, 경찰 내부 비밀이면 말 안 해도 되고요."

"그런 거 아니에요." 그녀가 만면에 웃음을 띠고 말했다. "음…… 일종의 암시예요. 원장님이랑 저에 대한 암시요."

"그렇게 말하니까 진짜 궁금한걸요."

"그냥 축구 보지 않을래요?"

"아니요." 산더가 그녀의 허리를 잡아당기며 말했다. "먼저 그 물고기 얘기부터 들어야겠어요."

그토록 탐하던 입술도, 밤을 뜨겁게 달구었던 그리움의 대상도 다 가졌건만 결국은 떨어진 꽃잎일 뿐이라고 헤르만 헤세의 '유혹자'는 노래한다.

가졌기 때문에 무의미해지고 가지지 않았기 때문에 끊임없이 탐하게 되는 것은 인간 고유의 심리면서 인간이 처한 운명적 불행의 씨앗이다. 욕망의 끝에서 기다리고 있을 허탈감을 향해 질주하는 인간은 어리석다. 그러나 그 질주가 내뿜는 반항적 에너지 때문에 더욱 매력적이기도 하다.

아름다운 여인이여, 옷깃을 여며라. 나를 매혹시키되 내게 넘어오지는 말라. 이렇게 부탁하는 '유혹자'는 욕망하는 순간, 그 불타는 생의 에너지를 즐긴다. 예정된 허탈의 순간이 조금이라도 늦추어지기를 바라며, 머리 위를 선회하는 독수리의 날개가 짙은 불운의 그림자를 드리우는데도 고집스럽게 그 그림자 속으로 걸어 들어간다.

심리학자라면 아무리 채워도 채워지지 않는 관심과 애정, 혹은 원초적 상실감에 대해 이야기할지도 모르겠다.

'타우누스 시리즈' 중 제2권인 이번 소설의 주인공들은 노이하우스의 어느 인물들 못지않게 불행하다. 그리고 화려하다. 마치 불을 향해 뛰어드는 불나방들처럼 처절하다.

소시지 공장 사모님인 노이하우스는 대체 이런 이야기들을 어디서 만들어내는 걸까? 한 인터뷰에서 그녀는 소시지를 사러 가게에 오는 손님들을 보며 책 속에 있다고 상상하곤 한다고 말했다.

금융 도시 프랑크푸르트 인근이니('타우누스 시리즈'의 배경은 곧 작가 노이하우스의 삶의 터전이다) 손님 중에는 은행가와 투자 분석가도 있을 것이고 인근에서 농사를 짓는 농부도 있을 것이다. 목에 핏발이 서도록 힘주고 다니는 소도시 유지도 있을 것이고 마을의 정보통 할머니도 있을 것이다. 도시와 농촌이 만나고 다양한 인간 군상이 한데 모이는 일상의 공간에서 상상력의 실을 자아내어 자신만의 가상의 세계를 직조하는 그녀의 모습을 떠올려보라.

사실 그녀는 어려서부터 작가의 꿈을 꾸다가 현실에 밀려 꿈을 접은 소시지 공장 사모님이 될 수도 있었다. 그러나 우리가 이렇게 그녀의 작품을 즐길 수 있는 것은 소시지 공장 사모님이 작가의 꿈을 접지 않았기 때문이다. 어떻게 보면 가지지 않은 것을 끊임없이 탐하는 인간 본성에 충실했기 때문이다. 욕망이라는 것은 그렇게 사람을 불행하게도 하고 행복하게도 하는 생의 에너지다. 노이하우스의 인터뷰를 보니 그녀는 아직도 꿈같은 행복감에 젖어 있는 듯했다. 자비출판을 하며 오랜 시간 꿈을 키워온 저자가 베스트셀러 작가가 되어 느끼는 성취감은 상상이 되고도 남는다.

그녀가 그렇게 스스로의 욕망에 충실한 사람이기 때문일까? 노이하우스의 작품에서 욕망은 지극히 자연스럽게 존재한다. 옛 애인에 대한 중년 아저씨의 귀여운 질투에서부터 방향을 잘못 잡아 범행으로 변형된 욕망의 쓰나미까지. 이해받고 싶고 인정받고 싶은 욕구가 채워지지 않을 때 욕망은 비틀리고 걷잡을 수 없는 괴물로 변한다. 이해와 인정의 부재는 어쩌면 우리의 현실인지도 모른다.

다행히 노이하우스의 남편은 "내가 소시지 파는 만큼만 책을 팔아봐라"는 말을 더 이상 안 한다고 한다. 어린 아내의 열정적 글쓰기를 그저 소일거리로만 생각하던 남편이 아내의 일을 이해하기 시작한 것이다. 인정이란 그렇게 얻어내는 것이다. 묵묵히 자신의 꿈을 향해 걸어가면서.

김진아

너무 친한 친구들

초판 1쇄 발행 2011년 6월 20일
초판 22쇄 발행 2025년 5월 1일

지은이 넬레 노이하우스
옮긴이 김진아
펴낸이 신경렬

상무 강용구
기획편집부 이다희 신유미
마케팅 최성은
디자인 신나은
경영기획 김정숙 김윤하

펴낸곳 (주)더난콘텐츠그룹
출판등록 2011년 6월 2일 제2011-000158호
주소 04043 서울시 마포구 양화로12길 16, 7층(서교동, 더난빌딩)
전화 (02)325-2525 | **팩스** (02)325-9007
이메일 editor1@thenanbiz.com | **홈페이지** www.thenanbiz.com
ISBN 978-89-91239-73-9 03850